南京大学"汉语言文学"国家级一流本科专业建设阶段成果
江苏省品牌专业建设工程"汉语言文学"
江苏省高等教育教学改革研究课题重点项目"中文本科专业人才培养内涵式发展探索研究"（2019JSJG018）
南京大学"十百千"工程"百"层次建设项目"红楼梦研究"

南京大学的红学课

主编／苗怀明

南京大学出版社

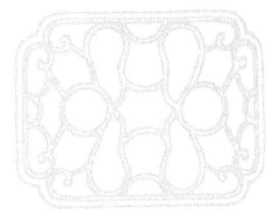

目 录

前言 / 1

壹 花式作业

花式作业 一 / 3
花式作业 二 / 4
花式作业 三 / 5
花式作业 四 / 6
花式作业 五 / 7
花式作业 六 / 8

贰 课程报告

"两两相对"和"四位一体"
　　——《红楼梦》中的四块石头 / 陈敬言　车林芮　陈　怡　丁美玲　13
女士的秘密
　　——黛玉年龄之谜 / 许丽川　蒋　陟　顾阅微　李冠男　17

告密嫌疑人袭人——审判决书 ／ 孙雁南　唐小蔚　田蕴仪　王睿明　26
有关"贾宝玉性取向"问题初探 ／ 刘玥彤　林玮琦　陆清韵　亓星雨　39
薛小妹《怀古绝句十首》浅探 ／ 王伊麟　王冠茹　朱洁　陈家扬　53
安能辨我脚大小 ／ 王玉婧　吴霞　赵紫荆　黄望舒　63
果不果
　　——话说《红楼梦》里的水果 ／ 吴霞　蒋陟　黄望舒　陈龙玄　74
金陵十二钗副册又副册名单探究 ／ 李梦欧　杨亦渺　黄鏸憗　许萌　80
关于《红楼梦》的反清复明思想 ／ 黄静瑜　葛雨欣　余嘉仪　刘玥彤　87

叁　课程作业

贾雨村、冷子兴及其历史世界 ／ 陈龙玄　97
贾政——隐秘的叛逆 ／ 车林芮　102
一个不合理的人：秦可卿人物形象探究 ／ 陈敬言　106
《红楼梦》中关于刘姥姥的几个疑点 ／ 陈怡　110
红楼中的多病身：关于钗黛的疾病书写 ／ 丁美玲　115
"青春王国"的阴暗面与门槛
　　——从宝黛对年长女性的态度说起 ／ 丁思露　119
林黛玉为什么只吃薛宝钗的醋 ／ 郜愉菲　123
可叹卿卿性命
　　——从秦可卿之病探讨秦可卿之死及人物意义 ／ 顾阅微　126
从可卿之死看曹雪芹的写作特色 ／ 许丽川　132
红颜白骨，道法风月
　　——《红楼梦》中的风月宝鉴研究 ／ 蒋陟　135
精神层面的"意淫"之爱
　　——从第十四回宝玉与秦钟、北静王交游片段看宝玉之爱 ／ 林玮琦　139
从赵嬷嬷看《红楼梦》中嬷嬷这一群体的审美价值 ／ 陆清韵　143
贾政与贾宝玉的代际关系及思想差异
　　——一窥第十七回之"大观园题咏" ／ 亓星雨　146
园外人元春 ／ 孙雁南　158
李嬷嬷的挫败感 ／ 唐小蔚　161
庶子的养束问题：贾环由谁负责管教？ ／ 田蕴仪　166

忍剪一寸心
    ——从多姑娘的一绺青丝说起 / 王睿明 171
比哲学更哲学的人生反思
    ——以《红楼梦》第二十二回参禅、灯谜为例 / 王玉婧 176
谶语:从《红楼梦》第二十三回《会真记》《西厢记》《牡丹亭》说开去 / 吴 霞 180
浅析贾芸、小红形象存在的意义
    ——《红楼梦》第二十四回解读 / 赵紫荆 189
马道婆的纸鬼纸人 / 黄望舒 192
浅探芸红恋 / 王冠茹 196
怡红院"人事变动"考
    ——以绮霰为例 / 王伊麟 199
大红汗巾子:特殊的传情载体 / 朱 洁 209
探讨王夫人动怒之原因
    ——以金钏儿之死为例 / 陈家扬 213
晴雯:封建时代的反抗者还是任性妄为的小丫头? / 葛雨欣 216
试论金钏之死 / 李梦欧 221
莫说戏子无义,却是戏假情真 / 杨亦渺 224
空云似桂如兰
    ——从第三十四回说袭人 / 许 萌 229
金线络子的无心或有意 / 黄鏸慇 237
比较三十六回和十九回宝玉爱情与生死观的成长 / 黄静瑜 241
海棠诗社与"女儿"的关系 / 余嘉仪 244

肆 其他文章

女士的秘密——黛玉年龄之谜(漫画版) / 许丽川 251
曹雪芹竟然写了戊戌变法还有辛亥革命?
    ——说《红楼梦》中的"时间密码" / 刘玥彤 252
《红楼梦》饰品叙述功用(节选) / 黄鏸慇 258
红楼一场梦,说起选课都是痛;痛也顶得住,一顿操作猛如虎! / 郜愉菲 267
坐看《红楼》云起时
    ——南京大学《红楼梦》研究"课程总结 / 刘玥彤 268

伍 媒体报道

"请结合本人姓名,论证《红楼梦》是自己所写",于是,南大一下冒出了50多个"曹雪芹"…… / 杨甜子 277
来!跟着《红楼梦》里的人物吃顿大餐 / 杨甜子 281
活宝玉挂彩回微信,痴黛玉葬花发票圈,南大文学院"神作业"第三弹……
　　 / 杨甜子 284
给金陵十二钗"乱点鸳鸯谱" / 杨甜子 286
南大学生给红楼梦中人找工作,林黛玉竟然成了"最美环卫工" / 杨甜子 288
来呀!跟着南大"曹雪芹"一起续写《红楼梦》 / 杨甜子 292
南大《红楼梦》神作业"完美收官 / 杨甜子 298
南大文学院"花式作业"又来了这次要给金陵十二钗找对象! / 刘静妍 301
南大花式作业上新了!这次是帮《红楼梦》人物找工作 / 刘静妍 304
南大花式作业"被模仿",苗怀明教授:不适合当考题! / 刘静妍 307
社群时代,古典文学可这样学
　　——《红楼梦》研究"花式"作业背后的严肃思考 / 徐　宁 309
苗怀明和他的大观园 / 卢雪儿 311
请"红楼"人物吃饭,教授"花式作业"获赞 / 张静姝 315
花式作业让教学更有质量 / 李方向 318
"花式"作业 / 李法明 319

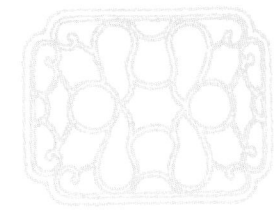

前言

自2002年在南京大学开设"《红楼梦》研究"课,转眼已经十八年过去。这门课主要是开给三年级本科生的,起初听课的都是文学院学生,后来面向全校各院系。其性质按照学校教务处的界定,属于专业必修课,现在改称高年级学术研讨课。

十八年间,学生换了一批又一批,其间稍微值得一说的是讲授内容与方式的几次变化。最初的考虑是三年级的学生已有一定的专业基础,从红学史入手介绍相关知识,入门可能要快一些,于是就把课开成了二十世纪红学史。我的两本小书《风起红楼》《红楼梦研究史论集》就是以这一时期的讲稿为基础修改而成的。

几轮下来,发现效果并不符合预期,讲红学史对学生来说并不是很合适,他们不少人对《红楼梦》并不熟悉,对学术史也相当陌生,一个学期的时间除了记住几个学术八卦之外,收获并不是很大。

于是重起炉灶,改为专题讲授,从作者家世、生平讲到版本、评点,再从思想、叙事讲到续书、传播,总共有十来个专题。学生则每人分配一回作品做作业,内容包括程本、脂本的校勘、比较版本差异、写小论文等。这样全部围绕作品自身展开,点面结合,效果还算不错。我的另外两本小书《曹雪芹》《话说红楼梦》就是以改变之后的讲稿为基础修改而成。其间,还曾将2006级学生的作业编成《寻梦金陵话红楼》一书出版,各方面的反响还都不错。

就这样又讲了几年。2009年10月,我创办中国古代小说网,尝试将网站与课堂教学结合起来。再后来微信流行,2016年9月,我又创办古代小说网微信公众号。随着资讯的发达和变化,学生获得信息的渠道及阅读方式也发生了很大改变,原来的讲授内容和方式势必要随之做出调整。于是2018年秋,我决定在原先授课的基础上做一点新的尝试。

这种尝试主要包括如下几个方面：

一是授课方式由原来的讲授为主变成讲授、讨论并重，增加学生的参与度。我个人的讲授之外，学生分若干小组围绕一些专题进行深入讨论。

二是充分利用新媒体。建立班级微信群，在群内讨论问题，作为课堂的延伸，有些作业也在群内交。学生的作业经过挑选和整合形成推文，利用各种媒体向外发布，将课堂与社会联结起来。

三是将平时的小作业打造成花式作业，即布置一些有较大讨论空间、好玩有趣又有学术性的小作业，增强课程的趣味性。当然，热闹归热闹，有趣归有趣，整个课程的要求并没有因此而放松，作业量反而增加了。我为课程设计的口号是：一本正经搞笑，认认真真读书。

在《扬子晚报》《现代快报》等报纸的通力配合下，花式作业及课程报告相继向社会发布，随即被各类媒体转发，受到社会广泛关注，一时成为高校的热门话题，同时也出现了一些模仿者。这颇有些出乎我的意料。

2019年秋，按照这种新的方式又上过一轮，对课程进行了认真的思考，决定出版一本书进行必要的总结，为大数据时代的高校教学改革提供一点资料，与同行分享交流。

本书所收的就是2018年秋红楼梦课程的相关资料，主要是同学们的各类作业。全书分五个部分：

第一部分是外界最为关注的花式作业。这类作业当初刊布在我创办的古代小说网微信公众号上，因媒介呈现形式的差异，无法在纸质书本上展现原貌，这次采取折中的方式，即在纸质书本上列出题目和我写的说明，具体内容则以二维码的方式呈现，读者用手机扫码，即可看到原汁原味的花式作业。

第二部分是各个小组的课程报告。同学们先围绕某个专题在课堂进行讨论，然后大家合作，将其写成文章。这些报告大部分在古代小说网微信公众号刊发过，这次采取文字内容加二维码的方式呈现。

第三部分是每位同学期末大作业中的小论文。这个作业刚开学就布置，每位同学分配一回作品，在脂本、程本之间校勘并进行总结，然后根据阅读那一回的体会，写成一篇小论文。其中刘玥彤、王伊麟的论文我还推荐到《红楼》杂志发表。

第四部分是一些同学在课程之外写的红学文章和课程总结，呈现方式同第二部分。

上述几类作业在出书之前都让作者本人做了认真的修改，与《寻梦金陵话红楼》那本书一样，除了格式方面的调整外，我不改动内容，保持原貌。至于这些文章的水准如何,我个人还比较满意,符合我对大三学生的期待,当然这还要接受读者诸君的评判。另外,一些作业当时刊发的时候,我在后面以编者按的形式进行评述,这次都放在文后,以说明的形式予以保留。

第五部分是部分媒体的报道。课程的新尝试之所以能产生如此大的影响,与各家媒体的及时报道是分不开的,特别是《扬子晚报》《现代快报》、梨视频更是全程跟踪报道。因此它们的报道也可以看作课程的一个重要组成部分,这次也予以收录。

将这五个部分的内容放在一起,可以大体看出这门课程的原貌,也许可以为同行提供一点借鉴和启发。当然,后面在教学过程中,我还会根据情况不断进行修正和完善。

特别需要说明的是,这门课程并不像外界想象的那么轻松,好像我整天除了带学生们玩花式作业不干别的。如此多的作业,无论是同学们,还是我本人,都是相当辛苦的。别的不说,就是那些看着轻松有趣的花式作业,设计题目相当烧脑,既要好玩有趣,又要有学术性,还得让同学们有发挥空间,有时候要想很长时间才能确定一个题目。题目有了,其实做起来也并不容易。不过辛苦虽然辛苦,整个过程还是相当愉快的,至今想来,也是一段非常美好的回忆。

有时候就想,上好一门课程,光靠老师和学生的努力还不够,还需要老师与学生之间的默契,也就是说需要一种缘分。我给这届学生在他们大二的时候讲过古代文学史,在上"《红楼梦》研究"课之前,和班里不少同学已经比较熟悉。有了这个基础,大家很快找到了这种默契,在半年时间里,大家互爱互伤,我叫他们小妖,他们称我魔头,自黑或互黑,相处得非常融洽。一年过去了,我和其中不少同学还一直保持着联系。这本书是这段美好时光的一个记录,也是这种默契师生缘分的一个最好纪念。

我曾在一次作业后的编者按中这样描述我的小妖们:

看看班里都是些什么妖魔鬼怪吧:杀死文人不偿命、天生为搞笑而来的圣手推文书生邰愉菲(也是这篇邪恶推文的作者兼小编),御前一品带刀、先斩后奏、免死符护身的金牌课代表刘玥彤,为学分舍弃灵魂的香港超级富婆许丽川,千娇百媚、眉目清秀的大脸美女王玉婧,贫困交加却坐拥后宫佳丽三千的蒋陟,一边说誓死都不退课一边悠然翘课、一边提着脑袋一边做苦力的老铁唐小蔚,看尽天下书、让别人无书可看的金陵十二(请自行脑补"学"字)霸之首顾阅微,二十四小时不插电、埋怨老师把自己电脑吓死机的超级脱口秀巨星丁思露,上天骑笤帚、下地开卡车、萌遍天下无敌手、我看世间谁敢萌的小巫婆王伊麟……

前言

但这种缘分也不是每届都能遇到的。比如下一届即2017级,我在他们大二的时候也讲过古代文学史,本来想着有了第一年的经验,到大三上"《红楼梦》研究"课程的时候会上得更好。但没想到的是,这个班的学生嫌我课程作业太多、要求太严,到大三竟然放弃了我的这门课。到上"《红楼梦》研究"课的时候,这个班只有四个同学选了我的课,选课的大部分是文学院同届另外一个班及其他院系的学生。这出乎我的意料,同时也让我清醒很多,这让我意识到,这门课有成功的地方,也肯定有不如意的地方,将来还需要不断调整和改进。

想说的话很多。在这门课的课程总结后,我写了这么几段话,就将其作为本文的结尾吧:

一个学期的折腾看起来很欢乐,实际上还是蛮辛苦的,同学们不停地被老师催债、烧脑不说,设计这些题目也是要累死不少脑细胞的,既要让同学们借助题目换个角度阅读作品,又要锻炼他们的思考能力,还得有趣好玩,不让人昏昏欲睡,人世间哪有这等好事,一个题目的设计有时候可以用苦思冥想、绞尽脑汁来形容。

当然有付出就会有收获,这种收获是多方面的,或被同学们的奇思妙想惊得目瞪口呆,或为他们的幽默风趣笑得满地打滚,或从他们的作业中悟得人生真谛……总之,大家一起互爱互伤,相爱相杀,走过一个不平静的学期,苦并快乐着。

在最后一次上课时,我向同学们表示了自己的谢意,我陪伴他们走过了一段美好的青春时光,他们也陪伴我走过了一段难忘的中年岁月,给了我得天下英才而教之的莫大快乐。

在逐渐老去之前,我要做几件自己喜欢的事情,包括上几门自己喜欢讲的课程,比如带同学们一起寻找散落在南京街巷间的中国文学碎片,一起品读世界侦探小说精品,要写几本自己想写的书还有文章。事情不要多,但一定得是自己喜欢的。

要感谢的人很多,除了我称作小妖的三十八位打死不退课的敢死队同学,还有众多媒体,特别是《扬子晚报》的杨甜子、《现代快报》的刘静妍、梨视频的潇潇,她们对我的课程进行了一个学期的跟踪报道,我也将她们视为这门课程的重要成员。还有《新华日报》、《新京报》等众多媒体,没有它们的报道和宣传,这门课程不会产生这么大的影响。

苗怀明

2020年3月8日

壹 花式作业

花式作业 一

作业题目：
　　论证《红楼梦》是自己所写
推文标题：
　　震惊！某大学50多位学子自称曹雪芹转世？真相竟然是……

说明：
请结合本人姓名，论证《红楼梦》是自己所写。

布置这个作业是为了增强同学们对学术问题的辨别判断能力，现在红学热得发紫发烧，特别是作者问题，不断有人加码提出候选人，目前已有一百多，没有接触过红学的人很容易晕头转向。与其纸上谈兵去批驳，不如让同学们亲自下水，也按照那些人常用的简单比附外加谐音、拆字、胡乱联系的路数演练一遍，论证《红楼梦》是自己所写。

于是同学们脑洞大开，怪招百出，奇思妙想，让人眼花缭乱，把那些红学民科甩出八条大街去。完成作业之后，让他们再去看市面上那些《红楼梦》作者不是曹雪芹只能是某某某的玩意儿，会觉得都是自己玩剩下来的小儿科，对究竟该如何做学问心里就有了数。

让人欣喜的是，已经有同学活学活用，用这个招数论证《红楼梦》是自己朋友所写，结果获得打赏二十元，真是一个意外收获。将来毕业找不到工作时，可以让他们开展有偿论证服务，只要你愿意出钱，就可以论证《红楼梦》是你写的，而且优惠酬宾，买一送一，免费再送你一个《三国演义》、《水浒传》或《西游记》、《金瓶梅》的著作权，各大名著随便挑，如假包换。嘿嘿，列位看官，不管是笑死还是气死，俺可是不偿命滴，自求多福吧。

壹 花式作业

花式作业 二

作业题目：

请红楼人物来吃饭

推文标题：

32场红楼饕餮盛宴，贾母连连称赞，大观园人去楼空……

说明：

本次作业的具体要求如下：

1. 如果由你来主持一个饭局，《红楼梦》里的人物你都想请谁吃饭？请简要说明理由。

2. 请到这些人后，你准备点什么菜？请简要说明理由。要求：菜数最好控制在吃饭人数的两倍以内，避免浪费。菜必须是《红楼梦》里写过的。

3. 给你的饭局造个预算，写出每道菜的价格，并简要说明理由。

如果划重点的话，"简要说明理由"是关键，目的只有一个，那就是逼着学生满世界查资料，细细研读作品。读仔细了、读多了，自然会有想法。研究红学云云，认真反复阅读作品是最最关键的，这是童子功，研究其他小说乃至诗文词曲，也是如此。

课程小作业完成之后，再找一位具有狗仔潜质的同学进行总结，撰文排版，由古代小说网微信公众号推送，估计"《红楼梦》研究"课程上到最后会变成网红狗仔职业培训班。

除了全体同学必做的课程小作业之外，还有每次四人参与的课堂讨论（嘿嘿，他们四位要讲整整一节课），然后才是每人必做的课程大作业，要两个学分就是这么难。俺是苦孩子出身，小时候在生产队挣一个工分都难，长大后做教师，自然不会轻易给人学分。

总之，要不断变着花样折磨学生，逼着他们看书、思考问题，一个不会折磨学生的老师不是一个好老师，俺坚信这一点。

希望得到您的鼓(jin)励(qing)和支(da)持(shang)。

花式作业 三

作业题目：
　　帮贾宝玉、林黛玉发个朋友圈
推文标题：
　　第N回　活宝玉挂彩回微信，痴黛玉葬花发票圈

说明：
　　具体要求如下：黛玉葬花和宝玉挨打是《红楼梦》里有名的段落，这两件事当事人本人怎么看、别人怎么看，涉及对全书思想及人物的理解。请你帮林黛玉和贾宝玉各发一个朋友圈，并分别代他们朋友圈里的十个人回复。也就是说每位同学设计两个朋友圈，一个是黛玉葬花，一个是宝玉挨打。注意：《红楼梦》里的人物都在他们朋友圈的范围之内。要求所有选课的同学都做。

　　希望同学们如何去做，想达到什么目的，都已说得很清楚，他们也都领会了，从上述作业可以看出来。《红楼梦》是开放的，它产生于清代，同样面向当下。通过这个作业，也许可以找到一种从当下境况解读《红楼梦》的方式，连接古今，也可以使阅读增加几分现实感，对《红楼梦》有更感性的体会。

　　至于作业完成的质量如何，要请读者诸君评判了。行笔至此，忽然想到，这门《红楼梦》研究"课程上到最后，会不会办成学术狗仔训练营，或段子手职业培训班？一笑。

花式作业 四

作业题目：

    为红楼人物找对象

推文标题：

    [头条]南大婚介所开张营业　　金陵十二钗乱配鸳鸯

说明：

    本次作业的具体要求如下：《红楼梦》一书对女性的情感及其描写与其他小说不同，其中最值得关注的是金陵十二钗，虽然她们个个写得光彩照人，但结局都不好，令人惋惜，我们就帮她们找个意中人，算是抚慰她们吧。要求为金陵十二钗各找一个合适的伴侣，并简要说明理由。不必拘于她们原来的婚恋情况，优先从《红楼梦》中找，没有合适的，可以在四大名著的另三部中找。如果还没有合适的，可以从整个古代小说作品中找。找的时候要综合考虑她们的性格、爱好、气质等，匹配度要高。

    如果划重点的话，有两个关键词：一是匹配对象，二是理由。看起来是让同学们乱点鸳鸯谱，但目的也很明确，只有对金陵十二钗以及与她们匹配的人物较为熟悉，才能做好这个作业。再说，利用这个作业，让他们温习一下以往读过的小说，翻检作品，这也是要达到的目的。

    从交上来的作业来看，大家的答案脑洞大开，五花八门，在为小说虚构人物乱点鸳鸯谱的同时，同学们会不会也想到自己的终身大事呢。这种代入感或者当代意识也是需要的，让红楼人物活在当下，这也是阅读作品、连通古今的一种有效方式。

花式作业 五

作业题目：
　　为红楼人物找工作
推文标题：
　　林潇湘剁手卖文度日　　贾怡红搬砖变废为宝

说明：
　　具体要求如下：《红楼梦》里贾府上下人等基本上是坐吃山空，都是花钱的，没有挣钱的。如果这些人生活在当下，都是要外出打工谋生的。请根据各自的特长、性格及兴趣等，给《红楼梦》里的五个人物找一份工作，简要说明理由，并展开想象，用几句话描述一下他们工作的场景。

　　目的很明确，从八卦开始，以学术结束。让同学们从职业的角度重新审视《红楼梦》，既要熟悉作品里的人物，又要融入当代意识，让作品鲜活起来。

　　看过大家的作业，爆笑之余，也引起不少严肃的思考，尤其是其中的励志元素。贾宝玉看似一个废物，但他做化妆品行业绝对是本色当行；林黛玉似乎无法就业，但让她到大学里承担古代文学或旧体诗词创作课程，真是再合适不过，这有香菱学诗为证。

　　每个人来到这个世界上，都有自己的理由，上帝是公平的，众生平等，只要善于观察和发掘，都可以找到自己的长处和优势。一次《红楼梦》课程作业能获得一份这样的启示，也就够了。

　　时光荏苒，转眼已是期末，"《红楼梦》研究"课程也到了曲终人散的时候。这里剧透一下，一般人我不告诉他：期末，我们将一起搞一件大事，那就是郑重发起"《红楼梦》研究"课程花式作业终结篇即第六波，剧情更狗血，效果更火爆，红楼冲击波，势不可当。我们的口号是：一本正经搞笑，认认真真读书。

　　同学们已经摩拳擦掌，跃跃欲试，欲知后事如何，且听下回分解。

花式作业 六

作业题目：

　　为《红楼梦》写一个结尾

推文标题：

　　"雪芹转世"倾情打造　　花式红楼贺岁登场

说明：

　　具体要求如下：虽然曹雪芹写完了《红楼梦》，但八十回后的内容我们看不到了，现在看到的一百二十回本的后四十回不是曹雪芹写的。但我们知道，《红楼梦》是肯定有结尾的，根据你阅读《红楼梦》的体会，请替这部作品写个结尾，要求字数在一二百字，风格尽量模仿曹雪芹。

　　这个作业也呼应了我们的第一次花式作业：我们都是曹雪芹。既然自己是曹雪芹，那就得真枪实弹地去写《红楼梦》。

　　相比前四次，这个作业还是有一定难度的，既考察同学们对《红楼梦》这部作品的理解，也考察他们的写作水平，包括构思、语言等，以创作的形式写出他们的思考。从提交的三十八份作业来看，整体上还算满意，但有的同学写成了故事梗概，和我的要求还有距离。

　　不过也够难为他们了，毕竟他们是山寨版的曹雪芹，是在完成一项不可能完成的任务，加之课程结束后，马上进入期末考试。尤其是做这篇推文的同学，是在复习间隙见缝插针进行的。

　　这里要强调的是，这六次花式作业是"《红楼梦》研究"课程的小作业，目的在督促同学们读书，培养能力，活跃气氛，是不计入课程成绩的。我们另外还有课程报告与较为繁重的大作业，这才是最后成绩的依据。

　　有的学校的老师机械模仿，将我们的花式作业变成期末考试题，只是将《红楼梦》换成《聊斋志异》、《牡丹亭》等其他作品，这是不够严肃的。因为我们的花式作业都是针对《红楼梦》而设计的，每一次作业我都会对学术背景、预期目的以及要求做出具体的说明，而且这些题目不适合作为考试题，因为没有客观的评价标准，即便有，实际上也很难操作。

　　如果不加任何说明，与本学期课堂讲授内容没有多少关联，上来就论证自己是《西游记》的作者，会让人感到一头雾水、莫名其妙，考察不出学生对作品的理解和研究能力,实际上变成了仅具有娱乐性质的脑筋急转弯,这是不可取的。

我们不反对对花式作业的借鉴,但希望能达到督促学生读书、活跃气氛、快乐学习的目的,而不是搞怪,刁难学生。齐白石有句名言,叫"学我者生,似我者死"。就把这句话送给那些借鉴模仿者吧。

最后要说的是,虽然已进入寒假模式,但我们并不消停,继续搞事,将花式作业进行到底。

剧透一下:接下来我们要隆重推出"《红楼梦》研究"课程的喜迎新春总结篇,分正邪两篇,精心打造,正符合《红楼梦》正邪交赋的奇幻风格,不善阅读者可能会精神错乱,坑深有风险,请提前做好心理准备。

贰 课程报告

"两两相对"和"四位一体"
——《红楼梦》中的四块石头

陈敬言　车林芮　陈　怡　丁美玲

《红楼梦》中最引人注意的,莫过于神话与现实中真真假假的四块"石头",可将其两两分至两个世界中:神话体系中的补天顽石和神瑛侍者;现实世界中的通灵宝玉和贾宝玉。在故事情节的设计中,神话体系中的角色乃是现实世界角色的前身,补天顽石化为通灵宝玉,而贾宝玉则是神瑛侍者的凡胎。补天顽石与通灵玉的关系在第一回就交割清楚,此后在书中仍有多处明晰的交代,譬如书中多次出现以顽石口吻、通灵宝玉视角的点评或自叙。神瑛侍者与贾宝玉的关系则是通过宝黛二人的宿命纠缠显现出来。然而,神话中神瑛侍者与补天顽石之联系却有诸多疑点。

《红楼梦》故事之缘起在第一回的神话世界。作者于楔子中将此书由来设计为补天顽石将坠入红尘之亲闻亲见镌于其上,为空空道人抄录,由曹雪芹于悼红轩中批阅十载、增删五次,纂成目录,分出章回而成。此为作者"画家烟云模糊处"的障眼法。由补天顽石的遭遇溯源,有两个故事。其一为被弃于青埂峰下的补天顽石偶闻一僧一道提及红尘中荣华富贵,打动凡心,苦求僧道携其下凡经历,由顽石的下凡引出神瑛侍者与绛珠仙子的还泪羁绊。至此,《红楼梦》的两个系统在两个故事之关联的处理中出现了较大的分歧。在脂本系统中,绛珠还泪与顽石下凡是两个独立的神话系统:

顽石被僧道二人的谈话打动凡心,恳求僧道携他下凡经历,于是"那僧便念咒书符,大展幻术,将一块大石登时变成一块鲜明莹洁的美玉,且又缩成扇坠大小的可佩可拿"①,顽石被僧道二人带走。此后甄士隐在梦中听到僧道二人的谈话,提及绛珠草与神瑛侍者之事,二人决定将补天顽石夹带在其中下凡。两个神话之间的联系是僧道将补天顽石夹带于下凡的一干"风流冤家"(神瑛侍者、绛珠仙子等人)中入世经历。

在程甲本中,石头同样是由僧道二人夹带在神瑛侍者等一干"风流冤家"中下凡,但在僧道二人谈话叙述神瑛侍者与绛珠草的故事时,程甲本中多出一笔:"那时这个石头因娲皇未用,却也落得逍遥自在,各处去游玩。一日来到警幻仙子处,那仙子知他有

---

① 本文所引用脂本原文及脂批均出自曹雪芹著,脂砚斋评点,王丽文校点《脂砚斋批评本红楼梦》,岳麓书社2015年版。

些来历,因留他在赤霞宫居住,就名他为赤霞宫神瑛侍者。"①换言之,程甲本以神瑛侍者和补天顽石为一体。这样的设置就造成了前后情节的矛盾:既然补天顽石已为神瑛侍者凡心偶炽要下世为人,又何来补天顽石遭遇僧道被夹带下凡? 难道是神瑛侍者自己又变回石头等着僧道? 照此看来,程本是在原有手抄本上进行了改动,添上一笔,自以为解释清楚二者的联系,却错解曹公本意。

另有一值得注意的辅证。脂本系统中甲戌本要比其余版本多427字,详细介绍顽石如何听得僧道所言凡心大动,僧道如何将顽石化作宝玉,而在程本中,此情节仅仅是石头自哀自怜时被僧道慧眼识珠,主动带下凡间经历。这牵引出一个本质的不同:究竟是顽石苦求僧道,僧道方将其变作美玉下凡,还是顽石自己修炼成美玉,被僧道慧眼相识携下凡间? 主动或被动,这要看僧道对下凡的态度。观全文,如若僧道时将下凡历缘的神仙称作"风流孽障"尚且不能完全见出他们的态度,那么在第二十五回宝玉中邪、僧道再次出场时所表明的态度则是清楚明白。僧人对通灵玉下凡前的描述是:

> 天不拘兮地不羁,心头无喜亦无悲;
> 却因锻炼通灵后,便向人间觅是非。

对于通灵玉下凡后的描述是:

> 粉渍脂痕污宝光,绮栊昼夜困鸳鸯。
> 沉酣一梦终须醒,冤孽偿清好散场!

显然,在这一回中,僧人对顽石(通灵宝玉)流露出的态度是可羡当时无喜无悲的好处,警醒石头早日梦醒散场。这样的态度和甲戌本中僧道的态度如出一辙:

> 善哉,善哉! 那红尘中有却有些乐事,但不能永远依恃,况又有"美中不足,好事多魔"八个字紧相连属,瞬息间则又乐极悲生,人非物换,究竟是到头一梦,万境归空,倒不如不去的好。

对红尘持否定态度的僧道,自然不可能主动要将顽石携下凡间,命其经历红尘。顽石自成美玉,似是和程本之后顽石被命为神瑛侍者的情节改动相互对照。然而

---

① 本文所引用程甲本原文均出自曹雪芹、高鹗著,启功等整理《红楼梦》,中华书局2001年版。

矛盾仍如前文所述,在同一叙事层面上时间线难以对上,仍旧是甲戌本更能自圆其说。

至此,基本可以确定,在基本的叙述层上,四块"石头"的关系是两两对应的,它们分属于两个神话故事,由僧道联系在一起。然而,通灵玉既言之通灵玉,它绝非一块普通的石头,在故事中,这块石头和贾宝玉本人有着极为密切的关联。仍旧从第二十五回看,马道婆施法魇住宝玉,僧道出场解救宝玉,其所用法乃持诵摩弄通灵宝玉。既将救治施于通灵宝玉来使贾宝玉"还魂",可见通灵玉与贾宝玉本为一体。另有一证于第八回:

> 这就是大荒山中青埂峰下的那块顽石的幻相。后人曾有诗嘲云:
> 女娲炼石已荒唐,又向荒唐演大荒。
> 失去幽灵真境界,幻来亲就臭皮囊。
> 好知运败金无彩,堪叹时乖玉不光。
> 白骨如山忘姓氏,无非公子与红妆。

臭皮囊乃佛家用语,指人之躯壳。如果宝玉与通灵玉非一体,又何来补天顽石化作"臭皮囊"?此为另一证。通篇看来,通灵玉和宝玉有着某种神魂相交或神魂相合的联系。或言,曹公惯用虚笔,通灵玉与宝玉本为一体,是一体两面。这种关联即所谓"四位一体"的本质联系。

所谓一体两面,一面是人间的纨绔公子贾宝玉,历经人间是非,沉醉闺阁情爱,另一面是通灵玉原本无拘无束的质朴境界。表面看来,这两面是单纯的对立关系。石头,或言通灵玉,所代表的本真境界,在僧道看来是一种至纯的无悲无喜的真境界,而石头下凡则是为情所扰的情的境界,幻化成贾宝玉混迹胭脂香粉滋味之中,虽可做梦,但应早日警醒。从第二十五回中僧人以手持摩通灵玉的设置来看,也有拭去蒙在宝玉之上红尘的象征意味。

这其实是贯穿《红楼梦》全篇的主题:"情"与"空",文中曹公将这两种力量虚虚实实处处设喻。对于石头和宝玉来说,石头是空,宝玉是情。这样的投射在文中比比皆是。譬如黛玉曾言及僧道想化她出家。化林黛玉出家,便是让绛珠草无法还泪,是僧道所代表的空的力量在反对以情为主的木石姻缘。与之相对,在第七回中宝钗讲到自己的冷香丸系一秃头和尚所赠。另外,宝钗的金锁铭文也系僧人所赠:

> 宝玉看了,也念了两遍,又念自己的两遍,因笑问:"姐姐这八个字倒真与我的是一对。"莺儿笑道:"是个癞头和尚送的,他说必须錾在金器上——"

或言之，在《红楼梦》一书中所出现的金玉良缘其实是僧道一手构建的。在书中，宝钗的无情与理智恰似空在俗世的投射，而黛玉的多情敏感则是情的投射。向前推溯，最开始的两个神话也已然是这两种力量的互搏。一空一情，曹公在情节的设置上常有巧妙的对称性。

然而，在《红楼梦》中，情与空的关系并非简单的对立。作为隐喻性的人物，僧道等超世界中的人物常常对《红楼梦》中的情节、故事进行点评，对《红楼梦》本身进行自我阐释。在第一回，僧道二人言："况又有'美中不足，好事多魔'八个字紧相连属，瞬息间则又乐极悲生，人非物换，究竟是到头一梦，万境归空。"脂砚斋点评此四句"乃一部之总纲"。看来"情"不过是一场梦，最终的归宿仍旧是"空"。但在同一回目又点出"因空见色，由色生情，传情入色，自色悟空"，这是佛家常用的启人入门的法则。《宗镜录》中有言曰："斯乃非欲之欲，以欲止欲。"从这句话看，"情"又成为悟"空"的途径。在第五回中，警幻仙子意欲先领宝玉知会仙闺幻境风光，之后便可跳出迷人圈子，也同样是此方法。

《红楼梦》第五回中言："以情悟道。"脂批："四字是作者一生得力处。人能悟此，庶能不为情所迷。"情绝非空的反面，也非至终之空的引子，而是人的必经之途。曹公借助这些预言式的人物表达了他的基本观点：遍历情色，万境归空。这正是《红楼梦》的轨迹，也是曹公一生的轨迹，恰如四块"石头"内部千丝万缕的联系，补天顽石入凡经历之后再回到天上，这补天顽石的由情至空，又莫不是曹公本人的体悟？

女士的秘密
——黛玉年龄之谜

许丽川　蒋　陟　顾阅微　李冠男

俗话说:年龄是女人最大的秘密。

冒昧询问一位女士的年龄,通常被视为一种不礼貌的行为。

对比各国女性,其中一个令人津津乐道的话题是,相比其他人种,亚洲女性为什么普遍看上去都比实际年龄小?周围的外国朋友,似乎永远猜不对中国女孩的芳龄。

假如你自诩为猜年龄高手,不妨来猜猜,《红楼梦》黛玉入贾府时,她有多大?

在第二回中,黛玉第一次被提及,也是书中第一次展示她的背景信息。

当时说到,这一载过去之后,贾夫人就过世了,此时不难推测,黛玉是六岁。

贾雨村也在一日外出漫步的时候遇上了冷子兴。他们交谈之间,提到贾夫人是上个月去世的(可伤上月竟亡故了)。

然后也就是在那第二天,林如海与贾雨村议定,由贾雨村护送林黛玉上京。

那么他们是什么时候走的呢?林如海说"已择了出月初二日小女入都"①,"出月"是江淮方言,也就是下个月。

之后,庚辰本和甲戌本说的都是他们"有日"到了都中,程甲本说的是"一日"到了京都,基本上略过了去表述他们在路上花了多久,所以有时会给读者一种好像他们一瞬即到的感觉,甚至会忽略了路途耗时这个问题。

也许正是因为作者希望读者可以尽快看到黛玉进入荣府的环境当中,所以在路途时间这一块儿并不刻意设计。

那么我们也可以从后文一些零星的表述中,看到从扬州到京都,应该还是要花一两个月的时间的。第十四回"林如海捐馆扬州城"中说"林姑老爷是九月初三巳时没的。二爷带了林姑娘同送林姑老爷的灵到苏州,大约赶年底回来"。

那么按照这样推算,从贾夫人过世到黛玉进荣府应该有三四个月的时间,那么黛玉应该是六岁,也有可能是七岁进的贾府。

---

① 曹雪芹:《红楼梦》,上海古籍出版社1982年版,第37页。

根据周汝昌先生的《红楼纪历》[①]，他认为黛玉进府时是六岁，推测的依据大致就是之前所说到的几处，"堪堪一载光阴""出月初二日""有日"，但并没有过于计较路途所花的时间。

然而关于黛玉进府，还有其他的说法。己卯本和梦稿本，黛玉说自己已经十三岁了。但是这些在甲戌、庚辰等其他的本子里都没有，并且注明这句已经被朱笔删去，应该是畸笏在誊写时妄加的，作者在修订时删去了。所以周汝昌先生说"十三岁"说的出现是他笔妄加所致。

还有，"七岁说"是因为在王府本、戚沪本和戚宁本中林如海那句"已择了出月初二日小女入都"变成了"正月初六小女入都"，这个日期变得更加具体，那么也就是说黛玉出发的时候已经跨了年，此时她七岁了。

当然还有"九岁说"，也是在第四十五回中，黛玉自己说已经十五岁了。按照周先生的《红楼纪历》，第四十五回是《红楼梦》故事开始的第十三年，黛玉是故事开始的第七年进的贾府，如此倒推，仿佛黛玉进府那年应当是九岁。

其实，各年龄说都有前后不符之处，但根据分析，六岁或七岁的说法会比较准确。

一个是因为刚才依据前文的推断。还有就是有些矛盾之处，确实与整个故事构架不相符。

"十三岁说"和"九岁说"就是跟周围其他人物的年龄不相符合。根据甲戌本推断，薛蟠十五岁，宝钗小他两岁，宝钗应当有十三岁。

虽然不少研究表明，这个"小两岁"可能只是个约数，因为后文到第二十二回宝钗才满十五岁，但根据现有信息，综合推断宝钗当时年龄只会小于等于十三岁，而不会更大。

如果黛玉进府时已经有十三岁了，宝玉又大黛玉一岁，那么宝钗绝不能是他二人的"宝姐姐"。

至于九岁说，它成立的依据是四十五回中的黛玉"十五"岁。那么我们再来看由第二十三回、二十四回推知宝玉已经有十二三岁了，一直到第五十六回甄家入京，贾母问起甄宝玉的年纪，我们知道在小说中甄宝玉是贾宝玉某种程度上的投射，两人年貌相当、境遇相似，所以有"甄贾俱同"的说法，那么此时贾宝玉也该十三岁。

从第二十三回到第五十六回，贾宝玉是十三岁，那第四十五回，他的林妹妹怎么就是十五岁了呢。

所以十三岁说和九岁说都不成立。而"六岁"或者"七岁"在时间上是可以成立的。

[①] 周汝昌:《红楼梦新证》，棠棣出版社1953年版，第167页。

六岁据文本而推,七岁的话,其实就是跨不跨年的问题。

当时凤姐身上穿着"大红云缎"的袄子,外面还罩着一件银鼠褂子,贾母也说"等过了残冬,春天再给他们收拾房屋",说明此时已转至新的一年是有可能的。

但关键在于,这里年龄就与人物举止有很多矛盾的地方。"年貌虽小",但是风姿绰约,探春也是一个神采飞扬、气度天成的少女形象,看着就像是芳龄少女,与六七岁的女童似乎不符。

而且黛玉仅仅用了一年的时间就读完了《四书》,之后我们看到在"探宝钗黛玉半含酸"中的表现,分明就是情窦初开,牙尖嘴利,而且话中带话,揶揄和讽刺他人都是不必明言的,若说她只是个十岁未到的女童,确实很难让人相信。

我觉得这里更多的就有作者艺术加工的成分,我们可以明显地感受到在宝黛钗一出场的时候,就有一个性格突出、特色鲜明的形象定格在我们心中,及至后来八十回的故事中,很少再有关于他们外貌、风姿的正面描写,更多的是行为、动作和谈吐。

其实《红楼梦》中有很多时间上的错漏、年龄上的矛盾。而我们之所以可以忽略红楼中那么多的时间矛盾和细节参差,原因之一就是一开始这个人物已经立住了,之后他们所有的所言所行都符合一开始作者为我们塑造的印象。而后世评说关于黛玉等人最经典的印象也是来自甫一出场的惊艳时刻。

所以,作者确实有必要在人物一出场的时候就让她们披戴着属于她们自身最经典、最独特的颜色,展现出自己独有的风姿,人物才能立住,情节也才可延展。所以黛玉才会显得这般出尘出众,包括我们后面要说的"懂事",也是这方面的一种体现。这也是优秀的小说塑造成功角色的一种技巧。

其次,老师也说过,《红楼梦》有一个主题正是青春。只有年龄的起点比较低,才能在一个相当大的时间跨度里始终维持在青春的范围内,而且是美好纯净、无忧无虑的青春,才能有比较充分的成长空间,有层次地去接触青春,有跨度地展现青春。

如果男女主角一登场就已经十几岁了,那么再往后发展几回,他们就需要谈婚论嫁了。而且贾府的长辈也就不会给他们机会同吃同睡,更别提在大观园里的吟风弄月了。

同时,男女主角在幼小的年纪去互相接触,才能够营造出青梅竹马、两小无猜的感觉,因为他们很早就在同一个起点一起去经历成长的时光,所以我觉得这是作者的意图。

也许他曾经会将黛玉写成十三岁的少女,但最后修改回了六七岁的版本,因为稿本修订的混乱,才会导致现在有很多的年龄版本。再加上《红楼梦》本身篇幅较长、人物众多,在这种容量之下,确实难以面面俱到,所以时间前后不一致、人物年龄不相符的情况也在所难免。

这也可以在一定程度上解释为什么黛玉那么小,却有与年龄不相称的懂事。一方面在曹雪芹心目中就是要将她塑造成一个天分极佳、聪慧不凡、心思细腻敏感的才女形象,所以她的出场举止谈吐与年龄相合不是最主要的,与人物设定相合才是最主要的。另一方面,也许曹雪芹本身期望的进入荣国府的黛玉就是一个风姿不凡的少女,只是之后为了铺展情节的需要,才将年龄设置得比较低。

解决了黛玉的年龄问题后,我们又要思考另一个问题了:为什么年仅六七岁的黛玉,进贾府的时候,表现从容不迫,举止温文有礼,十足一副小大人的样子?

最明显的例子,就是第三回写黛玉"步步留心,时时在意,不肯轻易多说一句话,多行一步路,唯恐被人耻笑了他去"。这些超越年龄层的早熟表现,可以分为以下三个原因:

第一,黛玉天生聪慧,观察力强,十分细心。这是作者给林黛玉的设定,一开场就说她天生聪明清秀,是父母珍爱的宝贝,进入贾府的时候,黛玉心思极其细腻,一面吃茶一面打量丫鬟,发觉她们果与别家不同,贾家不愧是富贵之家,行动越发谨慎,心到眼到。到了饭点,贾家有用茶漱口的习惯,黛玉也照样漱了口。

甲戌本有一条侧批相当有意思,他想起来司马炎的女婿去皇宫做客,误把登厕时塞鼻用的红枣吃肚子里了,被奴仆们取笑。假如黛玉没有用这杯茶漱口,或不留神喝了一口,难免会被荣国府的丫鬟讥笑,由此可见,黛玉心思过人。

第二,黛玉是千金小姐,家教良好。她的父亲林如海大有来头,乃前科探花,可谓是出自书香世家。母亲贾敏是贾母最为疼爱的女儿,贾母是受过严格家教的贵族女性,第五十四回评说书中的小姐只见了一个清俊的男人就忘了父母礼节,称不上佳人。"世宦书香大家小姐都知礼读书,连夫人都知书识礼。"

第三回贾敏曾与黛玉说过,她外祖母家与别家不同,晚饭期间,外间侍候之媳妇丫鬟虽多,却连一声咳嗽都不闻。可见贾家重视礼节,家教严格。

另一方面,我们从贾雨村的视角也多多少少可以窥见他人对林家母女的评价:"怪道我这女学生言语举止另是一样,不与近日女子相同,度其母不凡,方得其女,今知为荣府之孙,又不足罕矣。"

第三,这出于曹雪芹的艺术加工。第二十二回,宝玉、黛玉、宝钗三人讨论参禅,其中展现的见解远远超出一般同龄人,近乎不可能在现实出现。

其实这样的场景,在《红楼梦》中十分常见,最明显的便是宝钗,是个万事通,女红、绘画、诗词、戏剧无一不通,无一不精。大观园的少年少女,学识渊博,早慧早熟,甚至超过成年人。

这看似青少年不可能达到的境界,有部分是源自曹雪芹笔下的艺术加工,他借宝玉、黛玉、宝钗之口,渲染他们如何的聪明,达到较高的艺术效果,同时也借他们三人,发挥作者本人的才气。

好啦,说完这么多关于林妹妹的事,我们也应该转移手上的望远镜,把视角放到《红楼梦》另外一位女主角——薛宝钗。

当我们阅读小说的时候,总感觉宝玉与黛玉做了不短时间的青梅竹马,之后宝姐姐才来贾府的,可是,真相真的如此吗?黛玉和宝钗的进府时间,究竟相差多少?

我们首先可以来个最简单的"顺时间线推法"。第三回中贾雨村送林黛玉入贾府,不上两个月,补授应天府。黛玉次日起来,探春等得知薛蟠倚财仗势,打死人命,案件在应天府审理,母舅王子腾得了消息,便派人通知贾府。

到了第四回,雨村补授应天府,马上就有一件人命官司要处理,冯渊仆人说:"小人告了一年的状。"同一回中,门子说道:"这薛公子原是早已择定日子上京去的。"薛蟠进京,一为送妹选侍,二为望亲,三为游览上国风光。"他便带了母妹,竟自起身,长行去了。"在路不计其日。

之后贾雨村审理好案件,并通知王子腾,后来王子腾由京营节度使升为九省都检点,紧接着薛家母子抵达京城,后入住梨香院,宝钗便与众姐妹一起生活。

由此看来,黛玉启程前十个月,薛蟠便杀人了。按时间线来说,先是薛蟠杀人,并离开家乡,之后黛玉从扬州进京。直到黛玉进了贾府的次日,便听说薛蟠那宗人命官司,贾雨村在短短两个月内上任,着手审理这宗案件。

薛蟠带着母亲和妹妹,一家人花在路上的时间,短则数月,长则一年,由此看来,林黛玉与宝钗进府的时间,应该相差几个月到一年。

然而,这里有一段时间是模糊的,即贾雨村从送黛玉进荣国府与其补授应天府这一段,书中说贾雨村到了神京,先整了衣冠,带着小童去见了贾政,不上两个月就补授了应天府。

黛玉一登岸就被荣国府的轿子接走了,似乎和贾雨村不是同时到的荣国府,如果不是同时到的,又相差了多久呢?所以虽然次日,荣国府就已经在讨论命案的事儿,但是仍然不知道贾雨村此时是否上任了。

贾雨村审案看起来只用了两天的时间,但是从结案到薛蟠进京这之间的时间差也是不清楚的。

作者似乎有意略去薛蟠赴京路途所花费的时间,马上就让他们登场了。显然薛蟠进京没几天就到了贾府,所以就已知的时间来看,黛玉进府到宝钗进府,似乎只有个把月的时间。

我们要注意到的一点是,在宝钗进府问题中有三方的时间在各自进行。

先说贾雨村:

① 贾府:"雨村另有一只船,带两个小童,依附黛玉而行。""有日到了都中,进入神京,雨村先整了衣冠,带了小童,拿着宗侄的名帖,至荣府门前投了。"

② 补应天府:"……(贾政)题奏之日,轻轻谋了一个复职候缺。不上两个月,金陵应天府缺出,便谋补了此缺。"

③ 到任:贾雨村处:贾雨村因补授了应天府,一下马就有一件人命官司详至案下。

④ 结案通信:次日,徇情枉法胡乱断了此案,急忙作书信二封与贾政等。

画面一转,又到了黛玉(贾府)这边:

① 黛玉进府:"且说黛玉自那日弃舟登岸时,便有荣国府打发了轿子并拉行李的车辆久候了。"

② 得知薛蟠人命官司:"次早起来,省过贾母,因往王夫人处来。金陵来书信:薛蟠打死人,现在应天府案下审理;如今母舅王子腾得了信息,故遣人来告诉这边,意欲唤取进京之意。"

③ 得知官司已经解决:"那时王夫人已知薛蟠官司一事,亏贾雨村就中维持了结,才放了心。"

④ 薛宝钗等一家进府:紧接上条原文:"……又见哥哥升了边缺,正愁少了娘家的亲戚来往,略加寂寞。过了几日,忽家人传报:'姨太太带了……'"

大家拿好望远镜啊! 我们还得看薛蟠这个呆霸王呢!

① 生人命官司:一年前就已经发生。原告:"小人告了一年的状。"

② 继续进京:"薛公子……既打了冯公子,夺了丫头,他便没事人一般,只管带了丫头走他的路。在路不计其日。"

③ 即将进京:"那日已将入都时,忽闻得王子腾升了九省统制。"

如果要推断黛玉与宝钗进府时间差多少的话,主要看黛玉(贾府)的时间线:

明确时间间隔的是:①—②:1天,③—④:几天。然而②—③的时间是没有办法确定的:②金陵通信中说薛蟠人命官司在应天府案下审理,既不知通信时薛蟠已经杀人多长时间,也不知通信时贾雨村是否已经上任,所以其实不知如何与贾雨村及薛蟠方面的时间行程联系。

按理说,如果薛蟠一开始发生命案,金陵一定会马上通报,不该贾雨村即将上任时才报,这样的话②—③之间可能要相隔一年左右。

除了顺着故事看,我们也可以逆着故事来推理时间线。

我们可以先从宝玉、袭人断宝钗年龄。书中有不少地方可以找到证据,第二回中,冷子兴谈到宝玉说到他"长了七八岁"（脂批本、程高本作十来岁，笔者认为不可信），第三回中，黛玉提到宝玉时说到"这位哥哥比我大一岁"，这也和所推断的宝黛年龄相符，即黛玉应当六七岁，宝玉应当七八岁。

第六回中介绍袭人时，写到"袭人本是聪明女子，年纪本又比宝玉大两岁"，可见袭人的年龄是比宝玉大两岁的。

第六十三回中，袭人解签时写到"香菱、晴雯、宝钗三人皆与他同庚"，可见宝钗年龄应该与袭人同。

第二十二回中，贾琏与王熙凤谈论到给宝钗做生日"听见薛大妹妹年十五岁"，也就是说这时是给宝钗过十五岁生日，而后文中提到"谁想贾母自见宝钗来了，喜他稳重和平，正值他才过第一个生辰"，也就是说宝钗来到贾府应该是十四岁。

这里有一个问题，即十五岁这个年纪的特殊性，存在贾府只过重要生日不过小生日的可能，但从贾琏口中"往年怎么给林妹妹过的，如今也照依给薛妹妹就是了"与先前大小生日之辩，可见贾府大小生日都是过的，这次的十五岁生日应当是她在贾府过的第一个生日，即进府为十四岁。

按照这样的时间推断，宝钗进府为十四岁，那么袭人也为十四岁，宝玉当时十二岁，即宝钗进府之前应该有五年的宝黛共度时光。

说完袭人，我们还能从薛蟠年龄推宝钗年龄。在庚辰本第四回中，提到薛蟠十五岁，而宝钗"比薛蟠小两岁"，这样看来宝钗的年龄更大，在贾雨村判案时宝钗已是十三岁，若按宝钗进府不到一年的时间线算来，勉强说得通，但这样的算法使三人的时间线处在截然不同的地方，宝钗比宝黛大得多，也不符合三人的日常相处关系，这样的算法还存在两个致命的问题。

第一个问题是袭人年龄混乱。第六回中谈到"袭人是个聪明女子。年纪又比宝玉大两岁"，第十九回中，袭人说她的两个姨妹子"如今十七岁"，而按《红楼纪历》说法，宝玉此时十三岁。无法相合。于是《红楼纪历》说第六回中"两岁"是"口语不定之辞"，袭人"实长宝玉四岁"，所以袭人变成十七岁。

但第六十三回又说："香菱、晴雯、宝钗三人皆与他（袭人）同庚。"而晴雯、宝钗都是比宝玉大确定的两岁。另外，宝玉是袭人第三位主子，袭人还服侍过贾母、湘云。第三十二回袭人与湘云对话："……你还记得十年前，咱们在西边暖阁住着，晚上你同我说的话？"

按《红楼纪历》，此时宝玉十三岁，湘云则至多十二岁，不管是按袭人比宝玉大两岁还是四岁，十年前，湘云只有两岁，袭人也只有五岁或七岁，如何有谈及婚嫁的悄悄话呢？袭人也不可能以前还服侍过贾母。总而言之，袭人的年龄是被大大写小了。

《红楼梦》的纪历是细细可数的,在周汝昌《红楼梦新证》第六章《红楼纪历》中,红楼故事一共经历了十五个春秋,若故事的开始便是十多岁的年纪,那么少男少女如花一样的恋爱年纪就变得十分短暂,等到后期贾府败落之时,宝玉、黛玉、宝钗和大观园中其他姐妹早就不是当初的少年,已经步入中年了,这和全文的基调严重不符。

看到这里,要先给你鼓个掌,即使是熟读《红楼梦》的资深粉丝,也难免被书里纷杂繁多的时间线弄得头昏脑涨!

我们先把各人的年龄丢到一边,既然黛玉、宝钗进府的时间相差不多,那为什么宝玉经常提醒黛玉,我们两个从小长大,关系更亲密,宝姐姐是"后来的",这段话出自第二十回,宝玉对黛玉说:"你这么个明白人,难道连'亲不间疏,先不僭后'也不知道?我虽糊涂,却明白这两句话。头一件,咱们是姑舅姊妹,宝姐姐是两姨姊妹,论亲疏,他比你疏。第二件,你先来,咱们两个一桌吃,一床睡,长的这么大了,他是才来的,岂有个为他疏你的?"

然而,只早来了一年,可以营造这么重的"亲疏之别"吗?

我们可以姑且分为心理距离与地理距离。

一个是年龄设置上,年幼相识,一同成长,会给人两小无猜的感觉。同时作者在语言表述上,也会表现得二人非常的亲密。因为亲密,所以营造出了两人始终相伴的感觉。

首先是两人在地理距离上跟宝钗相比就更近更亲密。宝钗住的梨香院是非常独立的,薛蟠终日放浪形骸,贾政等贾府家长根本也管不到,所以可见梨香院相对贾府还是挺独立的。"宝钗日与姐妹们……"没有提到宝钗和宝玉接触,宝钗是循规蹈矩、谨遵家教的女孩子,不会轻易和男孩子接触。

因为两人距离近,比旁人亲密,甚至很多时候是黏在一起的,所以带给人的感觉就是相伴的时光很长。所以作者在作品中体现的时间的感觉,都不是依靠实际意义上的数字,而是通过人物的言行去为读者营造一种印象。

心理距离的近还可以有两点,一是宝黛相认为知己。在袭人和宝钗劝宝玉要读书、考取功名,宝玉道:"林姑娘从来说过这些混账话不曾?若他也说过这些混帐话,我早和他生分了。"黛玉也想:"素日认他是个知己,果然是个知己。"可见两人鄙视世俗功名的性情分外相投,最能相互理解。

二是前世情缘留下的相识已久的印象。宝黛初次相见:

> 黛玉一见,便吃一大惊,心下想道:"好生奇怪,倒象在那里见过一般,何等眼熟到如此!"……宝玉看罢,因笑道"这个妹妹我曾见过的"。……宝玉

笑道:"虽然未曾见过他,然我看着面善,心里就算是旧相识,今日只作远别重逢,亦未为不可。"

可见前世情缘的存在还是给两人留下了影响,使两人一见面就有相识已久的亲切感。当然,我们要和上文一样,把这个大锅一把甩给曹雪芹,美其名曰:艺术加工,作者为了让少男少女的恋爱提供环境,故意延缓时间的流逝。

同时,我们要换位思考,站在考虑宝玉说出"亲不间疏,先不僭后"的语境。宝玉曾笑道:"只许同你顽,替你解闷儿。不过偶然去他那里一趟,就说这话。"

宝玉见了这样,知难挽回,打叠起千百样的款语温言来劝慰。黛玉先说道:"你又来作什么?横竖如今有人和你顽,比我又会念,又会作,又会写,又会说笑,又怕你生气拉了你去,你又作什么来?死活凭我去罢了。"

宝钗来到了以后,性情平和稳重,更得人喜欢,再加上金玉良缘之说,黛玉很在意,吃醋。而宝玉是极其体贴黛玉的心意的,惯能服低作小,来安慰黛玉。所以青梅竹马说可能与实际到底二人单独相处时间的关系不是最必要的,而是在于两人之间的情意。

说明:

这是笔者承担的"《红楼梦》研究"课程的课堂讨论作业,是另一种类型的作业,与此前刊发的三次课程小作业不同。具体要求如下:林黛玉是几岁进的贾府?请通过作品的具体描写考察这一问题,并由此探讨《红楼梦》里的人物年龄及时间设定问题。要求两个同学主讲,每人十分钟左右,事先要将主讲课件发到班级微信群里;另外两个同学进行评议,每人五分钟左右。然后四个同学再一起合作,写一份课堂讨论报告。

从上述课堂讨论报告可以看出,四位同学对作品读得很细,发现了不少问题,提出了自己的想法,虽然文章写得有些稚嫩,但其中一些见解还是蛮有启发性的,值得点赞。

告密嫌疑人袭人一审判决书

孙雁南　唐小蔚　田蕴仪　王睿明

一、告密者的概念

既然要讨论一个人是不是告密者,那么首先,我们来看一下告密者的概念。告密是指向别人汇报他不知道的事情。袭人要是被定性为告密者,就是指控她向王夫人说了王夫人原本不知道的事情。

二、嫌疑行为

从明里来看,也就是从书中明确写出来的内容来看,袭人与王夫人的对话中牵扯到我们所指认的告密行为无非是宝玉挨打之后的那一次对话。

第三十四回,宝玉挨打之后,王夫人叫袭人过去问情况。袭人向王夫人提了一些建议,其中最重要的一条就是叫宝玉搬出大观园。

当王夫人问起"宝玉难道和谁作怪了不成?"[①]时,意思就是"我儿子和谁有什么暧昧不清的关系吗?",袭人的反应是"太太别多心,并没有这话。这不过是我的小见识"。

袭人明明知道宝黛爱情,不仅是平时的蛛丝马迹,就在当天宝玉挨打以前,袭人正好听到发痴的宝玉表白:"睡里梦里也忘不了你!"把袭人吓得魂飞魄散。回头想想,"自思方才之言,一定是因黛玉而起"。

但是面对王夫人的发问,袭人没有出卖宝黛已经发生爱情的秘密,甚至没有单独提到宝玉和黛玉有发生爱情的可能。而且袭人没有单独提黛玉,她还带上了宝钗,毕竟大观园里又不是只有黛玉一个姐妹。

我们能把这种行为定性为告密吗?王夫人本来就知道宝玉和黛玉关系很好,袭人又没有把这种关系渲染成男女之事,哪里来的秘密呢?我们与其说这是告密还不如说

[①] 本文所引用原文依据中国艺术研究院红楼梦研究所校注本《红楼梦》,人民文学出版社2008年版。

是进谗言。

当然,这连进谗言都算不上,因为袭人是百分之百地为了宝玉好,和王夫人站在同一战线上,如果从经济仕途的角度出发,袭人这倒是正义而值得称赞的行为。

袭人告的密也绝非针对晴雯,而是将自己积蓄已久的对宝玉的担忧泄露给王夫人,这个"告密"是宝玉和姊妹们过度亲密的日常,袭人说这些时并不认为自己是告密者,她自己改变不了宝玉,便希望借助更强大的力量让宝玉走上她眼中的正轨。

可见袭人只是在为宝玉的前途和名声着想,她害怕宝玉真的做出一些"不才之事",也害怕大观园中无处不在的小人的嘴。她提出宝玉要与宝钗、黛玉避嫌,保全王夫人母子的声名体面,这才是身为大丫鬟的警觉和聪敏之处,也正中王夫人的心事,毕竟男大当婚女大当嫁,为宝玉择一个良配才是王夫人后半生稳定的依靠。

并且袭人心中也有她的小心思,她虽口中说着宝玉万一被人指出不是,她自己粉身碎骨是小事,但其实她也怕自己担不起责任,为了宝玉的过失赔上自己半生的幸福日子。

接下来王夫人答应了"我自然不辜负你",许诺提拔袭人为屋里人。同时还有一句:"你今儿既说了这样的话,我就把他交给你了,好歹留心,保全了他,就是保全了我。"把宝玉托付给袭人,当然也包括监视宝玉和其他人的不轨之事。

所以呢,这句话又成为广大读者指责袭人在接下来一定是经常向王夫人打小报告以及说晴雯坏话的证据。

然而我们又发现,第七十四回,在抄检大观园之前,王夫人把晴雯叫来给训斥了,竟然不知道"晴雯是谁"。

在第七十四回《惑奸谗抄检大观园　矢孤介杜绝宁国府》中,王善保家的道:"别的都还罢了。太太不知道,一个宝玉屋里的晴雯,那丫头仗着他生的模样儿比别人标致些,又生了一张巧嘴,天天打扮的像个西施的样子,在人跟前能说惯道,掐尖要强,一句话不投机,他就立起两个骚眼睛来骂人,妖妖趫趫,大不成个体统。"

在王善保家的对王夫人告发晴雯的时候,王夫人的第一反应是,她不知道晴雯是谁,只是根据王善保家的描述,回想到了自己曾经见过的在怡红院责骂小丫头的人,因为长相与林妹妹相仿,且王夫人厌烦其为人轻浮,故留有印象。但到底晴雯是谁,王夫人并不知道,也没听说过这个名字。

后面还有这样的情节,王夫人问:"宝玉今日可好些?"晴雯的回答是:"我不大到宝玉房里去,又不常和宝玉在一处。"王夫人便信以为真了。

如果说袭人有告密晴雯的行为,或者时不时在王夫人面前煽风点火,那王夫人至少应该很熟悉晴雯这个名字了吧?那么王夫人就不会相信晴雯的话,更不会说:"你不近宝玉是我的造化,竟不劳你费心。"可见前面王夫人的话不过是虚张声势,没什么实际的依据,更不会是以前就听袭人说过她的坏话。

试想如果袭人曾经在王夫人面前说过任何对晴雯不利的话,她能不提到晴雯的名字么?所以,很明显,袭人从来没告过晴雯的状,而且不仅没告过晴雯,也没告过其他人。

因为王夫人在怡红院发放众人时,她都说不出名字,都是根据只言片语,由在场的人指认出来,所以她是在发放之前刚刚听到告状,并以此为据,并不是专门冲具体的人来的。

其次,这两年多时间,如果袭人是她的密探,在此期间不知有多少人会被一一发放,以王夫人的性格,绝对不会等到香囊事件之后才触发。王夫人是个忍耐得住的人吗?金钏是跟了王夫人十年的人,是享受一两银子待遇的大丫头,也深得王夫人喜欢。可是仅仅因为金钏在王夫人睡榻前和宝玉有几句亲昵之语,就立马被赶了出去,以至于最终金钏因为羞惭投井自尽。况且宝玉才是去招惹人家的人,负主要责任,但王夫人不留丝毫情面,处理起来刻不容缓。由此看来,王夫人绝无可能在听到关于宝玉的密报之后,始终隐忍不发,最后才一次性清盘。

那袭人有没有可能在王夫人抄检大观园之际、刚刚察觉之时,趁此机会跑到王夫人面前进谗言了呢?煽风点火促进王夫人的怒气一举"消灭"自己的敌对势力?

那我们就来看看宝玉挨打之后袭人成为王夫人心腹的这段对话距离抄检大观园过去了多久。

宝玉挨打(第三十三回《手足眈眈小动唇舌　不肖种种大承答挞》)是夏天,之后经历了海棠社、菊花诗(第三十七回《秋爽斋偶结海棠社　蘅芜苑夜拟菊花题》,秋天)、烤鹿肉、联咏雪诗(第四十九回《琉璃世界白雪红梅　脂粉香娃割腥啖膻》,冬天)、除夕祭宗祠(春节)、情辞试莽玉(第五十七回《慧紫鹃情辞试莽玉　慈姨妈爱语慰痴颦》,春天)、寿怡红(第六十三回《寿怡红群芳开夜宴　死金丹独艳理亲丧》,夏天)、二尤相继死去(第六十九回《弄小巧用借剑杀人　觉大限吞生金自逝》)、黛玉重建桃花社(第七十回《林黛玉重建桃花社　史湘云偶填柳絮词》,春天),最起码也得是两年过去了,而曹雪芹时间写的本来就不是很明确,其实发生了这么多事情应该还不止两年。

王夫人在宝玉挨打之后的那段对话之时,就等于已经把宝玉托给了袭人:"保全了他,就是保全了我。"保全自然是指杜绝宝玉和女孩子们的亲密。袭人接受了这个"任务"之后,"总不与宝玉狎昵",这是她的自身规范。

但袭人并没有防嫌别人。袭人没有杜绝宝玉跟别人的狎昵,她没有阻止碧痕和宝玉洗澡、晴雯每天睡在宝玉外床等行为,而且没有报告王夫人,以至王夫人训斥晴雯时还不了解内情。

然而王夫人却在抄检大观园几天之内了解了内情,手握一张"通缉令"去大观园问罪。如果在这几天内去告密的是袭人,王夫人想必会气死吧?

大家设想一下王夫人的心情:袭人你当初答应我"保全",这两年多的时间内一直领着姨娘的月例,却把这些事情瞒得我密不透风;现在我自己已经查到了,你才赶忙跑过来说?

那王夫人心中对袭人的好感岂不是荡然无存甚至怒不可遏?如果真的是这样的话,袭人这个名利两不收的告密者做得也太失败了吧?

况且在王夫人训斥晴雯之后,晴雯之去已成定局,而芳官、四儿对袭人的地位不足以构成威胁(其实晴雯本来也无法对袭人构成威胁)。为了排斥这些不足以成为对手的敌人,冒着失去王夫人好感的危险去"告密",袭人会做这样得不偿失的事吗?

我们再从正面分析一下袭人,了解一下这个人的人物设定。袭人既然是一个小说人物,她的性情都是由作者赋予的。在作者的设定中,袭人的本性就不是个告密者,而是一个很能顾全大局的贤者人物。

在宝玉被打之后,王夫人问袭人是不是贾环告的状,当时袭人已经听茗烟说金钏的事是贾环告诉老爷才使老爷生气的。可是袭人并没有这么说,而是避开话锋,只说宝玉的不是,避免王夫人与赵姨娘结怨,这是心胸宽大的做法。

那次宝玉错把袭人当成黛玉深情表白,其实这件事情非常严重,如果听到这番话的不是袭人而是别人,很可能马上传进王夫人的耳朵,宝黛也会立刻被分开,故事的发展也会全然不同了。但是袭人守住了这个美好却危险的秘密。

书中类似的实例还有不少,足以证明在曹公的设定中,袭人绝不是一个为了巴结权贵就弄舌讨好的告密者。

三、作案动机

俗话说,苍蝇不叮无缝的蛋。俗话又说,宁肯错杀一千,不可放过一个。既然袭人屡屡被人怀疑为告密者,那可见她也不是清清白白。

下面我们来分析一下该嫌疑人的作案动机。如果告密这一行为能够给袭人带来益处或是能够促成自己达到既定目标,她确实有"作案"的可能。

1. 袭人的人生目标

袭人的人生追求与奋斗目标大家都很清楚,无非就是成功上位成为宝玉的姨娘,得以"争荣夸耀"。

书中第三十一回:"话说袭人见了自己吐的鲜血在地,也就冷了半截,想着往日常听人说:'少年吐血,年月不保,纵然命长,终是废人了。'想起此言,不觉将素日想着后来争荣夸耀之心尽皆灰了,眼中不觉滴下泪来。""争荣夸耀之心",如此赤裸的形容几乎使袭人成为书中功利目标最明确的女孩子。

袭人的贤良能干在贾府是得到公认的。

第三十九回:(李纨)指着宝玉道:"这一个小爷屋里要不是袭人,你们度量到个什么田地!凤丫头就是楚霸王,也得这两只膀子好举千斤鼎。他不是这丫头,就得这么周到了!"提起宝玉屋里最精干的丫头,第一个想到的就是袭人。

特别是当王夫人把袭人的月钱提到了姨娘的等级之后,袭人在贾府中其实俨然已经被视为姨娘的身份了。

第四十六回:鸳鸯、平儿、袭人说起各人的将来。鸳鸯又是气,又是臊,又是急,因骂道:"两个蹄子不得好死的!人家有为难的事,拿着你们当正经人,告诉你们与我排解排解,你们倒替换着取笑儿。你们自为都有了结果了,将来都是做姨娘的。据我看,天下的事未必都遂心如意。你们且收着些儿,别忒乐过了头儿!"可见在丫头们的圈子里,袭人已经是公认的准姨娘了。

第五十一回:袭人母亲病重,袭人要回家。(王熙凤)又吩咐周瑞家的:"再将跟着出门的媳妇传一个,你两个人,再带两个小丫头子,跟了袭人去。外头派四个有年纪跟车的。要一辆大车,你们带着坐,要一辆小车,给丫头们坐。"

周瑞家的答应了,才要去,凤姐儿又道:"那袭人是个省事的,你告诉他说我的话:叫他穿几件颜色好衣服,大大的包一包袱衣裳拿着,包袱也要好好的,手炉也要拿好的。临走时,叫他先来我瞧瞧。"周瑞家的答应去了。此时,王熙凤已经把袭人的脸面和贾府的脸面等同起来,这分明就是姨娘的待遇。

第三十五回"黄金莺巧结梅花络"之后,王夫人派人给袭人送来两碗菜。袭人笑道:"从来没有的事,倒叫我不好意思的。"宝钗抿嘴一笑,说道:"这就不好意思了?明儿比这个更叫你不好意思的还有呢。"可见宝钗已经知道了,这就等于贾府的小姐们都知道了。

她的这种姨娘的身份甚至已经被未来最有可能成为正室的"情敌"认可。第三十一回:晴雯、宝玉、袭人三人的一顿吵闹之后。黛玉道:"二哥哥不告诉我,我问你就知道了。"一面说,一面拍着袭人的肩,笑道:"好嫂子,你告诉我。必定是你两个拌了嘴了。告诉妹妹,替你们和劝和劝。"连黛玉都知道袭人和宝玉的特殊关系。

袭人这一目标已经有了多层保障,简直是注定要成功的,看来她已经没有必要再冒险耍手段了,很明显晴雯是毫无撼动袭人地位的实力的,更不要说芳官等人。

既然袭人的人生目标并不受到威胁，那么她的告密嫌疑是否在其性格方面有所暗示呢？纵使有人指责袭人为"狐媚"、"贾府之秦桧"、"奸之近人情者"，书中却似乎对其多作正面评价。袭人的判词"柱自温柔和顺，空云似桂如兰"道出其性格的主要特征，第二十一回标题"贤袭人娇嗔箴宝玉"中"贤"、"娇嗔"似乎也是向读者展现袭人的贤能品格和温存言语，第三十四回王夫人也对袭人说"近来我因听见众人背前背后都夸你"，并且评论宝玉房中只有袭人、麝月"这两个笨笨的倒好"。不论袭人贤能温驯的形象是否是她故意营造的，但至少她作为宝玉大丫鬟展现的体贴周全、识得大体是有目共睹的。此外，王夫人明说了自己喜欢"笨笨的"丫鬟，就算袭人塑造出笨嘴拙舌的形象、表现出贤德安分的品格都是为了讨王夫人喜欢，她何苦到王夫人面前搬弄口舌，她难道不怕这样的举动反而是搬起石头砸自己的脚吗？她虽然揭发了怡红院中的诸多是非，清扫了宝玉身边的危险因子，但告密行为难道不会使得王夫人对袭人稳重宽厚的品格生出怀疑，效果适得其反吗？

　　李庆信在一篇文章中引用科恩的"人格面具"概念，指出袭人的自我与其所扮演的角色的同一性："人格面具是一个人公开展示的一面，其目的在于给人一个很好的印象以便得到社会的承认。"随着扮演人格面具的行为不断重复、加强，人格面具与自我的差距会逐渐缩小乃至消失。袭人沉湎于对人格面具的扮演并将这种塑造出来的形象同化于内在自我①。书中写袭人有些"痴处"："伏侍贾母时，心中眼中只有一个贾母；如今服侍宝玉，心中眼中又只有一宝玉。"袭人是宝玉房中的一等大丫鬟，并且"素知贾母已将自己与了宝玉的"，她早就承担起宝玉起居照料的统筹者和对宝玉顽劣行为的规谏人这些角色，忠心耿耿的奴婢与宝玉未来姨娘的双重身份使得袭人将这种贤德形象的扮演内化于自身，王夫人所夸赞她的"心胸"、"周全"并不是因袭人告密带来的认同，而是袭人稳固地位所必备的格局，是她内化于性格中的一部分。这样的袭人不会、不能也不必去凭告密来赢得欢心，笨嘴拙舌、安分守己的性格已然为她增色。

　　如果袭人不是从维护人生目标的角度出发，性格方面她也是顾全大局、安于本分之人，她认同自己的丫鬟/姨娘身份、忠心耿耿地充当宝玉的守护者，那是不是与晴雯之间关系不好，两者存在的矛盾使得袭人产生了报复心理呢？

　　2. 袭人与晴雯的关系

　　首先，袭人与晴雯肯定是有矛盾的。晴雯脾气暴，不好惹，生气的时候连宝玉都骂。她和袭人最激烈的争执发生在第三十一回《撕扇子作千金一笑　因麒麟伏白首双星》。我们可以看到，晴雯伶牙俐齿、尖酸刻薄，甚至话里带有一点羞辱，因为她讲到了

---

① 李庆信：《袭人的双重人格角色与道德准则》，《红楼梦学刊》2001年第2期。

前一天宝玉踢袭人这件事,还说袭人连个姑娘都没有挣上去,就敢说"我们"。

虽然袭人很忍让,碍于她的面子以及宝玉的面子不便发作,但是我们可以清楚地看到,她绝对生气了,并且恼火了。所以她想把晴雯赶出去是有理由的,晴雯和她发生过冲突,而且是晴雯不讲道理。平时宝玉看起来很喜欢晴雯,这对于袭人来说是个威胁。这是事出有因。

但是当宝玉真要赶晴雯走时,是她去劝,劝不住时甚至下跪。试想如果这时袭人不说话,那么晴雯肯定要离开大观园,并且与袭人毫无关系。

如果她只是虚情假意挽留一下以表示自己是个大度的人,那她只需要在一旁劝解两句,因为这样完全压不住宝玉的火气,不但显示了自己的风度,还能把晴雯赶走。但她跪了,这时她跪下来,她这一跪才能触动宝玉,只能说明袭人绝对没有赶晴雯走的心思。

再说,第六十二回:宝玉生日那天,回房和芳官吃了饭之后,宝玉便出来,仍往红香圃寻众姐妹,芳官在后拿着巾扇。刚出了院门,只见袭人、晴雯二人携手回来。"携手归来"的场景只能让我们联想到闺蜜之间的行为。如果袭人想要将晴雯置之死地,这样手牵手未免太膈应自己了。

当时与王夫人的交流中,袭人只字不提和晴雯的矛盾,一来有失她身为宝玉房内大丫鬟的身份;二来以袭人的资历,晴雯和她斗嘴并不能给她带来实质性的伤害,她只把这些当作丫鬟间的常态,其他丫鬟并不能撼动她的地位。说这些反而会显得她斤斤计较、别有居心,反而招致王夫人的怀疑和反感。

既然晴雯和袭人是黛玉和宝钗的缩影,黛玉、宝钗都可以互剖金兰语,袭人、晴雯怎么就非要水火不容了呢?

所以袭人与晴雯的矛盾不到我们想象中置于死地的地步,相反的,关系还算不错。袭人也不会在乎这些日常的小摩擦,这对她自己的地位没有影响。

3.袭人对芳官的态度

芳官和晴雯一同被赶出大观园。如果晴雯是袭人陷害的,那么芳官的离开袭人必定也难辞其咎。

但是第五十八回中婆子们来给宝玉送饭:一时小丫头子捧了盒子进来站住。晴雯、麝月揭开看时,还是只四样小菜。晴雯笑道:"已经好了,还不给两样清淡菜吃。这稀饭咸菜闹到多早晚?"一面摆好,一面又看那盒中,却有一碗火腿鲜笋汤,忙端了放在宝玉跟前。宝玉便就桌上喝了一口,说:"好烫!"袭人笑道:"菩萨,能几日不见荤,馋的这样起来。"

一面说,一面忙端起轻轻用口吹。因见芳官在侧,便递与芳官,笑道:"你也学着些伏侍,别一味呆憨呆睡。口劲轻著,别吹上唾沫星儿。"芳官依言果吹了几口,甚妥。

袭人主动提携芳官在怡红院丫鬟们中的地位,如果她果真不能容下晴雯和芳官,那么又何必为自己增加新的竞争对手呢?

四、宝玉的质疑

怀疑袭人者还掌握着一个非常"有把握的证据",那就是宝玉在晴雯被撵出去之后对袭人的质疑,以及袭人的沉默。

> 宝玉道:"怎么人人的不是太太都知道,单不挑出你和麝月秋纹来?"袭人听了这话,心内一动,低头半日,无可回答,因便笑道:"正是呢。若论我们也有顽笑不留心的孟浪去处,怎么太太竟忘了?想是还有别的事,等完了再发放我们,也未可知。"

难道宝玉也冤枉袭人么?是的,确实是宝玉搞错了。虽然宝玉是个聪明通透的人,但是他无法真正了解人世的复杂,完全不了解大观园里面的人事斗争。

他能看出女儿和女人以及婆子性情气质的区别,但是仅此而已,他只关心怡红院的众人,以及大观园中的姐姐妹妹,并且只关心她们的喜怒哀乐、风花雪月,对实质性的问题他从不关心,甚至连怡红院内部的人事斗争他也全然不知,所以当小红告诉他不能进去给他倒茶,哪怕是自己眼见的事一点儿也不能做的时候,他只是傻傻地问她为什么,而小红也只能回答这话她也难说。

难道要小红跟宝玉解释丫鬟们的地位争夺战么?所以宝玉连怡红院里的情况都不知道,更不用说大观园乃至贾府了。在这方面有很多事例,比如宝玉曾得罪李奶妈,袭人劝谏他其中利害。

既然宝玉并不知道贾府内的纠纷,我们就不能把他的质疑当作权威,来确定袭人是告密者。

那么袭人为什么沉默不语呢?她面对在乎的人的质疑没有任何回应吗?

首先,我们认为关于袭人不解释这一点我们这些看官确实是过度解读了。如果袭人是告密者,那她倒反而是真的有许多话要解释吧,毕竟告密者都是准备好自己的一套说辞的。

再者,袭人了解宝玉,宝玉的性格是感性敏感型的,在他的气头上和他分辩并无益处,反而会激起宝玉的冲动和胡搅蛮缠。袭人作为一个成熟年长的姐姐型人物,聪明伶俐,深思笃行,绝对不会往枪口上撞的。

而且我们觉得袭人此刻的心情一定是很复杂的,她肯定会有一些寒心,毕竟自己全心全意对待的宝玉如此怀疑她,"我都是为了你好"后面常常带着一句遗憾,就是"你为什么不理解我"。

可能还有一点疑惑和羞涩,毕竟自己才是那个和宝玉云雨的人,这样的沉默带有一丝嗔怪,可能心里还想说:"宝玉啊,你心里难道不明白吗?"

说实话,袭人解释了,她紧接着就表示自己和麝月也不是完人,太太可能还会收拾她们。但许多读者也同样不听袭人的解释。那我们就来看看王夫人对袭人、麝月的态度。

第七十七回,王夫人赶走晴雯之后,又满屋里搜检宝玉之物。凡略有眼生之物,一并命收的收、卷的卷,着人拿到自己房内去了。因说:"这才干净,省得旁人口舌。"因又吩咐袭人、麝月等人:"你们小心!往后再有一点分外之事,我一概不饶。因叫人查看了,今年不宜迁挪,暂且挨过今年,明年一并给我仍旧搬出去心净。"

如果袭人真的是告密者,以王夫人也不擅长掩饰,不说给袭人使个眼色,至少也不会牵连着责骂她。王夫人是真的对袭人、麝月如此不客气,可见她们并非消息源,也就像袭人说的,等王夫人忙完了别的事还要再收拾她们。

总之,完全不能靠这段对话定性袭人就是告密者。

五、捉拿真凶

虽然我们已经给袭人洗清了嫌疑,但是案件本身却还没有解决。因为告密者是必然存在的。

依据就是王夫人亲自前往怡红院整顿丫鬟,她在骂四儿时,说了这样一段话:"打谅我隔的远,都不知道呢。可知道我身子虽不大来,我的心耳神意时时都在这里。"这里非常明显,王夫人在怡红院有眼线。这个眼线会向她报告丫鬟与宝玉的私话。

但是这个告密者和抄检大观园应该没有什么必然关系。

1.即使没有人告密,抄检大观园也势在必行

抄检大观园已经是必要,因为大观园内管理混乱、安保措施差劲已经成为共识。口说无凭,我们且从原书中找证据。

在第六十二回,宝玉、宝钗说起玫瑰露、茯苓霜事件。宝钗笑道:"你只知道玫瑰露和茯苓霜两件,乃因人而及物。若非因人,你连这两件还不知道呢。殊不知还有几件比这两件大的呢。若以后叨登不出来,是大家的造化,若叨登出来,不知里头连累多少

人呢。你也是不管事的人,我才告诉你。平儿是个明白人,我前儿也告诉了他,皆因他奶奶不在外头,所以使他明白了。若不出来,大家乐得丢开手。若犯出来,他心里已有稿子,自有头绪,就冤屈不着平人了。你只听我说,以后留神小心就是了,这话也不可对第二个人讲。"

可见大观园内管理混乱至少已是宝钗、平儿等有理家之才的女儿们公认的了。第七十一回,贾母生日那天,尤氏被怠慢,由此引发王熙凤(及其背后的王夫人)同邢夫人之间的矛盾。丫头婆子的懒怠被提升到主子的层面,从而人尽皆知。

第七十三回,宝玉为了应付贾政检查学业,抓紧夜读。晴雯为了帮助宝玉顺利过关,便和怡红院众人一同放出宝玉被唬住了的谣言。王夫人听了,忙命人来看视给药,又吩咐各上夜人仔细搜查,又一面叫查二门外邻园墙上夜的小厮们。于是园内灯笼火把,直闹了一夜。至五更天,就传管家男女,命仔细查一查,拷问内外上夜男女等人。

贾母闻知宝玉被吓,细问缘由,不敢再隐,只得回明。贾母道:"我必料到有此事。如今各处上夜都不小心,还是小事,只怕他们就是贼也未可知。"这下,贾府上层几乎全部建立起大观园安保很差的印象,整改势在必行。

第七十三回,探春向贾母提起大观园中的赌局。贾母忙道:"你姑娘家,如何知道这里头的利害。你自为耍钱常事,不过怕起争端。殊不知夜间既耍钱,就保不住不吃酒,既吃酒,就免不得门户任意开锁。或买东西,寻张觅李,其中夜静人稀,趁便藏贼引奸引盗,何等事作不出来。况且园内的姊妹们起居所伴者皆系丫头媳妇们,贤愚混杂,贼盗事小,再有别事,倘略沾带些,关系不小。这事岂可轻恕。"贾母已经意识到大观园非整顿不可。

再者,发放丫鬟也是眼前的务必之事了。

第七十二回,贾琏夫妇为贾府的拮据烦恼。(林之孝)因又说起家道艰难,便趁势又说:"人口太重了。不如拣个空日回明老太太老爷,把这些出过力的老家人用不着的,开恩放几家出去。一则他们各有营运,二则家里一年也省些口粮月钱。再者里头的姑娘也太多。俗语说,'一时比不得一时',如今说不得先时的例了,少不得大家委屈些,该使八个的使六个,该使四个的便使两个。若各房算起来,一年也可以省得许多月米月钱。况且里头的女孩子们一半都太大了,也该配人的配人。成了房,岂不又孳生出人来。"赶走一部分丫鬟在经济压力下已经箭在弦上了。

更何况,第七十三回,傻大姐捡到绣春囊,把贾府最忌讳的"风化"一事捅到表面。

还有更直接关键的一句话:第七十四回,王熙凤面对大观园的乱象提议:"如今若无故裁革,不但姑娘们委屈烦恼,就连太太和我也过不去。不如趁此机会,以后凡年纪大些的,或有些咬牙难缠的,拿个错儿撵出去配了人。一则保得住没有别的事,二则也可省些用度。太太想我这话如何？"

在这样必然的趋势之下，从某种程度来说，晴雯自己害了自己，那些嚼舌头的小人不过趁着东风放了一把火罢了。

"撵人"，"赶出去"，几乎是晴雯的口头禅。她自恃自己是贾母给宝玉的，又受到宝玉的万般宠爱，模样长得又好，因此从不会想到自己有一天会被赶出去。这是她的单纯和天真之处，她的这种心理就是她被逐的根源。因为不担心自己的命运，不担心自己会被逐，所以才敢动不动威胁别人要把别人赶出去。

她口无遮拦地大声斥责那些小丫鬟们，骂那些小丫鬟们。试想，这些小丫鬟的父母们是哪一阶层的人物？小丫鬟们回去能不跟她的家人讲？晴雯骂小丫鬟从不避人，因此才会给王善保家的之类看见，甚至偶尔去园子里的王夫人也能看见她在骂小丫头。

我想，每一个母亲都不会允许自己儿子身边有这样一个跋扈的人。如果不是王夫人亲眼看见，看见之后心里有了对晴雯的第一印象，那么王善保家的之流的蛊惑也不见得会产生作用。可以说，晴雯被逐确实是她自己的个性造成的。

2.大观园内不乏"听风者"

其次，知道丫头和宝玉私房话的只有袭人一人吗？让我们再回到第七十七回，袭人对宝玉说："你有甚忌讳的，一时高兴了，你就不管有人无人了。我也曾使过眼色，也曾递过暗号，倒被那别人已知道了，你反不觉。"宝玉和丫头们说话时，经常有外人在眼前。

例如第五十八回司内厨的婆子来问："晚饭有了，可送不送？"这一回中芳官的干娘也跑进来吹汤，被晴雯骂了一顿。第七十七回中，王夫人问："谁是和宝玉一日的生日？"旁边立马有一个老嬷嬷答道："这一个蕙香，又叫作四儿的，是同宝玉一日生日的。"

这些老妈子、老嬷嬷平日里与漂亮丫头们积怨已久，她们听到了什么记在心里，悄悄向王夫人告状是极有可能的。

就在晴雯被撵走的第七十七回中，宝玉有这样一段论述："奇怪，奇怪，怎么这些人只一嫁了汉子，染了男人的气味，就这样混账起来，比男人更可杀了！"守园门的婆子听了，也不禁好笑起来，因问道："这样说，凡女儿个个是好的了，女人个个是坏的了？"宝玉点头道："不错，不错！"这一段似乎在暗示着，杀死晴雯这个"女儿"的凶手，很可能就是这些"女人"。

小丫鬟春燕说宝玉说过，没出嫁的女儿是珍珠，出了嫁的女人都成了死鱼眼珠。而在司棋被逐那回，宝玉亲口表达了宝玉的情感世界里对已婚女人是持厌恶态度的。

这些女人在贾府中占着很大的数量,她们在一起经常说长道短。

凤姐说过,"咱们家所有的这些管家奶奶们,那一位是好缠的?错一点儿他们就笑话打趣,偏一点儿他们就指桑骂槐的报怨。'坐山观虎斗'、'借剑杀人'、'引风吹火'、'站干岸儿'、'推倒油瓶儿不扶',都是全挂子的武艺。"

你且看王夫人发放时依据的罪名,都不是什么大事,且只有只言片语,内容也很有限,很明显,告状的人并不是怡红院里最内层的人物,而是偶尔能听到或听说几句话,又和晴雯、芳官、四儿这种聪明机灵,深得宝玉欢喜,但看不起粗俗的老婆子类型的灵秀女子不睦的下等仆妇。

这些人因为平时不能亲近宝玉,又素日妒恨晴雯、芳官、四儿等,加上这些女孩子根本看不起这些老婆子、媳妇,对她们也不恭敬,所以心里早有怨恨,只是没有机会发作而已。现在就开始墙倒众人推。

真正的告密者是在怡红院甚至大观园里和晴雯等人有宿怨的仆妇、婆子,类似王善保家的和坠儿她妈或者在王夫人发放现场指认四儿的人之流,这些人积年累月妒恨高高在上目无下尘的晴雯等人,恨她们素日大样,或是因为一些事情结了仇,如晴雯发放坠儿就得罪了坠儿的娘,所以趁机把这些人告倒。

书中也有许多明显的暗示,第六十二回:接着林之孝家的同着几个老婆子来,生恐有正事呼唤,二者恐丫鬟们年轻,乘王夫人不在家不服探春等约束,恣意痛饮,失了体统,故来请问有事无事。可见林之孝家的有管理大观园的职责。

第六十三回:林之孝家的又笑道:"这些时我听见二爷嘴里都换了字眼,赶着这几位大姑娘们竟叫起名字来。虽然在这屋里,到底是老太太,太太的人,还该嘴里尊重些才是。若一时半刻偶然叫一声使得,若只管叫起来,怕以后兄弟侄儿照样,便惹人笑话,说这家子的人眼里没有长辈。"怡红院众人言语之间并不避讳旁人,由此可见不一定是"内鬼"向王夫人告密。

第六十三回:可喜尤氏又带了佩凤偕鸳二妾过来游顽。这二妾亦是青年姣憨女子,不常过来的,今既入了这园,再遇见湘云、香菱、芳、蕊一干女子,所谓"方以类聚,物以群分"二语不错,只见他们说笑不了,也不管尤氏在那里,只凭丫鬟们去伏侍,且同众人的游顽。一时到了怡红院,忽听宝玉叫"耶律雄奴",把佩凤、偕鸳、香菱三个人笑在一处,问是什么话,大家也学着叫这名字,又叫错了音韵,或忘了字眼,甚至于叫出"野驴子"来,引的合园中人凡听见无不笑倒。

这下"合园中人"都知道了"耶律雄奴"的典故,不难推测,怡红院的其他雅谑也都为众人所知。

因此,"合园中者"皆有成为告密者的可能。

六、判决结果

通过分析,我们可以说晴雯被逐致死事件,是她本人的个性导致的结果,也是贾府内部小人物间种种矛盾导致的结果,晴雯是这些矛盾的牺牲品。至于具体的告密者似乎并不重要了。

如果非要找出这个告密者,我觉得只能是一些处在宝玉视线之外、处在读者视线之外的小人物。

此案暂时不会告结,犹待后人思考。我们目前只能为袭人摆脱嫌疑。作者显然无意于让读者揪出真凶,更不会想让我们把袭人定性为"告密者"。

说明:

本文是"《红楼梦》研究"课程的课堂讨论作业,其内容及风格与之前大家看到的论证自己是曹雪芹、请大观园里的人吃饭、帮宝玉、黛玉发朋友圈、给金陵十二钗配对等不同,其基本特点是:从八卦开始,以学术结束。

大家讨论的问题看起来很八卦,比如林黛玉为何那么穷、贾宝玉的性取向、《红楼梦》里的女孩子是大脚还是小脚,等等,但实际上涉及的都是有关《红楼梦》的重要问题,解决这些问题,对全面深入理解《红楼梦》很有帮助,这也是很重要的学术训练。

这篇文章讨论的是袭人是否是个告密者,晴雯的死是否和她有关系。这涉及如何认识袭人这一人物形象,并不是一个新问题,但要很好地解决,需要认真阅读作品,找出证据,并进行论证。

四位同学对作品读得很细,论证也很充分,他们得出的结论还是很有说服力的。至于这些大学三年级同学的学术水准究竟如何,还要读者诸君做出公正的评判。

有关"贾宝玉性取向"问题初探

刘玥彤　林玮琦　陆清韵　亓星雨

引言

《红楼梦》塑造了一位有女儿之态、爱慕女儿之风的独特的男子形象——贾宝玉。贾宝玉与林黛玉之间凄美的爱恋被广为传颂。但随着学者研究的深入,有关"贾宝玉爱恋对象"这一问题的关注对象,逐渐由异性扩散到同性的身上;贾宝玉"性取向"的问题重新成为大家研究和讨论的焦点,而学界对此争议颇多。

一、学界讨论

有关"贾宝玉的性取向"这一问题,已经形成了较为广泛的讨论。大部分学者均认为,贾宝玉并未构成与同性之间真实的爱恋之情。如王昆仑在《贾宝玉的直感生活》中提出,贾宝玉对男性化的女子表示厌恶,而与秦钟、蒋玉菡交好。这是出于一种"过分的女性崇拜"——因为他们是女性化的男人。作者同时提出,与世俗限制相隔绝的大观园中的贾宝玉一味放纵性感觉,却从未发生过单独占有的意识。他能从灵肉统一之中升华出一种"意淫"状态,即对灵肉双方都有极强烈极敏锐的触觉。[1]在《"行为偏僻性乖张"——贾宝玉论》一文中,李希凡指出,贾宝玉与秦钟的暧昧关系属于公子哥们的纨绔恶习,是生活环境造成的必然,也是宝玉复杂性格的元素。同时,作者引用了鲁迅"爱博而心劳"的评价,认为无论是警幻仙子所说的"意淫"还是"情榜"所说的"情不情",都已超越儿女私情的界限,表现了宝玉对女孩子们的尊重,体现了他充满体贴、关爱、平等的人文主义的感情世界。对于宝玉和琪官蒋玉菡的交情,作者认为两人之间只存在一见如故的友情,而不存在"霸占"关系。[2]

但同样有对立的声音提出,贾宝玉的性取向绝非简单的异性恋。《红楼人物百

---

[1] 王昆仑:《〈红楼梦〉人物论》,北京出版社2011年版,第259—275页。
[2] 李希凡、李萌:《〈红楼梦〉人物论》,东方出版中心2017年版,第109—137页。

言:贾宝玉》一书中《意淫》一节,百家言收录了部分学者对宝玉"意淫"的看法。现摘录如下:刘履芬认为贾宝玉自幼亲近女色,有秦钟同学后"从此男女二色皆迷入骨髓矣"[1];崔瑛认为宝玉身上存在同性恋心态[2];陈益源认为宝玉确凿有同性恋的举止,但与薛蟠以色欲为取向的行为有本质差异。宝玉的同性恋都是发自真情,《红楼梦》中所述贾宝玉及其同性恋伙伴的故事可以称作中国古代男同性恋文学中最为出色的作品。作者认为贾宝玉是个双性恋者[3]。朱秀娟认为贾宝玉是个"变性恋者"[4]。

贾宝玉对林黛玉的爱恋是被广泛肯定的。但从这些争议的观点中,我们可见,贾宝玉身边的同性伴侣被重新带入研究视野。面对"他们之间究竟是不是'同性恋情'"的质疑,我们不禁要重新审视《红楼梦》文本。在这部小说之中,贾宝玉与诸多同性男子感情深厚、交往密切,如秦钟、柳湘莲、北静王、蒋玉菡等人。这些与宝玉关系亲近的男子和他之间的感情究竟该如何理解?究竟是否如某些学者所言,他们与贾宝玉构成了真正意义上的同性爱恋?

基于此,我们立足文本,一方面将试图从古代社会视野出发,通过分析《红楼梦》书中对亲密关系建立的叙述来推测贾宝玉是否与他们产生了"同性恋倾向";另一方面,则是试图从现代角度切入,对宝玉是否具有同性的性爱倾向进行推测,并对曹雪芹采用这种写法以描写贾宝玉和同性交往的潜在原因进行初探。

1. 中国古代视野

从中国古代社会背景出发,对男子之间超乎正常友情之情感的记载最早可溯至先秦。自那之后直至隋唐,对同性恋的史书记载多为男性之间的同性恋爱——有公卿士大夫间的同性恋爱,但更多时候,双方身份是国君与其嬖臣。中国古代关于男同性恋最著名的几个词汇"分桃"、"龙阳"、"断袖",便分别出自卫灵公和弥子瑕、魏王和龙阳君、汉哀帝与董贤之间的恩爱事迹。

嬖臣恃宠而渐生政治野心,进而借后宫之宠在前朝兴风作浪的故事留在了史书之中,而历代史官也记录下了所谓"男风"在该朝的兴盛情形。以《后汉书》为例,既有对个人性偏好的记载,如记载权臣梁冀"爱监奴秦宫,官至太仓令"[5];也有对社会风气的叙述,如对豪富之家享乐活动的叙述"妖童美妾,填乎绮室;倡讴伎乐,列乎深堂"。

到了宋元明清,记载更多,更为详尽。尤其是明清笔记、小说发达丰富,更是中国

---

[1] 刘履芬:《〈红楼梦刘履芬批语〉辑录》,书目文献出版社1987年版,第11页。
[2] 崔瑛:《贾宝玉同类相述心态成因初探》,《牡丹江师范学院学报》(哲社版)1992年第4期。
[3] 陈益源:《小说与艳情》,学林出版社2000年版,第103页。
[4] 朱秀娟:《红楼飘香》,擎松图书出版有限公司2003年版,第64—65页。
[5] 范晔:《后汉书》,中华书局1999年版,第1181页。

古代关于同性恋爱记载最为详尽的时代。上至帝王将相,下至贩夫走卒,都有详尽资料以供查考。在清代,同性恋爱出现了一个与时代特色紧密相关的形式,即发生在优伶身上的男色活动。原因主要有:男女不合演,且角由男性扮演,身段婀娜、本身就具有一定女性特征的美男子便成为狎优对象;清代禁止官吏宿娼,官吏不再有官妓侍奉,"彼辈乃转其柔情以向于伶人"。《金壶七墨·遁墨卷二·伶人》中便记载了盛行一时的狎优风气:"京师宴集,非优伶不欢,而甚鄙女妓。士有出入妓馆者,众皆讪之。结纳雏伶,征歌侑洒,则扬扬得意,自鸣于人,以为某郎负盛名,乃独厚我。"①那时与名声在外的伶人有超乎寻常的亲昵关系,竟是一件可以"自鸣于人"、拿来夸耀的事情了。②

中国古代男性同性恋爱关系带有较为明显的不平等关系,关系中通常有一方主导,另一方处于被动地位,主导方在社会地位、经济实力上都远远超出被动方,甚至是对被动方执有生杀大权的主人或是君主。同时,我们应当注意到,在狎优这一较为特殊的同性关系上,对优伶的宠爱和亲近有时可能带有一种追求社会地位的意味。这两点,在分析《红楼梦》中与贾宝玉相关的段落时都具启示意义。

《红楼梦》③书中有明确的对同性恋爱及同性性行为的描写。例如写冯渊:"门子笑道:'……待我细说与老爷听:这个被打之死鬼,乃是本地一个小乡绅之子,名唤冯渊,自幼父母早亡,又无兄弟,只他一个人守着些薄产过日子。长到十八九岁上,酷爱男风,最厌女子。'"这里直接点明了冯渊曾经"酷爱男风"的事实。又如写薛蟠:"原来薛蟠自来王夫人处住后,便知有一家学,学中广有青年子弟,不免偶动了龙阳之兴,因此也假来上学读书……""龙阳之兴"是含有男宠意味的兴趣。这里作者通过"龙阳"一典暗示了薛蟠是有与同性发生性行为的倾向的。再如写贾琏:"那个贾琏,只离了凤姐便要寻事,独寝了两夜,便十分难熬,便暂将小厮们内有清俊的选来出火。"这里也直接表明贾琏和身边小厮是有性行为的。又如写秦钟:"秦,香二人急的飞红的脸,便问道:'你拿住什么了?'金荣笑道:'我现拿住了是真的。'说着,又拍着手笑嚷道:'贴的好烧饼!你们都不买一个吃去。'""金荣只一口咬定说:'方才明明的撞见他两个在后院子里亲嘴摸屁股,一对一偶,撅草根儿抽长短,谁长谁先干。'"这里金荣的话或许有夸张的意味,但又在某种意义上表明秦钟的行为不检点。就连出场并不多的贾蔷、贾珍、贾蓉,书中对于他们的淫乱同性生活也有隐晦的描写:"他弟兄二人最相亲厚,常相共处。宁府人多口杂,那些不得志的奴仆们,专能造言诽谤主人,因此不知又有什么小人诟谇谣诼之词。""这贾蔷外相既美,内性又聪明,虽然应名来上学,亦不过虚掩眼目而

---

① 黄钧宰:《金壶七墨》,上海大达图书供应社1936年版,第20页。
② 张在舟:《暧昧的历程:中国古代同性恋史》,中州古籍出版社2001年版,第7页。
③ 曹雪芹:《红楼梦》,人民文学出版社1982年版。

已。仍是斗鸡走狗,赏花玩柳。总恃上有贾珍溺爱,下有贾蓉匡助,因此族人谁敢来触逆于他。"

而《红楼梦》中对于异性性行为的记录,无论是宝玉与袭人偷试,还是贾琏与多姑娘偷情,虽然委婉,但也是明白确凿的。但是关于宝玉与同性在性行为层面的交往,书中没有任何记载。如果贾宝玉是同性恋、与同性有肉体关系的话,为何遍寻全书都没有一点记述呢?在作者笔下,贾宝玉厌恶世俗事务、对读书毫不上心,已经是一个十足的"反面教材",并没有必要在性取向上"为主角讳"。

因此最有可能的情况是——贾宝玉并没有与同性发生过性关系。

明清之际,男风盛行,在这一点上大不同于前朝各代,男同性恋现象已经在社会当中非常普遍。清代李渔《无声戏》第六回《男孟母教合三迁》中就有"男风一事,不知何始,沿流至今,竟与天造地设的男女一道争锋起来"①的描写。"明中晚期的那种冲破一切道德规范的束缚、刻意追求新奇和刺激的社会思潮促成了男性同性恋的泛滥。热衷于这种性爱风气的人员上至帝王公侯,下至庶民百姓,而士人是其中最为活跃的领导时代潮流的阶层。当时社会上形成了京师、江浙、闽南等三个同性恋的中心区域。"②

不论是从古代视角分析亲密关系,还是从现代视角考察其性爱倾向,都必须最终回归同一文本载体。为避免重复对《红楼梦》文本的论证,以下试图先从现代角度出发,而后回归文本,以秦钟、北静王、柳湘莲与蒋玉菡四人为主要考察、比较对象,进行具体文本分析。

2. 现代西方标准

需要提前指出的是,若从现代角度进行界定,则不可避免地要提及概念的范围问题。如果回顾"性取向"、"同性恋"、"异性恋"与"双性恋"等概念的产生与发展过程,可以发现这些概念原先是起源于近代西方的。一方面,中西文化滋长的环境存在差异,所以作为西方的舶来品,用这些概念未必能完全准确地解读性别之间的关系;另一方面,值得关注的是,在概念的发展过程中,其本身的范围和角度也在发生变化。同时,小说描写与现实生活有差异,所以想要对此进行清晰的界定,是非常困难的。

所以,如果想要从现代角度进行解读,以上三个原则是必须遵守的。基于此,我们引入西方性心理学研究,对"性取向"研究提出相对明晰的界定。

性取向不指向异性而转向同性,可以被视为性的逆转。首先,我们需要辨别三种现象:"第一种是真正的先天性逆转现象(无论发展的早晚);第二种是双性两俱可恋的现象(其中大多数例子也还是逆转的,不过表面上已取得相当的异性恋的习惯);第三

---

① 李渔:《无声戏》,《李渔全集》卷八,浙江古籍出版社1992年版。
② 吴存存:《明清社会性爱风气》,人民文学出版社2000年版。

种的例子最多,也最不易抉别,可以叫作拟同性恋者,其所以有同性恋的表现的原因也不一致,或因一时的怨旷(例如航程中的水手),或因老年而性能萎缩,或因一种好奇爱异的心理,故意要在性的生活里寻求一些反常的经验。"①以上可简单概括为我们现在普遍意义上真正的同性恋、异性恋以及阶段性的同性恋倾向或表现。

尤其要注意的是,《红楼梦》是一部青春小说,书中描写的人物,不论是宝玉、黛玉、宝钗,还是柳湘莲、蒋玉菡等人,都不外乎正值十几岁的年纪。而在以上三种分类中,"儿童时期"会在性方面表现出较成年人更加不稳定、发散的倾向。"正因为比较散漫,所以冲动的力量不会很准确地集中在异性对象的身上。德索瓦(Max Dessoir)甚至说,男女孩子在满十四五岁以前,就正常的情形而言,性的本能是不分化的,即在对象方面不作男女的辨别。后来弗洛伊德(承美国心理学家詹姆士及其他专家之后)再三地说,在童年孩子的性生活中,通常总有一缕同性恋的气质。"②在年龄较小的阶段,"先天逆转的诊断是不容易的,一定要到成人期完成以后,才可以诊察明白而加以断定,在此年龄以前,诊断是可以的,但诊断错误的机会比较多"③。所以,我们无法从现阶段强行武断地判断出贾宝玉是否是先天性逆转(即真正意义上的同性恋或双性恋),因为现在的倾向、冲动、吸引更多地呈现发散状态,是不稳定的、不完全的。那种所谓的同性恋冲动是否会在成年后转入异性恋方向,或者以折中的方式转换为一个真正的双性两可的人,我们不得而知。

但是,以上讨论并不是否认了年少时期的性冲动是完全可以被忽视的。更进一步来看,虽然这一时期的性冲动没有完全分化,但其中是否含有"同性恋爱"的倾向,我们可以根据一个人的行为倾向加以猜测。这依旧是可以被界定的。"如果一个人性的发育,是特别的早成,而其性的活动又完全以同性做对象,同时也许自己虽属男性而却有女性的兴趣,喜欢女性的作业,再如果在他的家世里又可以发现不少的神经变态和性情怪癖的倾向,我们就至少可以猜测,他大概是某一类先天逆转的例子了;不过,猜测是可以的,断定则还太早。"④

从上述描述表征来看,"以同性作为主要活动对象""强烈的女性兴趣""家族遗传倾向"等都可以作为判别的依据。我们更具体地来看,如何理解这种性倾向:"一种多少有些浪漫性的同性间的爱悦是有的……这种爱慕也时常只是片面的。但即使不是片面,而是相互的,即使内心的爱慕演成行为的表示,以至表示到一个可以取得相当性

---

① 霭理士:《性心理学》,商务印书馆2004年版,潘光旦译注,第315—318页。
② 霭理士:《性心理学》,商务印书馆2004年版,潘光旦译注,第315—318页。
③ 霭理士:《性心理学》,商务印书馆2004年版,潘光旦译注,第315—318页。
④ 霭理士:《性心理学》,商务印书馆2004年版,潘光旦译注,第315—318页。

满足的程度,我们也不必大惊小怪,或轻下断语,或妄加干涉,以为它是淫恶之源应严加惩处,或以为是一种病态,故作解人而强欲付诸治疗。这一类行为的表示,就大多数的例子而论,实在是很单纯的,实在是童年时期性发育过程中所不可避免的一个阶段。这一类'同性恋爱'的表现,大都是属于纯粹的感情方面的,即使有些性的感觉存乎其间,也是很模糊隐约的,粗鲁以至于残暴的方式虽也未尝没有,但是很偶然的。"①所以,要判别这种"浪漫性的同性间的爱悦",应当格外关注其"感情方面",而对于其中"有些性的感觉",也应当判断其到底是明确的"性爱倾向",还是"模糊隐约的感觉"。

所以关键在于回归到文本之中,从文本解读宝玉与同性伙伴(秦钟、蒋玉菡、北静王、柳湘莲)之间的关系,尤其重要的是界定书中所写究竟是偏向于"纯粹的感情方面",还是"性爱倾向"。

二、文本分析

1. 秦钟

《红楼梦》文本中写宝玉初见秦钟之时,"心中便有所失,痴了半日,自己心中又起了呆意,自思道:'天下竟有这等人物!如今看来,我就成了泥猪癞狗了。可恨我为什么生在这侯门公府之中,若也生在寒门薄宦之家,早得与他交接,也不枉生了一世。我虽如此比他尊贵,可知锦绣纱罗,也不过裹了我这根死木头;美酒羊羔,也不过填了我这粪窟泥沟。富贵二字,不料遭我荼毒了!'"

写二人相会时,曹雪芹并未描写两人一见如故是来自彼此的"性吸引",也丝毫察觉不到"性暗示"、"性举动"的迹象;相反,令贾宝玉"心中便有所失"、"痴了半日"、"心中起了呆意"的根本原因在于,秦钟"举止风流,在宝玉之上"这种近似女儿之风的气质使得宝玉自惭形秽。此外,从描写来看,宝玉见到秦钟之后最先感叹的是,尊卑之别使得他们相见恨晚、富贵门第阻碍了他与秦钟早日相会。另一方面,从秦钟的视角来看,秦钟见到宝玉后也自思道"'果然这宝玉怨不得人溺爱他。可惜我偏生在清寒之家,不能与他耳鬓交接,可知贫寒二字限人,亦世间之大不快事。'……二人你言我语,十来句后,越发亲密起来"(第七回《送宫花贾琏戏熙凤　宴宁府宝玉会秦钟》)。所以,写见面的亲热之感实际上是在写佳音难觅、知己难寻而如今才得以相见的亲热之感,在当今社会的日常交往中,也是极为正常、极易理解的平常人之情。

而从二人日后上家塾的朝夕相处来看,有可能会让人从文本的字面义引申,产生

---

① 霭理士:《性心理学》,商务印书馆2004年版,潘光旦译注,第315—318页。

一定的联想和想象,如:"自宝、秦二人来了,都生的花朵儿一样的模样,又见秦钟腼腆温柔,未语面先红,怯怯羞羞,有女儿之风;宝玉又是天生成惯能作小服低,赔身下气,性情体贴,话语绵缠,因此二人更加亲厚,也怨不得那起同窗人起了嫌疑,背地里你言我语,诟谇谣诼,布满书房内外。"(第九回《恋风流情友入家塾 起嫌疑顽童闹学堂》)若从宝、秦二人同上学堂的描写中认为他们有超越同性友谊的情感存在,则主要是从二人带有女儿之态的相貌、温雅体贴的性情,再加上同窗人的私下讨论建立起的联系。但这应当归结为家学中浓郁的同性暧昧之风导致。在第九回中作者已有交代,薛蟠在此假意读书,不过是为了结交几个"契弟"、上手几个妩媚风流的小学生,家学里大多是这种纨绔子弟或是想借机讨好薛蟠的人,学风不正,孺子间暧昧气氛倒是浓郁。即使是风言风语,文段中又已点明,"作小服低、赔身下气"是宝玉的天性,也是他自幼在脂粉堆里长大养成的习气,而秦钟的"腼腆温柔""女儿之风"也是个人性格。甚至可以说,如果秦钟不是一个有"女儿之风"的温柔清秀的少年,而是义学中的金荣之流,贾宝玉断不会对他低声下气、百般温柔。仅凭怯羞的性格和亲厚的话语,必然是不足以论证他们二人含有"性倾向"的。不论是在古代与伴读书童一起上私塾,还是今日同性同学之间的关系亲密,都被我们认为是孩童之间正常交往,而非带有"性"意味的相处;同时,"怯羞""体贴""赔身下气"乃秦钟和宝玉自身真性情,难以因为二人不符合传统意义上男性的硬朗刚强便强行认为这是"性"的成分。

此外,更有一处常被后人拿来作为证明二人不正当"性方面"的关系的实据。"宝玉不知与秦钟算何账目,未见真切,未曾记得,此系疑案,不敢篡创,一宿无话。"(第十五回《王凤姐弄权铁槛寺 秦鲸卿得趣馒头庵》)这一段中曾有两个疑点,被提出来作为怀疑贾宝玉与秦钟有同性恋关系的证据。其一是,秦钟在初试云雨时叫智能儿"好人",和这里叫宝玉"好人",是否能说明什么问题?其二是,宝玉要和秦钟算什么账,而且还要等到"睡下"再细细地算?为什么曹雪芹在这里故意说通灵宝玉没看见,有什么特殊的用意吗?

对于第一个问题,实际上,"好人"这个称呼完全不能说明什么。叫智能儿和叫宝玉这两个语境都带有央求之意("你就依了我吧"和"你别嚷得众人知道"),重点并不在称呼而在于后面说话的内容,难道同时叫智能儿和宝玉好人就能说明,秦钟和智能儿试了云雨,就也和宝玉试了云雨?这样的推断显然是不可靠的。

至于第二个疑点,曹公如此写,一与叙述手法有关,二与阅读节奏和趣味有关。叙述手法上,在这里无疑是又强调了一次《红楼梦》此书是顽石在尘世中走了一遭之后的记录,是通灵宝玉叙事视角;阅读体验上,这样写使阅读节奏张弛有度、详略得体,既免去了叙述"宝玉与秦钟算什么账"的累赘之言,增强了行文的节奏感,又能使读者会心一笑,觉得十分风趣。至于"为什么要睡下再算账"的猜测,也只能是一种猜测,并不能作为两人对彼此有性吸引力、发生了性行为的证据。此处,如若不是过分解读,如何能得知他们是带有"性暗示",或是发生了"性关系"呢?

所以,从文本来看,带有模糊意味的描写部分都不能成为确凿有力的证据进行论证;如要论证,除上述逻辑难以自洽外,还存在这样的疑问:如果此二人之间真为同性恋冲动,以林妹妹的性格,为何早没发现,也无任何反应,反倒对宝玉上家塾表现出笃定的支持态度?

但同样是在文本中,却表现出宝玉、秦钟之间正常的同性相处关系。写秦钟见村庄丫头要纺与宝玉看时,秦钟表现出的是"暗拉宝玉笑道:'此卿大有意趣'",而宝玉也是"一把推开,笑道:'该死的!再胡说,我就打了'"。正是男孩子之间嬉笑打闹的日常情境。写秦钟与智能得趣被宝玉抓到时,宝玉只也是待在暗中,直到"嗤的一声,掌不住笑了",并无同性恋爱所引起的嫉妒之情,所做反应更是平常的嬉笑打趣。再看秦钟对待宝玉与智能儿的态度是否有所不同。相较于和宝玉相处的日常顽耍,秦钟对智能儿的情感热烈,且急于表达。"谁想秦钟趁黑无人,来寻智能。刚至后面房中,只见智能独在房中洗茶碗,秦钟跑来便搂着亲嘴。智能急的跺脚说:'这算什么!再这么我就叫唤了。'秦钟求道:'好人,我已急死了。你今儿再不依,我就死在这里。'智能道:'你想怎么样?除非我出了这牢笼,离了这些人,才依你。'秦钟道:'这也容易,只是远水救不得近渴。'说着,一口吹了灯,满屋漆黑,将智能抱到炕上,就云雨起来。"一番神态动作描写像"跑来便搂着亲嘴"、"好人,我已急死了"、"一口吹了灯"等(第十五回《王凤姐弄权铁槛寺　秦鲸卿得趣馒头庵》),均与他和宝玉相处的日常情态"笑道""笑着"等形成强烈的反差。由此可知,宝玉与秦钟的相处是不带有"性爱倾向"的思想、感情,而是"纯粹的感情倾向";"性行为"更是无从查证。

2. 北静王

仅从文本角度出发,在第十四回、十五回中,宝玉和北静王相遇,这也是北静王的初次登场:"水溶十分谦逊,因问贾政道:'那一位是衔宝而诞者?几次要见一见,都为杂冗所阻,想今日是来的,何不请来一会。'……那宝玉素日就曾听得父兄亲友人等说闲话时,赞水溶是个贤王,且生得才貌双全,风流潇洒,每不以官俗国体所缚。每思相会,只是父亲拘束严密,无由得会,……""水溶一面极口称奇道异,一面理好彩绦,亲自与宝玉带上,又携手问宝玉几岁,读何书。宝玉一一的答应。水溶见他言语清楚,谈吐有致,一面又向贾政笑道:'令郎真乃龙驹凤雏,非小王在世翁面前唐突,将来"雏凤清于老凤声",未可量也。'……水溶又道:'只是一件,令郎如是资质,想老太夫人、夫人辈自然钟爱极矣;但吾辈后生,甚不宜钟溺,钟溺则未免荒失学业。昔小王曾蹈此辙,想令郎亦未必不如是也。若令郎在家难以用功，不妨常到寒第。小王虽不才，却多蒙海上众名士凡至都者，未有不另垂青目，是以寒第高人颇聚。令郎常去谈会谈会，则学问可以日进矣。'"但在这之后，北静王便再未出场过（除去第八十五回，但由于已不在曹雪芹亲自所写的前八十回的范围之内，所以暂不作讨论）。

北静王在《红楼梦》前八十回中的痕迹，除了第十五、十六回，便一直只能活在贾宝玉的口中了：如第四十三回，宝玉多情不漏亡人，出府私祭金钏儿时，留给府里的借口便是"北静王的一个爱妾殁了，今日给他道恼去了。我见他哭的那样，不好撇下他就回来，所以多待了一会子"。这个理由逼真可信，能瞒过了贾府上下，与北静王和宝玉素日的密切相交是分不开的。以及第四十五回，宝玉在夜雨中，披蓑笠、穿蓑衣、着木屐，造访潇湘馆，跟黛玉介绍说"这三样都是北静王送的，他间常下雨时在家里也是这样"，其余则再也没有了。

从上面这些文本中我们可以得出的结论是，北静王与秦钟以及下文将要论述的柳湘莲、蒋玉菡有明显不同。如果说其他三人是宝玉的朋友、知己、至交，那么北静王水溶对于宝玉来说，更多的是一个值得尊敬和仰视的对象。虽然北静王与他年龄相差不大，但毕竟身份内外有别，包括当初宝玉对北静王的欣赏，也有一部分是基于"水溶是个贤王"。因此，要说这样一个人与贾宝玉有同性恋关系，纯粹是捕风捉影了。

3. 柳湘莲

有关柳湘莲，在第四十七回出场时描写的是："赖大家内也请了几个现任的官长并几个世家子弟作陪，因其中有柳湘莲，薛蟠自上次会过一次，已念念不忘。又打听他最喜串戏，且串的都是生旦风月戏文，不免错会了意，误认他作了风月子弟，正要与他相交，恨没有个引进，这日可巧遇见，竟觉无可不可。"再看柳湘莲的外貌特征："那柳湘莲原是世家子弟，读书不成，父母早丧，素性爽侠，不拘细事，酷好耍枪舞剑，赌博吃酒，以至眠花卧柳，吹笛弹筝，无所不为。因他年纪又轻，生得又美，不知他身份的人，却误认作优伶一类。……不想酒后别人犹可，独薛蟠又犯了旧病。他心中早已不快，得便意欲走开完事，无奈赖尚荣死也不放。赖尚荣又说：'方才宝二爷又嘱咐我，才一进门虽见了，只是人多不好说话，叫我嘱咐你散的时候别走，他还有话说呢。'"可见，容易引起误解的是柳湘莲外表上强烈的女性化特征。但外表柔美能否证明两人之间的亲密关系和性爱倾向？

《红楼梦》中写宝玉与柳湘莲的交情："宝玉便拉了柳湘莲到厅侧小书房坐下，问他这几日可到秦钟的坟上去了。湘莲道：'怎么不去？……''这个事也用不着你操心，外头有我，你只心里有了就是。'宝玉：'只是你果真要远行，必须先告诉我一声，千万别悄悄地去了。'柳湘莲道：'自然要辞的。你只别和别人说就是。'"以此可见二人相知熟络之深。而从文中薛蟠与柳湘莲的相处，可更进一步了解到柳湘莲本人的脾气秉性如何。"一面说，一面出了书房。刚至大门前，早遇见薛蟠在那里乱嚷乱叫说：'谁放了小柳儿走了！'柳湘莲听了，火星乱迸，恨不得一拳打死，……薛蟠笑道：'好兄弟，你一去都没兴了，好歹坐一坐，你就疼我了。凭你有什么要紧的事，交给哥，你只别忙，有你这个哥，你要做官发财都容易。'湘莲见他如此不堪，心中又恨又愧。"另有一处，写湘莲痛打薛蟠："我把你瞎了眼的，你认认柳大爷是谁！""你可认得我了？"薛蟠便乱滚乱叫，说："肋条折了。我知道你是正经人，因为我错听了旁人的话了。"更是表明柳湘莲本人的正直，因而不可能与宝玉存在实际上的同性恋爱关系。

4.蒋玉菡

蒋玉菡本人的外貌和性格使得宝玉觉得"妩媚温柔，心中十分留恋"，更存在互赠汗巾子这一情节让人"想入非非"。《红楼梦》中写"蒋玉菡说毕撩衣，将系小衣儿一条大红汗巾子解了下来，递与宝玉，道：'这汗巾子是茜香国女国王所贡之物，夏天系着，肌肤生香，不生汗渍。昨日北静王给我的，今日才上身。若是别人，我断不肯相赠。二爷请把自己系的解下来，给我系着。'宝玉听说，喜不自禁，连忙接了，将自己一条松花绿的汗巾解了下来，递与琪官"。

汗巾是何物？从书中我们可以得知，汗巾是系在腰带上的私密之物。第二十一回中，凤姐的女儿大姐得了发热之病，贾琏只好搬出外书房来斋戒，十余天后，大姐病好之后，贾琏仍复搬进卧室，平儿收拾他的衣服铺盖时，凤姐说："这半个月难保干净，或者有相厚的丢下的东西——戒指、汗巾、香袋儿，再至于头发、指甲，都是东西。"由此可见，"汗巾"是双方感情达到一定程度之后才送给对方的。因此不乏有人认为宝玉和蒋玉菡此举带有性暗示的含义，以此作为两人同性恋关系的证据。但此处，贾宝玉与蒋玉菡的交换汗巾，与凤姐所说的贾琏的相好可能留下的汗巾，具有明显不同的意味。

那么宝玉和蒋玉菡互赠汗巾子到底该如何理解呢？这是否带有"性暗示"的表现？其实不然。从后文也可以看出，北静王对蒋玉菡甚是看重。蒋玉菡能把北静王赠予的汗巾赠给贾宝玉作交好之证，并说"若是别人，我断不肯相赠"，则能看出他对贾宝玉是同样重视和喜爱的，但如果要把这种喜爱上升到同性恋就太牵强了，难道宝玉与蒋玉菡初次见面，两人就互通款曲？无论是蒋玉菡对贾宝玉，还是贾宝玉对蒋玉菡，都只是欣赏。宝玉天然地喜爱蒋玉菡身上的"妩媚温柔"，蒋玉菡也本能地对宝玉这样的与薛蟠之流迥然不同的人产生欣赏，与其说是同性恋，更不如说是双方对于"美"的赞赏，这种"美"是无关性别，也无关情欲的。

另一方面，这汗巾子原先是北静王赠给蒋玉菡的，再如后文所言，忠顺王府前来索人"我们府里有一个做小旦的琪官……他近日和衔玉的那位令郎相与甚厚"（第三十三回《手足眈眈小动唇舌　不肖种种大承笞挞》），可以发现，王爷家中养有优伶并与优伶交往是极为正常的事情。

"由于戏曲的繁荣，清代社会上盛行士大夫和贵族子弟交往优伶的风尚，他们欣赏伶人的色艺，宴会雅集时招伶侑酒。而伶人群体因在交往中受到追捧、资助亦乐于和士大夫及贵族子弟往来。这种士优交往的风尚其实在《红楼梦》中也有反映，书中是通过北静王、贾宝玉等结交优伶蒋玉菡来体现的。最初宝玉和蒋玉菡的交往大抵亦是出于对其色艺的倾慕，随着对蒋玉菡痴情的个性、侠义的品格的了解，二人遂成为知己。"[①]尽管士大夫、贵族子弟与优伶交往已蔚然成风，但值得关注的是，"色艺的吸引只是暂时的，优人如果要赢得士人和贵族子弟长久的青睐则必须具有为人欣赏的品质，而蒋玉菡身上无疑具有这种品质"。从上文可知，蒋玉菡在和宝玉互赠汗巾子时，所使用的表述是"北静王给我的"、"我断不肯相赠"，表现出的是蒋玉菡本人不卑不亢，并非后人想象中戏子的曲意逢迎。此外，蒋玉菡"不奉承不媚俗，与人交往以志趣相投为标准。书中面对众多达官贵人的青睐，蒋玉菡并不趋炎附势，权门中的高雅人物像北静王、贾宝玉、冯紫英等人才是其想要倾心结交的对象，相反对于薛蟠之流，蒋玉菡则从未和其走近"[②]。以此可知，宝玉和蒋玉菡的交往更多的是人物品行的相互吸引，而非权贵与戏子之间可能存在的"把玩"与"被把玩"、"观赏"与"被观赏"的关系。所以，真正值得关注的是宝玉在和蒋玉菡长期交往过程中，表现出的深厚的惺惺相惜的纯粹的情谊，而不是所谓"性爱"的思想感情。

两人交换汗巾这一行为，是《红楼梦》情节中的重要一环，即之后蒋玉菡与袭人关系的伏笔。在《红楼梦》甲戌本中，就宝玉与蒋玉菡互赠汗巾有一句侧批："红绿牵巾是这样用法，一叹。"而对于这"一叹"，我们可以作以下分析。

（1）在《红楼梦》中，红绿相配多次出现：宝玉道："此处蕉棠两植，其意暗蓄'红''绿'二字在内。若只说蕉，则棠无着落；若只说棠，蕉亦无着落。固有蕉无棠不可，有棠无蕉更不可。"贾政道："依你如何？"宝玉道："依我，题'红香绿玉'四字，方两全其妙。"怡红院的全称就叫"怡红快绿"；另在宝玉让莺儿打络子时，也说"也罢了，也打一条桃红，打一条葱绿"。

（2）红绿汗巾又与男女通婚的红绿帖相符合。范寅《越谚》[③]卷中《风俗》"红绿帖"说："面写泥金'礼书'二字，婚姻初定用小'礼书'，迎娶用大'礼书'。仅写尊长姓名，并不及某男某女。从无媢换者，可谓有信。""红绿帖"是旧式婚姻所用的订婚凭证，用红、

---

① 袁亚铮：《清代士优交往背景下的蒋玉菡研究》，《古籍整理研究学刊》2018年第1期。
② 袁亚铮：《清代士优交往背景下的蒋玉菡研究》，《古籍整理研究学刊》2018年第1期。
③ 范寅：《越谚》，上海文艺出版社1987年版。

绿二色纸书写。红帖是男家向女家求婚的求帖,绿帖是女家同意允婚的允帖。在《红楼梦》中,蒋玉菡将红色汗巾先送给了宝玉,后宝玉又给了袭人,这等于是蒋玉菡送给袭人的求婚帖;袭人把绿色汗巾先送给了宝玉,后宝玉又转让给蒋玉菡,这可看作袭人的允婚帖。

尽管《红楼梦》最后的结局已非曹公所写,但无论是从第五回对袭人的判词("优伶有福,公子无缘")中,还是第二十八回特意让蒋玉菡吟出"花气袭人知骤暖"一句诗中,都可得知,即使是在曹雪芹最初的设定中,袭人最终也是与蒋玉菡结缘的。因此这一处,无论婚帖之说是否有附会之嫌,但伏笔之意是可以断定的。

三、为何采用这种写法?

1."意淫"

尽管书中所写有模糊之处,似能给人"想入非非"的误读之感,但若从文本描写考察,判断他们带有"性爱倾向"(包括思想、感情、性行为)证据不足,仅能算作捕风捉影。而《红楼梦》描写他们同性之间的交往,更是与薛蟠、贾琏与男宠之间的交往不同,后者是明显带有"性"的成分,而前者则突出表现品格、性情的欣赏和相通。综上来看,这应当与"意淫"的主题有关。

在《红楼梦》第五回中,警幻仙姑特地将宝玉与薛蟠贾琏之流区分,冠之以"意淫"之称:"淫虽一理,意则有别。如世之好淫者,不过悦容貌,喜歌舞,调笑无厌,云雨无时,恨不能天下之美女供我片时之趣兴:此皆皮肤滥淫之蠢物耳。如尔则天分中生成一段痴情,吾辈推之为'意淫'。惟'意淫'二字,可心会而不可口传,可神通而不能语达。汝今独得此二字,在闺阁中虽可为良友,却于世道中未免迂阔怪诡,百口嘲谤,万目睚眦。"警幻称宝玉为"天下古今第一淫人",却又推崇他的这一性格。贾宝玉的"意淫"或可理解为"精神性的恋爱",以区别于"皮肤滥淫"。他对于美的事物都有一种欣赏,却又不会亵玩,在书中前八十回中仅有的几次性行为也是和自己的丫鬟,我们可以理解为他的性启蒙。而我们从来未见他对其他人有过什么冒犯之举。贾宝玉的"意淫"使得他对于美好之人都存了一份尊重,而不像薛蟠那般,见了漂亮的都想亲热一番,这也是柳湘莲能和宝玉交好,却把薛蟠痛打一顿的原因。

作者明写薛蟠之辈与男宠的性交往点出当时这种情况的存在,而又在本应该存在性行为的宝玉身上模糊笔墨,甚至给他安上一个"意淫"的特征,这里必然存在玄机。这个玄机是什么我们暂且无从知晓,只能从当时的社会环境分析这种情况的产生。在我国,同性恋大多数时候是作为一种隐秘而暧昧的亚文化存在,明清时期,社会上虽然存在同性恋现象,但同性恋者是会受到道德的强烈批判的。因此,出于伦理道德,曹雪芹也不会把贾宝玉描述成一个同性恋者。此外,严格意义上讲,贾宝玉相当于是一个"博爱之人",这里的"博爱"不分性别、人神和物种,曹雪芹借此模糊了他的性别观念,笔者猜测是为了更好地表达全书主题,抒发自己的看法。纵观宝玉与几位男性的交游,我们能发现宝玉这个曾说过"我见了男人便觉浊臭逼人"的人,之所以会对这几位另眼相看,实在是出于对他们个人品德的极度欣赏与仰慕。对秦钟,宝玉见了"心中便如有所失,痴了半日",自觉是"泥猪癞狗";对蒋玉菡,他"心中十分留恋",说话时也"紧紧地搭着他的手";路遏北静王时,宝玉见到的北静王"面如美玉,目似明星,真好秀丽人物",便抢上去参见,还将北静王所赠手串送给黛玉。黛玉对宝玉的意义不言而喻,可见宝玉对北静王有多么另眼相看。初读《红楼梦》时,或许总会疑惑,宝玉不是对林黛玉爱得坚贞不渝吗,为什么又和大观园中众女儿终日嬉笑打闹、打情骂俏,每见一个女子就仿佛走不动路一般?事实上,正如在第五回游太虚幻境时警幻的批语以及宝玉自己说的"茜纱窗下,公子多情",宝玉在《红楼梦》中是一个博爱多情的形象;而这种情爱自然不仅仅限于异性的女子身上。凡是不同于"泥做的骨肉"的世俗男子,和那些"珍珠变成的鱼眼珠子"的老妈子之外的人,都是值得宝玉去爱的。

2."移情"

这种写法也可以视为曹雪芹的"移情",或者说对美的追求。贾宝玉对身边众女儿的无限爱慕、尊重和呵护,加之宝玉内心对女性的崇拜,这些都使得他在日常生活中的一言一行或多或少带有女性气质,这种影响也直接表现在他与同性之间的交往当中,可称之为一种"移情"。秦钟、北静王、柳湘莲和蒋玉菡这四人,且不论他们与宝玉之间是否有同性恋爱的关系,只说宝玉对他们的喜爱和仰慕,他们都共有一个特点,那就是"女性化"。这种女性化指的不是我们现在所说的这种"娘炮"式的女性化,而是在外貌上温柔俊秀,在举止上端雅有礼。除了女性化之外,这四人都有值得宝玉倾慕的地方:他们都人品出众,举止风流倜傥,北静王更是个人人称赞的"贤王",柳湘莲更是与他相交莫逆。

作者描写了很多宝玉与大观园里的姐姐妹妹们一起生活的段落,却鲜少描写宝玉对女孩儿们的肉体欲望——与袭人偷试云雨,大概率是青春期男孩的好奇,再加上梦中得警幻仙姑点拨,遂欲一试。宝玉曾盯着宝钗雪白的手臂痴看,曾在清晨的潇湘馆为湘云遮好放在被子外的胳膊以防她受凉,也曾与黛玉并肩躺着说笑,但书中没有写到他曾对女孩子们有什么非分之想。在作者笔下,大观园中的宝玉更像是一个纯粹又天真的审美者。无论是男性还是女性,只要具备他仰慕的品质气度,他都会大加赞赏、与之结交亲近、倍加关心呵护。因此,贾宝玉并非同性恋者。他对秦钟、蒋玉菡、柳湘莲等人怀有的情感是精神上的爱慕,也即警幻仙姑用来描述宝玉的"意淫"。

从上述定义、文本以及分析来看,贾宝玉与同性之间的相处确实是单纯、真挚的亲密关系,而非"同性恋情"倾向。而这种描写手法所带来的强大的近似"误读"的艺术效果,本质上是曹雪芹本人的匠心独具。无论是"意淫"的主题表达还是对"美"的追求,也无论是从古代视野思考,还是从现代角度界定,更值得关注的是,曹雪芹在引导读者从多元的角度思考《红楼梦》,思考贾宝玉的人物品性。也正是这种多元角度,使得"贾宝玉"的丰富性,成为不可多得的具有开创性的经典形象。

薛小妹《怀古绝句十首》浅探

王伊麟　王冠茹　朱　洁　陈家扬

在《红楼梦》第五十回至五十一回中,作者在故事后半程着墨颇多、形象近乎"完美"的女孩儿薛宝琴,在大观园众姐妹制灯谜的活动中写出了《怀古绝句十首》(下称《怀古》)。这十首绝句既是宝琴对往事的感怀,又是"暗隐俗物十件"的谜面。但是因为作者并未给出这些谜题的谜底,历代研究者对此便众说纷纭,甚至有部分观点认为这十首诗不仅是谜语,更是隐喻了书中人物命运的谶语。本文就将对这些谜语的谜底及其是否为谶语展开探究。

一、《怀古》的原文及故典

赤壁怀古

赤壁沉埋水不流,徒留名姓载空舟。
喧阗一炬悲风冷,无限英魂在内游。[①]

故典:赤壁之战。

交趾怀古

铜铸金镛振纪纲,声传海外播戎羌。
马援自是功劳大,铁笛无烦说子房。

故典:歌咏东汉名将马援。

钟山怀古

名利何曾伴汝身,无端被诏出凡尘。
牵连大抵难休绝,莫怨他人嘲笑频。

[①] 曹雪芹:《脂砚斋重评石头记》,人民文学出版社1975年版,第1181页。本文所引用原文皆出自此书,不再一一作注。

故典：南朝齐代的孔稚珪写过一篇著名的文章《北山移文》。文中说到，周颙曾隐居于建康北山（钟山），以清高不仕自许。后突然应皇帝之诏出山当了官。等他再路过钟山时，北山（钟山）的山灵把周颙尽情地嘲笑、斥骂一通，说他玷污了钟山的高洁，不许他再来。其实这是一篇游戏文章。南齐时代确有周颙其人，然而并未当过隐士，孔稚珪的文章不过是借题发挥，以讽刺隐士贪图官禄的虚伪情态，未必都有事实根据。①

淮阴怀古

壮士须防恶犬欺，三齐位定盖棺时。
寄言世俗休轻鄙，一饭之恩死也知。

故典：歌咏韩信。

广陵怀古

蝉噪鸦栖转眼过，隋堤风景近如何？
只缘占得风流号，惹得纷纷口舌多。

故典：评价隋炀帝开凿运河、巡游扬州事。

桃叶渡怀古

衰草闲花映浅池，桃枝桃叶总分离。
六朝梁栋多如许，小照空悬壁上题。

故典：桃叶是晋代王献之的妾，曾渡河与献之分别，献之作《桃叶歌》相赠，桃叶作《团扇歌》以答。后人因此将此渡口命名为桃叶渡。

青冢怀古

黑水茫茫咽不流，冰弦拨尽曲中愁。
汉家制度诚堪叹，樗栎应惭万古羞。

故典：昭君出塞。

马嵬怀古

寂寞脂痕积汗光，温柔一旦付东洋。
只因遗得风流迹，此日衣裳尚有香。

---

① 整理自蔡义江《红楼梦诗词曲赋评注》（修订本），团结出版社1991年版。下文《桃叶渡怀古》之故典亦同。

故典:马嵬之变。

蒲东寺怀古

小红骨贱一身轻,私掖偷携强撮成。

虽被夫人时吊起,已经勾引彼同行。

故典:《西厢记》,蒲东寺即普救寺。

梅花观怀古

不在梅边在柳边,个中谁拾画婵娟?

团圆莫忆春香到,一别西风又一年。

故典:《牡丹亭》,梅花观为杜丽娘与柳梦梅相遇相恋之处。

二、众说纷纭的谜底及隐喻

原文既已交代诗中"暗隐俗物十件",那后世读者的首要任务自然是猜谜。自清以降,对于这十首诗的谜底,不乏学者大家给出答案。如周春《阅红楼梦随笔》、徐凤仪《红楼梦偶得》、护花主人(王希廉)《新评绣像红楼梦全传》等。

现就各首试猜之谜底制成表1备考(问号为不知或不确定出处者)。

表1[①]

赤壁怀古	法船(徐凤仪、太平闲人)
	走马灯之战舰水操者(周春)
	蚊子灯(孙念祖)
交趾怀古	喇叭(周春、护花主人、徐凤仪、孙念祖)
	洋琴(太平闲人)
钟山怀古	傀儡(徐凤仪、孙念祖)
	耍猴(护花主人、太平闲人)
	肉(周春)

---

① 该表格主要整理自以下资料:
徐凤仪:《红楼梦偶得》,中华书局1958年版。
曹雪芹、高鹗著;护花主人、大某山民、太平闲人评:《红楼梦三家评本》,上海古籍出版社1988年版。
陈毓罴等:《红楼梦论丛》,上海古籍出版社1979年版。
曹雪芹、高鹗著;王希廉评:《双清仙馆本新评绣像红楼梦全传》,北京图书馆出版社2004年版。
俞平伯著,王湜华编,孙温图:《红楼心解读〈红楼梦〉随笔插图典藏本》,陕西师范大学出版社2005年版。
孙念祖:《薛宝琴"怀古"诗选试解》,香港《中报月刊》1983年第10期。

续表

淮阴怀古	打狗棒(护花主人、太平闲人)
	兔(周春)
	马桶(徐凤仪)
	纳宝瓶(孙念祖)
广陵怀古	牙签(徐凤仪、孙念祖)
	柳絮(护花主人)
	箫(周春)
	雪柳(太平闲人)
桃叶渡怀古	团扇(周春)
	油灯(陈毓罴)
	纱灯(孙念祖)
	门神(?)
	镜子(?)
青冢怀古	枇杷(周春)
	墨斗(徐凤仪、陈毓罴、孙念祖)
	匠人墨斗(护花主人)
马嵬怀古	肥皂(孙念祖)
	香皂(陈毓罴)
	杨妃冠子白芍药(周春)
蒲东寺怀古	骰子(周春、孙念祖)
	红天灯(护花主人)
	帐须(朱淇?)鞭炮(陈毓罴)
	鞋拔(朱淇?)
	竹帘(?)
	拨棒(?)
梅花观怀古	秋牡丹(周春)
	纨扇(徐凤仪、护花主人、陈毓罴)
	团扇(朱淇?)
	扇子(孙念祖)

由表1可见,各家给出的不同答案亦有相似或相近之处;而其中又以第六、第九首的谜面最为隐晦,谜底最为多样。其中,笔者较为信服的是孙念祖的解答,既综合批评考量了前人经验,又尽量贴合原书的给定条件和猜谜"规范"。

值得注意的是,在古今一片猜谜的浪潮之中,中国红楼梦学会副会长蔡义江先生却对这十首怀古诗的解读提出了不同看法。在《红楼梦诗词曲赋评注》中,他说:"小说中之所以写'大家猜了一回,皆不是的',就是作者深知一些人有此癖好,而预先告诉他们不必在这上面去花费心思。不交代谜底,也正是因为当作灯谜看,猜对猜错,对小说来说都是毫无意义的。这些诗,在作为灯谜之外,应该另有真正的有意义的'谜底'。否则,为什么二十二回中所有的灯谜,连贾政之流都能一猜就中,反而黛玉、湘云、宝钗等人竟不及红学家们聪明,红学家所猜出来的这些谜底,她们竟一个也猜不到呢?可见,说她们都猜不到的,并非是走马灯之类的东西,而是她们所决不可能猜到的'谜外之谜'。"蔡先生认为,十首绝句,其实就是《红楼梦》的"录鬼簿",是已死和将死的大观园女儿的哀歌。十首绝句分别哀咏九个女儿,其一是总说。[①]

蔡先生的猜测是当下对这十首怀古诗所隐喻的人物命运探索中较为流行的版本。此外还有一种看法,似乎将上述"谜题"与"谶语"的性质相结合,认为这十首诗的谜底就是十位人物的命运。现以表2呈现如下,并与蔡先生的答案做一个对比。

表2

谜题	赤壁怀古	交趾怀古	钟山怀古	淮阴怀古	广陵怀古	桃叶渡怀古	青冢怀古	马嵬怀古	蒲东寺怀古	梅花观怀古
谜底1	贾家	贾元春	李纨	王熙凤	妙玉	贾迎春	贾探春	薛宝钗	小红	林黛玉
谜底2	贾家	秦可卿	金钏儿	晴雯	香菱	林黛玉	贾元春	贾迎春	王熙凤	李纨
蔡	贾家	贾元春	李纨	王熙凤	晴雯	贾迎春	香菱	秦可卿	金钏儿	林黛玉

由此可见,即便是谈及隐喻的人物命运,各家亦存在不同看法;但归根结底,对这十首诗的解读,总体可分为"诗谜"派与"非谜"派。前者源自文本、阵容庞大,但答案莫衷一是;后者则出于红学探佚的考虑,是以蔡义江先生为首的新兴阵营,其观点仍有许多值得推敲之处。

那么,这十首诗谜究竟有没有谜底呢?对此,笔者的态度是肯定的。从《红楼梦》前八十回来看,曹雪芹无疑是位制谜高手。第二十二回里,贾环的谜粗浅、贾母的谜通俗、贾政的谜严谨,各人所制之谜都很符合他们的身份和性格特征;第五十回暖香坞制谜里,李纨的"观音未有世家传"之谜以及湘云黛玉等人的猜谜描写,都展现了曹公高超的制谜艺术。一位制谜高手作十首没有谜底的"诗谜",还是借宝琴这样一个聪慧而近乎"完美"的女子之口,想来是不大可能的——若是薛蟠、贾环之流,作十首无解的诗谜便也罢了。更何况宝黛等人也都说它"自然新巧",赞它"奇妙"。

既然有谜底,为何众人猜了一回都猜不着呢?谜有难易之分,"众人看了,都称奇道妙"的谜语一时猜不出也很正常。且倘若像前文第五十回那样再把众人猜谜的场

[①] 蔡义江:《红楼梦诗词曲赋评注》,团结出版社1991年版,第266—271页。

面、过程详细描写一番,以此来说清谜底,恐怕十首诗谜的解谜过程至少可以洋洋洒洒再写上一回。作者本不是为专门猜谜而写这十首诗谜,大费周章再写一回不免累赘,读者也可能产生审美疲劳,不如以"大家猜了一回,皆不是"带过,简洁干脆。此处如此写法未揭示谜底,也不能排除曹雪芹在散佚的后文中会有所交代,十首怀古诗谜底可能有且仅有一个"标准答案",只是因为作者的离世和部分稿子的迷失,答案已经随着历史而湮没不可考了。

那么,这十首诗又是否有其他"寄意",即是否有所隐喻呢?笔者认为这十首怀古诗并没有隐喻。

如前文表格所列示,肯定隐喻说者认为十首诗隐喻《红楼梦》中不同人物的命运,其中蔡义江先生的"悼亡说"是较为流行的版本。但蔡先生的观点尚有值得推敲之处。首先,倘若曹雪芹让薛宝琴写怀古诗,主要是为了让她以一个相对"局外人"的身份来对金陵十二钗的悲剧命运作一次预示性总括的话,秦可卿早在第九回就已经去世,为什么到五十一回还要"预示"她的命运呢?其次,这种"隐喻人物命运"的解读多是以金陵十二钗册子的判词为依据,将怀古诗往判词上靠,一来不能严丝合缝地符合,有时显得牵强,比如《淮阴怀古》以"恶犬"指贾琏;二来有重复之嫌:既有判词,又何必再作含义、作用都相同的怀古诗呢?再者,这没有将第五十一回的"怀古诗"和第五十回的"春灯谜"联系起来考察。"薛小妹新编怀古诗"应当是"暖香坞雅制春灯谜"的一部分,除了十首怀古诗外,还有湘云、宝钗、宝玉、黛玉四人所作诗谜,很显然,他们四人是"主角",故而让他们具有一定的独立性,自己作诗谜暗示未来遭际——那为何怀古诗中还要多此一举出现钗黛的命运呢?

此外,脂批是我们阅读《红楼梦》的利器,可以给我们诸多提示。值得注意的是,现存的各种脂砚斋评本,对于这十首怀古诗,均没有任何批注来指明或暗示它们蕴含人物命运。这是十首怀古诗没有隐喻的又一佐证。

之所以很多人认为这十首怀古诗有所隐喻,是因为大家觉得曹雪芹是一位非常伟大的作家,表面上说"怀往事""暗隐俗物十件",实际上一定还有更深层次的意义。加上诸如第二十二回中灯谜的谶言,于是产生惯性联想。但我们不妨换个角度想一想,诗既要文辞好,又要怀古,还要作为谜面,再加上隐喻人物命运,一作还是十首,纵然曹公再厉害,恐怕也会感到一丝吃不消吧。

三、作者为何写谜语而不揭示谜底

如上文所述,将《怀古》单纯作为灯谜揣度答案,虽然莫衷一是,却也无可厚非;而作为隐喻了人物命运的谶语排出个子丑寅卯,则未免有牵强附会、过度解读之嫌。

其实后者的思路也不难推知。《红楼梦》在曹雪芹的手中,常常把"诗"和"谶"联系在一起。纵观《红楼梦》前八十回,提到"灯谜"的情节有三处,分别是第二十二回、五十回、五十一回;第五十一回一开始便呈现了宝琴的十首《怀古》,之后很快便转移话题,故真正写到"灯谜"处,其实只有两次。而这两次明显不同的是,前一次明确指出了各人所作的灯谜即是命运的谶语(第二十二回《听曲文宝玉悟禅机 制灯谜贾政悲谶语》),而宝琴此处虽未提及,但很容易使人产生惯性的联想。加上曹公善用的隐喻笔法,文中的"诗"与"谶"常常紧密相连,所以更易潜移默化地引导解读方向。

然而,只要我们跳出惯性思维的逻辑、更加细致地去研读《红楼梦》中的诗词以及脂砚斋的批语,不难发现这三点:

(1)以"诗"为"谶",其作者多为谶主本身,其次有可能是所谓"官方"或"上帝视角",如第一回癞僧对英莲、第五回太虚幻境十二钗册页。再次可能是与谶主关系极密切者,如第二十八回蒋玉菡所行酒令暗示他与袭人命运,脂批"佳谶也"①。

(2)之所以说脂批对红楼探佚有难以估量的作用,正是因为其在作者伏线处对读者多有提示,从简单的"看官着眼"到直接叙写暗示情节,不一而足。因此暗含谶语的诗词往往带有批注。

(3)红楼梦中的"诗"与"谶",从没有完全画上过等号。许多诗词也是为了突显人物性格气质、才情高下而出现的,非常典型的如元妃省亲"现场作文"、芦雪庵即景联句,以及十首《怀古》前出自李氏姐妹之手的灯谜,就都没有"谶语"的作用。

由此反观《怀古》,作者宝琴既不是为自己作谶,又与其他所谓"谶语的主角"没有什么密切关系,更不是"官方"派来下凡的小仙女。尤其有趣的是,这十首《怀古》中竟无一处脂批,反而是后续钗黛二人对这些诗展开讨论时才出现批注。如果在这种情况下还硬要探究出其中隐喻的人物命运——当然也不是全无办法,但这是否存在矫枉过正的嫌疑呢?

上文已经提到,脂批是解读作者写作意图的利器。但苦于《怀古》中无一处批语,我们大概可以推断,这并不是重要的暗示性情节——甚至可能连诗作水平,在才情横溢的大观园女儿们之中也不突出。而比这几首诗更有看头的,反而是钗黛二人紧随其后的批评。要知道,第九首与第十首不仅地名虚构,甚至出自《西厢记》与《牡丹亭》——这在时间上正与第四十二回宝钗"教育"黛玉的故事相去不远。而之所以此后有所谓"钗黛合一",正是宝钗透露她也读过这些"淫词艳曲",现身说法,才使得素性孤

---

① 霍国玲、紫军校勘:《脂砚斋全评石头记》,东方出版社2006年版,第371页。下文《红楼梦》脂批之引文皆出此书,不再作注。

高的黛玉"心下暗伏"。此时宝钗又俨然一副女夫子形象,说"前八首都是史鉴上有据的,后二首却无考。我们也不大懂得,不如另做两首为是"。而黛玉忙说她胶柱鼓瑟、矫揉造作,再引来李纨为宝琴"开脱"……一番机锋读来甚是痛快有趣。正如此处脂批:"如何必得宝钗此驳方是好文,后文若真另作亦必无趣,若不另作,又有何法省之,看他下文如何。"

因此,作者在这里可能就是单纯想要写十首从怀古出发、技巧高超的灯谜,既表现出宝琴的见多识广、年少才高,又可引出后文钗黛的对话,强调她们是真正"和好"。黛玉言语后有庚辰双行夹批:"余谓颦儿必有尖语来讽,不望竟有此饰词代为解释,此则真心以待宝钗也。"至于十首诗的谜底究竟是什么,是曹公安排在了散佚的后文之中,还是仅仅任性地拒绝挑明,早已化作历史的风烟,消逝无考了。

四、红楼解读之"度"

上文论及的对十首《怀古》中隐喻人物命运的探佚,虽然多少有用力过猛之嫌,但毕竟《红楼梦》是一部文学作品,如果硬要找出诗中"谶语"的实据也未尝不可,典型例子便是蔡义江先生对其的论述。这点便交予其他读者自由心证。

令人惊叹的是,当今网络上流传的一些对本诗、对全书的解读,竟把《红楼梦》当成一部隐写清代秘辛的史书。如《薛小妹新编怀古诗,藏了明末清初血淋淋的史实》[①]一文便说,《广陵怀古其五》《梅花观怀古其十》隐射了1645年发生的多铎攻破扬州城后对城中平民进行大屠杀的事件:"不在梅边在柳边,个中谁拾画婵娟。团圆莫忆春香到,一别西风又一年。"其实就是江南文人忠于明明不在,忠于清心不甘,个中滋味只能自己体会,和平年代家人团圆莫要忘记扬州惨案的日子,转眼又是一年了。

一年一年,经过清当权者的太平粉饰……生活在太平盛世里的新生代哪里记得陈年旧事?所以宝钗的口说:前八首都是史鉴上有据的,后二首却无考,我们也不大懂得。但是扬州地处南北交通枢纽位置,历来得漕运、盐运之利,向称富庶地区,商业繁荣。作为巡盐御史林如海的女儿,不可能不知道这些事情,何况林如海也是文人,冰雪聪明的林黛玉一看就联想到扬州惨案这一史实,忙拦道……李纨也深知其中利害关系,补充遮掩道……林黛玉和李纨于玩笑间将一桩隐藏的秘密灰飞烟灭,"宝钗听说,方罢了。大家猜了一回,皆不是"。不仅大家,所有的读者包括当今的红迷,都被曹雪芹带进林黛玉和李纨的话里,陷于隋炀帝的荒淫无道、崔莺莺与张生的爱情,忽略了曹

---

① 网址:http://baijiahao.baidu.com/s?id=1599154180851413106&wfr=spider&for=pc。

雪芹"字字皆血泪、处处皆文章"。该文作者的诡奇想象,着实令人拜服。

那么,作为读者,我们究竟应该如何把握解读《红楼梦》的尺度、避免过度阐释呢?

首先,我们需要明了《红楼梦》是一部小说、一部文学作品,而非史料总辑甚至"启示录"。即便它可称中国古代最好的小说之一,即便我们可以从中一窥当时的社会风貌,也不能把它当作一部史书,或者认为它的每一句话甚至每一个词都另有深意。它归根结底是要讲一个故事,并且讲好一个故事。因此,解读《红楼梦》,我们需要立足文本以及相关材料(如脂批)做适度推论,提出的观点也需要经过有逻辑的证明,而不应在文本与情节之外天马行空,走得太远。之所以会过度解读,主要是在证据不足的情况下过度思考了。如蔡义江先生的论断,有一段话让人有些想不明白:"作者深知一些人有此癖好,预先告诉他们不必去花费心思。"①这里似乎不是很能看出作者本人有叫读者不必"花费心思"的意思,也难以理解"猜谜"是一种"癖好"。就算有此癖好,为什么作者能够"深知"?谜题有难易之分,所以说"大家猜了一回,皆不是",只能说明这十首诗迷比较难,一时之间猜不到,属于正常现象。通常制谜者肯定是希望自己的谜底被猜中——若猜不中亦可揭晓答案,不失为一种乐趣。不可能有人不希望别人在自己制作的诗谜里"花费心思",这似乎不符逻辑。

其实,我们也并不完全反对这样做。毕竟一千个读者心目中有一千个哈姆莱特,何况《红楼梦》又是这样一本充满谜题的作品,适当探佚也可以增加读书的乐趣。但是,如果过分捕风捉影,又十分积极地宣传自己的所谓"研究成果"、将不严谨的推论公之于众,那就有些不妥了。

此外,我们应当正视书本的写作主旨与背景,而非一步登天,将其送上神坛。正如苗怀明老师所说,《红楼梦》是一部描写青春、爱情与生命的小说,也是一本忏悔和追忆之作。除了主旨之外,在文中表现非常明显的,一是对家族基业的开创者们如宁、荣二公充满敬意和景仰之情,透出一种自豪感;二是对家族破败没落的惋惜;三是对家族内部的种种弊端进行批评。由此可见,曹雪芹对家族的描写是带有反思色彩的,他不是毫无原则地维护和赞美家族的一切,而是用挑剔的眼光审视着家族内部的种种弊端,思考家族由兴到衰的责任。这正是这部小说的深刻性与先进性所在。

但是,作为(至少是曾经的)地主阶级既得利益者,又身处康乾之治那样的封建盛世,若说作者走上了"反抗"整个社会制度与国家体系的道路,着实不可靠。如果我们带着1949年后一段时间根深蒂固的阶级斗争思想去解读这部文学巨著,则显然剑走偏锋。因此,我们没必要将《红楼梦》作为文学界反帝反封建的"圣书"——那是近一个

---

① 蔡义江:《红楼梦诗词曲赋评注》,团结出版社1991年版,第266页。

世纪后的知识分子所积极投身的事业;曹公在当时的社会身份,也只不过是一个满腹才情的没落世家公子,是那个在光鲜外表下已渐趋腐败的古老制度的"反思者"而非"反抗者"——和宝玉一样,充其量算作"异端"罢了。

这些个人观点或许有失偏颇,但对于公共视域下《红楼梦》主旨的理解,我们认为实在应当进行一些调整与矫正。否则一些更近于学院派的读者可能会将其捧上神坛、恨不能逐字逐句探佚一番,遑论一些红口白牙的"民科"?

安能辨我脚大小

王玉婧　吴　霞　赵紫荆　黄望舒

《红楼梦》里的女孩子几乎都是天生丽质，这一个是"两弯似蹙非蹙罥烟眉，一双似喜非喜含情目"[1]，那一个是"腮凝新荔，鼻腻鹅脂"[2]。列位看官，你可发现，曹雪芹上至发饰，下至裙摆，都能写得天花乱坠，唯独没见到女孩子们的"脚"，难不成"水"做的女孩子们都是美人鱼，没有脚？我等后学今日偏要一探究竟。

一、难得写到的"脚"

若说曹雪芹完全不写"脚"，倒不尽然。至少尤三姐和傻大姐，还是提到了几笔。第六十五回《贾二舍偷娶尤二姨　尤三姐思嫁柳二郎》中这样写尤三姐：

> 这尤三姐松松挽着头发，大红袄子半掩半开，露着葱绿抹胸，一痕雪脯。底下绿裤红鞋，一对金莲或翘或并，没半刻斯文。[3]

"金莲"是对女性小脚的美称。关于裹足的起源，有很多说法，其中流传较广的一种与李后主的宫嫔窅娘有关。《南村辍耕录》云：

> 惟《道山新闻》云：李后主宫嫔窅娘，纤丽善舞，后主作金莲，高六尺，饰以宝物细带缨络，莲中作品色瑞莲，令窅娘以帛绕脚，令纤小，屈上作新月状，素袜舞云中，回旋有凌云之态。[4]

---

[1] 曹雪芹、无名氏：《红楼梦》，人民文学出版社2008年版，第49页。
[2] 曹雪芹、无名氏：《红楼梦》，人民文学出版社2008年版，第38页。
[3] 曹雪芹、无名氏：《红楼梦》，人民文学出版社2008年版，第909页。
[4] 陶宗仪撰，李梦生校点：《南村辍耕录》，上海古籍出版社2012年版，第119页。

于是后世之人也多用"金莲"二字来赞叹女子的脚"弓小",本来这种欣赏只是一种个人私密嗜好,窅娘小脚也是出自天然,但渐渐地这种对小脚的推崇居然在社会上迅速掀起了一股风潮,并且主导了社会大众审美观念一千多年,以至到了魔怔的地步。男子对小脚的追捧在女子心里建立起这样一种观念:凡是女性,需得缠足;只有小脚,才是美的。

而《红楼梦》里另一个丫头傻大姐,则明确写到有一双大脚。第七十三回《痴丫头误拾绣春囊　懦小姐不问累金凤》曰:

> 原来这傻大姐年方十四五岁,是新挑上来的与贾母这边提水桶扫院子专作粗活的一个丫头。只因他生得体肥面阔,两只大脚,作粗活简捷爽利,且心性愚顽,一无知识,行事出言,常在规矩之外。①

这是《红楼梦》中唯一一处对于女子大脚的直接描写。接下来,我们只好循着蛛丝马迹,"大胆假设,小心求证",进一步"推测"女孩子们脚的大小了。

二、由鞋裤推测"脚"

曹雪芹写"脚"虽不多,"鞋"倒有不少。第四十九回《琉璃世界白雪红梅　脂粉香娃割腥啖膻》中提到黛玉和湘云:

> 黛玉换上掐金挖云红香羊皮小靴,罩了一件大红羽纱面白狐狸里的鹤氅,束一条青金闪绿双环四合如意绦,头上罩了雪帽。②

> 湘云笑道:"你们瞧我里头打扮的。"一面说,一面脱了褂子。只见他里头穿着一件半新的靠色三镶领袖秋香色盘金五色绣龙窄褃小袖掩衿银鼠短袄,里面短短的一件水红妆缎狐肷褶子,腰里紧紧束着一条蝴蝶结子长穗五色宫绦,脚下也穿着麀皮小靴,越显的蜂腰猿背,鹤势螂形。③

这里黛玉穿的是"羊皮小靴",湘云穿的是"褶子"和"麀皮小靴"。冯其庸和李希凡

---

① 曹雪芹、无名氏:《红楼梦》,人民文学出版社2008年版,第1011页。
② 曹雪芹、无名氏:《红楼梦》,人民文学出版社2008年版,第660页。
③ 曹雪芹、无名氏:《红楼梦》,人民文学出版社2008年版,第661—662页。

主编的《红楼梦大辞典》引《隋书·礼仪志》：

> 惟褶服以靴。靴，胡履也，取便于事，施于戎服。①

也就是说，黛玉和湘云穿的小靴，都是胡人的服饰，而胡人是不缠足的，由此可以看出，湘云和黛玉都是大脚。

可是也有一种可能，在胡汉交融的过程中，一些胡人服饰逐渐成为风尚，即使是缠足的汉族女子，可能也会穿胡靴，那么鞋的类型就与脚的大小无关，女孩子们的脚又成了悬案。

另有晴雯一例，我们觉得证据相对确凿。第七十回《林黛玉重建桃花社　史湘云偶填柳絮词》曰：

> 那晴雯只穿葱绿院绸小袄，红小衣红睡鞋，披着头发，骑在雄奴身上。雄奴却仰在炕上，穿着撒花紧身儿红裤绿袜，两脚乱蹬．笑的喘不过气来。②

晴雯穿的是"睡鞋"。《清稗类钞·服饰类》云：

> 睡鞋，缠足妇女所着以就寝者。盖非此，则行缠必弛，且借以使恶臭不外泄也。③

若非缠足，则不必穿睡鞋，看来晴雯是小脚无疑了。

除了鞋之外，我们也可以从其他一些服饰中看出大小脚的端倪。第六十二回《憨湘云醉眠芍药裀　呆香菱情解石榴裙》写道：

> 宝玉道："你快休动，只站着方好，不然连小衣儿膝裤鞋面都要拖脏。我有个主意：袭人上月做了一条和这个一模一样的，他因有孝，如今也不穿。竟送了你换下这个来，如何？"④

---

① 冯其庸、李希凡：《红楼梦大辞典》，文化艺术出版社1990年版，第123页。
② 曹雪芹、无名氏：《红楼梦》，人民文学出版社2008年版，第965页。
③ 徐珂：《清稗类钞》，中华书局1984年版，第6210页。
④ 曹雪芹、无名氏：《红楼梦》，人民文学出版社2008年版，第861页。

这里提到香菱穿了"膝裤"。何为"膝裤"?《红楼梦大辞典》云:

> 膝裤:在胫足之间覆于鞋面的套裤。清·吕种玉《言鲭》卷上:"袜,足衣,今之膝裤。"……清·刘庭玑《在园杂志》卷四:"……盖妇人多以布缠足,而上口未免参差不齐,故须以褶衣覆之,然亦有平底者,至睡鞋则用软底。"原注:"今称褶衣,即膝裤也。"①

"膝裤"就是"袜",亦即"褶衣",是为覆盖缠足之布的一种服饰,由此我们不妨推测,香菱应为小脚。第七十回中,除了晴雯穿睡鞋之外,还提到芳官穿着"绿袜",按照吕种玉所云"袜"即"今之膝裤",芳官也当为小脚。然而似乎又不全如此,比如王伯沆先生就认为:"'膝裤鞋面'系汉装妇人语,但未明言缠足耳。"②因此"膝裤"的推测也并不令人信服。

三、转弯抹角地推测"脚"

那么服饰之外,是否存在其他线索呢?我们不妨一一关注以下这几个人物。

首先来看丰年好大"雪(薛)"家的两位姐妹,宝钗与宝琴。第四回《薄命女偏逢薄命郎 葫芦僧乱判葫芦案》中,宝钗出场,曹雪芹写其进京缘由:

> 近因今上崇诗尚礼,征采才能,降不世出之隆恩,除聘选妃嫔外,凡仕宦名家之女,皆亲送名达部,以备选为公主郡主入学陪侍,充为才人赞善之职。③

《清稗类钞·宫闱类·不准缠足女入宫》:"顺治初年,孝庄后谕:'有以缠足女子入宫者,斩。'"④既然缠足女子不得入宫,那么宝钗一定是天足。此外,第二十七回《滴翠亭杨妃戏彩蝶 埋香冢飞燕泣残红》写宝钗"蹑手蹑脚"⑤,扑蝶和"蹑手蹑脚"也更像是天足女子才能做到。以此类推,同为薛家女儿的宝琴应该也不是小脚。

---

① 冯其庸、李希凡:《红楼梦大辞典》,文化艺术出版社1990年版,第127—128页。
② 苗怀明整理:《王伯沆批校〈红楼梦〉》,南京大学出版社2010年版,第872页。
③ 曹雪芹、无名氏:《红楼梦》,人民文学出版社2008年版,第63页。
④ 徐珂:《清稗类钞》,中华书局1984年版,第357页。
⑤ 曹雪芹、无名氏:《红楼梦》,人民文学出版社2008年版,第363页。

其次来看金陵"王"家的凤姐,第三回提到她"自幼充当男儿教养"①,既被当成男儿教养,想来应当不会裹脚。况且凤姐作为贾府的管家婆,每天要东奔西走,一双小脚难有风风火火的评价。

第二十五回《魇魔法叔嫂逢五鬼　通灵玉蒙蔽遇双真》,凤姐中了马道婆的魔法,"手持一把明晃晃大刀砍进园来,见鸡杀鸡,见狗杀狗,见人就要杀人"②。这里有大量对凤姐的动作描写,如若是小脚,则反差太过。

又有第四十四回《变生不测凤姐泼醋　喜出望外平儿理妆》写凤姐捉奸,"一脚踢开门进去,也不容分说,抓着鲍二家的撕打一顿"③,能一脚踢开门,想必小脚没有此等功力。因此根据文本推测,凤姐很可能是大脚。

再看袭人。第三十二回《诉肺腑心迷活宝玉　含耻辱情烈死金钏》中,袭人请湘云给宝玉做鞋,湘云回答道:

　　既这么说,我就替你做了罢。只是一件,你的我才作,别人的我可不能。④

有人据此认为,必是因为袭人的脚和宝玉的脚大小差不多,才会导致湘云误解,以为是袭人的鞋子。但原文中并未提到湘云看到了这双鞋,袭人说的是"有一双鞋"而非"我手头这双鞋"。后文湘云所说的"你的我才作,别人的我可不能",是指湘云只会帮袭人做袭人的活,不会帮其他丫鬟做,"别人"指的是其他丫鬟,而不是宝玉。因此,袭人的脚还是无法判断。

接下来看尤二姐。第六十九回《弄小巧用借剑杀人　觉大限吞生金自逝》中有一段贾母相看尤二姐的描写:

　　贾母又戴了眼镜,命鸳鸯琥珀:"把那孩子拉过来,我瞧瞧肉皮儿。"众人都抿嘴儿笑着,只得推他上去。贾母细瞧了一遍,又命琥珀:"拿出手来我瞧瞧。"鸳鸯又揭起裙子来。贾母瞧毕,摘下眼镜来,笑说道:"更是个齐全孩子,我看比你俊些。"⑤

---

① 曹雪芹、无名氏:《红楼梦》,人民文学出版社2008年版,第40页。
② 曹雪芹、无名氏:《红楼梦》,人民文学出版社2008年版,第344页。
③ 曹雪芹、无名氏:《红楼梦》,人民文学出版社2008年版,第589页。
④ 曹雪芹、无名氏:《红楼梦》,人民文学出版社2008年版,第430—431页。
⑤ 曹雪芹、无名氏:《红楼梦》,人民文学出版社2008年版,第952页。

前文我们曾提到缠足的起源,其实这其中还蕴含一种性欲的暗示。清代李渔就曾经在书中宣扬过自己对于小脚的意淫:"瘦欲无形,越看越生怜惜,此用之在日者也;柔若无骨,愈亲愈耐抚摩,此用之在夜者也。"①说到底,这种缠足的恶习只是男子为了满足自己奇异的性嗜好而强加在女性身上的一道枷锁。但可悲的是,女性也渐渐地适应了这种枷锁,甚至自觉主动地给自己戴上,或者强迫自己的孩子效仿,有没有缠足、足的形状大小、缠得好看与否甚至成为大户人家相看媳妇的重要标准。

这一回中,作者没有明说,但是我们却可以看出,贾母让鸳鸯掀起尤二姐的裙子,肯定就是要看尤二姐的脚的。这一段情节可以和《金瓶梅》第七回《薛媒婆说娶孟三儿　杨姑娘气骂张四舅》的一段相互映衬:

> 妇人起身,先取头一盏,用纤手抹去盏边水渍,递与西门庆,忙用手接了道了万福。慌的薛嫂向前用手掀起妇人裙子来,裙边露出一对刚三寸恰半扠,一对尖尖趫趫金莲脚来,穿着大红遍地金云头白绫高低鞋儿。与西门庆瞧,西门庆满心欢喜。②

可见看脚已经是约定俗成的观念。然而这里尤二姐的"揭起裙子",前文提到的尤三姐的"金莲",还有晴雯的"睡鞋",在程本中都删去了。据此我们推断,尤二姐很可能是汉族女子,否则程本也不必删去这些。

还有春燕母女两人,第五十九回《柳叶渚边嗔莺咤燕　绛云轩里召将飞符》写春燕娘打骂春燕:

> 春燕那里肯回来?急的他娘跑了去又拉他。他回头看见,便也往前飞跑。他娘只顾赶他,不防脚下青苔滑倒。③

春燕母女沿着柳叶渚飞跑,行动敏捷,因此更可能是大脚。

另有一位做粗活的小丫头,第五十四回《史太君破陈腐旧套　王熙凤效戏彩斑衣》写她问婆子要热水,婆子道:"哥哥儿,这是老太太泡茶的,劝你走了舀去罢,那里就走大了脚。"④只有小脚才会怕走大了,可见做粗活的小丫头里也有裹脚的,并非大脚做粗

---

① 李渔:《闲情偶寄》,云南人民出版社2016年版,第135页。
② 李渔:《新刻绣像批评金瓶梅》,浙江古籍出版社1992年版,第87页。
③ 曹雪芹、无名氏:《红楼梦》,人民文学出版社2008年版,第814页。
④ 曹雪芹、无名氏:《红楼梦》,人民文学出版社2008年版,第735—736页。

活、小脚做细活。这样也能解释为什么只强调傻大姐是大脚,做粗活的丫头里,傻大姐是大脚,做活更加爽利。或以为,"走大了脚"可能是习语,用来指责懒惰的人,不能说明小丫头是小脚。但由于并未找到同时期的其他证据,这种说法也难印证。

此外,还有贾府里的十二个小戏子,第六十三回《寿怡红群芳开夜宴　死金丹独艳理亲丧》写道:

> 湘云素习憨戏异常,他也最喜武扮的,每每自己束銮带,穿折袖。近见宝玉将芳官扮成男子,他便将葵官也扮了个小子。那葵官本是常刮剔短发,好便于面上粉墨油彩,手脚又伶便,打扮了又省一层手。李纨探春见了也爱,便将宝琴的荳官也就命他打扮了一个小童,头上两个丫髻,短袄红鞋,只差了涂脸,便俨是戏上的一个琴童。荳官身量年纪皆极小,又极鬼灵,故曰荳官。①

这段话信息非常多,我们罗列如下:第一,宝玉将芳官扮成了男子;第二,湘云将葵官扮成了男子,湘云自己也喜欢扮成男子,而葵官本来手脚灵便;第三,李纨、探春将荳官扮成了男子。被扮成男子的三个女孩子,若不是大脚,恐怕说不过去,小脚扮成男子总觉得不像。

此处有一疑问:李纨、探春既然见了爱,为什么要命宝琴的荳官扮男子,不把自己的丫头扮成男子? 李纨手下没有十二官,但是探春有,探春分到的是茄官,可见茄官是没办法被扮成男子的,很有可能是小脚。我们整理一下十二官常扮演的角色见表1。

表1

十二官	扮演角色
芳官	正旦
藕官/文官/宝官	小生
荳官	小花面
葵官	大花面
蕊官/龄官/药官	小旦
茄官	老旦
艾官	老外

可见被扮成男子的,有可能是大脚的,两个是花面,一个是正旦,而可能是小脚的,

---

① 曹雪芹、无名氏:《红楼梦》,人民文学出版社2008年版,第878页。

是老旦。如果认为,因为茄官是老旦,所以不能扮男子,那么可以反驳的理由是,戏班子早已解散,这些女孩子不再唱戏,没必要因为角色不扮男子。原来演女性角色的不一定是小脚,芳官就是证据。据此推论,原来演小生、老外的,是大脚的可能性非常大。因此,十二官中,芳官、藕官、文官、宝官、荳官、葵官、艾官更有可能是大脚,茄官可能是小脚,蕊官、龄官、药官则无从判断。然而这些也仅仅是推测,缺乏直接证据。

四、曹公为何不写"脚"?

讲到此处,诸位也许会说,看来曹雪芹也并非有意回避脚的问题呀,你们不是找到了那么多暗示吗?那么我们来对比一下同为明清小说的《金瓶梅》,看看兰陵笑笑生如何写"脚"。

第二回写西门庆初见潘金莲:

> 窄星星尖翘脚儿……往下看尖翘翘金莲小脚。①

第六回写道:

> 少顷,西门庆又脱下他一只绣花鞋儿,擎在手内,放一小杯酒在内,吃鞋杯耍子。妇人道:"奴家好小脚儿,你休要笑话。"②

这两处是写潘金莲的小脚。

第七回写孟玉楼,则有:

> 裙下映一对金莲小脚,果然周正堪怜。③

以及前文提到的"裙边露出一对刚三寸恰半扠,一对尖尖趫趫金莲脚来"。可见孟玉楼也是明明确确、毫不含糊的小脚。相比之下,曹雪芹《红楼梦》对"脚"的描写实在令人捉摸不透。

那么为什么曹雪芹在创作《红楼梦》时,对女子脚的大小如此隐晦含糊呢?

---

① 李渔:《新刻绣像批评金瓶梅》,浙江古籍出版社1992年版,第35—36页。
② 李渔:《新刻绣像批评金瓶梅》,浙江古籍出版社1992年版,第80页。
③ 李渔:《新刻绣像批评金瓶梅》,浙江古籍出版社1992年版,第87页。

唐德刚在《曹雪芹的文化冲突》一文中认为,曹雪芹对女性的脚和鞋"有意回避"不写,并非出于疏忽,乃是"故弄玄虚"。任何写社会小说的作家都不能摆脱他的文化传统和社会环境来完全凭空虚构。

曹雪芹的祖先原是汉人,后归化满族入"旗籍",再后来随清军入关,编入汉军旗,成为满族的"包衣奴才"——一种古怪的汉族"旗人"。众所周知,曹雪芹的童年是在南京度过的,这也是对曹雪芹人生影响最大的一段岁月,清军入关后本就迅速汉化,江南更是以汉族为主的文化环境。所以,关于曹雪芹的民族身份问题,可以戏称作"身份证"上写着满族的汉人。因此,唐德刚认为当曹雪芹这位"旗人",动笔来写"汉人"的历史社会小说时,碰到了内心不能解决的矛盾。这些矛盾大致有两个方面:一是民族身份认同的矛盾,二是审美矛盾。

曹雪芹是汉族"旗人",可以说这是一种十分尴尬的民族身份,这种身份本身就是矛盾的。"大丈夫行不更名,坐不改姓",曹家不仅改换了民族,而且给异族当奴才,这如何不让人产生强烈的心理冲突?如果说在曹家深沐皇恩的江宁织造时期,即曹玺、曹寅、曹頫(曹雪芹曾祖、祖父、父亲辈)时期,这种矛盾被皇恩浩荡淹没,那么在曹家被抄家、"举家食粥酒常赊"的曹雪芹时期,以人之常情体察,有这种矛盾很正常。女子缠足是汉人风俗,满人女子则是天足,女子的脚是很鲜明的民族符码。《红楼梦》是公认的具有极强自传性色彩的小说,曹雪芹有意回避贾府里上上下下姑娘们的脚,也是对贾家民族身份的回避。

在对女性的脚的审美方面,满汉两族也不相同。汉族人喜欢"三寸金莲",而满族崇尚天足。清代旗人对其妻女严禁缠足,清朝甚至一度下令所有女子放足。康熙三年,朝廷颁布诏令不许旗女缠足,规定凡是康熙三年以后所生之女,"若有违法裹足者。其女父有官者,交吏兵二部议处。兵民交付刑部,责四十板,流徙;其家长不行稽察,枷一个月、责四十板"。康熙七年撤销了禁令。清朝汉族中缠足的习俗大盛,汉族女子皆缠足,可知要纠正这种裹足习俗实在困难。

在《红楼梦》中女子的脚是大小并存的,根据"禁缠令"和曹家身份可以推知,《红楼梦》里主子小姐都应该是天足,丫头们则有大脚也有小脚。《红楼梦》中唯一一处明确写明的是傻大姐的大脚,其余所有有关女子脚的文字多是侧面描写。曹公自小深受汉文化熏陶,又受满族文化滋润,面对两种文化的冲突,不写脚部也许是有意回避评定满汉风俗习惯的优劣。那么曹雪芹对于女子脚的审美究竟是怎么样的呢?

《红楼梦》第六十九回中,贾母说小脚的尤二姐是个"齐全孩子"。这里"齐全"一词有偏褒义的感情色彩,可见贾母是喜欢小脚的,但她老人家自己应是大脚。在贾宝玉为晴雯写的《芙蓉女儿诔》中有"莲瓣无声"①一句,有人把它作为缠足的例证。周汝昌先生则认为这只是辞章手法不足为证。无论何种解释,不可否认的是宝玉对晴雯是怀念的、喜欢的,那么"莲瓣"一词一定是赞美的。那么是否可以猜测曹雪芹本人更倾向于汉人的审美,更喜欢女子"三寸金莲"?不然如何对贾宝玉姐姐妹妹们的大脚讳莫如深?而明确提到的大脚"傻大姐"却又是个"体肥面阔、心性愚顽、一无知识"的角色?

当然,不提姐姐妹妹们的脚,也可能出于古代人的文化心理,即前文提到的女子的足具有性暗示的意味。在中国古典小说中,女子的"足"总是带有很强的私密性,是不能轻易给别人展现出来的。

《红楼梦》中的女子都是大家闺秀,首先从服饰上来看,一般穿的都是袄袍一类的服饰。这类衣服一般从头遮到脚,因此看不见脚也很正常。《红楼梦图咏》对女儿的绘画中,几乎没有一个是画到了女子的脚和鞋的,下裳几乎都是拖曳到地。仅有的几次直接描写中也都是要么有人直接拉起下裳,要么是人物性格的需要加以表现,很少刻意暴露。再加上《红楼梦》中表现出来的女性尊重意识,"足"这么私密的部位更加不可能在文中详细描述。

这一点在《金瓶梅》中表现得十分明显。《金瓶梅》中对"足"的描写经常发生在后院姬妾和西门庆挑逗调情之时,往往带有把玩亵玩的淫邪之意。清代的性小说中描绘男女的行为,鲜有不描绘女性的小脚的,供男子欣赏、把玩、发泄性欲才是女子缠小脚的根本动因。出于对女性的尊重和爱护,曹雪芹不应该会在文中细致描绘缠足女子的小脚。

除却以上两点关于曹雪芹文化冲突的原因,《红楼梦》中不写女子的脚也可能有创作手法、结构、形式上的考虑。曹雪芹在开篇就宣称他所写的故事朝代纪年、地舆邦国皆失落无考。在曹雪芹所著的前八十回中,官名、地名都是用古代的,而不是用的清代的官名和地名;对男子辫发的描写也让人看不清是什么时代,也特意在书中避免特殊服饰习俗的描述,有涉及清代指向的官职的时候也故意含糊其词。这些都是曹雪芹处理满汉文化的一个重要体现,可见曹雪芹确是有意虚化故事情节的真实性,体现了"假作真时真亦假"。

关于红楼女儿大小脚的问题,早在一百多年前就有学者讨论。清人在《读〈红楼梦〉随笔》中谈到:

> 盖足不同身与貌。环肥燕瘦,蠕首蛾眉,各得其状,而描摹之足,则惟贵

---

① 曹雪芹、无名氏:《红楼梦》,人民文学出版社2008年版,第1110页。

纤小而已,使同一规范,无此巧节,略为轩轾,亦足肉麻赘文也。故略之。

故文学语言的准确和省俭,也不失为曹雪芹不写脚的理由之一。

简言之,经过上述探究,我们可以初步得出如下结论:《红楼梦》里的女孩子既有大脚,又有小脚。然而曹公"故弄玄虚",大多避免直接写脚,故而对于某一个具体女孩子究竟是否缠足,我们只能加以推测。而曹公如此回避脚的问题,原因有三:一是民族身份认同的矛盾;二是满汉审美观念的矛盾,包括女性的脚的性暗示意味;三是出自文学语言的考虑。

列位看官,你道这书中诸女子,安能辨其脚大小? 我等只能告知:会须问曹公!

说明:

这是古代小说网微信公众号刊发的第三篇"《红楼梦》研究"课的课堂报告,题目是《红楼梦》里的女性人物到底是大脚还是小脚。这是一个似乎有些八卦的问题,也是一个困扰了读者二百多年的老问题。但深入探究下去,就可以发现,这是涉及清代社会文化多个方面的重要学术问题,从八卦开始,以学术结束,这正符合本课程的特点,也正适合让同学们进行学术训练。

四位同学在认真阅读文本的基础上,对这个老生常谈问题做出了自己的解释。他们更关注曹雪芹写脚含含糊糊背后的深层原因及审美趣味,与《金瓶梅》等作品的对比也增加了文章的厚度。从学术训练的角度来看,文章虽然写得还有些稚嫩,但完成得还算不错,不知读者诸君以为然否?

果不果
——话说《红楼梦》里的水果

吴 霞 蒋 陟 黄望舒 陈龙玄

站在文本的角度来看《红楼梦》中的水果,我们可以发现一个有趣的现象,即《红楼梦》中的水果基本上不仅仅发挥作为水果本身应该具有的功能,即"被吃"。

作品中并没有一处描绘过这些水果的味道如何,是甜是酸。它们在文章中作为情节而存在,作者不局限于它们原有的功能,反而将其放在文本中,赋予了另外一种文学意义和话语表征,使它们和更深层次的语义内涵联系在一起,让它们焕发出了新的光彩。

一、"水果多情忆旧时"——桃·杏·荔枝·西瓜

桃和杏出现的频次是远远大于其他水果的,但是它们在文中往往不是以水果的形态出现,而是以诸如桃树、桃花或是杏树、杏花的形式呈现,这是因为在贾府中种有桃林和杏林,第五十八回的回目标题中蕴含的"杏子阴"[1]以及贾府内随处可见的桃花树都可印证这一点。包括各类诗词中也不断出现它们的身影,李纨判词"桃李春风结子完"[2]即为一例。

在这里,这类水果基本已经意象化,是用来放在字里行间给人欣赏的。

抛去这些"高高在上"的水果们,文中其他看似普通的食用水果又有何值得深究的呢?我们不妨以荔枝和西瓜为例。

文中两处提到荔枝:

第二十二回《听曲文宝玉悟禅机 制灯谜贾政悲谶语》中,贾母谜语"猴子身轻站树梢"[3]之谜底即为荔枝;第三十七回《秋爽斋偶结海棠社 蘅芜苑夜拟菊花题》中,宝

---

[1] 曹雪芹、高鹗著,护花主人、大某山民、太平闲人评:《红楼梦》,上海古籍出版社1988年版,第642页。
[2] 曹雪芹、高鹗著,护花主人、大某山民、太平闲人评:《红楼梦》,上海古籍出版社1988年版,第55页。
[3] 曹雪芹、高鹗著,护花主人、大某山民、太平闲人评:《红楼梦》,上海古籍出版社1988年版,第232页。

玉所见花笺中有"复又数遣侍儿问切,兼以鲜荔并真卿墨迹见赐,何痌瘝惠爱之深耶"①一句。

荔枝出产岭南,曹寅是吃过荔枝的,他曾经在《施浔江和诗留别,兼饷荔枝酒,作此志谢》一诗中提到:

> 谁拈重碧擘轻红,万里春随棹舶风。
> 方物常年随职供,邮签第一接诗筒。②

把荔枝作为岁贡,是曹寅本分职责,他可以利用职权之便吃到进贡的荔枝。但是荔枝的运输十分困难,保质期非常短。

《清稗类钞》中也曾经提到过张之洞吃荔枝的一件逸事:

> 张文襄嗜鲜荔枝,督鄂时,曾令广东增城宰收买荔枝万颗,浸以高粱,装入瓷罐,寄湖北。至芜湖,为税关截下,悉数充公。时榷吏为袁忠节公昶,忽得文襄急电,译之,约百余字,则荔枝一案也。袁知被巡丁分啖,乃至申采办以补之。③

即便是到了清末,手掌重权身居高位的张之洞吃荔枝尚且如此,可见荔枝难得。

虽然我们不能直接就《红楼梦》文本和曹寅之诗断定曹雪芹也吃过荔枝,但我们可以做出假设,如果曹雪芹吃过荔枝,一定是在南京时期。

岭南的水果即使能够被运输到北京来,价格也一定十分昂贵,绝对不是落魄后身在北京的曹雪芹能够负担得起的。

从这一点来说,《红楼梦》中描写的水果,尤其是岭南水果,很可能大部分出自曹雪芹的回忆,《红楼梦》本身也是他自己对早年鼎盛时期曹家生活的回顾。

我们再来看西瓜。根据统计,文中共有三处描写到了西瓜:第二十六回《蜂腰桥设言传蜜意 潇湘馆春困发幽情》中,薛蟠提到古董行的程日兴"不知那里寻了……这么大的大西瓜"④;第三十六回《绣鸳鸯梦兆绛芸轩 识分定情悟梨香院》中,有"王夫人等

---

① 曹雪芹、高鹗著,护花主人、大某山民、太平闲人评:《红楼梦》,上海古籍出版社1988年版,第388页。
② 曹寅:《楝亭诗钞》卷四,上海古籍出版社1978年影印本。
③ 徐珂编:《清稗类钞》,中华书局2003年版,第6525页。
④ 曹雪芹、高鹗著,护花主人、大某山民、太平闲人评:《红楼梦》,上海古籍出版社1988年版,第276页。

这里吃毕西瓜"①一语;第七十五回《开夜宴异兆发悲音　赏中秋新词得佳谶》中,西瓜同月饼一起,"只待分派送人"②。

第二十六回中,薛蟠收到西瓜的时间是他的生日,即五月初三甚至更早之前,但是这个时间远远早于一般西瓜的成熟时间,第三十六回中又提到了贾府众人在大观园内吃西瓜的情节,接着在第七十五回中秋之际,贾府更是大面积地把西瓜当作中秋赠礼送人,从时间上来看,从西瓜成熟之前到八月份,西瓜一直是贾府中常供不断的水果。

《清稗类钞》中对于西瓜有这样的描述:

> 乾、嘉以前,桂林诸属无西瓜,惟荔浦有之,每一瓜,需钱五六十文。欲得之者,必于未熟前,先以钱质之老圃,乃如期可得。且其候极迟,至中秋,各官署方以瓜相饷遗也。③

当时西瓜的价格单个是五六十文,连官员都还需提前预订才可以吃到,可见西瓜在当时是比较难得且昂贵的,但贾府从整个五月到八月都有西瓜可吃,而且《红楼梦》的字里行间并没有把这当作一件少见的事,可见贾府的奢侈。

贾府虽然已经有外强中干的现象,但是依旧表现出不显山不露水的富贵。就连文中这寥寥几笔有关西瓜的材料,也可以看出贾府几代人的积蕴来。

二、"瓜果常情遂成千里伏线"——木瓜·佛手

相比之下,木瓜和佛手又别具一格。

木瓜出现过两次,第一次是在第五回,是以一种近乎"传说野闻"的姿态,为了小说的环境烘托而出现的。贾宝玉来到秦可卿的房间,所见所闻,皆是香艳之象。木瓜摆在这个房间里,是因为伤过"太真乳"那个带有秘史意味的唐代故事。

进一步说,与其说它是一个实际空间的装饰物,不如说它是一种文化意象上的装饰物,也为相关情节埋下伏笔。

而木瓜的第二次出现是在第六十四回。"木瓜"二字终于不用背负作者所赋予的这般重大的使命,转而成为一个真真正正的房间装饰摆设。

除此之外,佛手也多次出现。第四十回中,探春房间"紫檀架上放着一个大观窑的

---

① 曹雪芹、高鹗著,护花主人、大某山民、太平闲人评:《红楼梦》,上海古籍出版社1988年版,第380页。
② 曹雪芹、高鹗著,护花主人、大某山民、太平闲人评:《红楼梦》,上海古籍出版社1988年版,第835页。
③ 徐珂编:《清稗类钞》,中华书局2003年版,第5937—5938页。

大盘,盘内盛着数十个娇黄玲珑大佛手"[1]。这些佛手是和"汝窑花囊"中的"水晶球儿的白菊"及数副墨宝等物什并列而言。当板儿要佛手吃的时候,探春拣了一个与他说"顽罢,吃不得"[2]。

另外,第七十二回中,贾琏还问鸳鸯要一个"蜡油冻的佛手"[3]。这些地方表明,佛手完全不是用来吃的,就是用来观赏的,用来寓意吉祥的。

而第四十一回中,众人为了安抚哭闹的大姐儿,将她手中的柚子与板儿手中的佛手互换,这一段情节,庚辰本夹批称为"小儿常情遂成千里伏线",似乎暗示巧姐命运,与判词暗合。就此佛手更是和木瓜一起成为《红楼梦》的伏线牵线者。

三、"果气不袭人,亦不知昼暖"——杏·橘

实际上,《红楼梦》中边边角角的名字中似乎也能窥见水果之一斑,如甄士隐的丫鬟名为娇杏,宝钗的丫鬟叫文杏,迎春的丫鬟名为绣橘。

偌大的贾府丫鬟众多,凡是有名有分的大丫鬟在起名时都遵循一定的规律,或成双成对,或谐音双关,或力求清新雅致,均反映了主人的身份地位和喜好。然而这些包含水果的名字似乎没有这一层意思。

这些名字的所有者都是身份低微、几乎没有存在感的丫鬟。她们不仅出场戏份一笔带过,就连名字都起得非常草率。出现在这些名字里的水果都有一个共同点——日常廉价,都是寻常百姓可以吃到的普通的水果。

联系到红楼梦中贾府所种果树,杏、橘之类水果就更显稀松平常。再考虑到其丫鬟身份,曹公在写重要丫鬟时用笔良多,但这样只有名字出现在书中的小丫鬟,便不必如此计较,毕竟大户人家中并非全是宝玉那般"花气袭人知昼暖"[4]的公子哥。

众人平时使唤丫鬟时,全以好记为上,这类出现在名字里的水果只是曹公的无意之笔,却给我们传递了杏、橘普遍存在的信息。这里,历史现实和小说描写发生联系,也就引出了我们下文的内容。

---

[1] 曹雪芹、高鹗著,护花主人、大某山民、太平闲人评:《红楼梦》,上海古籍出版社1988年版,第427页。
[2] 曹雪芹、高鹗著,护花主人、大某山民、太平闲人评:《红楼梦》,上海古籍出版社1988年版,第428页。
[3] 曹雪芹、高鹗著,护花主人、大某山民、太平闲人评:《红楼梦》,上海古籍出版社1988年版,第793页。
[4] 曹雪芹、高鹗著,护花主人、大某山民、太平闲人评:《红楼梦》,上海古籍出版社1988年版,第239页。

四、水果与史料

不难看出，即便是不引人注目的水果，如果仔细探究，其中依然有值得玩味之处。它们或是凸显作者本人的实际境况与感情，或是为小说的背景设定增添一小笔，或是给予小说情节发展一定的帮助。无论作者是否故意着力于某一水果的描写，它们的存在都在小说中发挥着一定的作用。

而这种无意间的描写，有时甚至还能突破小说研究的范畴，跨界到历史研究中。当然，这并非"索隐派"的套路，而是作为史料展开的。

我们关注的"水果"，原本并非作者刻意描述的对象，只作为小说背景存在，却反因作者之"无心"，更接近历史原貌。这类材料通常被称为"无意识史料"，可为其他研究提供旁证。

上文讨论西瓜、荔枝的时候，我们是从文本和作者来进行说明，但是也引用了《清稗类钞》等文献。其实我们完全可以将红楼梦中的叙述反过来变为其他文献资料的佐证，以便对清代市井生活、物价系统、朝贡体系、宫廷及仕宦等问题展开考察。

更具体而言，站在历史的角度看，把《红楼梦》放在时代背景中两相照应，这些水果事实上反映了当时江南地区的社会经济状况。

一个地区经济作物的种植情况和消费情况是最能体现一个地区的经济发展水平的，《红楼梦》中丰富的水果种类，大量的岭南水果，譬如荔枝、佛手，充分反映了当时的江南是一个经济富庶、交通便利、商品贸易发达、消费水平高的地方。

但是，它同时也反映了当时贵族阶层的生活状况。外来水果一般来说都价格不菲，《历年记》中提到，康熙二十五年，白米是九钱五分，而贾府一个西瓜就要五六十文。但当时一个普通的五口之家每日买柴一文，三日共菜脯一文，两日半米需要九十三文，大概一天也只需要四十文的样子。①

若扩展到贾府饮食，则更有可观。贾府日常四五十人饮食消费是两只鸡、两只鸭、十来斤肉和一吊钱的菜蔬，两只鸡、两只鸭、大致需五六钱银子；十来斤肉可算作六七钱，一吊钱菜蔬算作五六钱，米也要几十斤，合二三钱银，再加上油、酱、柴等，园内四五十人一日的吃喝成本，约莫二三两，更不用说贾府内各种各样的节日和生日宴会了。②如此即可窥见清代上层社会物质生活的一角。

文、史向来密不可分。一方面，我们可以通过"知人论世"，更好地理解小说内涵。

---

① 瞿宣颖纂辑，戴维校点：《中国社会史料丛书》甲编397引骈渠道人《姜露庵杂记》，湖南教育出版社2009年版，第277—278页。
② 侯会：《红楼梦贵族生活揭秘》，新华出版社2010年版，第132—133页。

只是应注意,《红楼梦》毕竟只是一本小说,我们没有必要做过度的历史解读,进入"穷根问底"的死胡同。另一方面,《红楼梦》作为一部内容丰富的文学作品,完全可以成为历史学的"脚注"。只是在选取史料时,应有所甄别,不宜使虚构的因素影响历史学研究。

说明:

　　本文是我"《红楼梦》研究"课的课程报告,要求以《红楼梦》中有关水果的描写为个案,探讨作品中物质描写的内涵与意义。

　　这四位同学下了一番功夫,对《红楼梦》中水果的描写进行了较为认真的梳理,并对其中几种出现较多的水果进行初步分析,他们不仅将其与作品的内涵意蕴结合起来进行考察,而且指出这类描写作为无意识史料的文献价值。

　　文章点到为止,还缺乏深入、细致的分析,但其提出的一些问题则是值得认真思考的,这个题目还有继续做下去的空间。

金陵十二钗副册又副册名单探究

李梦欧　杨亦渺　黄鏸懋　许　萌

众所周知的是,金陵十二钗分为正册、副册和又副册三册,其中正册的十二位女子都已确定,可是副册和又副册的具体名单至今仍是一个谜。那么,有哪些女子可以入选其中,曹公又为何留空于此呢?

一、人数问题

在谈论金陵十二钗之前,首先要界定其人数问题。当前除了传统的三十六人说之外,还有一百零八人说和六十人说。

一百零八人说:
到底在雪芹原著中实共多少副层群钗呢?

答曰:八层。这又证据何在？证据还是上面已引的"方经二十四丈"的"照应副十二钗"。请看:那巨石是正方的,四条边。每条长度是二十四丈,即两个"十二",所以正方的四边共计"八"个"十二"——这就是"照应"了八层副钗的"数理"。

到此,我再发一问:请算算吧,一层正钗,加上八层副钗,共是九层,九乘十二,正是一百零八位女子。

这就表明:雪芹作一部《石头记》,是由《水浒传》而获得的思想启发和艺术联想!其意若曰:施先生,你写了一百单八条绿林豪杰,我则要写一百零八位脂粉英雄,正与你的书成一副工整的"对联"。

"三十六人说"&"六十人说":
这问题是因对庚辰本第十七、十八合回的一条眉批理解不同而引起的。

雪芹题曰"金陵十二钗",盖本宗《红楼梦》十二曲之义。后宝琴、岫烟、李纹、李绮皆陪客也,《红楼梦》中所谓副十二钗是也。又有又副册三断词,乃晴雯、袭人、香菱三人而已,余未多及,想为金钏、玉钏、鸳鸯、茜云(葛雪)、平儿等人无疑矣。观者不待言可知,故不必多费笔墨。

树处引十二钗总未的确,皆系漫拟也。至末回警幻情榜,方知正副再副及三四副芳讳。壬午季春畸笏。

对这条脂批的理解不同关键在于对"方知"句标点的不同。

六十人说(俞平伯):"正"、"副"、"再副"及"三"、"四副"是指金陵十二钗的五本册子,每册十二人,故得六十人。

三十六人说(蔡义江):"正副、再副及三、四副芳讳"是指金陵十二钗副册的第一、二、三、四名。

考证:

在"十二丈"旁有行间朱批"总应十二钗"五字,而在"二十四丈"旁有行间朱批"照应副十二钗"六字。这两条批还见于有正本及梦觉本。由此可知:正十二钗有十二人,副十二钗有二十四人(包括副册及又副册),总计应是三十六人。这与小说第五回的描写正相吻合——警幻称之为"彼家上、中、下三等女子之终生册籍",薄命司内金陵十二钗仅有三只橱,一橱一册,故是三十六人。

并且,根据署名畸笏叟的眉批表示原本有五册金钗册,在批阅增删中删去二册最终留了三册,即我们所熟悉的正册、副册和又副册。无论这条批语是否属实,假设曹公真的把五册金钗册删去了二册,不论原因为何,我认为不应纠结,只着眼于文本保留的三册就足够,即认同的是正册、副册、又副册三册十二金钗册共三十六人的说法。

最后,让我们先回到第五回,看看原文中对于金陵十二钗正册、副册和又副册的描述。仙姑道:"此各司中皆贮的是普天之下所有的女子过去未来的簿册,尔凡眼尘躯,未便先知的。"宝玉听了,那里肯依,复央之再四。仙姑无奈,说:"也罢,就在此司内略随喜随喜罢了。"宝玉喜不自胜,抬头看这司的匾上,乃是"薄命司"三字,两边对联写的是:春恨秋悲皆自惹,花容月貌为谁妍。此处便已点出了"薄命司"这一重要信息。接着提到:宝玉一心只拣自己的家乡封条看,遂无心看别省的了。"家乡封条"表明是与金陵有关的女子,还可以进一步推测这些女子与宝玉应有一定的联系。随后,宝玉问道:"何为'金陵十二钗正册'?"警幻道:"即贵省中十二冠首女子之册,故为'正册'。"宝玉道:"常听人说,金陵极大,怎么只十二个女子?如今单我家里,上上下下,就有几百女孩子呢。"警幻冷笑道:"贵省女子固多,不过择其紧要者录之。下边二厨则又次之。余者庸常之辈,则无册可录矣。"宝玉听说,再看下首二厨上,果然写着"金陵十二钗副册",又一个写着"金陵十二钗又副册"。此处的"冠首、紧要、次之""庸常之辈无册可入"则表明入册的女子应遵循一定的标准。文中又点明下边只有"二厨","余者庸常之辈则无册可入",这就有力地驳斥了所谓的一百零八人说,而证明了三十六人说。

二、入选标准

先看一下副册中出现的判词:只见画着一株桂花,下面有一池沼,其中水涸泥干,莲枯藕败,后面书云:根并荷花一茎香,平生遭际实堪伤。自从两地生孤木,致使香魂返故乡。"一株桂花"暗指夏金桂,"莲枯藕败"暗指英莲及其悲惨结局,以及后面的一些暗示,可以推断出这位女子就是香菱。再看又副册,只见这首页上画着一幅画,又非人物,也无山水,不过是水墨滃染的满纸乌云浊雾而已。后有几行字迹,写的是:霁月难逢,彩云易散。心比天高,身为下贱。风流灵巧招人怨。寿夭多因毁谤生,多情公子空牵念。此为晴雯。又见后面画着一簇鲜花,一床破席,也有几句言词,写道是:枉自温柔和顺,空云似桂如兰,堪羡优伶有福,谁知公子无缘。此为袭人。

结合已确定的正册人选和副册中的香菱以及又副册的袭人、晴雯的特点,我们似乎有理由推断出以下三个特点:一是"薄命司";二是"择其善者",聪俊灵秀,正邪两赋;三是与宝玉关系密切。

首先,从金陵十二钗正册的判词及命运可以看出,她们都是命运多舛的薄命之人,且香菱、晴雯和袭人的命运也都符合这一特点。此时,就出现了一个争议,即薛宝琴究竟是否属于薄命之人。一种观点认为薛宝琴在《红楼梦》中的角色更像是一位过客:她从小随着父亲四处游历,见闻广博,与大观园中的其他姐妹们相比,其眼界经历不局限于小家之中反而带有开阔的视野;她的哥哥薛蝌在《红楼梦》中也算是不可多得的上进之人,对待宝琴这个妹妹也可谓尽心尽力;与宝琴订有婚约的是梅翰林之子,青年才俊,与后来姐妹们的或所托非人或身不由己相比,也算是才子佳人的良缘了,怎么看都不似薄命之人。但也有一种说法认为,尽管在前八十回中宝琴的境遇还算不错,但是《红楼梦》毕竟存在散佚的情况,谁也无法确定在后面的情节中宝琴是否会遇到属于她自己的不幸,所以不能轻易地推断出她是否属于薄命之人。

其次,"择其善者",聪俊灵秀、正邪两赋。正册中的众人或是文采斐然如钗黛,或是性情奇特如探春熙凤,便是香菱、晴雯、袭人也都别具风采。此时便要排除掉另一位人选——尤氏。之所以会想到尤氏,是因为无论是从所占情节比重还是人设特点来看,尤二姐、尤三姐都应该在副册又副册中占有一席之地,所以也有考虑尤氏的必要性。之所以排除尤氏,是因为能排进十二钗的应为钟灵毓秀、才情品貌比较高的非凡女子,而尤氏实在是太过平庸了。

并且也应和与宝玉关系密切。《红楼梦》全书与四大家族密切相关,且对于正册、副册、又副册的描述也是以宝玉游太虚幻境展开的,并通过宝玉的所见所闻来叙述的,所以应该满足与宝玉有关联这一要求。并且,由正册的十二钗以及可以推断出来的副册中的香菱,又副册中的袭人、晴雯可以猜测,正册、副册、又副册的划分很可能是以众人的地位身份来划分的,正册应为与四大家族关系密切的姑娘小姐奶奶,又副册应为丫头,副册为介于二者之间的妾或者类似妾的身份。当然,还有一种观点认为,副册中的人物除了妾以外,应该包括其他类型的人物。毕竟没有那么多妾填满副册十一个位置。故要从香菱的另一个身份入手,甄家大小姐。所以,副册中人也应都是贵族小姐。但为何是副册呢。不外乎两方面原因:第一是身份与地位,第二是情节比重。正册中小姐们在全书大部分时期,过的生活还是很滋润的,地位也十分高。而香菱的遭遇给副册定下了一个基调,那就是生活并不十分美好。可以说某种程度上不如又副册的大丫鬟,但是小姐毕竟是小姐,所以在又副册中。所以,我个人认为,副册应包括身份介于贵族小姐和丫头之间的妾以及身份略低一些的普通家族的情节分量不重的小姐们。

此外还有一个标准,就是人物故事的丰满。《红楼梦》作为小说故事,一切的问题意识都得回到文本。曹公设立《金陵十二钗》名册是为了故事作铺垫,那么入册的女子都必须是在故事中有充分着墨的女性人物,比如说平儿、鸳鸯、尤二姐、尤三姐等人物。三册中写的是入册之女子的判词,内容都是各金钗的命运,也预示了他们的结局,所以可入册的女子必须在文本故事中被重点提及,有自己的故事,并且有自己的结局。

三、可能的名单

目前流传的副册又副册的版本很多,较为出名的有刘心武的版本、宋淇的版本等。但是,这些版本都存在各自的问题,最为明显的问题就在于为了补足十二个位置而生拉硬凑,将一些存在感不强或者特征不显的女子也纳入其中。

胥惠民先生在副册中排除了薛宝琴、邢岫烟、李纹、李绮,认为她们是"彼家"之人,只是荣国府的匆匆过客。

作者主要是按照人物的身份、地位来分等的。"如果入副册者身份、地位的贵贱,都与香菱相仿,怎知其余的不是尤二姐、尤三姐、秋桐、嫣红、佩凤、偕鸾一类人物呢?"蔡先生的诘问就背离了曹雪芹所设"觉其行止见识,皆出于我之上"的入册标准。若仅看其"身份""地位",则河东狮夏金桂属正册中人,然而她是个搅家精、害人狂,"其行止见识"出于我之下,所以像这样"鱼眼睛"型的青年女子是什么册也入不了的。至于秋桐,原为贾赦身边的丫鬟,赏给贾琏做妾,自以为无人僭她,争风吃醋,辱骂作践尤二姐,恰好充当凤姐"借剑杀人"的工具,亦属"鱼眼睛"型的女人,自然无册可入。

王志尧先生在副册中加入了宝琴、岫烟、李纹、李绮、尤氏、平儿,值得赞同,只是排序有失偏颇,如喜鸾、四姐儿、傅秋芳先于尤二姐,平儿位于最后?尤氏如此靠前?

宋子俊先生在副册中执着于"贾府亲戚或侍妾"——嫣红、娇红(疑似一人?贾赦的妾)、翠云(贾赦)、佩凤、偕鸾(贾珍)等人是否够格?凑数?嫣红,仅是贾赦强娶鸳鸯不遂,又遣人购求寻觅,终究费八百两银子买了一个十七岁的女孩子收在屋内,佩凤和偕鸾皆是贾珍之妾,在"寿怡红群芳开夜宴"一回中,被尤氏带入大观园游玩了一次,而且将芳官的番名"耶律雄奴"诡叫作"野驴子",如此人物,均属"无册可录"的"庸常之辈",当然是不合乎曹雪芹所定入册标准者,不可与香菱同日而语。

结合上述观点,本文认为应入选副册的女子还应包括平儿、李纹、李绮、邢岫烟、尤二姐、尤三姐……应入选又副册的女子还应包括鸳鸯、麝月、紫鹃、司棋、金钏。之所以将上述女子纳入其中,是因为三册彼此之间似乎应该存在某种对应关系,如李纹与探春同为姐妹之中最擅作诗,妙玉和邢岫烟关系熟稔,秦可卿和金钏死因疑似不甚光彩,麝月和探春嘴舌伶俐,鸳鸯和元春在某种程度上都为姐妹之首(首席大丫鬟和姐妹中的大姐姐),尤三姐和秦可卿的托梦情节,尤二姐和迎春都是迫害致死,以及所占戏份甚重且结局不幸的紫鹃、司棋等。而之所以没有补全,是因为剩下的女子或者太过平庸,或者特征过于重合,导致无法抉择。

四、留空缘由

第一,由正册以及副册又副册中已经可以确定的几位人物及其判词,恰好构成了一个3×12的表格,从而可以推断出入选的特点和规律,避免累赘。毕竟小说每一回的篇幅有限,过多地描述会降低小说的可读性,令读者生厌。第二,有一些人物的判词和命运在后面的情节中进行了暗示,可以留下一些悬念,满足小说的可读性。如群芳宴的占花名中对麝月的判词"开到荼蘼花事了"就暗示了其悲剧性的结局,并且文中还有许多类似的伏笔可以由读者去发现,增加读者的阅读兴趣。第三,类型化的方法。正如前文所述,曹公只需要根据已知的几位人物即可类型化地对人物进行划分归类。《红楼梦》中涉及的女子实在太多,无法准确地一一归位,此时只需要表述出每一类的特点即可。第四,满足小说空灵化的需要。红楼梦、太虚幻境本就是一个空灵的,假作真时真亦假的世界,留有悬念才能保有仙境的神秘感,太过具体翔实反而会破坏这一感觉。最后,小说的散佚,结构上的不呼应。《红楼梦》本就存在散佚的情况,曹公也并未写完,且在创作的过程中曹公也一直在进行修改,导致目前我们看到的《红楼梦》是不完整的。有一种说法是金陵十二钗与书末的情榜是相互对应的,但此种说法现已不可考。

并且,我们还要思考一个问题——为什么是十二钗?十二之数是因为曹公心里拟定的名单人数还是有文学符码?查询资料后,我得到了答案,十二钗的称谓在文学中有典故,也有延承、演变的脉络。最早是见于南朝民歌《河中之水歌》中"头上金钗十二行,足下丝履五文章"一句,原意指的是南朝时期女性梳高髻的风尚中以六双金钗对插的风貌。到唐代白居易《酬思暗我赠》作"金钗十二行",自注"歌舞之伎颇多",自此金钗十二代指众多女子。到了约明代时期,金钗十二从约数转为实数,确指十二位美人。十二美人也成为文人中一种创作范式,如十二美人屏风画和杜堇所绘《金钗美人图》。不仅是在文学领域中,李渔在小说《连城璧》中所写"凑成金钗十二行"也表达了当时以姬妾十二人为人生圆满的想法。综合以上资料可得知,十二钗是文学传统中的一个定数,并非曹公拟定之数。而这或许也可以解释为何曹公没有列出完整的十二钗名单。

五、有必要补全吗?

似乎并不需要。曹公之所以不写全就好比山水画里的留白,是给读者的遐想空间。作为一个读者,要是作者在开场前几章就把预示了各人物的结局,那阅读兴致会降低很多,令其感兴趣的也只有过程了,然而作者开出了一张人物表却告诉了一部分人物的结局,其余的人物连是谁都不说,只知道人数,那阅读兴致不仅不被破坏还会因为被吊着胃口而迫不及待地想看完,然后兴奋地去把人物表填满。《红楼梦》就是这样。假设我是曹雪芹,我写出了留白的《金陵十二钗》三册,那么我这么做的原因估计是我的小调皮,是作者和读者之间的趣味小游戏。我想曹公和他的评点好友脂砚斋一定谈论过哪些人物可以入册,也许很和谐,也许为此吵架。我想这也许就是曹公的意图,在文本上保留意境、余韵,以及送给读者的讨论空间。我想看过完整的《红楼梦》,同时代的文人读者们会三三两两地讨论着,你一言我一语地争定副册和又副册的排名、人物。只可惜或在当下的我无缘见原稿结局,也没能耐穿越回去给他寄刀片威胁他把原稿抄一份藏好,留好遗言交代著作。

六、结语

"金陵十二钗副册"和"金陵十二钗又副册"阙如人员在书中均已全部写出,这是留待读者填补的。作者已把"金陵十二钗正册"一一指明,如果再把"副册""又副册"中女子也一一坐实,不仅落套、缺乏新颖性,实无必要将阙如者也如法全部写出每个人的仙曲和判词,等于亮出了全部谜底,不仅行文枝蔓冗长,而且读之味同嚼蜡,岂是曹雪芹这样的大手笔所明知故犯者?所以,作者仅把"副册"中的首席代表香菱和"又副册"中的前二人晴雯、袭人推出,相当于给这两档女子树个标杆,留给读者去对号入座的。这是最高明的写法,等于给读者设置了悬念,迫使读者必然去体味索解,要不如何说"满纸荒唐言,一把辛酸泪;都云作者痴,谁解其中味"呢?至于能否完全猜对,或者接近曹雪芹的标准排名,就要看读者的学识才能和悟性了。比如周汝昌的答案和胥惠民的答案就迥然不同。这正是考验红学爱好者理解水平的试金石,当然入册人选的不同包括排名顺序差异更是学术研究中见仁见智的正常现象。

"十二金钗"的入选和序次不能不说是经过曹氏精心选择,真正地通过不同悲剧代表人物深达封建家庭内核,深刻揭示了封建末世"美丑同归"的整体悲剧命运,同时亦流露了曹氏对其显赫出身、高贵门第的流连与眷念,对封建大家庭由盛而衰的叹惋与哀悼,深刻而又艺术地体现了曹雪芹作为封建贵族的浪子和叛逆者一身而二任的复杂情怀。

说明:

本文是我"《红楼梦》研究"课的课程报告,主要探讨金陵十二钗的副册又副册名单问题,这是作品留下的一个悬念,也是很多读者关心的问题,众说不一。

金陵十二钗副册、又副册的入选标准为何,作品中哪些女子符合标准,作者为何不直接在作品中交代清楚,对作品中的这些留白,读者是否都需要一一去填补。这些问题都是欣赏《红楼梦》过程中不可回避的,四名同学根据作品及以往的研究进行了认真的梳理,谈出了自己的看法。

至于他们的见解是否合理,有无说服力和启发价值,还要读者诸君评判。

关于《红楼梦》的反清复明思想

黄静瑜　葛雨欣　余嘉仪　刘玥彤

一、"吊明之亡，揭清之失"有问题

《红楼梦》是否有"反清复明"思想，这已经是历久不衰的话题了。最具代表性的是"索隐派"，他们针对《红楼梦》中一些"可疑"之处进行解读。

蔡元培在《石头记索隐》中开宗明义："《石头记》者，清康熙朝政治小说也。作者持民族主义甚挚。书中本事，在吊明之亡，揭清之失，而尤于汉族名士仕清者，寓痛惜之意。"①

我们认为"吊明之亡，揭清之失"这一观点有失偏颇。

首先，悼明之亡的人，甚至想要重建这个覆灭的朝代的人，要么就是对这个朝代有着深厚的感情，至少他在这个朝代生活过；要么就是对这个朝代抱有很大的期望，认为这个朝代可以一改时代风气，建立和谐社会，以上两点曹雪芹都不符合。

首先他生下来的时候明朝灭亡都有好多年了，而且他的长辈们都吃着皇家饭，受清皇室的荫蔽。他的祖上也是随清军入关，做满族人的奴才。曹雪芹在书中的描写并没有表达对祖上的不满，所以曹雪芹不可能对明朝有着多么深的感情。

其次明朝这个朝代灭亡的时候就已经是气数已尽了，内部腐败，外部动荡不断，曹雪芹那么聪明的人，难道真的觉得重建明朝就能给这个社会带来什么更大的好处吗？

第二，对于"揭清之失"这四字，我们认为蔡元培小看了《红楼梦》的格局。曹雪芹在《红楼梦》中确实是在揭露社会存在的弊病，但是蔡元培将这四字的重点放在"清"字上，而非"失"字，这四字将政治性凌驾在社会性之上了。

曹雪芹的反思和批判是面向全社会、面向人性、面向整个封建时代的，其中不可避免地连带到清朝这个载体，可是全然地认为曹雪芹想要揭露的是清朝这个特定朝代的弊病是一种局限的眼光。因为我们认为《红楼梦》的格局是非常宏大的，因为曹雪芹是

---

① 蔡元培：《石头记索隐》，上海书店出版社2008年版，第6页。

超越朝代性的批判。

二、所谓"反清复明"的证据

若将前人所谓"反清复明"的证据归类,大致可分出以下几种:
(1)谐音类:贾敬——嘉靖、雄奴——匈奴、贾王薛史——家亡血史
(2)索隐类:找对应的关系、时间密码
(3)拆字组词类:双悬日月照乾坤——明
(4)暗示类:九道门——皇宫才能设九道门、贾宝玉爱红
(5)明示类:大明角灯

其中,拆字组词类的"双悬日月照乾坤",如果被认为暗示反清复明,那我们觉得双悬日月于空,不就是武曌的曌字吗?这哪是反清复明?史湘云是想要做女皇啊!又如,暗示类的贾宝玉爱红,《红楼梦》里的所有人都劝宝玉不要吃胭脂,这岂不是反明的表现吗?又何来"反清复明"呢?

三、"耶律雄奴"有问题

谐音类的"芳官改名耶律雄奴"常被当作"反清复明"的证据。俞平伯说,"芳官改名耶律雄奴这一件事,高本全然没有。戚本却在这里,插入一节不伦不类的文字"[1],还说,"这些话,失却宝玉平常说话底神气,文意也很不好。假使要讨论起来,那话就很长了"[2]。

从文中看来,我们以为,俞平伯很可能认为"芳官改名耶律雄奴"不是曹雪芹所作,而是另有人作,因为他认为这段文字"不伦不类"、"失却宝玉平常说话底神气"以及"文意也很不好"。

另外,高本把这一段有关种族的敏感话题删去,体现出高鹗对《红楼梦》持有"反清复明"的先见。而刘梦溪说"结合《红楼梦》产生的明清之际的具体背景,宝玉的话还有第二种解释么",刘梦溪更是明确地认定作者"是站在种族的立场上",具有"反满思想"。[3]

相反地,邱华东认为:"要理解这段话究竟是'反满'还是'赞满',还得从'满族'的

---

[1] 俞平伯:《红楼梦研究》,上海古籍出版社2011年版,第61页。
[2] 俞平伯:《红楼梦研究》,上海古籍出版社2011年版,第62页。
[3] 刘梦溪:《红楼梦与百年中国》,河北教育出版社1999年版,第400—401页。

历史说起……满清人的祖先可以说和'匈奴'、'耶律'是世代仇敌。"①邱华东主张以真实的历史眼光来看《红楼梦》。

贾宝玉说:"'雄奴'二音,又与匈奴相通,都是犬戎名姓。况且这两种人自尧舜时便为中华之患,晋唐诸朝,深受其害。幸得咱们有福,生在当今之世,大舜之正裔,圣虞之功德仁孝,赫赫格天,同天地日月亿兆不朽,所以凡历朝中跳梁猖獗之小丑,到了如今竟不用一干一戈,皆天使其拱手俛头缘远来降。我们正该作践他们,为君父生色。"又说:"如今四海宾服,八方宁静,千载百载不用武备。咱们虽一戏一笑,也该称颂,方不负坐享升平了。"②

邱华东还考证出:"确实清代有一位和曹雪芹家族有密切关系的、声名显赫的人,说过与宝玉类似的话,甚至有的用词也十分相近。"③

> 本朝之为满洲,犹中国之有籍贯。舜为东夷之人,文王为西夷之人,曾何损于圣德乎?④

> 本朝应得天下,较之成汤之放桀,周武之伐纣,更为名正言顺。⑤

> 且汉、唐、宋、明之世,幅员未广,西北诸处,皆为劲敌,边警时闻,烽烟不息。中原之民,悉索敝赋,疲于奔命,亦危且苦矣。⑥

> 本朝定鼎以来,扫除群寇,寰宇乂安,政教兴修,文明日盛。万民乐业,中外恬熙,黄童白叟,一生不见兵革。⑦

> 今本朝幅员弘广,中外臣服,是以日月照临之下,凡有血气,莫不额手称庆,歌咏太平……⑧

---

① 邱华东:《关于〈红楼梦〉"反满思想"问题》,《红楼文苑》2013年第3期。
② 《红楼梦》第六十三回。
③ 《红楼梦》第六十三回。
④ 雍正编纂:《大义觉迷录》,中国城市出版社1999年版,第2页。
⑤ 雍正编纂:《大义觉迷录》,中国城市出版社1999年版,第39页。
⑥ 雍正编纂:《大义觉迷录》,中国城市出版社1999年版,第44页。
⑦ 雍正编纂:《大义觉迷录》,中国城市出版社1999年版,第3页。
⑧ 雍正编纂:《大义觉迷录》,中国城市出版社1999年版,第44页。

此人即雍正皇帝,以上这段话出自雍正编纂的《大义觉迷录》中的"上谕"。"不仅和宝玉对芳官所说的话意思完全一样,而且有些语句词汇也非常相似"①,比如宝玉说的是"大舜之正裔"、"千载百载不用武备"、"日月亿兆不朽"、"坐享升平",而雍正皇帝说的是"大舜之睿哲"、"一生不见兵革"、"是以日月照临之下"、"歌咏太平"。因此邱华东认为:"要说宝玉说这样的话是'反满',那么雍正皇帝也就同样是'反满'了,这显然是荒唐的。"②

既然如此,贾宝玉岂不成了美化清王朝的鼓吹手? 这与作者描述的"浊世"岂不是完全在唱反调?③现在是要回应俞平伯认为这段描写"不伦不类"的看法,以文学的角度来看,作者恰恰是想通过"唱反调"的矛盾文本表达他对社会现状的不满,在我们看来,作者是以一种作为国家的子民来反思社会现状,就如前文所说,曹雪芹的目光除了是超越朝代性的批判,也超越了种族。

余英时认为"以曹雪芹个人的际遇来说,虽出身内务府包衣旗籍,但家业消亡,从满洲统治阶层中游离分化出来了"④。他认为曹雪芹因家恨而逐渐发展出一种"民族的认同感"。⑤

在我们看来,《红楼梦》中没有特别明显的"汉族认同感",更多更明显的应该是"祖先认同感"吧! 作者在第五十三回中,"对祭祖场面的描写,十分庄重、虔诚,由此不难看出作者的感情取向。以上无论是人物的对话,还是场面的描写,作者都是郑重其事的,丝毫看不出有任何反讽、嘲弄的色彩。对家族基业的那些开创者们,曹雪芹是充满敬意和景仰之情的"⑥。

四、《红楼梦》中的时间密码

"时间密码"是蔡元培在《石头记索隐》中提出的重要命题。

> 《石头记》叙事,自明亡始。第一回所云"这一日三月十五日,葫芦庙起火,烧了一夜,甄氏烧成瓦砾场",即指甲申三月间明愍帝殉国、北京失守之

---

① 邱华东:《关于〈红楼梦〉"反满思想"问题》,《红楼文苑》2013年第3期。
② 邱华东:《关于〈红楼梦〉"反满思想"问题》,《红楼文苑》2013年第3期。
③ 周中明:《强烈呼吁出版界:还曹雪芹的〈红楼梦〉好读易懂的真面目》,古代小说网微信公众号2018年10月3日。
④ 余英时:《红楼梦的两个世界》,上海社会科学院出版社2002年版,第172页。
⑤ 余英时:《红楼梦的两个世界》,上海社会科学院出版社2002年版,第157—158页。
⑥ 苗怀明:《曹雪芹》,南京大学出版社2010年版,第91页。

事也。士隐注解《好了歌》,备述沧海桑田之变态,亡国之痛,昭然若揭。而士隐所随之道人,跛足麻履鹑衣,或即影愍帝自缢时之状。甄士隐本隐"政事",甄士隐随跛足道人而去,言明之政事随愍帝之死而消灭也。

延续蔡元培《石头记索隐》中提及《红楼梦》中"用意颇深"的时间信息,后世众多所谓文学爱好者(以"民科"为典型代表),纷纷以"时间"为证据,论证《红楼梦》中具有"反清复明"的政治思想和强烈的民族主义情怀。

像张贻柱在《〈红楼梦〉书中日期的反清用意》提出:"在《红楼梦》书中,许多故事情节都是以时间顺序铺开的,在书中大量的时间记载里,有相当多的具体时间是与明末清初的重大历史事件密切相关的。"①

比如书中最先提到的"十九日乃黄道之期","三月十五日葫芦庙炸供",点明的意思就是中国历史上的甲申之变,即李自成于崇祯十七年(1664年)三月十五日兵临北京城下,十七日包围北京,崇祯帝自缢于煤山;十九日李自成进驻紫禁城。甄士隐说的"十九日乃黄道之期",实是反其意而用之。

"在这部书中,象这样以具体时间来安排故事情节的地方有数十处之多,但并非每个日期都实有所指,有相当一部分日期是假语村言,是为'作者故将真事隐去'中的真事作掩护的。即使有些书中日期对明末清初重大的历史事件有所提示或点拨,也往往隐在全书的曲笔深文中,读者们一般难以发现。一些直接关系清朝入主北京,明朝政权彻底垮台的真事和具体日期,则被作者别具苦心地隐藏在足以'令世人换新眼目'的秦氏丧礼、凤姐生日、黛玉悲吟《葬花诗》、贾母祷福等等故事里。"②

如此看来,在"时间"问题上,曹雪芹书中日期背后仿佛与历史事件存在某种微妙的联系。但对于这种比附的论证方法,我们存在以下几个疑问:

其一,曹雪芹本人是否有可能对众多大小历史事件的发生时间了如指掌?

其二,若从"时间重合"的角度出发,持此观点者为何只关注到《红楼梦》中的时间与明清朝代的对应关系,而对历史上也同样在这些日期中发生重大的事件避而不谈?

其三,以"时间"为力证论证小说与历史的一一对应关系,究竟是对《红楼梦》的正确分析,还是对这部小说已有"反清复明"的先设而后进行的过度解读?

《红楼梦》本身在时间叙事上具有多层次、虚构性和丰富性的特征,这是这部伟大的小说在中国古典文学作品中脱颖而出的一大亮点。

且不谈曹雪芹本人是否真的能对各种朝代更迭中的大小事件了如指掌,强行解释

---

① 张贻柱:《〈红楼梦〉书中日期的反清用意》,转载自http://bbs.tianya.cn/post-106-554177-1.shtml。
② 张贻柱:《〈红楼梦〉书中日期的反清用意》,转载自http://bbs.tianya.cn/post-106-554177-1.shtml。

这些时间点中蕴含的"时间美学密码",反倒是对小说的破坏和损伤。

五、"大明角灯"有问题

明示类的"大明角灯"也被当作"反清复明"的证据。明角灯是一种清代内廷于新春之际悬挂的灯饰,也叫作庆成灯或是羊角灯。

吴恩裕在《有关曹雪芹十种》一书中提及:"《红楼梦》戚本第五十三回有句云:'也挑着大明角灯',百二十回本同回则作'挑着角灯'。按此'大明'二字,颇为重要,而高鹗删之,则尤有深意;乌可忽之。"①吴恩裕在此说明高鹗的行为有深意,但未明确说明。

后来,赵信卿致信吴恩裕,说出自己对"也挑着大明角灯"一句的看法:"'明角'二字应属读,'大明'二字不应属读。大字是与小者对比,系指灯的形体而言。"赵信卿没有提到"大明角灯"具有"反清复明"思想,而认为这是很简单的语言问题,仅此而已。

相信有些人也会和余英时有相同的疑问:"但问题在于'大明'两字连书在乾隆朝是最犯忌讳的,曹雪芹何不径写为'大庆成灯'或'大羊角灯',偏偏用'大明角灯'这样的字眼呢?……而且'大明'两字如果毫无问题,何以百二十回本竟改此句作'挑着角灯',而单单把'大明'给删掉了。"

我们先带着这个疑问,并以脂本为底本的人民文学出版社出版的《红楼梦》为例,搜索出第十四回和第七十五回分别出现"明角灯"和"羊角大灯"。这就奇怪了,关于"明角灯"在《红楼梦》中竟出现三个不同的称呼。

作者在《红楼梦》戚本第五十三回中描述荣宁二府正准备除夕祭宗祠以及元宵开夜宴。关于"大明角灯"的上下文是这样描写:"那晚各处佛堂灶王前焚香上供,王夫人正房院内设着天地纸马香供,大观园正门上也挑着大明角灯,两溜高照,各处皆有路灯。上下人等,皆打扮的花团锦簇,一夜人声嘈杂,语笑喧阗,爆竹起火,络绎不绝。"

从文中看来,我们猜测"明角灯"存在分为大小形体的可能性,作者很可能为了渲染荣宁二府在除夕的盛大排场,因此在大观园悬挂"大明角灯"。

另外,第十四回中关于"明角灯"的上下文是这样描写的:"凤姐出至厅前,上了车,前面打了一对明角灯,大书'荣国府'三个大字,款款来至宁府。"

从文中看来,王熙凤所出的门不可能是正门,而是侧门或是角门,因为古代的正门是在迎接很重要的人物或是重大场合才会开放。因此王熙凤出的侧门或是角门悬挂的是普通形体的"明角灯"。

---

① 吴恩裕:《有关曹雪芹十种》,中华书局1963年版,第126页。

再来看,第七十五回关于"明角灯"的上下文是这样描写的:"当下园之正门俱已大开,吊着羊角大灯。嘉荫堂前月台上焚着斗香,秉着风烛,陈献着瓜饼及各色果品。邢夫人等一干女客皆在里面久候。真是月明灯彩,人气香烟,晶艳氤氲,不可形状。"

从文中看来,这个场景是大观园中的嘉荫堂,是中秋节祭月的地方,作者很可能为了渲染大观园的中秋祭月"不可形状"的盛况,因此在大观园悬挂"羊角大灯"。那为何又不写成"大明角灯",而是"羊角大灯"?

《红楼梦》是一部长篇章回小说,作者应用多个称呼也是有可能的。从以上的论述看来,作者对于"大明角灯"纯粹只是语言艺术的设计。

"明"字是常用字,被认定是"反清复明"的证据纯属巧合吧!而且,曹雪芹如果真有反清复明的想法,那么他对于反清复明的相关词汇肯定是特别敏感的,他肯定也要想方设法进行一些掩盖和修饰,大明角灯这个词汇过于明显。相反的是曹雪芹内心坦荡,没有反清复明的想法,所以才没有对大明角灯这四字细想。

其实,《红楼梦》与《聊斋志异》有着相似命运:"留仙孙立德序此书,云十六卷,与今之传本合。或云尚有余卷,以所传多明亡轶事,当日其家惧触文网,悉删削之。此说当可信。故老相传,《志异》之不为《四库全书》说部所收者,盖以《罗刹海市》一则,含有讥讽满人、非刺时政之意。如云女子效男儿装,乃言旗俗,遂与美不见容、丑乃愈贵诸事,同遭摈斥也。"①

《聊斋志异》的核心是蒲松龄最关心科举考试,而曹雪芹最关心整个国家、社会和家族,反而是高鹗修改《红楼梦》以及蒲立德还有蒲松龄亲族修改《聊斋志异》都持有"反清复明"先见,他们的举动反而更能够证明原著的"清白"。总之,以"大明角灯"说明作者有"反清复明"思想,说服力不足。

六、《红楼梦》在清朝的影响

《红楼梦》在当时并没有引起什么轩然大波。

一方面,由和珅呈给乾隆看的程本,乾隆看完并没有说这里有反清复明的思想要把它禁掉。可能有人会说程本是进行了删改的,但也有很多反清复明证据的地方没有进行删改,比如贾宝玉爱红,还有索隐派认为的小说中人物在现实中的存在,乾隆并没有把它理解为反清复明。

另一方面,如果《红楼梦》真的有反清复明思想,也并没有在汉族人的圈子里兴起

---

① 朱一玄编:《聊斋志异资料汇编》,南开大学出版社2012年版,第518页。

什么反清复明的风浪来。

七、为何八卦有无反清复明？

讲到这里，《红楼梦》有无"反清复明"思想，这个答案已经很明显了，那为何还是有很多人认为《红楼梦》是一部"反清复明"小说？这是值得我们去思考的。

原因大致有三方面：

第一，在中国曾多次发生民族的问题，而蔡元培正好历经民族主义的时期，对"民族"的字眼敏感，因此他读出《红楼梦》有"作者持民族主义甚挚。书中本事，在吊明之亡，揭清之失"之感，这是个人将经历投射在文本上。

第二，既然《红楼梦》被认定为中国伟大的小说之一，很多人就会认为其不可能只是作者对家族的忏悔、哀悼女儿们和纪念逝去的青春而已，他们认为《红楼梦》应该还有更高大上的内涵，必须与国家、政治等这类宏观的叙事有关，这真真是帮《红楼梦》戴了一顶大帽子。

第三，大部分人持着先入之见来看待《红楼梦》，甚至极端到把自己的先入之见当作信仰，这是不可取的，做学术应持开放的态度。

《红楼梦》是一部文学作品，而且至今为止它还是存在很多谜，是无法解决的，我们可以对"反清复明"思想持疑，但不要一味地以"政治小说"、"反清复明"等标签来局限作者的世界观。

叁 课程作业

贾雨村、冷子兴及其历史世界[①]

陈龙玄(历史学院)

《红楼梦》第二回《贾夫人仙逝扬州城　冷子兴演说荣国府》是全书中信息量爆炸的一回。此回肩负的任务非常繁重:为林黛玉进贾府这个全书大引子铺设贾夫人去世这个小引子;简单梳理《红楼梦》中故事发生的背景设定,及其中简单的人物谱系。第二个任务更是提纲挈领,它甚至直接使第二回与第五回并列在全书的最高地位,使第二回成为《红楼梦》全书的灵魂回目。

而帮助构筑"灵魂"的人是谁呢? 贾雨村和冷子兴。所以首先我们就得着眼这两号特殊的人物。

一、"借为引绳"冷子兴

首先来说说冷子兴。冷子兴似乎就是为了第二回的出现而设的。有关宁荣二府人物谱系的所有内容,都是出自他口。对于他的地位,甲戌本脂批中就有着这样的定位:"此人不过借为引绳,不必细写。"当然,为了不使得其在全书中过于突兀,在第七回,冷子兴被"安排"成为周瑞家的女婿,这样其对宁荣二府的详尽了解便有了一定的根据;同时在第三回,冷子兴建议贾雨村借林如海之口央烦贾政,争取入京,这一设置也让他能够为之后林黛玉进贾府的情节起到一些推动作用。毕竟冷子兴也是在回目名中出现过的人物,存在感不可太低。

二、"十年多事"贾雨村

反观贾雨村,他的出场次数就多了不少。我们对于他的看法,可以分为两部分。第一是这个人物在全书情节推动中的地位。

[①] 本文引用《红楼梦》正文,皆出自人民文学出版社中国古典文学读本丛书版《红楼梦》。

在书的前八十回，有十一回出现了贾雨村的身影，分别是第一到四回、第七回、第十六回、第十七回、第三十三回、第四十八回、第五十三回、第七十二回。第七回及以后回目中的贾雨村与普通的龙套无异，甚至多为侧面描写，连面都没露几次。但是在前四回中，我们如果称贾雨村为主角之一，那丝毫不为过。除了第二回和冷子兴对谈引出了宁荣二府谱系这一大篇章之外，贾雨村还在"葫芦案"中被安排和小沙弥一起进一步扩展了小说的设定，借用"护官符"铺展出了"贾、王、史、薛"的家族背景和纠葛关系。同时贾雨村主导的这一案件涉及薛蟠，还间接和薛宝钗一家进入贾府的剧情相对接。一个人牵出两位主要角色的剧情，这位仕途几经沉浮的进士在小说中的地位堪称微妙，也让人不禁联想他在八十回后又会如何参与到整体剧情的发展当中。毕竟第四十八回中，是贾雨村为贾赦夺了石呆子的扇子，造了一桩冤案，一段伏笔很可能就此埋下。就连平儿也切齿言道"都是那贾雨村什么风村，半路途中哪里来的饿不死的野杂种！认了不到十年，生了多少事出来"。

第二是就贾雨村本身这个人物的分析。

书中关于他的情节，从很多侧面可以当作明清士子向上攀升的真实写照。进京赶考、借宿他家、一见钟情、功名高就、不忘旧情、洞房花烛、宦场沉浮……题名金榜和花烛洞房，贾雨村全部占全。但与这种向上攀升轨迹的同时，是贾雨村处事方式的逐渐变化。

第一回中，贾雨村中秋口占五言诗一首，"因又思及平生抱负"，又高吟一联。这其中的抱负到底如何，我们不能定论。其所吟"一联中"，体现的是怀才不遇的叹息，而这叹息背后，很有可能也有着士人济世之心。

第四回"葫芦案"是一个极其关键的节点。小沙弥关于"护官符"的一席话似乎让贾雨村醍醐灌顶，态度随即发生了大逆转。之前大怒要捉拿人犯，半回的对话后就极为圆滑地处理了此事。当然在此之前，贾雨村就已经明白了一些"宦场处事"的道理，听从冷子兴的建议，从林如海—贾政一线寻找门路。而之后的贾雨村更是越来越官场"老滑头"化，石呆子夺扇案就是他最大的"功绩"。

三、贾雨村身后的现实世界

我们如果把目光从小说内部轮转到明清现实，从人物本身转到放置人物的背景当中，就会发现贾雨村从外部世界到内心态度的跌宕起伏就都有着自己的逻辑。或者说，贾雨村"身不由己"的世界是他自己的历史世界，同时也更是现实中明清士人的历史世界。而能明确突出这种厚重历史感的桥段，依旧是第四回那关键的"葫芦案"。我们可以尝试用明清地方制度运转模式来审视这一事例。

钱穆先生曾经指出中国古代政治史中"人事"与"制度"的相互联系[①]。瞿同祖先生在著作《清代地方政府》中,很好地实现了对于这种政治逻辑的论述。正如此书序言中其他学者指出的,"本书内容重心在于政治或政府体制中的个人及其行为"[②]。那这种个人行为到底是来自哪里呢?根据瞿同祖先生的论述,这种个人行为主要是来自父母官、幕僚、书吏、衙役和士人。当贾雨村周旋于"葫芦案"中时,他所面临的正是这几类人的纠葛。贾雨村本身是地方官(书中贾雨村为应天知府,与瞿同祖所言州县官并不完全在同一范畴,但是在行政运行中的实质是一样的),是行政体系上下通达的关键节点。贾雨村作为地方"一人政府"的代表,面对治下所出命案,形式上或者制度规定上有着一定的决断权。但是,这背后还有一个人物——曾为小沙弥的门子。

这里的那位门子,就是我们上文所说的"衙役"的一种。根据小说中所说,这位门子原为葫芦庙中的小沙弥,后因为葫芦庙毁于大火,遂来到应天府讨生活,蓄发还俗成为府衙的门子。这里的"门子"到底是什么,其实瞿同祖先生在《清代地方政府》有过精准的描述:

> 门子,除了其常规职责,他还须于升堂审案时到堂,他掌管衙门的一个门和装有现审案件案卷的柜子的钥匙。立于大堂中呼叫被讯问者的名字。他还掌管(官员发令用的)竹签。[③]

从名称到站位,《红楼梦》中的描述和瞿同祖先生的论述多为重合。以此看来,所谓"门子",从形式和职能上的限定就已经远远超过"看门儿的"这一范畴。他有着很大的机会接近地方行政治理的核心,虽然这种机会是不透明且不符合规则的。而《红楼梦》中贾雨村同小沙弥之间的交流和两人之后的行为,不仅仅符合于此,其更是超出了职能的限定,进一步揭露了清代地方行政中的政治生态,也就是大片灰色地带的存在。

作为"门子"的小沙弥,给刚赴任且不甚了解应天府个中情况的贾雨村提供了"护官符"。这一点是长期盘踞地方、深谙地方内幕的府衙小吏才能做到的。而明清任命地方官的回避原则,让这一点更加明显。令人更为惊叹的是,这位小沙弥甚至对于贾雨村成为应天知府背后贾府所出之力清清楚楚,清代地方行政中信息网和权力网的盘根错节可见一斑。

---

① 钱穆:《中国历代政治得失》,生活·读书·新知三联书店2012年版,第2页。
② 瞿同祖:《清代地方政府》,范忠信、晏锋译,法律出版社2005年版,第7页。
③ 瞿同祖:《清代地方政府》,范忠信、晏锋译,法律出版社2005年版,第103页。

另外，《红楼梦》中贾雨村在处理这件案子的时候，他所倚仗的正是这位"门子"。按照书中门子的说法，他提供给了贾雨村一个妥当的处置方法，具体可参见书中第二回：

> 老爷明日坐堂，只管虚张声势，动文书发签拿人。原凶自然是拿不来的，原告固是定要将薛家族中及奴仆人等拿几个来拷问。小的在暗中调停，令他们报个暴病身亡，令族中及地方上共递一张保呈，老爷只说善能扶鸾请仙，堂上设下乩坛，令军民人等只管来看。老爷就说："……"等语。小人暗中嘱托拐子，令其实招……老爷细想此计如何？

门子所提供的处置方法，他自己在其中扮演了很重要的角色，而最终的效果也确实印证了这一方法：

> 至次日坐堂，勾取一应有名人犯，雨村详加审问，果见冯家人口稀疏，不过赖此欲多得些烧埋之费，薛家仗势倚情，偏不相让，故致颠倒未决。雨村便徇情枉法，胡乱判断了此案。

这位"门子"在这次行政运转中，基本承担了所有关键任务，而无论是作为地方官的贾雨村，还是身陷人命官司的薛家与冯家，都在这位小沙弥的"精心安排"之下"从容"地度过了这次"危机"。

关于清代地方衙役们的地位，瞿同祖先生言"多数衙役的命运并不总像其法律及社会地位所标示的那样可怜。因为他们居于可以滥用权力之岗位，所以能使百姓敬畏"[①]。另外，瞿同祖先生还把这种对于权力的滥用与衙役们的贪赃枉法联系到了一起。当然，《红楼梦》中这位小沙弥到底使用了什么具体手段，他又从中得到了什么具体的好处，这一点我们无法得知，也不用得知。毕竟这是一部小说，并非实际存在史事的记录。曹雪芹或许也并不在意这背后还有何隐情。

有意思的是，当这个案子了结的时候，贾雨村对小沙弥的举动又一次体现了清代地方官场中的复杂。书中言："此事皆由葫芦庙内之沙弥新门子所出，雨村又恐他对人说出当日贫贱时的事来，因此心中大不乐业，后来到底寻了个不是，远远的充发了他才罢。"贾雨村作为州县官，对于地方不入编制的小吏与他们的所作所为很可能看不上

---

① 瞿同祖：《清代地方政府》，范忠信、晏锋译，法律出版社2005年版，第106页。

眼,对于他们越权的行为更是多有忌惮,即便他自己在其中颇多获利。"跟书吏一样,衙役们一般被视为狡诈不忠、利欲熏心之徒"①,大概贾雨村面对小沙弥,也是这样的心理状态。

另外,瞿同祖先生在《清代地方政府》中为每一种地方管理类型都专门划分了一节有关"纪律控制"的内容,表面上是地方合理权力控制和行政监督的体现,但是实际上也和地方官本身的前程有关。这正好和小说中贾雨村怕小沙弥说出"当日贫贱时的事"等描写遥相呼应。而最终的处理结果,更是令人感到地方小吏与地方父母官之间令人啼笑皆非的微妙关系。一种源于利益的依附关系,以及同是源于利益的对于这种关系的主动打破。这大概也就是小说中的文学世界与历史中的现实世界必然的重合吧。

---

① 瞿同祖:《清代地方政府》,范忠信、晏锋译,法律出版社2005年版,第120页。

贾政——隐秘的叛逆

车林芮（文学院）

经过了《薄命女偏逢薄命郎　葫芦僧乱判葫芦案》的鲜血与冤屈，《红楼梦》在第四回正式进入整个大故事的主体部分。在空间上，薛家进京，京城作为故事发生的大舞台已经呈现在读者面前；在人物上，本书中的各位主角基本上都以他人叙述或者概略提及的方式登场了。在这一回的末尾，薛家已正式入住贾府。薛蟠原本不愿意与姨母家过多接触，生怕限制了自己的自由，但在接触了贾府中诸多与他相似的纨绔子弟之后，反倒如鱼得水，长久住了。原文在此处是这样记述的：

> 只是薛蟠起初之心，原不欲在贾宅居住者，生恐姨父管约拘禁，料必不自在的；无奈母亲执意在此，且宅中又十分殷勤苦留，只得暂且住下；一面使人打扫出自己的房屋，再移居过去的。谁知自在此间住了不上一月的光景，贾宅族中凡有的子侄，俱已认熟了一半，凡是那些纨绔气习者，莫不喜与他来往。今日会酒，明日观花，甚至聚赌嫖娼，渐渐无所不至，引诱得薛蟠比当日更坏了十倍。

这样来看，贾府简直是个染缸，能够让薛蟠这样本就无法无天的霸王（就在本回中刚刚叙述了他纵容下人打死冯渊的事）变得更加顽劣不堪。这样光景的开头，便已经埋下了贾家走下坡路的伏笔。有趣的是，文中紧接着写道：

> 虽然贾政训子有方，治家有法，一则族大人多，照管不到这些；二则现任族长乃是贾珍，彼乃宁府长孙，又现袭职，凡族中事，自有他掌管；三则公私冗杂，且素性潇洒，不以俗务为要，每公暇之时，不过看书着棋而已，余事多不介意。

读者在了解到贾府中的不肖子孙和纨绔风气之后，第一时间自然会想到家族长辈的责任。文中特意说"贾政训子有方,治家有法",是作者以明笔为贾政开了一张"免罚单"。甲戌本侧批说"八字特洗出政老来,又是作者隐意"。那么曹公究竟为什么要写这点"虽然"前面的部分?贾政真的能称得上是"训子有方,治家有法"吗?

仅仅从这一回文字来看,贾政这个人物就已经显示出了一定的复杂性。文中言及薛家到底是以怎样的方式留下时这样写道:

> 贾政便使人上来对王夫人说:"姨太太已有了春秋,外甥年轻不知世路,在外住着,恐有人生事。咱们东北角上梨香院一所十来间房,白空闲着,赶着打扫了,请姨太太和哥儿姐儿住了甚好。"

这一细节透漏了贾政的某些性格侧面。甲戌本的眉批上说:"用政老一段,不但王夫人得体,且薛母亦免靠亲之嫌。"这个批注可以从小说内容和读者阅读两个层面理解。从读者角度来看,贾政来发出这个邀请确实显得不那么尴尬。而把这个行为归为对贾政的一种刻画,就可以从中发现贾政的细致和周全。即,贾政并不是一个彻底的甩手掌柜,而且他也有能力在家务事上做一些正面的决断。

然而,从"训子有方,治家有法"的评语之后,曹公立即从三个角度说明了贾政并没有实现这个评语。"族大人多,照管不到这些"是管理的难度,是客观事实。"现任族长乃是贾珍,彼乃宁府长孙,又现袭职,凡族中事,自有他掌管"是管理名分的缺乏,也就是说至少从名义上来说,贾政不是贾府败落的第一责任人。不过最后一句"公私冗杂,且素性潇洒,不以俗务为要,每公暇之时,不过看书着棋而已,余事多不介意",则说明了在贾政的个人主观角度,他也并不喜欢管理府中的事务。

最后一句实际上指出了在贾府这座大厦的倾倒过程中,贾政作为一个"不作为"者的事实。实际上,不仅仅是整个府里的事务,贾政也并不喜欢与儿子和夫人互动。整本《红楼梦》中,贾政像是一个一直存在于宝玉周围的幽灵,这个幽灵混杂着威严与恐惧,又背负上了贾宝玉对于"经济仕途"一套的怨怼。

"幽灵"明晃晃地显示其存在,基本上都与宝玉脱不了干系。只是每一次的出现,都是与宝玉产生矛盾或者冲突。例如第九回宝玉在进入家塾之前,因为礼节上的要求去拜见贾政。贾政用在常人看来甚至有些恶毒的言语驱赶宝玉,"仔细站脏了我这地,靠脏了我的门",态度上也是冷笑。这显然可以解释为封建家族家长的一种高高在上的态度。

巧的是,在冷笑之前,贾政正在书房中与相公清客们闲话。与这些清客们的闲话,应该是贾政为自己营造出的一种成人版本的乌托邦——在此间,他可以不是一个家族之长，而是一个"文学中年"，一个为封建士大夫理想的文人雅士。而宝玉的存在，无情地提醒他自己身处一个复杂的家族，自己负有教育的责任，而且这个教育目前来看还比较失败。宝玉在贾政眼中，成了一个"俗务"的集合体，且这个集合体还处处不合他的心意。这种刻毒的态度，包含了贾政对于自己的世界被打扰的怒火。由此，贾政的"恶"也并不是一种抽象的、平面的、无理由的"恶"，他的言语行为自有其心理动机。

那么，贾政的"心意"究竟是怎样的？贾宝玉要如何做才能符合父亲的心意呢？《红楼梦》中并不是没有这样的标准答案，这个标准答案正是一开始就已经离去的贾政长子贾珠。贾珠这个已逝的人物并没有被正面描写，近乎一个功能性角色。但是这个角色的功能比表面看起来要多，除了使李纨成为有别于大观园姐妹的"游离"角色，还使得贾政一家的家庭结构有所缺失——缺失就会引发种种矛盾。在无数读者心中，贾政这个人物坐实"恶毒封建大家长"之名的情节，就是第三十三回的宝玉受笞。这一回从出场戏份多少来看，简直是政老的高光时刻，可惜展现的并不是什么正面形象。这一回里，贾政从一开始就对宝玉怀有偏见，以至于完全听信贾环的添油加醋，对宝玉不由分说一顿毒打，甚至要贾母来劝阻才罢手。不过在残忍之外，作者也为贾政留有许多开脱的余地，使得这个人物形象更加综合和丰富，这一段情节也不是什么单纯的善恶对立。

首先，贾政的怒火是综合原因引起的：王府有人傲慢地来要人，这是权势的威逼；贾环添油加醋，这是贾政眼中自己人的证实——不论事实如何，这个前期准备至少显示了贾政所承受的巨大压力，而后来王夫人、贾母等内眷的劝阻或责骂，又一次凸显了贾政的孤独与无所适从。他在贾府的众人眼中，无疑就应该承担起这个庞大家族沉甸甸的责任，实际上并没有退路。贾政本来是有"希望"的，这个希望就是贾珠。王夫人哭着叫贾珠，"若有你活着，便死一百个我也不管了"。贾政听了这话，"泪更似走珠一般滚了下来"。这个细节可以看出贾政夫妇，尤其是贾政本人，原本对于贾珠抱有多大的期望。可当这份希望落了空，沉重的责任无可奈何要转移到宝玉身上的时候，贾政或许比谁都清楚他根本做不到。对于家族前途的绝望，对于自己未来的担忧，对于希望落空的失望，让贾政无法用一个正常父亲的眼光去面对自己的儿子。狰狞可怖当然不是他的目的，种种迹象表明他对宝玉也并不是全无一丝感情，但在重重压力之下，他也自主或不自主地压抑了自己的父爱，变得"面目可怕"起来。

如果一直记着第四回中的"公私冗杂，且素性潇洒，不以俗务为要，每公暇之时，不过看书著棋而已，余事多不介意"，贾政的形象就从一个处于权威的"加害者"变成了一个"受害者"——或许，他也曾如宝玉一样对家族周围的一切厌烦和叛逆，他也曾身不由己地娶了一个并非与自己知心的夫人，只是最终，他还是向那个不可动摇的、古老的庞然大物妥协了。然而妥协毕竟不是情愿的选择,贾政还是在自己以为安全的范围内固守着自己的一方天地,但他的逃避没有能够最终保全。

贾宝玉的叛逆是在阳光下的,但是贾政同样也是个叛逆者。他隐秘的叛逆如同阴影,是另一群人,另一群更广大的人的阴影的一部分。两种受压抑的叛逆者不得已相互折磨,个个无法伸展自己的灵魂,那么矛头就指向了更庞大的罪恶。

一个不合理的人：秦可卿人物形象探究

陈敬言（文学院）

《红楼梦》中，关于宁国府的情节集中在前十五回，从第五回主要角色前往宁国府赏花、秦可卿出场开始，到第十四回秦可卿的葬礼结束。可以说，秦可卿是宁国府绝对的核心人物。然而，在这不到十回中，作者用笔却颇为隐曲晦涩，前后存在诸多疑点；秦可卿的身份、死因历来亦是众说纷纭；秦可卿这一形象更是矛盾重重：在作者的显笔中，她是一个完美的形象，但在被删去的剧情中，她却是"造衅开端"的淫人。笔者认为，秦可卿不仅仅是结构和情节上的功能性人物，更是曹公对于色、情、空矛盾思考的集中体现。

可卿之死是《红楼梦》中出现的第一个高潮，它在结构与功能上的作用显而易见。它象征着宁府故事的结束，同时通过秦可卿托梦暗示了《红楼梦》全书的走向。在具体情节上，秦可卿的死无疑展现了王熙凤的铁腕手段，表现了贾府的奢侈铺张。根据曹公埋下的草蛇灰线和脂批的信息，亦可以推断出宁府的秽乱关系。

秦可卿是自缢而死而非病死基本可以下定论。第五回中秦可卿的判词与画册都暗示了这一点。俞平伯先生则进一步指出时间线的问题："第十回张先生说：'今年一冬是不相干的，过了春分便可望全愈了。'第十一回秦氏说：'好不好，春天就知道了。'而现在可卿却又早过了春夏，直到又一年底晚冬才死，可见她底死根本与病无关。细写病情乃是作者故弄狡狯耳。"①甲戌本第十三回回末有一段总批，提及"秦可卿淫丧天香楼，作者用史笔也"。"淫丧"的对象，一般认为是贾珍，依据是焦大的叫骂和秦可卿葬礼上贾珍、尤氏的反常表现。洛地提出是和贾敬，依据是《第十三支·好事尽》中的一句"箕裘颓堕皆从敬"，认为此处"敬"指贾敬。脂批此句："深意，他人不解。"洛地认为此句深意即是贾敬才是淫丧天香楼的真正对象。②无论对象是贾珍还是贾敬，秦可卿都是宁府秽乱的核心。

关于秦可卿的身份，《红楼梦》原文言之为秦业向养生堂抱养的女儿，小名唤可儿，

---

① 俞平伯：《红楼梦研究》，人民出版社1988年版，第120页。
② 洛地：《关于秦可卿之死》，《红楼梦学刊》1980年第3期。

许与贾蓉为妻。然这一段脂批便颇有深意:"出名秦氏,究竟不知系出何氏",又言"(性格风流)四字便有隐意"①,其意似乎指向秦可卿的身份并非这么简单。刘心武在其学术小说《秦可卿之死》中提出,秦可卿是允禵之女,其在文本中的生存时间便是允禵自获罪到死亡的时间②,这种说法纵然遭到了业界许多批评,但也开启了红学对秦可卿身份的探究。当代学者胡铁岩提出秦可卿是被某神秘皇家"惜花者"宠幸的优伶,秦可卿之死是因为有人玷污了"惜花人"的优伶被发现后而不得不死。③

以上对于秦可卿身份、死因的种种考据和推敲,看似解决了秦可卿之死的疑团,却只是在文本内部寻找证据自圆其说,即便还原出原本"淫丧天香楼"的情节,也只是提供一个抓手,并不能解释曹公为何这样写、又为何删去这些内容。

笔者认为,曹公删去"淫丧天香楼"这一情节,并不是像第十三回末脂批中的"老朽"所言"其事虽未漏,其言其意则令人悲切感服,姑赦之",而是为了让秦可卿的象征意义更完整,秦可卿这一人物,分别象征了《红楼梦》世界中的三个境界。

首先,对于秦可卿身份的探究,纵然没有定论,但可以因此确定的是,秦可卿在文本中的表现和她的身份并不相符。譬如第五回中对秦可卿闺房的艳情描写。但实际上,一个大家族长孙媳的房间,断然不可能有这样香艳的摆设。正是这种人物身份与表现的断层提供了种种可能性,历来对秦可卿身份、死因的探究都是在为这种断层寻找合理性。笔者认为,曹公如此设置的用意并非在隐射某个具体的身份,而是秦可卿只能是一个身份不明的养女,不能有确凿的出身。现实世界中,秦氏在众人面前不仅是"重孙媳中第一个得意之人",是一个传统意义上的完美媳妇,在第十三回托梦凤姐的情节中还表现出她拥有远见卓识,具有治家之才,可谓完人。但同时,秦可卿又和贾敬、贾珍私通,秽乱宁府。两种截然相反、毫无铺垫的完整人格出现在同一人身上,实际上是不可能存在的。秦可卿的存在并不羽翼丰满、有血有肉,而更像是一个扁平的人物符号。如果给她一个具体的身份,那就必然要进行更多的填补来完善这种身份的合理性,秦可卿的象征意义就会被大大削弱。

秦可卿的象征意义,根据她的判词"情天情海幻情身"断定她是"情"的化身,这诚然无误。那为何曹公又要着力刻画秦可卿贤能的一面?俞平伯认为,金陵十二钗每个人都有弱点,对于秦可卿则是淫荡,淫荡之于秦可卿正如凤姐的权诈、探春的凉薄。④

---

① 本文所引用《红楼梦》原文及脂批均出自曹雪芹著,脂砚斋评点,王丽文校点《脂砚斋批评本红楼梦》,岳麓书社2015年版。
② 刘心武:《秦可卿之死》,《时代文学(下半月)》2010年第8期。
③ 胡铁岩:《天香楼上一优伶——试解秦可卿的身份之谜》,《明清小说研究》2001年第1期。
④ 俞平伯:《红楼梦研究》,人民出版社1988年版,第78页。

但是,曹公笔下秦可卿的"淫荡",并不是一个弱点,反而是曹公寄托主旨的重要所在。

在《红楼梦》中,曹公惯用的手法便是两个世界中人物的虚实对应、一体两面。譬如纨绔子弟贾宝玉与幽灵真境界的通灵玉。现实世界中的贾蓉之妻秦氏与太虚幻境的警幻仙子之妹兼美也是如此,她们是秦可卿这一形象的两个侧面。但和其他人物不同的是,秦可卿并不止两个侧面,前文已经提到,在曹公删去的"淫丧天香楼"的情节中,秦可卿是一个荡妇。通常人们会认为,秦可卿"淫丧"的情节和她在太虚幻境中兼美的形象是一致的,都是性欲的化身,但事实并非如此。幻境中的可卿与秽乱宁府的可卿并不是同一面。

现实世界中的贾蓉之妻秦氏,第一次出场在第五回引宝玉入睡,第二次出场在第七回引宝玉见秦钟,及第三次、第四次出场已是重病卧床,最后一次秦氏的出场在第十三回死前给凤姐托梦,作出预言和警告,每一次所展现出的形象都是双商极高、绝对完美的长孙媳,处事周到得当,兼具治家之才。可以说,显笔中的秦氏毫不被情所累,既孝且贤,正是第五回警幻仙子教导宝玉改悟前情后应该达到的现实世界中"空"的境界。值得注意的是曹公对于秦氏的塑造方式:极少正面着墨,而是着力于刻画众人的交口称赞。这在《红楼梦》人物中极为少见,曹公的目的也显而易见:他在极力表现秦可卿在传统价值判断体系中的完美,最直接的表现方式就是受到这一套价值体系中人物的赞美。

太虚幻境中的警幻仙子之妹兼美,则是情的极致,兼有宝钗之鲜艳妩媚和黛玉之风流袅娜,与贾宝玉在梦中共赴巫山之会,是仙闱幻境风光之集大成者。在第五回,警幻仙子认为"淫虽一理。意则有别",一是皮肤之滥淫,二是天分中的痴情"意淫"。"淫丧天香楼"的可卿是警幻口中的淫荡女子,而太虚幻境中的兼美则是领略意淫的佳人。如果不隐去天香楼情节,那么秦可卿本人便成为滥淫的代表,而曹公关于"情"与"空"的对立就无从表达。所以曹公删去秦可卿淫乱的部分,伏下作者的三条线:色、情、空。

当然,但曹公的修改并不是完美的,他增强了秦可卿的象征意味,就必然会造成前后情节的错乱。他让秦可卿一人既淫又空,在情节上就会前后矛盾。比如秦可卿分明"滥淫"到极致,秦可卿与贾珍的乱伦关系几乎是人尽皆知,连柳湘莲都知道宁府除了门口的两个石狮子以外都不干净,然而秦可卿生前身后仍旧受到众人一致的孝贤称赞,这显然是不合理的。

在文中,曹公对"色"(滥淫)的态度是一致的贬斥,情与空的矛盾则贯穿了《红楼梦》人物塑造的始终,譬如通灵玉与贾宝玉、林黛玉与薛宝钗。但如果我们仅仅将这个矛盾理解为一种"情"与"不情"的二元对立,未免太过简单粗暴。《红楼梦》中处于超世界中的三个重要人物:一僧一道与警幻仙子,他们已然站在空的立场上去审视"情"。第一回著名的四句"因空见色,由色生情,传情入色,自色悟空",这正是佛家启人觉悟的传统法门。第五回警幻仙子令宝玉领略仙闺幻境之风光的原因也是希望他跳出迷人圈子,改悟前情。但这并不是对情的否定,纵然"空"是曹公在《红楼梦》故事中所设定的终极境界,《红楼梦》想写的并非"空",而是"情"。

回到《红楼梦》本身,它是一部关于青春与家族的小说,是曹公沉浮一生写下的反思与纪念的作品。人们注意到曹公一生的领悟"以情入道",但第五回中此四字之后还有四字:"守理衷情"。曹公一生的经历纵然让他具有了悲观的视角,勘破红尘;但对曹公来说,真正重要的并不是"空",而是情。不是"空"的境界在尘世之情之上,而是尘情的破灭让曹公看到"空"是"情"的结局。

《红楼梦》中关于刘姥姥的几个疑点

陈 怡（文学院）

刘姥姥是《红楼梦》中一个非常特殊的人物，她虽然出现的次数不多（主要是在第六回、第三十九到四十一回、第一百十三回，这里只算前八十回，故第一百十三回不提），但是作用却非常重要。刘姥姥三进荣国府，为我们展示了这样一个大家族的具体的日常生活，也见证了贾府由"烈火烹油"之盛到衰落的过程。

红学界一直关注刘姥姥这个《红楼梦》[①]中特殊的人物。近十年来的研究不少。《话说〈红楼梦〉中人》中的《一贫一富两老妪——刘姥姥和贾母》[②]侧重评论刘姥姥的性格，认为她是个外表憨厚、内心机智善良的老人。而李希凡、李萌的《品味"刘姥姥"》[③]主要分析了刘姥姥在小说结构中的作用。还有一些学者分析刘姥姥的语言艺术，如刘丽莉《刘姥姥进荣国府的会话含义分析》[④]，另外，刘姥姥与其他人物的对比，也是刘姥姥研究的热点。认为刘姥姥对《红楼梦》中的其他人物构成了映衬的关系，如刘永良《刘姥姥对人物性格的映衬作用》[⑤]。但是就刘姥姥的身份、刘姥姥进贾府前的故事，学者们关注的不多。从《红楼梦》的文本来看，"前刘姥姥史"的叙述中有好几处矛盾或者是令人费解的地方。

一、刘姥姥的年龄

在第六回中，介绍了刘姥姥是狗儿的丈母娘，即他的妻子刘氏的母亲。她是一个"积年的老寡妇"。在第三十九回中，刘姥姥二进荣国府，正碰上贾母想找个积古的老人说说话，凤姐便让刘姥姥来见贾母。贾母问刘姥姥多大年纪，刘姥姥说自己七十五

---

① 曹雪芹、高鹗：《红楼梦》，中华书局2014年版。
② 中国红楼梦学会：《话说〈红楼梦〉中人》，崇文书局2006年版，第193页。
③ 李希凡：《李希凡文集》（第二卷），东方出版中心2003年版，第494页。
④ 刘丽莉：《刘姥姥进荣国府的会话含义分析》，渤海大学硕士学位论文，2015年。
⑤ 刘永良：《刘姥姥对人物性格的映衬作用》，《内蒙古民族师院学报》（哲社汉文版）2000年第3期。

岁了,贾母说比她还大好几岁呢。

那么可以推断贾母的年龄大概是七十岁左右。而在四十七回中贾母自己说自己:"我进了这门子,做重孙媳妇起,到如今,我也有了重孙媳妇了。连头带尾五十四年。"①贾母比刘姥姥还小几岁,但是就有了重孙媳妇了。刘姥姥才只有外孙子板儿和外孙女青儿,而板儿才五岁。那么只有两种可能:一是刘姥姥晚婚晚育了,二是刘姥姥的女儿刘氏晚婚晚育了(或者两者都晚婚晚育)。《大清律令》②中对于男女的结婚年龄没有规定。但是《清史稿·列女传》③中记载了五十个女子的结婚年龄,其中有三十二人是在十六岁以上,而八人在十六岁以下。总体来说,结婚年龄是稳定在十七八岁的。刘姥姥是一个积年的老寡妇,丈夫已经去世很长时间了,势必不可能结婚生子特别晚。刘氏的年龄虽然没有直接写,但是刘姥姥称自己女儿为"年轻媳妇子",应该不会年龄特别大。(假如刘姥姥三十岁生下刘氏,刘氏现在已经四十多岁了,就不太可能是年轻媳妇子了。而且刘姥姥三十岁才生下刘氏本身就不太可能。)另外,凤姐之祖与狗儿之祖连宗,狗儿之祖认凤姐之祖为叔叔,至少可以说明两人是同时代的人,甚至可能狗儿之祖比凤姐之祖还要小。在所有人正常年龄生育的情况下,狗儿和凤姐之间的年龄不会差距太大,也就是说狗儿也大概是二十多岁。刘姥姥比他们大一辈,却七十多岁了。这其中的几十年的差距不可以都用晚婚晚育来解释,因为在清代,二十多岁结婚已经可以算是晚婚了。根据贾母推算,如果贾母见刘姥姥的时候是七十岁的话,那么贾母做媳妇做了五十四年,也就是十六岁结了婚,这才是当时社会上正常的结婚年龄。

贾母的年龄本身也存在疑点。在七十一回中说到"因今岁八月初三日乃贾母八旬大庆"④。但是从第三十九回到第七十一回,其间并不可能一下子就过了十年。从第三十九回到第五十四回,大概是从刘姥姥走后一直写到过年,而第五十四回到第七十回,是新的一年的开始。其间大概也就是一年的光景。由此也可以理解刘姥姥的年龄存在的问题不过是《红楼梦》中人物年龄的小问题之一了。

二、狗儿与周瑞的关系

在第六回中,作者很详细地介绍了狗儿的家庭成员,图表展示如下:

---

① 曹雪芹、高鹗:《红楼梦》,中华书局2014年版,第634页。
② 赵尔巽等:《清史稿·列女传》,中华书局出版社1977年版。
③ 盛意:《中国古代婚龄考释》,《西南民族学院学报》1990年第3期。
④ 曹雪芹、高鹗:《红楼梦》,中华书局2014年版,第959页。

叁 课程作业

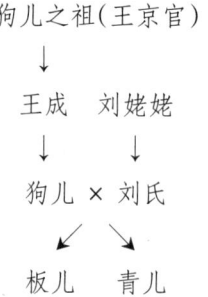

小说中明确交代了因为其祖早故,所以狗儿这一个王家在王成的时候就已经衰落了,全家已经搬回城外原乡中去住了。到了狗儿这里,家中因为农事不好而青黄不接,刘姥姥去贾府的源头就是家中冬事未办,狗儿在家寻烦恼。日子已经相当窘迫了。但是周瑞家的在遇到刘姥姥的时候,想起以前自己的丈夫与别人争买田地,其中多得狗儿之力。所以帮刘姥姥见凤姐,是还一个人情。周瑞家的是太太面前的红人,自己的女婿冷子兴犯了事,周瑞家的随便对王夫人之流说几句话就可以摆平,那么为什么还需要一个京郊农民出力呢?在狗儿提到周瑞家的时候,说周瑞家的曾与自己的父亲交过一件事,是极好的。那么狗儿的话没错的话,应该是在狗儿这一支的王家还没有衰败的时候,狗儿的父亲王成帮周瑞家的解决了争买田地的事宜。所以大概可以推断出是周瑞家的话不可靠。

狗儿谈起周瑞的时候,只知道他是王夫人的陪房,其他的一概不知,说明两家之间关系不是十分亲密。但是刘姥姥去找周瑞家的的时候,周瑞家的和刘姥姥的一番寒暄中看出两人关系较亲近。

庚辰本中的这一段是这样写的:"刘姥姥:'好呀,周嫂子!'周瑞家的认了半日,方才笑道:'刘姥姥,你好呀,你说说,能几年不见,我就忘了,请家里来坐罢。'周瑞家的又问板儿道:'板儿都长这么大了。'"①

周瑞家的对刘姥姥的外孙子板儿说"板儿都长这么大了",对刘姥姥说"能几年不见",表明两人曾经见过面且不可能是二十年前刘姥姥来王家那次见的面。板儿现在五岁,那么五年之内两家人应该是见过面的。但是随后周瑞家的又跟刘姥姥介绍了这里是王熙凤当家,可见之前刘姥姥对这件事是不知道的,那么王熙凤开始当家是五年前的事情,那么为何这样重要的事情,与周瑞家交好的狗儿却不知道呢?周瑞家的在贾府地位很高,是主人的宠仆,刘姥姥临走的时候要给她钱她也不放在眼里。狗儿有

---

① 曹雪芹、高鹗:《红楼梦》,人民文学出版社1996年版,第94页。

如此一个有钱又有势,还欠自己家人情的朋友,为什么还会说自己"没有收税的亲戚和做官的朋友"呢?

三、刘姥姥有没有见过王夫人和凤姐?

在第六回中,刘姥姥说:"二十年前,他们看承你们还好,如今是你们拉硬屎,不肯去俯就他,想当初我和女儿还去过一遭,他家的二小姐,着实爽快会待人的,倒不拿大。"[1]刘姥姥说自己见过王夫人,且对她留下了深刻的印象。而刘姥姥之所以可以以亲戚的身份进入王府,基本上可以断定靠的是狗儿的关系。狗儿之祖与王夫人之父认过亲,做了王夫人之父的干侄儿。但是二十年前,狗儿不过是个十岁左右的孩子,为什么刘姥姥就能凭借刘氏和王狗儿的姻亲关系进入王府呢?而狗儿在撺掇刘姥姥去贾府的时候,说"你又见过那姑太太一次"[2],似乎是表示狗儿自己也没有见过王夫人?那么跟王夫人八竿子打不着的刘姥姥是如何进入王府,又恰好遇到了王夫人的呢? 总之,在二十年前,乡村老妪刘姥姥应该是根本没有进入王府的机会的。

当周瑞家的向刘姥姥介绍凤姐的厉害的时候,刘姥姥纳罕道:"原来是他?怪道呢,我当日就说他不错的,这等说来,我今儿还得见了他。"[3]似乎表现得也见过凤姐,而且当日就说她不错,这也是留下了比较深的印象。但是真正见到凤姐的时候,刘姥姥却丝毫没有提起以前见面的事情,以刘姥姥机智的个性,虽然很紧张吃惊,但是应该还是会提起以前见面的事情。周瑞家的只说刘姥姥是王夫人以前常会的,说明周瑞家的很有可能对于王夫人和刘姥姥见过面是知道的。但是周瑞家的也没有推波助澜说凤姐以前见过刘姥姥。两个证据都可以说明两人从来没有见过面。那么刘姥姥对凤姐的认识是哪里来的呢? 如果只是想在周瑞家的面前夸赞荣府的管家人凤姐,那又何必表现出纳罕呢?

在刘姥姥进贾府时,对贾府的繁华表现出了极度夸张的吃惊,"才入堂屋,只闻一阵香扑了脸来,竟不辨是何气味,身子似在云端里一般。满屋中之物都是耀眼争光,使人头晕目眩,刘姥姥此时惟点头咂嘴念佛而已"。在后面的第三十九回、四十回中,刘姥姥更是对贾府的繁华表现得不知如何是好。把宝玉的房间认作小姐的闺房,黛玉的潇湘馆当作哥儿的书房……似乎是第一次见到如此繁华之景。但是凤姐常跟别人称自己王家的富有:"把我们王家的地缝子扫一扫,就够你们过一辈子呢,说出来的话也

---

[1] 曹雪芹、高鹗:《红楼梦》,中华书局2014年版,第107页。
[2] 曹雪芹、高鹗:《红楼梦》,中华书局2014年版,第107页。
[3] 曹雪芹、高鹗:《红楼梦》,中华书局2014年版,第110页。

不怕臊,现有对证:把太太和我的嫁妆细看看,比一比你们的,那一样是配不上你们的。"① 那么,刘姥姥既然对那次的王府之旅如此记忆犹新,为什么又会在跟王府差不多,甚至没有王府繁华的贾府中手足无措呢?

综上来看,刘姥姥作为《红楼梦》中一个"小丑式"的人物,在本身的经历上就极具复杂性,充满了矛盾之处。或许是作者的故意安排,或许是作者为了其他情节的展开,不顾刘姥姥这个小人物的生平的合理性,所以随意编造。刘姥姥这个人物和她的经历都可以算作《红楼梦》中极具魅力的地方。发现《红楼梦》中的这些漏洞,并不是要因此去批判它的不严谨,或者是仅仅当作现代小说的某种写作技法,考证这些漏洞本身就使我们得到了思维的锻炼,对《红楼梦》有了更深的认识。

---

① 《红楼梦》,第977页。

红楼中的多病身:关于钗黛的疾病书写

丁美玲(文学院)

第七回①宝钗与周瑞家的讲起自己吃的药,可真真把人琐碎死,这么复杂的方子,不知宝钗到底得的什么病。本文就从这药方开始研究。

遍察《本草纲目》和《神农本草经》,以花入药的实在少见,多的还是以根茎或果实入药,可见这真是个海上方。先从能找到的说起。《神农本草经》载:"牡丹,味辛寒,主寒热中风、瘛瘲、痉惊痫、邪气,除症坚、淤血留舍肠胃,安五藏,疗痈疮。(宗祥案:李时珍曰:'牡丹惟取红白单瓣者入药,其千叶异品,皆人巧所致,气味不纯,不可用。')"②《本草纲目》载:"莲蕊须,气味:甘、涩、温,无毒。主治:清新通肾,固精气,乌须发,悦颜色,益血,止血崩、吐血。"③"木芙蓉,叶并花,气味:微辛,平,无毒。主治:清肺凉血,散热解毒,治一切大小痈疽肿毒恶疮,消肿排脓止痛。"④言"白梅"者指的是梅实,谓其"气味:酸、咸,平,无毒。主治:和药点痣,蚀恶肉。刺在肉中者,嚼傅之即止。治刀箭伤,止血。除痰。"⑤"柏实,气味:甘,平,无毒。主治:惊悸,益气,除风湿痹,安五脏。久服,令人润泽美色,耳目聪明,不饥不老,轻身延年。"⑥这些药均温平无毒,绝不是什么"虎狼药",多有散热治痈安五脏之功效。关于宝钗的病症,那癞和尚说"是从胎里带来的一股热毒",据宝姐姐自己说,发起来时"不过只喘嗽些"。可见,散热怕是这海上方的主要目的。值得注意的是,莲蕊须还可"乌须发,悦颜色",柏实也可"令人润泽美色,耳目聪明",甚至有"不饥不老,轻身延年"的功效,堪比嫦娥偷吃的神丹妙药,无怪乎宝姐姐"肌肤丰泽","脸若银盆,眼同水杏;唇不点而红,眉不画而翠"。鲜花作药,四时为功,才配得上宝姐姐神仙似的人物。

---

① 曹雪芹、高鹗:《红楼梦》,中华书局2014年版,第977页。
② 张宗祥撰,郑绍昌标点:《神农本草经新疏》,上海古籍出版社2013年版,第691页。
③ 李时珍著,马美著校点:《本草纲目》,崇文书局2015年版,第157页。
④ 李时珍著,马美著校点:《本草纲目》,崇文书局2015年版,第176—177页。
⑤ 李时珍著,马美著校点:《本草纲目》,崇文书局2015年版,第130页。
⑥ 李时珍著,马美著校点:《本草纲目》,崇文书局2015年版,第158页。

这方子果然有效,宝姐姐的身子骨可比林妹妹这个生病专业户好多了。黛玉一登场,众人便知她有"不足之症",吃的是"人参养荣丸"。中华书局2014年出版的启功主持校注的《红楼梦》注云:"中医病症名。多由身体虚弱引起,如气血虚弱,叫正气不足,脾胃虚弱,叫中气不足。"①这里不知林妹妹究竟哪里不足,但我们清楚她身体虚弱。第二十八回,宝玉向王夫人说黛玉的病:"林妹妹是内症,先天生的弱,所以禁不住一点风寒;不过吃两剂煎药,疏散了风寒,还是吃丸药的好。"注云:"内症:中医用语。指内热的病,指由阴虚或阳胜而导致的一种病理现象,有虚实的不同。这里是指由阴虚而引起的虚证。《素问·调经论》:阴虚则内热。"②林妹妹先是感了风寒,但说到底还是身子弱,而且同宝钗一样,仿佛先天带了一股热。王夫人叫她吃"天王补心丹",注云:"中药名。出明洪九有《摄生秘剖》方。由生地黄、五味子、当归等十三味药配成。功能滋阴清热,补心安神。"③宝玉又开了一个方,里头什么头胎紫河车、人形带叶参、大何首乌、千年松根茯苓胆,据注,有补气养血、健脾和胃之功效,治的还是身体虚弱。第三十二回,林黛玉心下自想,"况近日每觉神思恍惚,病已渐成,医者更云:'气弱血亏,恐致劳怯之症'"。注云:"劳怯之症:一种瘦削虚痨的病症。劳,即'痨',积劳损削之病。明戴元礼《秘传证治要诀》卷五'九劳':'五脏虽皆有劳,心肾为多;心主血,肾主精,精竭血燥,则痨生。'俗亦称结核病为痨。怯,体质虚弱。"④久病成医,黛玉对自己的身体状况还是很了解的,而且也被自己说中了。体质虚弱是素来的,这痨症恐是慢慢郁结而成。第三十四回,宝玉挨打后送了几块旧帕子来,黛玉往上题诗,题了三首,"觉得浑身火热,面上作烧,走至镜台,揭起锦袱一照,只见腮上通红,真合压倒桃花,却不知病由此萌"。正当黛玉为爱情"可喜、可悲、可笑、可惧、可愧"之际,病根已埋下了。人的精神活动果然是能影响生理活动的,这"心病"一说可不单单是心内愁绪而已,它真是能成病的,林妹妹就是受其所害。第八十二回,黛玉为自己的婚事忧心,又做了一场噩梦,着紫鹃换痰盒儿。"只见满盒子痰,痰中好些血星"。黛玉回想自己的梦,又是一口痰,"痰中一缕紫血,簌簌乱跳"。到了第九十六回,听闻宝二爷要娶宝姑娘,更是吐了一口血。王大夫诊了脉,结论是"郁气伤肝,肝不藏血,所以神气不定","要用敛阴止血的药"。然而终究是回天无力,任林妹妹完债而去。

《金匮要略·肺痿肺痈咳嗽上气病脉证治第七》载:"问曰:热在上焦者,因咳为肺痿。肺痿之病,何从得之?师曰:或从汗出;或从呕吐;或从消渴,小便利数;或从便难,

---

① 曹雪芹、高鹗著,启功主持,张俊等校注:《红楼梦》,中华书局2014年版,第45页。
② 曹雪芹、高鹗著,启功主持,张俊等校注:《红楼梦》,中华书局2014年版,第383页。
③ 曹雪芹、高鹗著,启功主持,张俊等校注:《红楼梦》,中华书局2014年版,第384页。
④ 曹雪芹、高鹗著,启功主持,张俊等校注:《红楼梦》,中华书局2014年版,第438页。

又被快药下利,重亡津液,故得之。曰:寸口脉数,其人咳,口中反有浊唾涎沫者何? 师曰:为肺痿之病。若口中辟辟燥,咳即胸中隐隐痛,脉反滑数,此为肺痈,咳唾脓血。脉数虚者为肺痿,数实者为肺痈。""(肺痈)寸口脉微而数,微则为风,数则为热;微则汗出,数则恶寒……风舍于肺,其人则咳,口干喘满,咽燥不渴,时唾浊沫,时时振寒。热之所过,血为之凝滞,畜结痈脓,吐如米粥。始萌可救,脓成则死。"①所述咳嗽、咳血、发热、恶寒之症状与林妹妹正相符合,血液凝滞,"畜结痈脓,吐如米粥",让人想起那痰中"簌簌乱跳"的紫血。又肺痈对应"咳唾脓血""汗出"、"恶寒"、"吐如米粥",林妹妹当是肺痈之病,与肺结核类似,但更为准确的应是今之"肺脓疡"、"支气管扩张继发感染"②。果真林妹妹对自己的估计不错。那此种病症又是由何而来的呢? 仲景谓"或从汗出,或从呕吐"。黛玉那日中暑,就是热得不轻,喝的那解暑汤吧,因为与宝玉闹了别扭,硬是一口一口地吐在了帕子上。想那日黛玉自觉浑身火热之时,病果真由此萌了。"始萌可救,脓成则死","当有脓血,吐之则死"③,黛玉持续了一段时间的咯血,一次更是吐了一大口血,病入膏肓,无可救药,已显明矣。

钗、黛都是富贵人家的姑娘,尚且如此多病而难医,可见古代生活水平与医疗水平之低下。钗、黛之病有此明显的社会历史意义之外,更蕴含着作者的笔法。

黛玉的病与死,实在是前世注定,命运使然,尚为绛珠仙草时便盟誓:"但把我一生所有的眼泪还他",自觉大限的时候也是一心想着"惟求速死,以完此债",既是以泪作还,自然不得善终。另外,林黛玉这个角色,很难想象她是身强力壮、体魄强健的,这与她的性格、经历是相符的。双亲渐次离世,孤苦伶仃,寄人篱下,自己的姻缘也掌握在他人手中,总有可虞之危,长久这心就较比干多了一窍。黛玉每次发病,都牵连着情节的发展,尤其是宝黛二人的情谊,也记录了自己凄风苦雨的心路历程。对于黛玉发病情状的描写在文中也属不少,正是这些描写才算得上是真正的"疾病书写",压倒桃花的脸,"簌簌跳动"的紫血,于现实主义的描绘中又多了几分色彩缤纷的浪漫和凄美。

相比之下,宝钗的病就玄乎多了,关键是药不一般。这冷香丸乃癞头和尚所赠,便注定了宝钗在这场风流冤孽中同那冷香丸一样,"异香异气的",充当不平凡的角色,与癞头和尚赠金锁同出一辙。丸药同金锁一起,将宝钗与另一重幻境紧紧联系在了一起。这一世三人的纠缠,恐怕在前世就埋下了根源。宝黛的前世盟约大家都知道,那"山中高士晶莹雪"呢? 此句指宝钗无疑,是不是说前世不仅神瑛侍者和绛珠仙草有此孽缘,"晶莹雪"也早已裹挟其中? 僧道下凡,度脱的不仅是宝黛二人而已。此种设置,

---

① 张仲景著,刘蔼韵译注:《金匮要略译注》,上海古籍出版社2017年版,第104—106页。
② 张仲景著,刘蔼韵译注:《金匮要略译注》,上海古籍出版社2017年版,第105页。
③ 张仲景著,刘蔼韵译注:《金匮要略译注》,上海古籍出版社2017年版,第104—106页。

使《红楼梦》作为爱情悲剧的一层逻辑结构更加完整,且更有宿怨纠葛之感,更见得情事的虚幻。

  可以说,对宝姐姐与林妹妹这两个多病身的塑造,前者更多浪漫主义的写法,包含象征意味;后者更趋近于现实主义,可为情节发展的一条暗线。

"青春王国"的阴暗面与门槛
——从宝黛对年长女性的态度说起

丁思露(文学院)

青春是《红楼梦》的一大主题,这个词在《红楼梦》中是一种门槛,其内涵关于时间、年龄甚至外表,以此区分了"青春"与"非青春"的两大阵营。正如从地理因素或者背景因素上谈起,大观园是青春王国,而大观园之外的贾府则构成了一个绝对势力的"大人世界"。整部《红楼梦》几乎与大观园的建起同样的时间线来抵达这本书的"高光时刻"。同样,当人们不断从园子里搬出去,构成青春的实体被一个个抽空的时候,"青春王国"便成为"白茫茫的大地"。从身份角度来说,"青春"与"非青春"以时间或年龄为主要评价标准,以心态或其他因素为次要的影响因素,他们则共同在《红楼梦》这部小说里面区分出两大阵营——属于青春的和不属于青春的。另外,可能也是因为这本小说的限制,这两大阵营中的人在《红楼梦》的叙述中,无处不在地对立着,并且双方完全没有任何沟通的可能。无论《红楼梦》这部小说有多么伟大,都没能做到让作品中两大不可协调的力量和谐,其解决问题的方式是"破碎式"的——宝玉出家和黛玉焚稿断痴情。在这部小说中,"青春"是以身份或者是立场的形式存在的,其代表势力在最后不得不走入自我的毁灭。

在以前的《红楼梦》研究以及文学研究中,青春诗性、率性的一面多有展现,而这也是曹公在借《红楼梦》表达"青春"主题时主要想要表现的部分。如果只有这一部分,曹公便不能显出其独到之处。一个好的作家,能运用多元价值观对作品中的人物进行关照,从中体现他的能力和对生活的见解。本文旨在以贾宝玉和林黛玉为核心,以"青春王国"的阴暗面为主线,来重新审视《红楼梦》这部作品。

一、贾宝玉:"撵了出去,大家干净!"

《红楼梦》第八回,贾宝玉和林黛玉在薛姨妈家吃饭。这一过程中,贾宝玉就和他的乳母李奶奶发生了两次彼此之间有联系的矛盾。

第一次是在席间,当宝玉想要喝酒的时候,李奶奶来劝了很多次:

宝玉笑道："这个须得就酒吃才好。"薛姨妈便令人去灌了最上等的酒来。李嬷嬷便上来道："姨太太,酒倒罢了。"宝玉央道："妈妈,我只喝一钟。"李嬷嬷道："不中用！当着老太太,太太,那怕你吃一坛呢。想那日我眼错不见一会,不知是那一个没有调教的,只图讨你的好儿,不管别人死活,给了你一口酒吃,葬送的我挨了两日骂。姨太太不知道,他性子又可恶,吃了酒更弄性。有一日老太太高兴了,又尽着他吃,什么日子又不许他吃,何苦我白陪在里面受气。"薛姨妈笑道："老货,你只放心吃你的去。我也不许他吃多了。便是老太太问,有我呢。"[①]

说话时,宝玉已是三杯过去。李嬷嬷又上来拦阻。宝玉正在心甜意洽之时,和宝黛姊妹说说笑笑的,那肯不吃。宝玉只得屈意央告："好妈妈,我再吃两钟就不吃了。"李嬷嬷道："你可仔细老爷今儿在家,隄防问你的书！"宝玉听了这话,便心中大不自在,慢慢的放了酒,垂了头。

此回,作为"非青春"的李奶奶和"青春"的贾宝玉,在一个很常见的管教情境中,第一次发生冲突。虽然宝玉以一个弱势孩子的形象出现,但是从后文发生的第二件事情中我们便可得知,宝玉应该在此时就已积攒了怨气,作为贾府少爷的他,在与李奶奶的对立中是绝对强势的。"青春"的一大特征便是叛逆。叛逆表现在对一些不符合主流价值的事情有独钟,并且希望自己的愿望可以马上得到满足。宝玉面对薛姨妈家的鹅掌鸭信,想到不能就酒会是缺憾。薛姨妈和贾母一样,属于容易溺爱孩子的长辈,这时自然有惯着宝玉的行为出现。而李奶奶对于宝玉的管教并无效益,毕竟她也只是出于主仆的身份害怕被骂,并非真实为宝玉着想。"青春"的另一大特征是敏感,这一点也表现在贾宝玉身上。因为被李奶奶出于"责任"或"工作"而管教着,不想接触大人世界的小孩子,必然产生出更为严重的逆反心理。而李奶奶的"劝说"里面,更是带有一种害怕被"连累"的抱怨。因为自身无法震慑宝玉,在后面"劝说"的时候只能搬出一个令其恐惧的权威——贾政。这不光是宝玉和李奶奶的矛盾,也是"青春"和"非青春"两大阵营"非沟通式"接触而引发的矛盾。

第二次矛盾是在宝黛回到住处时,而事情只是李奶奶吃了他早晨的茶并拿走了他留给晴雯的点心。这一次矛盾的爆发看起来虽然更加严重,实际上只是上一次矛盾的延伸。处于"青春"阵营的宝玉脱离了外界的束缚,回到自己家里,便在表达自己的内

[①] 曹雪芹:《脂砚斋重评石头记(庚辰本)》,人民文学出版社1975年版。本文所引《红楼梦》原文皆出自该版本的第八回与第三十回。

心时无所顾忌。

> 宝玉听了,将手中的茶杯只顺手往地下一掷,豁啷一声,打了个粉碎,泼了茜雪一裙子的茶。又跳起来问着茜雪道:"他是你那一门子的奶奶,你们这么孝敬他?不过是仗着我小时候吃过他几日奶罢了。如今逞的他比祖宗还大了。如今我又吃不着奶了,白白的养着祖宗作什么!撵了出去,大家干净!"说着便要去立刻回贾母,撵他乳母。

从整个矛盾爆发的过程,我们可以看出青春的另一大特征,即巨大的排外性。成年的世界似乎更容易彼此相容,而处于青春王国便具有很大的排外性和区分性。他在此处心情郁结,第一反应是将自己的乳母赶出去。此刻的他,如果单从行为上来说,与将金钏赶出去不小心以此促成其自杀的王夫人是没有区别的。只是成年世界的排外性对比青春来说不足以成为一个特征,因为他们的标准性或者是目的性非常强,譬如王夫人执意要赶金钏出去是认为她勾引宝玉。而宝玉不喜欢李奶奶则更像是出于情绪。这种排外性还表现在其他方面,例如当宝玉看到龄官画蔷的时候,他心里想"难道这也是个痴子,又像颦儿来葬花不成"。因又自叹道:"若真也葬花,可谓东施效颦,不但不为新特,且更可厌了。"(第三十回)由此可证,青春所具有的排外性应该是由里及外、环状的,在最核心的人便得到最在意的优待,越在外围的人如果做了什么事情便容易触发低频的情绪。

二、林黛玉:"老货"与"母蝗虫"

如果说贾宝玉在和薛姨妈吃饭的时候心存不满,并不外漏的话,林黛玉则表现得很明显。这里面也存在青春王国的排他性和叛逆。

> 黛玉先忙的说:"别扫大家的兴!舅舅若叫你,只说姨妈留着呢。这个妈妈,他吃了酒,又拿我们来醒皮了!"一面悄推宝玉,使他赌气,一面悄悄的咕哝说:"别理那老货,咱们只管乐咱们的。"那李嬷嬷不知黛玉的意思,因说道:"林姑娘,你不要助着他了。你到劝劝他,只怕他还听些。"林黛玉冷笑道:"我为什么助他?我也不犯着劝他。你这妈妈太小心了,往常老太太又给他酒吃,如今在姨妈这里多吃一口,料也不妨事。必定姨妈这里是外人,不当在这里的也未可定。"

这里的情景较之宝玉有些特殊,宝玉与李奶奶发生冲突是因为自己的想法想要实现的时候遇到了阻碍,而黛玉这里,完全是出于对同伴的维护。在林黛玉说以上这一番话的时候之前,宝玉刚刚因为李奶奶的劝阻而扫了兴。更主要的是"心中大不自在",且"垂了头"。这样直白的沮丧情感的流露,让林黛玉想要把这个矛盾转移过来。这首先符合她心里对宝玉的感情,另外也符合她在贾府中看似风光实则寄人篱下的身份。从《红楼梦》的第八回以及其他部分来看,黛玉在贾府中虽然明面上没有受到什么不好的待遇,实则除了贾母和宝玉以外,没有什么人对她有体己的关心。

尽管以上都可以证明黛玉如此说的合理性,但是面对宝玉称呼李奶奶的"老货"一词仍旧十分扎眼。这里的"老货"和林黛玉称刘姥姥为"母蝗虫"以讽刺其食量大,都表现出属于青春的外放型的排外性。

三、"青春"的门槛

如果单以这一种身份去衡量贾府中的上上下下,我们会发现一个奇怪的现象,即类似宝钗、袭人、迎春之流不好归类。如果单以地理因素去判断,入住大观园才算"青春",那么宝钗世故的一面、袭人替李奶奶和晴雯求情这种完全看似"非排他性"的行为,就和青春非常不相称。因而我认为,《红楼梦》中的青春主题,更多的是对一种青春气质的指认,其内涵包括以上提到的叛逆、敏感、排他性等特征。为什么说这一点更多的是一种气质,而非单单以年龄为标准的身份呢?我认为当我们把贾宝玉、林黛玉、史湘云等人从这本书中抽掉的话,我们会发现《红楼梦》变成了一本更近似于完全以大家族为核心的小说。青春这一元素由少数几个具有极强青春特征的人带入这个小说整个的底色中,冲淡了从某种程度上来讲算是"中国性"(或为"民族性")的家族纷争,而让青春这一具有"人类性"(或为"世界性")的特殊气质成为整本小说的"高光时刻"。

综上,我们可以看出,曹雪芹在创作《红楼梦》时,面对青春这个话题,他不仅限于表达诗性的一面、浪漫的一面,另外也对由青春的特征所带来的问题作出了不加掩饰的呈现。如果"青春"在曹雪芹这里近似一种时间上的乡愁,那么他怀念的无疑是整个完整的、不加区分的青春,而非青春中美好的一面。这一点,就使曹公在作家中出类拔萃,同时使《红楼梦》这部小说更显示出其耀眼的价值。

林黛玉为什么只吃薛宝钗的醋

郜愉菲（文学院）

在《红楼梦》第九回里，贾宝玉临去上学前向林黛玉辞行，黛玉除了叮嘱他以外，还说了这样一句话：

> 黛玉忙又叫住问道："你怎么不去辞辞你宝姐姐呢？"①

而宝玉对于她的问话只是笑而不答，直接和秦钟走了。这里能看出，第一，林黛玉是个心思敏感的"醋坛子"，就连贾宝玉没去向薛宝钗辞行，她也要揶揄贾宝玉一下；第二，贾宝玉似乎习惯了林黛玉时不时的"小脾气"，明白她只是习惯性反问，所以也不会特意解释一句。林黛玉吃薛宝钗的醋不奇怪，奇怪的是，她似乎格外针对薛宝钗。在贾宝玉的交际圈里，至少可以确定秦钟、袭人两个人同贾宝玉是有过超出朋友和主仆关系的行为的：

> 宝玉亦素喜袭人柔媚娇俏，遂强袭人同领警幻所训云雨之事。袭人素知贾母已将自己与了宝玉的，今便如此，亦不为越礼，遂和宝玉偷试一番，幸得无人撞见。②

> 秦钟笑道："好人，你只别嚷的众人知道，你要怎样我都依你。"宝玉笑道："这会子也不用说，等一会睡下，再细细的算帐。"③

> 自宝、秦二人来了，都生的花朵儿一般的模样，又见秦钟腼腆温柔，未语面先红，怯怯羞羞，有女儿之风；宝玉又是天生成惯能作小服低，赔身下气，

---

① 曹雪芹：《红楼梦》，人民文学出版社2008年版，第132页。
② 曹雪芹：《红楼梦》，人民文学出版社2008年版，第90页。
③ 曹雪芹：《红楼梦》，人民文学出版社2008年版，第200页。

情性体贴,话语绵缠,因此二人更加亲厚……①

除此之外,还有晴雯曾经讽刺过的一句:

还记得碧痕打发你洗澡,足有两三个时辰,也不知道作什么呢。②

贾宝玉是个非常多情的人,他对身边的姐妹、丫鬟、男性朋友等都无比关爱,尤其是对女性。《红楼梦》第五回写宝玉为古今第一淫人,好色即淫,知情更淫。宝玉喜欢好看而且性情独特的女子,他重在意淫,也就是说他不只是为了肉欲,而是精神上发自心底地喜爱。那为什么林黛玉如此针对薛宝钗,是因为她太优秀了吗,未必。贾府曾出现过一个更加"完美型人设"的女人——薛宝琴。贾母本来是非常疼爱林黛玉这个外孙女的,而薛宝琴一出场就得到了贾母的喜爱,甚至让贾母动了为宝玉定亲的心思,只是薛宝琴已经定了梅家,贾母只好逼着王夫人认她做干女儿。这要是放在别人身上,林黛玉怕是早就闹起来了,例如她曾因为张道士给宝玉提亲和宝玉争执起来,但是轮到薛宝琴身上,黛玉并没什么大反应。因为贾宝玉和薛宝琴并无什么瓜葛,只是纯粹的兄妹关系,而就像薛宝钗回答琥珀的一样,黛玉也是把宝琴当妹妹一样看待。

那么袭人这种真正和宝玉有过性关系,而且深得宝玉喜欢的人呢?林黛玉也没有嫉妒她,反而还叫她好嫂子:

好嫂子,你告诉我,必定是你两个拌了嘴了。告诉妹妹,替你们和劝和劝。③

而为什么林黛玉不针对袭人呢?原因也很简单,袭人是丫鬟,黛玉是小姐,二人根本不存在竞争关系,即便将来黛玉成了宝奶奶,袭人最多也只是个姨娘,对黛玉构不成威胁,所以她不会跟袭人计较。而且此时的宝、黛刚经历一场大风波,刚刚和好,已经知道彼此的心事并且尽释前嫌。所以黛玉在心情很好,与宝玉之间没有任何芥蒂和矛盾的时候说出这句话,完全符合常理,就是一句玩笑而已。在当时的大户人家,富家公子的贴身婢女最后都会是通房丫头或姨娘的身份,黛玉这么称呼袭人,其实也是对袭人的一种恭维和抬举。

---

① 曹雪芹:《红楼梦》,人民文学出版社2008年版,第133页。
② 曹雪芹:《红楼梦》,人民文学出版社2008年版,第421页。
③ 曹雪芹:《红楼梦》,人民文学出版社2008年版,第420页。

但是薛宝钗和以上两种人都不一样,林黛玉醋她不是一次两次:

> 黛玉一面接了,抱在怀中,笑道:"也亏了你倒听他的话。我平日和你说的,全当耳旁风;怎么他说了你就依,比圣旨还快些!"①

> 黛玉冷笑道:"我说呢,亏在那里绊住,不然早就飞了来了。"……"好没意思的话!去不去管我什么事,我又没叫你替我解闷儿。可许你从此不理我呢。"②

归根到底,还是因为"金玉良缘"。《红楼梦》第八回里宝玉去看宝钗,两人交换看了所佩之物。宝玉的通灵宝玉上刻的字是"莫失莫忘,仙寿恒昌";宝钗的金锁上刻着"不离不弃,芳龄永继"。从字面上看玉和锁真是天然的一对,极是般配。宝玉自己也说:"姐姐,这八个字倒和我的是一对儿。"而且,这里曹雪芹还借宝钗的丫鬟莺儿之口说道:"是个癞头和尚送的,他说必须錾在金器上……"话没说完就被宝钗打断了。后来薛姨妈对王夫人把莺儿没说完的话了出来:"将来要配个有玉的。"在那个迷信的年代,这就是直接在暗示宝玉和宝钗是一对,"金玉良缘"之说,便是黛玉此后最大的心病。

从血缘上讲,宝钗和宝玉是姨表亲,王夫人的外甥女,宝玉的亲表姐;黛玉和宝玉是姑表亲,贾母的外孙女,宝玉的亲表妹,二人和宝玉一样远近。从个人条件上讲,林黛玉"病如西子胜三分",薛宝钗生得肌骨莹润,都是美人一个。而在大观园屡次的诗会比赛中,她俩交相拔得头筹也说明了宝钗、黛玉的才情相当。但是除了这些条件,黛玉在其他方面都逊于宝钗。林黛玉孤傲自恋,言语尖刻不让人,加上身体多病,人际交往欠缺;薛宝钗举止优雅,行为得体,体恤下人,深得大家的称赞。此外,林黛玉父母双亡,无兄无弟,孤身一人投靠贾府。薛宝钗有自家的家产,有母有兄,王夫人是她姨妈,王熙凤是她的亲表姐,有纵横的关系罩着她。再和"金玉良缘"相比,黛玉空有木石前盟,隔世有约,但现世也没什么实物证据,只能眼睁睁地看着眼酸。

综合比较,薛宝钗绝对是她需要忌惮和警惕的对手,因此吃她的醋也是正常不过的事了。

---

① 曹雪芹:《红楼梦》,人民文学出版社2008年版,第123—124页。
② 曹雪芹:《红楼梦》,人民文学出版社2008年版,第275页。

可叹卿卿性命
——从秦可卿之病探讨秦可卿之死及人物意义

顾阅微(文学院)

《红楼梦》的第十回《金寡妇贪利权受辱　张太医论病细穷源》是一个较为特殊的章节，其中并没有哪一位我们所熟知的主角登场，虽然提及金陵十二钗中的秦可卿，可是其人也无正面描写。章节之中描述和讨论的也无非是一些琐碎日常的事宜，既无关愉快隆重的盛典，也没有浪漫融洽的诗社，左右不过是要不要为贾敬祝寿，如何为秦氏延医治病，甚至章节的开头也是由贾璜之妻、金荣之母这样的边缘人物引入的。然而也正是这些看似无关紧要，只是平常生活的描写，却引出了不少的关键信息和重要情节，甚至对于情节的走向、人物形象的确立产生了一定的影响。

正是这一回尤氏与贾璜之妻的一场对话，引出了对于秦可卿笔墨集中的描写，以及关于其病况的探讨。也正是这病况与后文的张太医探病，两处内容直接指向秦可卿之死的谜团，成为秦可卿之死这一情节设置是否合理、是否内有隐情的关键推断线索。秦可卿是十二钗中一个与众不同的存在，年岁约与钗黛等人相仿，可能略大一些，但是辈分应当比宝黛钗等人小，读者对于秦可卿的印象较为模糊，甚至淡漠，她仿佛是一种隔岸伊人似的存在，只有临水照花的美丽剪影，缥缈梦幻，面目不清。

秦可卿在书中现实生活里的正面描写似乎都未能为这个人物的完整勾勒倾注下一些鲜明亮丽的色彩。第五回贾母带着宝玉等人到东府赴宴，席间因宝玉困倦，秦氏引宝玉去她房中休息，这里关于秦氏本人形象的信息，我们似乎只得到她是贾母"重孙媳妇中第一得意之人"，得长辈欢心之人，那是如凤姐一般精明强干呢，还是如李纨一般随分从时呢，无从而知。后来再在现实生活中正面接触秦氏，便是她安排宝玉和凤姐与秦钟见面，在这个情节中我们只听到她笑语盈盈地向宝玉等人引荐秦钟，在这样的场面里她也并未作为一个有力的形象浓墨重彩地存在。而反倒是对于秦氏的诸多侧面描写和梦境幻境中的可卿，让人看到了这个女孩子身上绚丽夺目的光彩。

太虚幻境中的可卿，兼有宝黛之韵，是美艳无极的仙女，令人感到梦幻遥远。凤姐梦境中的秦可卿分外清醒，她的冷静提醒令人觉得其睿智通透，但是也不由得心下一惊，觉得这个女子难以捉摸、深不可测。在第十回中侧面描写的秦可卿才更多让人感受到一个真实、饱满的女性形象,在他人的交口评价中呼之欲出,越加完善丰满。在尤氏的表达里,我们看到她对儿媳是百般的喜爱与亲厚,可见秦氏处事妥当,料理能干,孝顺懂事,颇得长辈欢心。虽说尤氏并未明言秦氏模样如何,性情如何,但是也不难推知秦氏的容貌脾性是万中无一的。那为何秦氏如此能干,我们却并不会将她的形象与凤姐的精明干练相混同,原因还是尤氏的描述,秦钟告诉了秦氏自己在学里被人欺负的事情,秦氏虽然气恼,伤心有人作践自己的弟弟,气愤弟弟与狐朋狗友勾三搭四,但是只是暗自伤心,隐忍不发,可见秦氏是一个温柔平和,并不犀利的性子,凡事都包藏在心,按捺隐忍。至此,在第十回中秦氏能干、温柔、美丽的现实形象在书中立住了。

那么对于这样的一个人物,却青春早夭,她的死因和她给人的印象一样,模糊地存在着一个轮廓,可若是深探却发现谜团重重。

首先究竟可卿之死是曹公本意,还是后来修改补充的情节?戴不凡在《秦可卿晚死考——石兄〈风月宝鉴〉旧稿探索之一节》[①]中指出,第十三回秦可卿去世,而第二十九回清虚观的情节中又出现了"蓉妻",贾蓉续弦的事情在这段时间并无一笔提及,宁府中也并未张罗过任何喜事,且在这短短的时间里不可能立即续弦再娶,所以他认为《红楼梦》后面几回出现"蓉妻"的地方,仍然指的是"秦氏",且表示秦氏真正的死亡时间应当在贾宝玉成年之后,青春早夭是披阅增删的结果,而后文则未及修改,所以实则早夭情节与后文矛盾。且不论戴先生的文章中有不少臆测之处,我们从第十回的文本出发,不难看出作者借尤氏亲厚的态度表达出秦可卿的独一无二,以及她在人们心目中地位的不凡,所以作者在描写和称呼她时也决不会轻描淡写,一笔带过,或称呼她秦氏,或唤她贾蓉之妻秦氏,正如金陵十二钗的其他成员一样,作者对她们都有各人专属的称呼,绝不是谁家的女儿、谁家的奶奶、谁的妻子,这样具有附属意味、指向不明的简单表达所可替代的。因此,我们有理由认为后文的"蓉妻"指的并不是"秦氏"。

此外,根据周汝昌先生的《红楼纪历》[②],秦氏亡故和蓉妻再现之间已隔了两年,续弦发生在其中是有可能的,而由于尤氏等对可卿甚为满意,之后的填房儿媳地位可能比不上几近完美的可卿,且续弦本身的重要性也比不上初次婚娶,"蓉妻"作为一个在情节中并未发挥太大作用的人物,被作者省略记述亦在情理之中。

而我认为,从第十回本身的文本出发,探寻作者隐含其间的意图,我们也可以追摸到一些蛛丝马迹,判断安排可卿之死,是作者原有的设定。首先从尤氏的表现上,我们看到她焦心不已,愁闷烦乱,"所以我这两日好不烦心,焦的我了不得",且不仅她自己,同时她也叮嘱周围的人好生看护可卿,免去一切可卿需要操心的事,那般捧在掌心的

[①] 戴不凡:《秦可卿晚死考——石兄〈风月宝鉴〉旧稿探索之一节》,《文艺研究》1979年第1期。
[②] 周汝昌:《红楼梦新证》(增订本),中华书局2016年版,第六章《红楼纪历》,第159—163页。

细致关怀和真真切切的心急如焚,侧面表现可卿的出色,惹人爱怜,可何尝不是在说明可卿病况不佳,令人担忧,需要悉心照顾?

其次,作者安排了秦可卿病中听说秦钟受欺负,暗自气恼的情节,虽是侧面描述,但是尤氏还细细点明,秦可卿因何而恼怒,又为何而气,心思缜密又忍气吞声的情态跃然纸上。此外,作者还特地交代秦可卿就医时,一天要坐起来换好几遍的衣裳,贾珍和尤氏都在感叹她太过懂事也太过较真。从第十回尤氏免除秦氏一切事务的表述中,我们看到秦可卿是长房孙媳,未生病时便是照管着接待各家长辈,在人际关系中四处斡旋,殚精竭虑。她的心思这般细密敏感,又如此顾全规矩,显然作者这样交代有一种暗示秦可卿在病中也无法安定静心,仍要劳神劳心的意味,即便尤氏真的免除了各项杂务,秦可卿恐怕也并不是真的免受叨扰。且为了孩子在学堂打闹,便会有旁支的亲戚来找可卿的麻烦,焉知平日里,可卿不会被其他人拿捏而受气?

此外,作者写完尤氏的操心,也花了不少笔墨写贾珍的操心,主要表现在贾、尤二人的对话中,贾珍在外面见冯紫英时,都免不了露出抑郁之色,可见可卿之病着实令人牵肠挂肚,而他担忧的焦点在于请不到好大夫。显然可卿病中,已请了七八个大夫,病因却始终未能断透。及至后来张太医也说,被这些大夫耽误了治疗的进程。由此可见这一层一层,诸多因素,作者都在为秦可卿之病的治疗施加阻力,有意让病势拖的时间久长,许久缠绵,使得她的病症落入一个棘手难治的境地。戚评也提到:"欲速可卿之死,故先有恶奴之凶顽,而后及以秦钟来告,层层克入,点露其用心过当,种种文章逼之。虽贫女得居富室,诸凡遂心,终有不能不夭亡之道。"①显然,戚评认为这种种的坎坷和不顺都是在为可卿之死埋下伏笔。

这时关键人物张太医出现了,他的举动和言语,不仅直接关系到病症,也暗示着可卿命运的走向,这不仅涉及第一个问题,可卿之死是否为作者的初始安排和原本用意,也牵扯到第二个问题,可卿的死因究竟为何,是这场病吗? 在这一回中,张太医神乎其神的断脉技术,不仅让他分毫不差地说出了可卿之病的各种细节,也让他断出可卿的"心性高强,聪明不过",并表示太过聪明就总会遇到不如意的事,作者如此安排,病与性格便建立起了联系,此时病症的顽固程度又加深了一层,此病有一部分是心病。张太医谈论病况时说"这病尚有三分治得,若夜间睡得着觉则又添了二分拿手",这三分表明,病虽有挽回余地,但是也已十分严重,从此处看来,显然作者已经一步步将可卿放置在绝境的边缘了。张太医又说了一句话尤为关键,也成为后来论争的焦点,那便是"总是过了春分,就可望全愈了"。因为这句话,有不少学者认为,秦可卿之死原不是

---

① 《红楼梦脂评汇校本》第十回,浙江出版集团数字传媒有限公司2016年版。

作者最初的安排,作者为她在春日之后留下了生机。也有一些学者认为,这句话则说明了可卿之病并不是致命之因,他们结合已经遗落的《秦可卿淫丧天香楼》,结合贾珍铺排治丧、尤氏犯有胃病、瑞珠触柱、宝珠哭丧、可卿判词、插画等诸多情节和信息,推断可卿真正的死因是与公公通奸被发现,羞愤自缢而亡。那么,面对前者的说法,我想张太医的这句话恐怕需要结合前后文细细品一品。

根据对第十回内容的审视和推断,我们不难发现,可卿的情况已不乐观。当贾蓉问及这病与性命终究有无妨碍时,在断脉时还思路清晰,当机立断给出结论的张太医却并没有直接回答,只是先说到这个地步并非一朝一夕的症候,能不能医治好吃了药也需要先看医缘。这显然是在为贾蓉做一个心理铺垫,委婉地说明,病势积累已深,难保是否会威胁生命,用药治疗的过程充满着不确定性因素,恐怕要交给"缘"这个字来定夺。接下来张太医表示今年一冬是不相干的,"总是过了春分,就可望痊愈了",前半句的确是一句肯定性的保证,可是后半句显然是一句假设,表明总要到春分,才可以看出病症是否威胁生命,如果可以挨过春分,就可以期待痊愈了。张太医留下一种可能,并不能代表作者真的安排了秦氏活下去的希望。张太医开方医治,他可以断言病况,那是医者之职,但他不能断言生死,总要留下痊愈的可能,彰显医者存在的价值。这句话的言下之意便是另一种可能,若过不了春分,那则可能殃及性命。而照应前文,"三分治得"话语已经昭示了痊愈的希望并不大。张太医说完这番话,原文中说"贾蓉也是个聪明人,也不往下细问了",若张太医的话真的如字面上表明的,过了春分便可痊愈,作者又何须加上这句,显然是话里有话,而贾蓉又品出了弦外之音,故而心中有数,所以才有此一说。否则贾蓉为人夫君的正常反应,应当是喜不自胜,然后连连道谢才对。作者没有明说可卿病况的严重程度,我想可能是由于《红楼梦》的描写和表现,多用"曲笔"和"隐笔",以期营造众声喧哗效果的缘故。

由此,我想我们可以推断,可卿之死,是作者原本就有意的安排,而这场病也是作者安排下的可卿之死的主因。这病是否与爬灰有关,可卿终极的死因是病抑或是自缢,我们单凭借文本,无法下准确的论断,可卿之死也因这多种的可能和多重的诱因而显得越发蹊跷,扑朔迷离。但我们不可否认的是,可卿之死已在此回初露端倪。而结合第十回的内容,我想我们也不能忽略这一点,可卿之死不是一个单纯的结果,而是一个凌迟的过程。

根据上文的分析,我们已经看出秦可卿需要承受的阻力和痛苦绝不止来自一方,家族中的亲属,自己的家人,大小的事务,其实都在某种程度上伤害和消耗着她。而她本人的性格也是一把利刃,一点点地剜空她的内在。心性高强,料理各方,她的行为格局与凤姐相类,就是因为精于谋算,加上在四处周旋料理,凤姐身体虚弱,先是滑胎,后是下红不止。此外,秦氏心思细腻,遇到委屈如秦钟被欺,只是自己暗中吞咽,这与她温和隐忍的性情有关,也与她谨小慎微、恪守规矩的处事风格有关。秦氏原本出身不高,在贾府处境其实与寄人篱下的黛玉相类,在缜密的心思方面,二人也是相近。对于黛玉而言,宝玉和宝钗的成婚的确给了她一记重击,但在那之前无休止的内心猜忌、暗暗委屈已经如活剐一般消耗得她濒于油尽灯枯。对于可卿而言,何尝不是如此?有多少担心、气恼和委屈是她暗暗藏于心间,自己一人备受煎熬的。作者鲜少的正面描写留下了许多隐而不宣的空间,似乎也正表明可卿的内心世界压抑了太多的不为人知。弟弟受欺负就会令她这般气恼,那么其余诸事又会为她带来怎样的压迫?作者用秦可卿死前的种种迹象侧面塑造着秦可卿,同时我个人认为作者也在传达着一种讯息,那就是一个人生活在一个庞大家族中,孤身应对命运的有限与无奈。而对于金陵十二钗中其他的女子,作者也用不同的方式表达了她们在巨大的时运涡旋里有限且微不足道的挣扎,力图改革的探春如是,懦弱胆怯的迎春如是,精明强悍的凤姐如是,高洁出尘的黛玉如是。秦可卿自然也不例外。

  在不少的研究中,秦可卿被视作一个窗口,透过她的口、她的丧仪窥见贾府的盛极而衰,透视贾府内部的肮脏败落,仿佛秦可卿的存在并没有太多的感情色彩,只是工具一般。但我觉得尽管作者并没有给予秦可卿太多的正面描写,而那些侧面描写,尤其是第十回中的描述,是作者在表达他的悲悯和怜惜。他将秦可卿置于一个难以逆转的困境之中,展现出的是秦可卿的美好与柔弱,加深了无奈感和无力感,也从中体现出悲剧的精神内涵。

  综观书中关于秦可卿的描写,作者的安排似乎存在一种矛盾。他赋予了秦可卿那么多的美好,兼具钗黛之美,风流袅娜;深得人心,无论长辈、同辈、幼辈都记得她的慈悲,感念她的恩德,她拥有接近天人的完美。可作者又安排焦大喊出爬灰等语,用不甚明白的情节设置,让秦可卿死得几乎含垢忍辱。而我认为,从作者的塑造中,正是因为天人一般的完美,他才不去过多正面描写秦可卿,只让她活在人们的评价中,这样秦可卿的身上始终笼罩着梦幻的轻纱,始终与污浊晦暗的现实保持一定的距离,她在人们的印象中始终漂浮在现实和仙境之间。也许作者本意上想要造就的秦可卿,本就不是如钗黛一般鲜活灵动的人间女子形象,他更多希望秦可卿保有高唐幻梦中的神女特色,徘徊于凡人和仙女的边缘,似梦似幻,若即若离。而秦可卿的死,或许是帮助她尽早摆脱这终究一场虚妄的人世现实的方式,让她得以重归幻境,做回真正俯视人世、提点世人、超凡脱俗的仙女。所以她一登场,她的卧室便带有情欲幻梦的色彩,其后她便引领宝玉走入太虚幻境,并与他共同体会"意淫",在秦氏逝去之后,作者正面描写她指导凤姐如何维持家族,以及后四十回续写中引导鸳鸯自尽,这或许是一种暗示,也是一种照应。

而作品中若有若无的关于秦可卿淫荡乱伦的暗示,则是以一种含蓄的方式赋予美好事物以隐秘的一面。秦可卿或许也在某种程度上作为贾府世界的一角,象征着某种贾府世界的特质,拥有着许多的美好与亮丽,但也背负着阴私而不可告人的一面,但最终仍是归于死亡,落得个"白茫茫一片大地真干净"。秦可卿的死亡揭开的是贾府内部的一角,也是贾府败亡的序幕,更是人世终归幻灭的序幕。

情天情海幻情身,秦可卿在《红楼梦》中留下的仿佛就是一场"幻"。她生如幻,死成谜,出于幻,归于幻。从可卿之病到可卿之死,这样的一个人间尤物却从未在观者面前登场,也并未参与重要的活动,做出重要的举动,她被隐于幕后,可有关她的一切在叙事中仍未淡去,而我们也在"病"与"死"这样灰暗羸弱的字样背后看见一个鲜亮有力的角色。她的死因之所以众说纷纭,一方面是因为作者的交代叙述本不明朗,另一方面也是因为这正是一个纷繁复杂的过程。作者对她生前的光阴并未过多着笔,而对于她的死却极力描绘:隆重的丧仪,贾府众人的态度、反应。秦可卿之死意义攸关,我们从这个小小的点一层层剥开背后一个错综宏大世界的外衣,也窥见红楼一梦在红楼中人身上的映射。

从可卿之死看曹雪芹的写作特色

许丽川（文学院）

秦可卿是书里非常受作者眷顾的人物，也是单论外表而言，她是小说设定中最美丽的人物，因为艳冠群芳的是宝、林二人，一个风流妩媚，一个端庄含蓄，可卿有兼美之态，把薛宝钗和林黛玉各自的外貌优点都囊括了，加上行事温柔和平，深得贾府上上下下的欢迎，与"嘴甜心苦"、表面笑脸迎人，背后"两面三刀"的王熙凤关系也十分要好，情同姐妹。她锦衣玉食，住的又是豪华大宅天香楼，过的是别人不敢奢望的生活，更难得的是，可卿并非头脑空空的绣花枕头，她在贾府里最早意识到家里人坐吃山空、入不敷出，将会无可避免地走向下坡路，并给予凤姐实际解决问题的对策。美貌、财富、智慧，世上人类拼命追求的事物，也许终其一生才能拥有一项，不少人连一项都没有，她却全部拥有了，理应人生十分圆满，唯一的污点就是妇德有亏，和公公发生过不正当关系。这样完美的人物，却在青春正好的时光，就悄悄地消逝了，令人怀疑是否她不堪疾病的折磨而自杀，还是另有隐情。

《红楼梦》里一共用了三回详细地从秦可卿得病、看病、亡故三个阶段进行描写，分别是第十回《金寡妇贪利权受辱　张太医论病细穷源》、第十一回《庆寿辰宁府排家宴见熙凤贾瑞起淫心》、第十三回《秦可卿死封龙禁尉　王熙凤协理宁国府》，而从这几个部分的描写中，我们可以见窥见曹雪芹的写作风格如何独树一帜，使这部作品的层次超越其他作家。文学批评可以分为以下四个方面：故事、人物、情节、叙事观点，西方文学批评相对中国成熟，有许多已经自成一家的理论系统，例如写实主义、自然主义，巴尔扎克的《高老头》在开篇就用了大量的篇幅对伏盖太太的公寓进行非常详细的描写，充满各种仔细到令人发指的细节，给予读者一种"充盈感"，公寓的侧街长什么样，附近有什么商店，挂了什么招牌，公寓外面的墙壁粉刷成什么颜色，连公寓地板淌着洗碗池流出的脏水，读者都知道得一清二楚，几乎可以在现实中完全还原。简·奥斯丁的《傲慢与偏见》，女主角伊丽莎白聪明伶俐、天真可爱，理查森《帕梅拉》的女主角帕梅拉美丽坚贞，这两本书的主角都是在开篇就完全展现作者赋予她们的性格，而且后期故事多半是按照原来的特质继续进行叙事，不会展现出先前没有的、完全崭新的性格特点，即使同样是传统中国小说的《金瓶梅》，西门庆和潘金莲的性格也是从一而终的。《红楼梦》却会逐渐透露人物的特色，像一幅《万里江山图》一样慢慢地展开，甚至为了达到这种画卷一般的效果，不惜前期把人物的性格藏得非常深，以致读者察觉不出。

秦可卿也是这种"画卷式"手法下刻画的人物形象。她在第五回、第六回登场的时候，展现的是一个温柔貌美的少妇形象，养尊处优，也利用各种房间摆设，例如同昌公主的联珠帐、杨贵妃的木瓜、赵飞燕的金盘，铺陈房间的华丽。利用这些古代帝王香艳的爱情故事，渲染浪漫气氛，为秦可卿淫丧天香楼埋下伏笔，以及在第十回曹雪芹借金寡妇和尤氏的对话，除了交代秦可卿的病起：

> 尤氏说道："他这些日子不知怎么着，经期有两个多月没来。叫大夫瞧了，又说并不是喜。那两日，到了下半天就懒待动，话也懒待说，眼神也发眩。"[①]

另外还点明她不但外貌好，人品也一流，备受长辈喜爱，"打着灯笼也没地方找去"，如果人缘要好，那么一定要懂得迁就和体谅别人，严于律己，宽以待人，在贾府要做到人缘好更是一件相当困难的事情，这人必须十分细心，才能在人际关系复杂多变的大宅中脱颖而出。顺理成章地，秦可卿的性格特点便是心思细腻，然而物极必反，心多则容易思虑过多，到了深夜也不易入眠，故此对健康十分不利，身体得不到足够的休息，不仅精神变差，抵抗力下降，对她的病情甚至有恶化的作用。

在第十一回中，作者继续交代秦可卿病情和贾府时间线进行到哪一点，张太医为她看病时，曾指出若到了春分，秦可卿的病情尚未加深，就有望痊愈了。自此之后，她的病情依然时好时坏，在关键时间点冬至的时候，贾母、王夫人和凤姐儿都派人去看望过，下人见了，都说虽然没添大病，却不见明显转好，但至少冬至这一关暂且是闯过了，接下来就等春天到来。秦可卿因病导致胃口欠佳，脸上身上的肉全都饿得干瘦，想必脸色灰败，隐隐约约有股将死之人的颓唐之气，不然十二月初二的时候，尤氏和凤姐儿也不会开始商量准备后事用的东西，做好心理准备。

但是到了第十三回的时候，亡魂来到凤姐跟前，苦口婆心地给予一番忠告：趁家里还有余钱，在乡间置办土地，以便日后家道中落之时，可以回乡务农，家族男子也可以耕田之余，勤加读书，建功立业，保不定日后就能东山再起。秦可卿衷心希望王熙凤能够采纳她的建议，挽救即将衰亡的贾府，从这一大段建议里，充分展现了她聪明谨慎的

---

① 曹雪芹：《红楼梦》，上海古籍出版社1982年版，第146页。

性格特点。但凡贾府里聪明的人物,莫不看穿了一个事实:贾府是不可能永葆荣华富贵,长盛不衰的。黛玉、宝钗知道,黛玉感伤,但是她天生喜散不喜聚,早已领悟"天下没有不散的筵席",对此无可奈何;宝钗受他人之托,对贾府进行过短暂的改革,略收成效,却改变不了大局;凤姐回来掌家后,一切依然故我,只能算是暂时的回光返照;探春也知道,故此抄家时感到悲凉,说出"百足之虫,死而不僵",深明像贾府这样的大家族必定因内部混乱造成衰落;小红虽然只是下人,但也明白要尽早为自己的出路打算,不像别的女孩儿还是一派天真烂漫、懵懂不知世事。以上几个角色,都是"先知先觉",第一等的聪明。贾宝玉在先后经历过晴雯去世、宝钗迁出、探春远嫁等事件后,才慢慢察觉时间的无情,自从大观园发现了绣春囊,如同伊甸园里夏娃被蛇引诱,吃下了禁果,这片专属女儿的纯净乐土,正在分崩离析,一去不复返,因此贾宝玉是"后知后觉"型人物。秦可卿在一开始的时候便已察觉到,而且心中准备了方案,其观察力和见解远超其他人,但这些特质并未在初登场时展示,而是到了她死后才借由亡魂说出这一番话来,为秦可卿的人格特色添上最浓墨重彩的一笔。

红颜白骨,道法风月
——《红楼梦》中的风月宝鉴研究

蒋 陟(文学院)

东汉许慎在《说文解字》中解释镜为:"镜,景也。"段玉裁注云:"景者,光也。金有光,可照物,谓之镜。"①这也点出了镜的几个特征:金属制、有光、可照物。镜能照人影,能正衣冠,能明得失,有着连通和禁锢的双重含义,而在中国古代的传说中,镜一直被认为至阳至明,是道士和尚常配的驱邪之物,故有"照妖镜"一说。镜可照人亦可驱鬼,能沟通阴间亦能连接阳世,总与阴阳生死相连,善人可借镜纳福获财,恶人照镜便被小鬼拘魂,这样的属性也奠定了镜作为小说母题的牢固地位。而作为中国古代小说巅峰的《红楼梦》,也有这样一面沟通阴阳,勘破真假的宝镜——风月宝鉴。

若说这风月宝鉴的来历——

> 众人只得带了那道士进来。贾瑞一把拉住,连叫"菩萨救我!"那道士叹道:"你这病非药可医,我有个宝贝与你,你天天看时,此命可保矣。"说毕,从褡裢中取出一面镜子来——两面皆可照人,镜把上面錾着"风月宝鉴"四字——递与贾瑞道:"这物出自太虚幻境空灵殿上,警幻仙子所制,专治邪思妄动之症,有济世保生之功。所以带它到世上,单与那些聪明杰俊、风雅王孙等看照。千万不可照正面,只照它的背面,要紧,要紧!三日后吾来收取,管叫你好了。"说毕,伴常而去,众人苦留不住。②

《红楼梦》第十二回说得非常清楚,即来自太虚幻境空灵殿上,警幻仙子所制。警幻仙子顾名思义,警惕幻而已。何为幻?联系到第五回宝玉游太虚幻境的所见所闻,警幻仙子自称为:"吾居离恨天之上,灌愁海之中,乃放春山遣香洞太虚幻境警幻仙姑是也;司人间之风情月债,掌尘世之女怨男痴。"③所警之幻定然与人间的风情月债,尘

---

① 许慎:《说文解字》,上海古籍出版社1981年版,第1231页。
② 曹雪芹:《红楼梦》,人民文学出版社1982年版,第171页。
③ 曹雪芹:《红楼梦》,人民文学出版社1982年版,第74—75页。

世的女怨男痴相连,加之"太虚幻境"又名"孽海情天",更能暗示幻和情之间的联系,警幻仙子所警之幻,或者说风月宝鉴所鉴之幻,正是人间男女之情。对于贾瑞来说,风月宝鉴的正面招手叫他的凤姐就是他的情,是他的邪思妄动,背面的骷髅则是凤姐对他无情的真实,暗示着情实为幻,这点在贾瑞进镜中与凤姐云雨后"镜子从手里掉过来,仍是反面立着一个骷髅"之笔中表现得淋漓尽致,但贾瑞仍选择陷入幻境中,在幻境中获得自己的满足,终至丧命。贾瑞痴迷幻境,不仅仅是勘不破情幻之理,他知道现实中自己无法得到凤姐,只有在风月宝鉴中才能完成他的心愿,他虽惜命,但更重情,即使他明白情幻本质,熟读佛道经典,恐怕也会为情献身。

但这里的情是否是宝黛之间的意淫呢? 恐怕不能尽然等同。若说"情幻"二字,秦可卿的"情天情海幻情身"判词怕是联系最为紧密的地方了,秦可卿因情而死,贾瑞也因情而亡,一个是贾府败落的开端,一个是贾府内里的映射,他们的情更多的是欲望的放纵,即淫而非意淫。秦可卿的情更多在肉体的乱伦关系而不在精神的依恋,贾瑞的情更多是看到凤姐的见色起意,并非精神上与凤姐成为知己,这样的情就脱离了精神层面变为色。

《红楼梦》开端便记载空空道人易名的缘由:"因空见色,由色生情,传情入色,自色悟空,空空道人遂易名为情僧,改《石头记》为《情僧录》。"[①]这也暗示了《红楼梦》与色空关系紧密相连,从顽石思凡,木石前盟到白茫茫大地真干净,红楼所有人物都由空到色,最后回归虚空。色空本是佛教概念,见于《心经》"色不异空,空不异色,色即是空,空即是色,受想行识,亦复如是"一句,这里的色并非美色,而是一切可见物体的总称,但在风月宝鉴这里,色似乎就具化为凤姐美色。这样的变化并非偶然,从鱼篮观音到红粉骷髅,大慈大悲救苦救难的观世音菩萨总是幻化成美人,在愚夫意乱情迷之际变成骷髅,传授色即是空的道理。这纵然与自古有之的女祸思想息息相关,也似乎印证了酒色财气之间色最为令人沉溺,贾瑞就是沉溺于色的典型。贾瑞迷恋凤姐皮相,为一逞兽欲两次三番被捉弄,既挨了打又失了银子,却死不悔改,在进入幻境云雨之后,仍嫌不足,纵使被骷髅吓得一身冷汗也要照正面,甚至在阴差索命之际还叫道:"让我拿了镜子再走!"曹公下笔可谓毒辣。贾瑞克制不住自己的欲望,来回三四次就命丧黄泉,于色空之间,他只因空见色,就沉溺于肉体之色中,既无生情,便无法传情入色,自色悟空,他参不破色空法相,甚至从一开始就没有参破的条件,暴毙而亡是注定结局。

值得玩味的是这风月宝鉴可口吐人言——

---

① 曹雪芹:《红楼梦》,人民文学出版社1982年版,第6页。

代儒夫妇哭得死去活来,大骂道士,"是何妖镜!若不早毁此物,遗害于世不小。"遂命架火来烧,只听镜内哭道:"谁叫你们瞧正面了!你们自己以假为真,何苦来烧我?"正哭着,只见那跛足道人从外面跑来,喊道:"谁毁'风月鉴'?吾来救也!"说着,直入中堂,抢入手内,飘然去了。①

风月宝鉴此言透露出两个信息:一是贾瑞之死源于其以假为真,二是瞧正面为假,这也很好地解释了上文跛足道人只许照背面、不许照正面的嘱咐。正面所照是凤姐招手,背面所照是骷髅,这正是现实真假的映射,凤姐在现实中并不会真心同贾瑞调笑,贾瑞的调戏之举与不死心的举动最终招致的就是骷髅一般恐怖的灭亡结局,然而贾瑞并没有意识到,而是以假为真,自寻死路。

风月宝鉴中人也是别有深意,诚然贾瑞迷恋凤姐美色,所见之假必然为凤姐之像,若寻思曹公此处刻意描绘凤姐之意就能品出其他意味来。凤姐为人表面爽利热情,实则心狠手毒,如贾琏小厮兴儿所形容的:"明是一盆火,暗是一把刀","嘴甜心苦,两面三刀"。②凤姐在贾府中是最会做表面功夫之人,表面与尤二姐亲热,其实暗地里扶持秋桐对尤二姐怠慢凌辱;表面上帮邢夫人出主意娶鸳鸯,实则故意让邢夫人在贾母面前落脸,心中万千手段,面上却滴水不漏,这点在与贾瑞的相处中也展现得淋漓尽致:

凤姐儿是个聪明人,见他这个光景,如何不猜透八九分呢。因向贾瑞假意含笑道:"怨不得你哥哥时常提你,说你很好。今日见了,听你说这几句话儿,就知道你是个聪明和气的人了。这会子我要到太太们那里去,不得和你说话儿,等闲了咱们再说话儿罢。"贾瑞道:"我要到嫂子家里去请安,又恐怕嫂子年轻,不肯轻易见人。"凤姐儿假意笑道:"一家子骨肉,说什么年轻不年轻的话!"贾瑞听了这话,再不想到今日得这个奇遇,那神情光景,越发不堪难看了。凤姐儿说道:"你快去入席去罢,仔细他们拿住罚你酒!"贾瑞听了,身上已木了半边,慢慢的一面走着,一面回过头来看。凤姐儿故意的把脚步放迟了些儿,见他去远了,心里暗忖道:"这才是'知人知面不知心'呢,哪里有这样禽兽的人呢!他如果如此,几时叫他死在我的手里,他才知道我的手段!"

话说凤姐正与平儿说话,只见有人回说:"瑞大爷来了。"凤姐急命"快请进来。"贾瑞见往里让,心中喜出望外,急忙进来,见了凤姐,满面陪笑,连连

---

① 曹雪芹:《红楼梦》,人民文学出版社1982年版,第172页。
② 曹雪芹:《红楼梦》,人民文学出版社1982年版,第934—935页。

> 问好。凤姐儿也假意殷勤,让茶让坐。
>
> 此时,贾瑞前心犹是未改,再想不到是凤姐捉弄他。过后两日,得了空,便仍来找凤姐。凤姐故意抱怨他失信,贾瑞急得赌身发誓。①

凤姐心中对贾瑞不屑且厌烦,但在表面上还是"假意含笑""假意殷勤",做足了对贾瑞有意的功夫,在故意戏耍贾瑞之后还故作女儿情态,怨其失约。贾瑞本就深信凤姐对他有心,就算知道自己被戏弄了,听闻此话也没有怀疑凤姐一分一毫,而是把罪过归在自己身上,仍是小意献殷勤,可见凤姐手段之高。再退一步来说,贾瑞之病本是凤姐捉弄所致,是对他不合理的淫心的惩戒,贾瑞最后因风月宝鉴死亡的结局虽具有神话色彩,但读者很容易想见,倘若贾瑞淫心不熄,病好之后仍不思悔改,依凤姐的手段也断没有活路。贾瑞的"以假为真",除却将幻象当现实,也有以凤姐为真的悲剧在。

然而就如上文所说,贾瑞不熄淫心,终致死亡的结局本是必然,若没有风月宝鉴这一传说也能成事,最多就劳费笔墨让凤姐再整上他一回,这样的处理反而更加真实可信,为何曹公却选择了风月宝鉴呢?《红楼梦》中诸多真假,照在风月宝鉴中,正面为假,反面为真,便是真为假、假为真了。这是否曹公对于此书的暗示呢?书中一味宣扬功名利禄之论,实则赞许宝玉之流不在意名利专为情之举,一味宣扬盛世明君,实则讽刺世道黑暗,明君难现。风月宝鉴实则是看《红楼梦》的一面镜子,从反面读此书,才能读出曹公真意。

风月宝鉴为跛足道人带来,又为跛足道人带去,虽然符合镜文学的写作惯例,但也不可不在意其中的道教意味。早在老庄时期,镜与道家学说就结下了不解之缘,《老子》中有"涤除玄鉴"之语,意为扫除主观意念,像镜一样达到澄明通透的境界;《庄子》中也有"水静犹明,而况精神!圣人之心静乎!天地之鉴也,万物之镜也"之句,将镜与静相联系,指出圣人当如镜保持虚静之境。②随着道教的发展、道家学说与原始宗教的结合,老庄学说中的镜也渐渐与民间以镜照妖驱邪的习俗结合起来,镜从静变为连通鬼神的圣物,并以这样的传说形态出现于《红楼梦》中,但究其根源,风月宝鉴所鉴的无非风月背后的虚无与虚静,这一点与道家与道教的观念都有所重叠。

总结:风月宝鉴作为红楼诸镜之首,在贾瑞身上印证出情幻,色空与真假,贾瑞沉溺情色,不分真假,终至暴毙,凤姐伪真实假,不费一兵一卒便教训了贾瑞,这虽是红楼中一段奇事,却也是红楼大观的窗口。风月宝鉴的存在暗示了《红楼梦》的主题与阅读方式,在与道教的融合中显得传奇而自然,这也是曹公出彩之处。

---

① 曹雪芹:《红楼梦》,人民文学出版社1982年版,第161页。
② 参见赵理直《古代哲学宗教与"镜"意象》,《长春师范学院学报》2004年第2期。

精神层面的"意淫"之爱
——从第十四回宝玉与秦钟、北静王交游片段看宝玉之爱

林玮琦（文学院）

《红楼梦》①第十四回《林如海捐馆扬州城　贾宝玉路谒北静王》讲了秦可卿死后，宁国府委请凤姐协理丧事的故事。在交代凤姐如何料理府中大小事务和详细描绘秦氏浩大奢靡的丧事排场之外，曹雪芹还描写了宝玉与秦钟相处的一个片段，以及宝玉与北静王的首次见面。

这两个片段都短，但很有趣。写宝玉与秦钟是直接描写，有对话、有相处。而对宝玉与北静王的会面则只暂作铺垫，对王爷仪表、装束和两人之间直接交流的具体描写则出现在"下回"也即第十五回。

在《红楼梦》中，贾宝玉与诸多同性男子感情深厚、交往密切，如秦钟、柳湘莲、北静王、蒋玉菡等。这四人与宝玉的关系亲疏各不相同，宝玉与他们的交往、相处方式也不一样。如果说宝玉与戏子蒋玉菡的交游可能是受清代"狎优"风气的影响、作者在宝玉与柳湘莲的交往上着墨不多，那么第十四回出现的秦钟、北静王二人便颇具代表性：秦钟是宝玉的亲戚，与他一起上家学、一度形影不离。北静王是王爷，是贾府的"上级"，虽然年轻，但是宝玉的长辈；秦钟有种女性化的美，"举止风流，在宝玉之上"（第七回《送宫花贾琏戏熙凤　宴宁府宝玉会秦钟》）。而北静王虽然容貌俊秀，"面如美玉，目似明星，真好秀丽人物"（第十五回《王凤姐弄权铁槛寺　秦鲸卿得趣馒头庵》），但显然是男性气质的美；秦钟出身难以与宝玉相比，在与宝玉相处中受宝玉庇护、照顾。而北静王的身份地位皆在宝玉之上。

通过第十四回一正一侧两个片段，我们可以窥见宝玉如何与不同地位、身份、交情的同性友人相处、相待，进而探究他是否真的与同性友人有暧昧之情、同性之爱。再进一步，我们可以观察宝玉在与同性友人的交往中，是如何表达自己的感情的。

---

① 曹雪芹：《红楼梦》，人民文学出版社1982年版。

一、关于宝玉是否为同性恋的现有研究

目前,大部分学者认为贾宝玉并未构成与同性之间真实的爱恋之情。如:王昆仑提出,贾宝玉对男性化的女子表示厌恶,而与秦钟、蒋玉菡交好。这是出于一种"过分的女性崇拜"——因为他们是女性化的男人。作者同时提出,在与世俗限制相隔绝的大观园,贾宝玉一味放纵性感觉,却从未发生过单独占有的意识。他能从灵肉统一之中升华出一种"意淫"状态,即对灵肉双方都有极强烈极敏锐的触觉。[①]李希凡指出,贾宝玉与秦钟的暧昧关系属于公子哥们的纨绔恶习,是生活环境造成的必然,也是宝玉复杂性格的元素。同时,作者引用了鲁迅"爱博而心劳"的评价,认为无论是警幻仙子所说的"意淫"还是"情榜"所说的"情不情",都已超越儿女私情的界限,表现了宝玉对女孩子们的尊重,体现了他充满体贴、关爱、平等的人文主义的感情世界。[②]对于宝玉和琪官(蒋玉菡)的交情,作者认为两人之间只存在一见如故的友情,而不存在"霸占"关系。

但同样有对立的声音提出贾宝玉的性取向绝非简单的异性恋。李正学曾收录整理了部分学者对宝玉"意淫"的看法。现摘录如下:

刘履芬认为贾宝玉自幼亲近女色,有秦钟同学后"从此男女二色皆迷入骨髓矣"[③];崔瑛认为宝玉身上存在同性恋心态[④];陈益源认为宝玉确凿有同性恋的举止,但与薛蟠以色欲为取向的行为有本质差异。宝玉的同性恋都是发自真情,《红楼梦》中对贾宝玉及其同性恋伙伴故事的描写可以称作中国古代男同性恋文学中最为出色的作品。作者认为贾宝玉是个双性恋者。[⑤]朱秀娟认为贾宝玉是个"变性恋者"[⑥]。

二、宝玉之"爱":精神层面的欣赏

第十四回里,宝玉与秦钟相处的片段是这样的:

> 如今且说宝玉因见今日人众,恐秦钟受了委曲,因默与他商议,要同他往凤姐处来坐。秦钟道:"他的事多,况且不喜人去,咱们去了,他岂不烦

[①] 王昆仑:《〈红楼梦〉人物论》,北京出版社2011年版,第259—275页。
[②] 李希凡、李萌:《〈红楼梦〉人物论》,东方出版中心2017年版,第109—137页。
[③] 刘履芬:《〈红楼梦刘履芬批语〉辑录》,书目文献出版社1987年版,第11页。
[④] 崔瑛:《贾宝玉同类相逑心态成因初探》,《牡丹江师范学院学报》(哲社版)1992年第4期。
[⑤] 陈益源:《小说与艳情》,学林出版社2000年版,第103页。
[⑥] 朱秀娟:《红楼飘香》,擎松图书出版有限公司2003年版,第64—65页。

腻。"宝玉道："他怎好腻我们，不相干，只管跟我来。"说着，便拉了秦钟，直至抱厦。(甲戌本)

府里事多，人来人往，宝玉担心人多口杂，流言中伤委屈了秦钟。而他选择的方式是和秦钟一起去找凤姐。一来没人敢在凤姐面前出言不逊；二来自己和秦钟一起去，凤姐再忙也不会嫌烦，秦钟也不会受气。这一层考虑将宝玉心思细腻、"尽心"待人的特点表现得淋漓尽致。

回看宝玉与秦钟相处的情节描写，无论是初次相遇时宝玉"心中便有所失，痴了半日"(第七回《送宫花贾琏戏熙凤　宴宁府宝玉会秦钟》)，还是后来在家塾中形影不离、"话语绵缠"(第九回《恋风流情友入家塾　起嫌疑顽童闹学堂》)，与其说是隐晦地表现了宝玉秦钟二人间有同性之爱，不如说是表现了宝玉性格中偏女性化的细腻特点和他对美的崇尚与欣赏。曹雪芹明白写过宝玉"天生成惯能作小服低，赔身下气，性情体贴，话语绵缠"(第九回《恋风流情友入家塾　起嫌疑顽童闹学堂》)，对大观园中的姐姐妹妹、小姐丫鬟们如此，对待温柔清秀的秦钟也是一视同仁、没有区分。

使读者起疑的或许是两个男性之间表现出的偏女性化的温柔缠绵、细心体贴，但纵观文本，更多情节表现的是宝玉、秦钟之间正常的同性相处关系。例如，写秦钟见村庄丫头要纺与宝玉看时，秦钟表现出的是"暗拉宝玉笑道：'此卿大有意趣'"，而宝玉也是"一把推开，笑道：'该死的！再胡说，我就打了'"。正是男孩子之间嬉笑打闹的日常情境。写秦钟与智能得趣被宝玉抓到时，宝玉也只是待在暗中，直到"嗤的一声，掌不住笑了"(第十五回《王凤姐弄权铁槛寺　秦鲸卿得趣馒头庵》)，并无同性恋爱所引起的嫉妒之情，所做反应更是平常的嬉笑打趣。

由此可知，宝玉对秦钟上心、尽心，是因为欣赏秦钟的风流之美，书中也无对两人发生性关系的确凿描写。他与秦钟的相处并未带有"性爱倾向"，而是"纯粹的感情倾向"。

而在第十四回里，宝玉与北静王的首次见面是这样的：

水溶十分谦逊，因问贾政道："那一位是衔宝而诞者？几次要见一见，都为杂冗所阻，想今日是来的，何不请来一会。"贾政听说，忙回去，急命宝玉脱去孝服，领他前来。那宝玉素日就曾听得父兄亲友人等说闲话时，赞水溶是个贤王，且生得才貌双全，风流潇洒，每不以官俗国体所缚。每思相会，只是父亲拘束严密，无由得会，今见反来叫他，自是欢喜。一面走，一面早瞥见那水溶坐在轿内，好个仪表人材。不知近看时又是怎样，下回便知。

北静王在《红楼梦》前八十回中的痕迹,除了第十五、十六回,便一直活在贾宝玉的口中:如第四十三回,宝玉多情不漏亡人,出府私祭金钏儿时,留给府里的借口便是"北静王的一个爱妾殁了,今日给他道恼去了。我见他哭的那样,不好撇下他就回来,所以多待了一会子"。这个理由逼真可信,能瞒过了贾府上下,与北静王和宝玉素日的密切相交是分不开的。以及第四十五回,宝玉在夜雨中,披蓑笠、穿蓑衣、着木屐,造访潇湘馆,跟黛玉介绍说"这三样都是北静王送的,他闲常下雨时在家里也是这样",其余则再也没有了。

从上面这些文本中我们可以得出的结论是,北静王与秦钟以及下文将要论述的柳湘莲、蒋玉菡有明显不同。如果说其他三人是宝玉的朋友、知己、至交,那么北静王水溶对于宝玉来说,更多的是一个值得尊敬和仰视的对象。虽然北静王与他年龄相差不大,但毕竟身份内外有别,包括当初宝玉对北静王的欣赏,也有一部分是基于"水溶是个贤王"。因此,要说这样一个人与贾宝玉有同性恋关系,纯粹是捕风捉影了。

三、宝玉之"意淫":对美的追求

对秦钟,宝玉见了"心中便如有所失,痴了半日",自觉是"泥猪癞狗";对蒋玉菡,他"心中十分留恋",说话时也"紧紧地搭着他的手";路谒北静王时,宝玉见到的北静王"面如美玉,目似明星,真好秀丽人物",便抢上去参见,还将北静王所赠手串送给黛玉。黛玉对宝玉的意义不言而喻,可见宝玉对北静王有多么另眼相看。纵观宝玉与几位男性的交游,我们能发现宝玉这个曾说过"我见了男人便觉浊臭逼人"的人,之所以会对这几位另眼相看,实则出于对他们个人品德的极度欣赏与仰慕:外貌温柔俊秀,举止端雅有礼,人品出众,举止风流倜傥。

同样,曹雪芹描写了很多宝玉与大观园里的姐姐妹妹们一起生活的段落,却鲜少描写宝玉对女孩儿们的肉体欲望——与袭人偷试云雨,大概率是青春期男孩的好奇,再加上梦中得警幻仙姑点拨,遂欲一试。宝玉曾盯着宝钗雪白的手臂痴看,曾在清晨的潇湘馆为湘云遮好放在被子外的胳膊以防她受凉,也曾与黛玉并肩躺着说笑,但书中没有写到他曾对女孩子们有什么非分之想。在作者笔下,大观园中的宝玉更像是一个纯粹又天真的审美者。无论是男性还是女性,只要具备他仰慕的品质气度,他都会大加赞赏、与之结交亲近、倍加关心呵护、"尽一份心意"。

因此,贾宝玉并非同性恋者。他对秦钟、北静王等人怀有的情感是精神上的爱慕,也即警幻仙姑用来描述宝玉的"意淫"。

从赵嬷嬷看《红楼梦》中嬷嬷这一群体的审美价值

陆清韵(文学院)

纵观《红楼梦》一书,众多身份等级不同、性格各异的红楼梦人物一直是读者乐此不疲的关注对象。上到宁荣二府的管理者,下到刘姥姥这类的社会底层人民,无一不展现出人物的真实性。在诸多人物中,有一个特殊的群体一直少有人关注,那就是嬷嬷们。不提那些耗费笔墨少的各处的传话嬷嬷,小说中描写笔墨较多且最具典型最有光彩的嬷嬷有三位:宝玉的奶妈李嬷嬷、贾琏的奶妈赵嬷嬷和贾政的奶妈赖嬷嬷。她们三个各有各的特点:李嬷嬷倚老卖老,赵嬷嬷左右逢源,赖嬷嬷机敏富裕。李嬷嬷和赵嬷嬷在作者笔下更是形成鲜明对比。本文主要就《红楼梦》第十六回中赵嬷嬷的表现,分析嬷嬷这一群体在书中的审美价值。

在《红楼梦》中,嬷嬷大致分为三类:一类是公子小姐的乳母,等主子年长后管理其日常生活;一类是教诲公子小姐言语、礼节的教引嬷嬷;还有一类是干粗活的,地位低下的老年女仆,她们处于贾府奴仆的底层。而赵嬷嬷就是属于第一类。作为贾琏的乳母,她的身份很是特殊,"因为她们大都在府上服务了一辈子,虽未必有功但算得上'有脸'。老了,一早一晚进府,按贾家规矩,没有功劳有苦劳,老辈的主人总要给她们一些客套,年轻的主子也表面上尊她个年高。她们伺候过老主子,因之她们可以有机会接近贾家的长辈或权威人士如老祖宗贾母以及邢夫人王夫人之流"[1]。因此,哪怕强势如王熙凤,也得让她三分。赵嬷嬷的出场虽只存在在短短的一回中,但从她老道、善于见风使舵的表演中,我们还是可以看出她鲜明的性格特点以及窥探到当时发生的诸多事宜。

赵嬷嬷是贾琏的乳母,所以她有倚老卖老的资格,在贾琏夫妇刚相聚没多久就涎着脸皮凑过来吃饭。但是她不像李嬷嬷那般没眼力见,她足够识趣,才能在贾琏凤姐让她上炕吃酒时执意推脱,只在脚踏上坐了。凤姐对她的周详照顾固然有一部分是凤姐的性格因素使然——左右逢源、面面俱到,但另一方面,也显示出赵嬷嬷在贾府奴才

---

[1] 王海龙:《曹雪芹笔下的少女和妇人》,上海文艺出版社2010年版,第381页。

中身份地位之高。对比宝玉与李嬷嬷的对话,凤姐与赵嬷嬷的相处更像是平常人家中后辈与长辈之间的唠嗑,既不冲撞礼数、规规矩矩,又似有一层情分在,这与凤姐的高情商以及赵嬷嬷的苦心经营是分不开的。赵嬷嬷虽只出场一次,但其与凤姐语气间的熟稔程度,无疑是在告诉读者,这一情景实际上已发生多次了。

赵嬷嬷此行,是来为她的两个儿子讨工作的,因此她开门见山就讲明了来意。她知道这种事若是告诉贾琏,贾琏定不放在心上,凤姐是贾府当家的一把手,倒不如和凤姐商量。而她挑的贾琏回家吃饭的这一时机,其一是为了给自己的到来找个借口——是为了看望自己奶的孩子贾琏,其二便是赌定凤姐贾琏这时吃饭不想让人打扰,必会尽量满足她的要求让她走人。于是她故意吹捧凤姐和贬低贾琏:"我们的爷,只是嘴里说的好,到了跟前就忘了我们。幸亏我从小儿奶了你这么大。""所以倒是来求奶奶是正经。靠着我们爷,只怕我还饿死了呢。"①凤姐是个爱听奉承话的人,一听这话哪有不高兴的道理,顺带着再嘲笑贾琏一番:"可不是呢,有'内人'求的他才慈软呢,他在咱们娘儿们跟前才是刚硬呢!"而赵嬷嬷虽起的巴结之心,心底里还是不愿得罪贾琏,见好就收,把话题转得恰到好处,刚好达到她此行的目的:"奶奶说的太尽情了,我也乐了。再吃一杯好酒。从此我们奶奶作了主,我就没的愁了。"如此一来一回,赵嬷嬷老谋深算的嘴脸尽现。贾琏夫妇两方各不得罪,巴结了凤姐,三言两语间就达到了自己的目的。

而赵嬷嬷的运气也不是一般的好。在接下来的聊天中,贾琏提到了元春省亲的话题,赵嬷嬷又从此处嗅到了生机。她靠着自己的年纪大,讲述一番旧事,显现出自己也是见过世面的人,顺便吹捧了凤姐的娘家。也正因为她足够老辣,在贵族府中常年生活成就了她较一般奴仆更高的阅历与卖弄的资本,说的往事件件戳在凤姐心上,与凤姐聊得好不投机。她的一番卖弄也最终使她得到了幸运之神的眷顾。当凤姐推荐她的两个儿子去做置办捞油水时,她"已听呆了话",连自己儿子的名字都不会说了,足以显示出这个好运气给她带来了多大的震撼。

从第十六回来看,赵嬷嬷的出场有着推动情节发展的作用。她与凤姐等人的对话引出了元妃省亲这一消息,为下文建造大观园作铺垫。从赵嬷嬷口中,我们也能得知在之后对全文走向具有重要影响的江南甄家的些许派头,也算是作者埋的一处小伏笔。而作者除了用赵嬷嬷看似无用的卖弄更加凸显其个人特点外,也借赵嬷嬷的嘴"侧写了皇帝出巡的富贵气象,整部《红楼梦》从没火气昭炽或大肆渲染的文字,写皇家气象往往侧写或仅只闲带着一笔,但却足足让人回味无穷。比如后来写元春归省抵达

---

① 曹雪芹著,脂砚斋评,邓遂夫校:《脂砚斋重评石头记甲戌校本》,作家出版社2009年版。

贾府前的气象,太监们屏息鸦雀无声拍手示警的静音情形如画,无怪脂砚斋读之大加赞赏称曹雪芹的确经过见过此景云云"①。

而从全本看,赵嬷嬷作为嬷嬷群体的代表,无疑有着特殊的审美价值。其一,"嬷嬷形象展示了这一类人物独特的生命内涵,丰富了中国古代小说人物宝库"②。嬷嬷形象是《红楼梦》中老年女仆的代表。"在明清小说中,老年女仆的形象比较常见,但以群体形式出现并真实深刻地展示她们的生活状况和精神世界的还只有《红楼梦》。"③贾宝玉的一段名言精准概括了贾府女性仆人由青春到衰老的变化:"女孩儿未出嫁,是颗无价之宝珠;出了嫁,不知怎么就变出许多不好的毛病来,虽是颗珠子,却没有光彩宝色,是颗死珠了;再老了,更变的不是珠子,竟是鱼眼睛了。"她们想要依附贾府的势力,就必须善于钻营,精于算计,于是最终变成贪婪、心思深沉的令人厌恶的一类人,可以说是可恶可憎又可怜。作者对她们的态度,无疑是厌恶讽刺的。但同时,这也揭露了当时女仆悲哀的命运。其二,在书中,嬷嬷往往是矛盾爆发的重要线索。经常有主子因为嬷嬷挑拨离间的两句话生出许多事宜。这也显示出贾府潜在的多方势力的矛盾。其三,就是如上文所说的给情节穿针引线的作用。可以发现,在书中,嬷嬷这类人通常担任着"揭秘"的角色。这也可以看出作者的考量——凡老年人,特别是在主子面前能够说上点话,在奴仆当中有些分量的老年人,通常没那么畏首畏尾,喜欢唠叨忆旧以显示自己的见多识广,于是许多贵族间的秘事或是当年的要闻都可以通过嬷嬷这类人挑出。在当时的礼仪要求下,这些事实也只能通过这类小人物挑明。作者对嬷嬷形象的书写能够暗示某些重要的事实,推动故事发展,也能反衬出红楼女儿的不同个性。

赵嬷嬷这个人物虽小,反映出的东西却是巨大的。说她大智若愚也好,说她精于城府也罢,她的出现,绝不仅仅只是多了一个"龙套"那样简单。这也显示出曹雪芹的生花妙笔:且不表《红楼梦》中的其他人物,单是嬷嬷这一群体,便是有所相似,细究起来又各自大不相同。曹公细节之处的匠心,着实令人敬佩。

---

① 王海龙:《曹雪芹笔下的少女和妇人》,上海文艺出版社2010年版,第384页。
② 张利玲、张丽萍:《试论〈红楼梦〉中嬷嬷的形象及其审美价值》,《中南林业科技大学学报》(社会科学版)2008年第2卷第1期。
③ 张利玲、张丽萍:《试论〈红楼梦〉中嬷嬷的形象及其审美价值》,《中南林业科技大学学报》(社会科学版)2008年第2卷第1期。

贾政与贾宝玉的代际关系及思想差异
——一窥第十七回之"大观园题咏"

亓星雨（文学院）

贾政与贾宝玉是《红楼梦》里集中体现了大家族中代际关系和冲突的一对父子。读者阅读《红楼梦》后，对贾政最深刻的印象往往都是来自"不肖种种大承鞭笞"一回中的十足严父形象。在大多数情况下，贾政与贾宝玉之间的交流与相处都是以训斥与被训斥的形式呈现的，贾政眼里的贾宝玉是"孽根祸胎""混账""不长进的"，贾宝玉避贾政更是如畏虎一般，父子关系常常呈现出紧张、对立的一面。

书中描写的父子二人相处场景里，第十七回《大观园试才题对额　贾宝玉机敏动诸宾》是最为特殊的。首先，这是全书唯一的描述详尽、时间较长、持续连贯的父子二人相处场景；其次，这是一次偶然发生，甚至不乏温情的相处，既不是突如其来的训斥和鞭打，也不是贾政临时检查功课和书法，而是前来游览大观园的贾政偶然遇到了来散心的贾宝玉，整个过程是在对雕梁画栋和风景如画的大观园的游览、欣赏、题咏中进行的。这样一次"大观园题咏"反映出的父子代际关系，有所区别于其他章回中粗暴的、完全居高临下的父子关系。有研究者即认为，在第十七回中"贾政耐心、宽容地激励、启发宝玉完成答卷，吐出心中块垒"，营造了一种宽容的教育氛围，从而为"大观园题咏"的成功创造了条件。[1]这都说明贾政与贾宝玉之间的代际关系具有相当的复杂性，不能用"温情"或"粗暴"一语概之。

但与此同时，不可否认的是，这次题咏亦反映出了贾政与贾宝玉两代人在思想上、文学观、审美观念上深刻的差异和分歧。面对相同的大观园景物，贾政与宝玉做出的不同的反应和评价，以及宝玉所作的不同题咏之间的高下之分，都能体现出这些差异和分歧之所在。从大观园题咏中我们可以看到，贾政恶富贵华丽、喜清幽气象的审美观，奉圣贤书为正道，斥诗词联对为小道、"歪才"的文学观，亦可以看到贾宝玉崇尚天然、不事雕琢，厌恶代表仕途经济的所谓"圣贤之道"的观念，两者形成鲜明的冲突和差异。

---

[1] 温宝麟：《从大观园题咏看贾政对宝玉的教育方式》，《西北师范大学学报》（社会科学版）1993年第1期。

一、贾政与贾宝玉的代际关系

1.贾政的"严父"形象与矛盾的焦点

《红楼梦》中其他章回所反映出的贾政与贾宝玉的关系在引言中已稍作提及。凡是涉及父子二人相处的情节，所塑造出的贾政的形象无一不是"爱之深责之切"、恨铁不成钢的绝对严父形象。事实上，贾政的第一次正面出场，便是以"训子"情节使人印象深刻的。

> 偏生这日贾政回家早些，正在书房中与相公清客们闲谈。忽见宝玉进来请安，回说上学里去，贾政冷笑道："你如果再提'上学'两个字，连我也羞死了。依我的话，你竟顽你的去是正理。仔细站脏了我这地，靠脏了我的门！"
>
> 贾政因问："跟宝玉的是谁？"只听外面答应了两声，早进来三四个大汉，打千儿请安。贾政看时，认得是宝玉的奶母之子，名唤李贵。因向他道："你们成日家跟他上学，他到底念了些什么书！倒念了些流言混语在肚子里，学了些精致的淘气。等我闲一闲，先揭了你的皮，再和那不长进的算帐！"①

甫一出场，贾政便以这样的方式加深了自己在读者心目中的印象，对宝玉"冷笑"，直言"站脏了我这地"之类的训斥，对着宝玉的仆人李贵更是直接称宝玉"那不长进的"。而在这次出场之后，贾政的每次出现，都常常伴随着宝玉的"不幸"，一次次加深着这种"严父"的形象。其"严"之印象达到顶峰的情节，即是三十三回中宝玉挨打一节：

> 贾政一见，眼都红紫了，也不暇问他在外流荡优伶，表赠私物，在家荒疏学业，淫辱母婢等语，只喝令"堵起嘴来，着实打死！"小厮们不敢违拗，只得将宝玉按在凳上，举起大板打了十来下。贾政犹嫌打轻了，一脚踢开掌板的，自己夺过来，咬着牙狠命盖了三四十下。众门客见打的不祥了，忙上前夺劝。贾政那里肯听，说道："你们问问他干的勾当可饶不可饶！素日皆是你们这些人把他酿坏了，到这步田地还来解劝。明日酿到他弑君杀父，你们才不劝不成！"②

---

① 曹雪芹、高鹗著，中国艺术研究院红楼梦研究所校注：《红楼梦》，人民文学出版社1982年版，第135页。
② 曹雪芹、高鹗著，中国艺术研究院红楼梦研究所校注：《红楼梦》，人民文学出版社1982年版，第456页。

叁 课程作业

宝玉挨打是贾政与贾宝玉对立关系和矛盾达到顶点的情节。部分读者和研究者也因此次激烈的冲突、矛盾的爆发,而将贾政和贾宝玉视作"阶级的对立面"——封建主义和封建主义的叛逆者,或者认为这是贾政人伦亲情"异化"[1]、"残酷无情的狰狞面目"[2]的表现。但如果试着分析上述的"宝玉挨打"及"书房训子"两次冲突的内情,我们或许能发现贾政之所以为严父的原因所在。

在第九回中,贾政训斥宝玉及李贵的起因是宝玉"上学",而其真正原因则是宝玉平日里的"不上学",或者说"不认真读书",即使读书,读进去的也都是些"流言混语""精致的淘气";第三十三回贾政气得"眼都红紫了",则是因为他误以为宝玉做下了"淫辱母婢""荒疏学业""流荡优伶"的浪荡行为(而事实上,后两条并不算冤枉了宝玉)。前前后后,绕不开的总是"读书"。

贾政要贾宝玉读的是什么书?在第九回训子一节中说得很清楚:"什么《诗经》古文,一概不用虚应故事,只是先把《四书》一气讲明背熟,是最要紧的。"[3]但是,贾政要贾宝玉读《四书》一类的圣贤书只是为了要他科举高中、光宗耀祖吗?事实上,除了科举之外,《四书》"读书"更代表着贾政所崇尚的"忠君孝义"的正统、规范人生道路。以宝玉与蒋玉菡结交为例,贾政所生气的,一方面是因为蒋玉菡是北静王所蓄家班,虽为优伶,亦是王权所有,贾宝玉作为"草芥"对王权有所触犯,在贾政看来是悖逆的;另一方面则是蒋玉菡到底是优伶,且贾宝玉不仅与其结交,而且涉及表赠私物,已经不仅仅是"结交优伶",而是"流荡"行为了。这两方面,一个是对王权天威的触碰,一个是私生活不洁身自爱的表现,都远离了贾政所期许的"规范",更不用说还有贾环挑唆的"淫辱母婢"了。所以贾政最后才说出"酿到他弑君杀父"这样的话。"父子矛盾的焦点,现在姑且可以说,就在读不读书,就在于读不读某一种书。"[4]所谓的"某一种书",自然是代表了"人情世事""忠君孝义""正统规范"的书了。读不读书,其实质是两种不同价值观的冲突和两种不同的人生道路的选择问题。

除去以上两处对父子对立冲突关系的正面描写之外,《红楼梦》中也不乏对两人关系的侧面描写,主要是通过宝玉及贾府其他人的言行、反应来进行的。例如在第八回中,宝玉欲去梨香院探望宝钗前后的心理和行为就生动地表现了这一点:

---

[1] 高时阔:《论贾政亲子之情的异化与回归》,《红楼梦学刊》1989年第1辑。
[2] 白盾:《"严父"、"慈母"及其他——从贾政、王夫人的形象塑造看曹雪芹的创作危机》,《安徽师范大学学报》(哲学社会科学版)1981年第3期。
[3] 曹雪芹、高鹗著,中国艺术研究院红楼梦研究所校注:《红楼梦》,人民文学出版社1982年版,第135页。
[4] 舒芜:《说梦录》,上海古籍出版社1982年版,第116页。

> 却说宝玉送贾母回来，……因想起近日薛宝钗在家养病，未去亲候，意欲去望他。若从上房后角门过去，又恐遇见别事缠绕，又恐遇他父亲，更为不妥，宁可绕远路而去。……偏顶头遇见了门下清客相公詹光、单聘仁二人走来，一见了宝玉，便都赶上来笑着，……老嬷嬷叫住，因问："你二位爷是往老爷跟前来的不是？"他二人点头道："老爷在梦坡斋小书房里歇中觉呢，不妨事的。"一面说，一面走了。说的宝玉也笑了，于是转弯向北奔梨香院来。①

贾宝玉是个再娇贵懒怠不过的公子哥儿，为了避免遇到父亲贾政，不惜绕远路；随身的嬷嬷看到他绕远路，问也不问便心知肚明，见到老爷的门客便旁敲侧击地帮忙打问老爷的行踪；门客也十分"知情识趣"，不消多问就把贾政的行踪交代得清清楚楚：在何地，做何事，并且直接点明"不妨事的"。这一切都表明无论是贾宝玉的身边人，还是贾政的亲信门客，都对父子俩之间存在的对立关系一清二楚。在下面即将讨论的"大观园题咏"一节的最开始，对这一关系亦有侧面描写：

> 忽见贾珍来了，向他笑道："你还不出去，老爷就来了。"宝玉听了，带着奶娘小厮，一溜烟就出园来。②

"一溜烟就出园来"，和书中其他宝玉一听到"父亲来了"的反应神似，如"好似打了个焦雷""扭得好似扭股儿糖"。这些都反映出贾宝玉对贾政的畏惧和避之不及。

2."大观园题咏"：其言若憾，其实乃喜的本质

舒芜在《清客的形象》一文中谈及："宝玉每题一处，众清客当然都是极口赞美。这中间不容易的是，贾政往往要说些'其词若有憾焉，其实乃深喜之'的话，这时清客们就要表面上对他持异议，实际上替他把心里的话说出来。"③清客在大观园题咏中的作用，这里姑且不谈，但舒芜先生所说的贾政"其词若有憾焉，其实乃深喜之"，是不错的。

关于大观园题咏中所反映出的贾政与贾宝玉的关系，前人已有论及。除了引言中提到的"宽容的教育氛围"之观点，也有研究者认为这次题咏主要反映出的还是贾政与

---

① 曹雪芹、高鹗著，中国艺术研究院红楼梦研究所校注：《红楼梦》，人民文学出版社1982年版，121—122页。
② 曹雪芹、高鹗著，中国艺术研究院红楼梦研究所校注：《红楼梦》，人民文学出版社1982年版，第225页。
③ 舒芜：《说梦录》，上海古籍出版社1982年版，第259—260页。

叁 课程作业

贾宝玉之间的冲突和摩擦,暗含着一条"看不见的战线"[①]。父子二人之间在思想观念上的差异的确存在,但是在大观园题咏中,这种差异和摩擦并不占主流,相反,贾政对贾宝玉的呵斥和"否定"背后是"其言若憾,其实乃喜"的本质,是反映出父子之间温情的一面的。

表1 "大观园题咏"及评价

匾额/题联处	宝玉所题/对联	典故	贾政的评价
进门处山嶂	曲径通幽处	唐常建诗:"曲径通幽处,禅房花木深。"	贾政笑道:"不可谬奖。他年小,不过以一知充十用,取笑罢了。再俟选拟。"
桥上有亭(匾额)	沁芳亭	无	贾政拈髯点头不语。
桥上有亭(对联)	绕堤柳借三篙翠 隔岸花分一脉香	无	贾政听了,点头微笑。
第一处游幸之所(匾额)	有凤来仪	《尚书·益稷》	贾政点头道:"畜生,畜生,可谓'管窥蠡测'矣。"
第一处游幸之所(对联)	宝鼎茶闲烟尚绿 幽窗棋罢指犹凉	/	贾政摇头说道:"也未见长。"
乡村农舍(匾额)	酒旗"杏帘在望" 石碣"稻香村"	明唐寅《题杏林春燕》:"红杏梢头挂酒旗。" 唐许浑《晚至章隐居郊园》:"柴门临水稻花香。"	贾政一声断喝:"无知的业障!你能记得几个古人,能记得几首熟诗,也敢在老先生前卖弄。你方才那些胡说的,不过是试你的清浊,取笑而已,你就认真了!"
乡村农舍(对联)	新涨绿添浣葛处 好云香护采芹人	《诗经·葛覃》 《诗经·泮水》	贾政听了,摇头说:"更不好。"
各色花圃,水泻石洞之景	蓼汀花溆	唐罗业《雁》:"暮天新雁起汀洲,红蓼花开水国愁。"唐崔国辅《采莲》:"玉溆花争发,金塘水乱流。"	贾政听了,更批胡说。
蘅芜院(匾额)	蘅芷清芬	/	/
蘅芜院(对联)	吟成豆蔻才犹艳 睡足酴醾梦也香	套"书成蕉叶文犹绿"而来	贾政笑道:"这是套的'书成蕉叶文犹绿',不足为奇。"

---

① 王万岭:《"大观园试才"深层内涵探赜》,《南都学坛》2004年第2期。

续表

匾额/题联处	宝玉所题/对联	典故	贾政的评价
沁芳泉之正源	沁芳闸	/	贾政道:"胡说,偏不用'沁芳'二字。"
怡红院	红香绿玉	/	贾政摇头道:"不好,不好。"

大观园试才中宝玉的所有题咏、出典及贾政之反应、评价都已在表1中列出。细观可知,尽管贾政对宝玉题咏的所有评点归根到底都没有否定,但也并非处处赞同。随着游览过程的推移,贾政与宝玉的心情、举止都在发生着变化,这些变化于宝玉处表现为他言谈举止的拘束程度、所作题咏的流畅程度,于贾政处则明显地体现在他对待宝玉所作题咏的态度上。大体而言,可根据贾政的态度和反应,将这些题咏分为两类。

(1)较为直接的赞赏

事实上,对于贾政来说,最直接的赞赏也仅仅止于"点头微笑"。这类态度主要出现在大观园题咏刚刚开始之时。对大观园的游览刚刚开始,风和日丽,景物皆佳,旁有一众门人清客赞叹附和,再加上宝玉所题的匾额和对联的确精妙,使得一贯严格的贾政也不得不"微露赏意"。

在进门的山嶂处,宝玉以"曲径通幽处"题山上留白处,作"探景之一进步",不仅获得了众清客一贯的吹捧,连贾政也表现出十分和蔼的态度。当然,在清客面前,作为大家族中严父的身份,贾政表面上的评语还是"贬低"的,尽管这贬低带有明显的客套和过谦色彩。

> 宝玉道:"尝闻古人有云:'编新不如述旧,刻古终胜雕今。'况此处并非主山正景,原无可题之处,不过是探景一进步耳,莫若直书'曲径通幽处'这句旧诗在上,倒还大方气派。"众人听了都赞道:"是极!二世兄天分高,才情远,不似我们读腐了书的。"贾政笑道:"不可谬奖。他年小,不过以一知充十用,取笑罢了。再俟选拟。"①

这一处是贾政"其言若憾,其实乃喜"最典型的表现。"笑道"明显地表现出贾政的欣喜自得心情,"不可谬奖""取笑罢了"则完全是谦辞,对应到现代语系中,就像逢人夸奖自己的孩子时,家长摆摆手笑着说"过奖过奖""小孩子家能懂什么",实际上得意之色溢于言表。

---

① 曹雪芹、高鹗著,中国艺术研究院红楼梦研究所校注:《红楼梦》,人民文学出版社1982年版,第226—227页。

步入石洞,得见一带清流泻于石隙之下与桥上亭台后,贾政又问及众人题以何名,有请客名以"翼然",贾政自己则认为应用"泻"字,又有门客进一步拟为"泻玉",而宝玉亦有不同的看法。

> 贾政拈髯寻思,因抬头见宝玉侍侧,便笑命他也拟一个来。宝玉听说,连忙回道:"老爷方才所议已是。但是如今追究了去,……用此等字眼,亦觉粗陋不雅。求再拟较此蕴藉含蓄者。"贾政笑道:"诸公听此论若何?方才众人编新,你又说不如述古;如今我们述古,你又说粗陋不妥。你且说你的来我听。"宝玉道:"有用'泻玉'二字,则莫若'沁芳'二字,岂不新雅。"贾政拈髯点头不语。众人都忙迎合,赞宝玉才情不凡。贾政道:"匾上二字容易,再作一副七言对联来。"宝玉听说,立于亭上,四顾一望,便机上心来,乃念道:"绕堤柳借三篙翠,隔岸花分一脉香。"贾政听了,点头微笑,众人先称赞不已。①

命宝玉拟题的时候,贾政的神态语气是"笑命",足见此时贾政心情之愉悦;"诸公听此论若何"等语,虽然表面上是微微训斥的语气,但结合"笑道"和实际上根本构不成训斥的内容,以及最后让宝玉直抒自己的见解,都表明他实际上并不反对宝玉刚才的一番对"泻"字的论断和批驳。尽管最后的反应只是"拈髯点头不语",但点头已是表示赞许,只是碍于身份不好过分夸赞,只好"不语"。此时,最明白贾政所想所思的清客们的反应便可进一步说明贾政的真实态度是什么,"忙迎合,赞宝玉才情不凡"。更不待言宝玉拟写对联之后贾政的"点头微笑",已经抛却了"其言若憾"的掩饰,直接表现出"其实乃喜"了。

(2)明批"胡说",实则采之。

过了沁芳亭,到达第一处行幸之所(也即后来的潇湘院)时,是贾政态度和心情的转折点。这一处的游览题咏过后,贾政的心情由轻松喜悦又转为烦恼,对贾宝玉的题拟也再未给过直接的赞赏,而是处处批为"胡说"。究其原因,依然是上文所说的父子矛盾的焦点所在:是否读书,是否读某一种书。

> 忽抬头看见前面一带粉垣,里面数楹修舍,有千百竿翠竹遮映。众人都道:"好个所在!"……贾政笑道:"这一处还罢了。若能月夜坐此窗下读书,

---

① 曹雪芹、高鹗著,中国艺术研究院红楼梦研究所校注:《红楼梦》,人民文学出版社1982年版,第227—228页。

不枉虚生一世。"说毕,看着宝玉,唬的宝玉忙垂了头。①

贾政这里所说的"读书",自然不会是贾宝玉所喜的诗词歌赋、各类"杂学",而是如第九回中所说的以"四书"为代表的圣贤之书。贾政是风雅之人,见及潇湘院的清幽环境,产生"月夜读书"的想法是自然而然的,进而以此示意宝玉作为教导。宝玉对于贾政的"意有所指"也心知肚明,害怕不敢作声的反应也是自然而然的,却也使贾政的心情急转直下,这种变化从后文贾政作出的评点便可看出。这是大观园题咏中反映出的贾政与贾宝玉之间难以化解的冲突所在,因此前人所说的"看不见的战线"并非没有道理。既为矛盾之焦点,自然不是一次偶然的温情的"大观园题咏"就能调和的。

因此,在贾珍笑让宝玉来拟题时,贾政的态度已经与先前的和蔼有了明显不同。

> 贾珍笑道:"还是宝兄弟拟一个来。"贾政道:"他未曾作,先要议论人家的好歹,可见就是个轻薄人。"众客道:"议论的极是,其奈他何。"贾政忙道:"休如此纵了他。"因命他道:"今日任你狂为乱道,先设议论来,然后方许你作。"
>
> 宝玉见问,答道:"都似不妥。"贾政冷笑道:"怎么不妥?"宝玉道:"……莫若'有凤来仪'四字。"众人都哄然叫妙。贾政点头道:"畜生,畜生,可谓'管窥蠡测'矣。"因命:"再题一联来。"宝玉便念道:"宝鼎茶闲烟尚绿,幽窗棋罢指犹凉。"贾政摇头说道:"也未见长。"②

受之前"月夜读书"的影响,贾政的心情不再那么喜悦,"轻薄人""狂为乱道""冷笑""畜生""管窥蠡测""也未见长"等语,一改前文"点头""微笑"的和蔼,颇带有训斥的意味了。但是,需要指出的是,这些带有训斥意义的言语依然不改"其实乃喜"的实质。

贾政虽然说宝玉是爱发议论的"轻薄人""狂为乱道",接着却又纵容他"狂为乱道",让他对清客们的拟题发表议论;虽然说宝玉是"畜生""管窥蠡测",却是点着头说的;虽然说"也未见长",但也并不是说不好,顶多是说"未见得比前面的好",而前面宝玉的题咏已经得到贾政的赞赏了,只能说明贾政对宝玉的要求愈发严格。因此,尽管父子之间的矛盾产生了或多或少的影响,但这并不干扰主线,也即贾政对宝玉的明贬暗褒。

---

① 曹雪芹、高鹗著,中国艺术研究院红楼梦研究所校注:《红楼梦》,人民文学出版社1982年版,第228—229页。
② 曹雪芹、高鹗著,中国艺术研究院红楼梦研究所校注:《红楼梦》,人民文学出版社1982年版,第229页。

说"明贬暗褒"是主线,亦可以接下来宝玉的言谈举止变化作为依据。在前面的三次题咏中,宝玉都表现得十分拘谨,每次只有贾政或贾珍叫到他,命他题拟,他才敢出言发表自己的见解。发表见解也不敢妄议,否定贾政的"泻"字之前还要小心翼翼地加上"老爷方才所议已是"。但随着游览进程的推进,宝玉越来越大胆、肆意。

> 大家想着,宝玉却等不得了,也不等贾政的命,便说道:"旧诗有云:'红杏梢头挂酒旗。'如今莫若'杏帘在望'四字。"众人都道:"好个'在望'!又暗合'杏花村'意。"宝玉冷笑道:"村名若用'杏花'二字,则俗陋不堪了。又有古人诗云:'柴门临水稻花香。'何不就用'稻香村'的妙?"①

> 众人笑道:"不然就用'秦人旧舍'四字也罢了。"宝玉道:"这越发过露了。'秦人旧舍'说避乱之意,如何使得?莫若'蓼汀花溆'四字。"贾政听了,更批胡说。②

> 有的说:"是薜荔藤萝。"贾政道:"薜荔藤萝不得如此异香。"宝玉道:"果然不是。这些之中也有藤萝薜荔。那香的是杜若蘅芜,那一种大约是茝兰,这一种大约是清葛,那一种是金䔲草,这一种是玉蕗藤……"③

宝玉不仅不再等到贾政唤他再作题拟,主动发表意见,而且已经敢于插话,显然是胸臆中思绪文采纵横,且无人横加干涉的结果。甚至在清客们赞他的"杏帘在望"之时,宝玉还"冷笑"着说杏花做村名过俗,对于"秦人旧舍"也直接批评称"过露",在贾政与清客讨论蘅芜院中草木时大胆地横插一句"果然不是",接着开始了滔滔不绝的"演说",活脱脱是在卖弄文才了。

从上面的列举可以看出,尽管此前贾政已经"训斥"过他"轻薄""议论人家的好歹",尽管在接下来的题咏中贾政多次将他的见解批为"胡说",宝玉依然一次次将自己的见解娓娓道来,不等询问,丝毫不受拘束。这也从侧面表明,大观园题咏的氛围整体上是和谐的,主线是明贬暗褒的。如果贾政批评贾宝玉的话是动了真怒,试问平日里在贾政面前战战兢兢、如履薄冰的宝玉如何会感受不到?如何还敢"狂为乱道"?读到宝玉恣意妄为处,难免会心一笑,已经能明显看出大观园题咏过程中贾政与贾宝玉之

---

① 曹雪芹、高鹗著,中国艺术研究院红楼梦研究所校注:《红楼梦》,人民文学出版社1982年版,第232页。
② 曹雪芹、高鹗著,中国艺术研究院红楼梦研究所校注:《红楼梦》,人民文学出版社1982年版,第233页。
③ 曹雪芹、高鹗著,中国艺术研究院红楼梦研究所校注:《红楼梦》,人民文学出版社1982年版,第234页。

间相对轻松、愉快、温馨的气氛。

更进一步来说,贾宝玉的这一部分题咏之作,如"蓼汀花溆""沁芳闸""红香绿玉",虽然都被贾政或批为"胡说",或摇头说"不好",但是在第十八回中可以看到,元妃省亲之时,贾宝玉所题之匾额对联皆被原封不动地用上。这固然有慰元春与宝玉有若母子的姐弟之情的用意所在,但如果宝玉的题咏当真是"胡说"、不堪大用之辞,用在被贾府众人严阵以待的皇家省亲场面,未免也太过儿戏、有伤大雅。因此,贾政"明贬暗褒",明批胡说、实则采之,其言若憾、其实乃喜的实质便跃然纸上了。

二、贾政与贾宝玉的思想观念差异

尽管在第十七回中,贾政与贾宝玉的相处称得上是其乐融融,但正如在前文中已经提到的,两人的父子关系是复杂的,既不能以纯粹对立视之,也不能忽略其难以调和的矛盾点。"大观园题咏"反映出的,主要是贾政和宝玉在文学、审美观念上的差异,而这种差异亦有其更深层次的原因。

贾政的审美观,可以用《红楼梦》中一句众清客对元春的描述来概括:"虽然贵妃崇节尚俭,天性恶繁悦朴,然今日之尊,礼仪如此,不为过也。""恶繁悦朴",正是贾政审美观念中最突出的部分。而贾宝玉崇尚"天然"的审美观念则与贾政的迥然不同,并非针锋相对,而是在审美角度上便不同。贾政喜朴素、喜清幽,恶富丽、恶俗套,是从繁/简、丽/素角度来评判的,而贾宝玉喜天然、喜自然,恶人工、恶造作,是从自然/人为的角度来评判的。此处并非要评价孰高孰低,而是针对其思想的差异性进行分析。

在游览大观园的过程中,为贾政所称赞的,都具有相似的、同一的特征。无论是最开始秉正看大观园大门,还是途中的稻香村,都一洗富贵、富丽之象,呈现出清雅朴素的状态:

> 贾政先秉正看门,只见正门五间,上面桶瓦泥鳅脊;那门栏窗槅,皆是细雕新鲜花样,并无朱粉涂饰;一色水磨群墙,下面白石台矶,凿成西番草花样。左右一望,皆雪白粉墙,下面虎皮石,随势砌去,果然不落富丽俗套,自是欢喜。[①]

> 说着引人步入茆堂,里面纸窗木榻,富贵气象一洗皆尽,贾政心中自是

[①] 曹雪芹、高鹗著,中国艺术研究院红楼梦研究所校注:《红楼梦》,人民文学出版社1982年版,第225—226页。

欢喜，却瞅宝玉道："此处如何？"众人见问，都忙悄悄的推宝玉，教他说好。宝玉不听人言，便应声道："不及'有凤来仪'多矣。"贾政听了道："无知的蠢物！你只知朱楼画栋、恶赖富丽为佳，那里知道这清幽气象，终是不读书之过！"①

另外，在游赏稻香村时，也可看出在贾政"恶繁悦朴"的审美观念之内，还隐含着田园家风的审美旨趣。在众清客提议村庄题名作"杏花村"时，贾政受到了提醒和灵感的启发，命贾珍做一个酒幌来，"不必华丽，就依外面村庄的式样"。贾珍紧接着又提出不养别的雀鸟，只养一些家禽之类的建议，也得到了贾政的赞同。这种喜爱田园风光、乡野情趣的审美取向，和贾政"恶繁悦朴"的观念是一脉相承的，也与贾政的确对农耕田园生活有所了解、并非纯粹的附庸风雅有关。第七十五回中贾府族人共同赏月，贾母与贾珍说起今年的西瓜没有往年好，贾政便在旁边解释道，"大约今年雨水太勤之故"。这种农学知识并非一般附庸风雅的士大夫所能了解的。②

但贾政基于这种审美取向对稻香村表现出的赞叹和欣赏，却没有得到贾宝玉的理解。在崇尚天然的贾宝玉眼里，稻香村尽管已经极力模仿真实的田庄，一洗富贵气象，使人感受到浓浓的田舍家风气息，但模仿到极致也依然只能是模仿，是人力所穿凿而成，终究不能称得上因地制宜，制作得再精巧，也不过充满"匠气"。

宝玉道："却又来！此处置一田庄，分明见得人力穿凿扭捏而成，远无邻村，近不负郭，背山山无脉，临水水无源，高无隐寺之塔，下无通市之桥，峭然孤出，似非大观。争似先处有自然之理，得自然之气，虽种竹引泉，亦不伤于穿凿。古人云'天然图画'四字，正畏非其地而强为地，非其山而强为山，虽百般精而终不相宜。"③

基于这种"尚天然"的观念，贾宝玉并不像贾政那样，以富贵还是清朴为判断高下的标准。贾宝玉不排斥甚至是喜爱富丽豪奢，这一点从后文对其居所怡红院的描述即可看出来，他享受"朱楼画栋，恶赖富丽"的生活，这符合他富家公子、从小在锦绣堆里长大的身份和习气；但另一方面，他崇尚喜爱一切自然之物，前提是这些一定要是"天

---

① 曹雪芹、高鹗著，中国艺术研究院红楼梦研究所校注：《红楼梦》，人民文学出版社1982年版，第232页。
② 参见赵璠《红楼梦前八十回贾政形象研究》，广东外语外贸大学硕士学位论文，2017年。
③ 曹雪芹、高鹗著，中国艺术研究院红楼梦研究所校注：《红楼梦》，人民文学出版社1982年版，第232—233页。

然图画",如果是非其地而强为地的人为的矫揉造作,必定为宝玉所不喜。

除"尚自然"还是"尚质朴"的审美观差异之外,我们还可以在第十七回的一处题咏中再次一窥宝玉的文学观念与取向,仍是在稻香村处,贾政气的喝命宝玉出去后,转而就命他再进来拟写一副对联:

> 贾政气的喝命:"叉出去!"刚出去,又喝命:"回来!"命再题一联,若不通,一并打嘴!"宝玉只得念道:"新涨绿添浣葛处,好云香护采芹人。"贾政听了,摇头说:"更不好。"①

此联虽亦工整,但相比较起前两联"绕堤柳借三篙翠,隔岸花分一脉香""宝鼎茶闲烟尚绿,幽窗棋罢指犹凉",明显失却了自然流畅的美学韵味,的确不如,所以这里贾政摇头说"更不好"不是在故意挑刺,而是的确有理由的。再细究下去,这副对联还有可能是引用了《诗经》中的语典。"浣葛"一语出自《诗经·葛覃》:"言告师氏,言告言归,薄污我私,薄浣我衣,浣害浣否? 归宁父母。"这首诗写新妇浣净葛衣才回娘家,这里用"浣葛"一词,可能喻指元春归省。"采芹"则可能出自《诗经·泮水》:"思乐泮水,薄采其芹。"如果这里的用典的确成立的话,那么宝玉此联作的不好,也完全可以理解了。

关于《诗经·泮水》的主题,《毛诗序》说:"颂僖公能修泮宫也。"朱熹《诗集传》曰:"此饮于泮宫而颂祷之辞也。"泮宫是诸侯级的国家最高学府,《礼记·王制》:"大学在郊,天子曰辟雍,诸侯曰泮宫。"明清时期,多以"采芹""芹宫"作为读书人、学宫的代名词。这类与封建时代读书人入学宫有关的典故自然是为贾政所喜的,但对于宝玉来说,着实非其所愿,所以也难怪这一联失却了流畅之气。当然,作者在撰写这一情节时是否真的着意用典,我们并不可知,因此这也只是一种猜测,不可强行攀缘附会。但贾宝玉与封建士人读圣贤书、谋天子职的道路背道而驰,则是确然无疑的。

综上,我们以第十七回"大观园题咏"情节为切入点,兼以《红楼梦》其他章回中的相关内容,对两位小说人物父子关系中的复杂性和差异性进行了分析、讨论。总而言之,贾政与贾宝玉之间的代际关系具有相当的复杂性,这两代人在思想上、文学观、审美观念上深刻的差异和分歧,也是我们应当看到的。

---

① 曹雪芹、高鹗著,中国艺术研究院红楼梦研究所校注:《红楼梦》,人民文学出版社1982年版,第233页。

园外人元春

孙雁南（文学院）

程甲本第十八回回目为《皇恩重元妃省父母　天伦乐宝玉呈才藻》，庚辰本第十七至十八回未分回，总的回目名为《大观园试才题对额　荣国府归省庆元宵》。大观园因元春归省而建，伴随着工程告竣，贾府到达了奢华与权势的顶峰。同时，因元妃一道谕旨，大观园从此成为少男少女们的诗意桃花源。因此，元春虽身处宫墙之内，从未在大观园内生活过，大观园的一切却因她而起。"在某种意义上，元春可以说是理想世界的创造者。"①

从元春归省之日的言辞及行动中，她对大观园的喜爱一览无遗："贾妃极加赞赏"，"元妃乃命传笔砚伺候，亲搦湘管，择其几处最喜者赐名"。②她不仅自题一绝，还命宝玉及诸姐妹一齐吟咏，只为不负此景。这次聚会像是元春集结的诗社，元宵之夜众儿女在大观园内第一次集体作诗，为往后的诗意生活揭开幕布。

第二十三回中，元春令姊妹及宝玉一同搬进大观园。她这样考虑："因在宫中自编大观园题咏之后，忽想起那大观园中景致，自己幸过之后，贾政必定敬谨封锁，不敢使人进去骚扰，岂不寥落。况家中现有几个能诗会赋的姊妹，何不命他们进去居住，也不使佳人落魄，花柳无颜。"

这段话足见元春是一位诗意佳人。她爱良辰美景，故不愿使草木寥落、花柳无颜；她爱少年少女，故愿人面桃花相映红；她爱诗词歌赋，这桃花源怎可少了一分诗意？从编辑诗集、勒石镌字，到种植花草、召集诗人，元春俨然是大观园雅事的设计师。《红楼梦》故事的主角，虽没有让元春担当，其实作者安排她做了大观园这台大戏的总导演。③

元春为何如此在意大观园呢？仅因她对风雅有所追求吗？

在我看来，这或许恰反映了元春的生存状态。

---

① 余英时：《红楼梦的两个世界》，上海社会科学院出版社2002年版，第98页。
② 本文依据中国艺术研究院红楼梦研究所校注本《红楼梦》，人民文学出版社2008年版。
③ 曹立波：《〈红楼梦〉中元春形象的三重身份》，《红楼梦学刊》2008年第6辑。

元春虽位列"金陵十二钗正册",在整部书中出场却不多。首先是第五回,判词暗示了元春命运。第十六至十八回写省亲前后诸事,元春终于从他人的话语中走出,正式出场。此后"娘娘"的御旨、灯谜、礼物代替了元春,她的面目便又暗淡下去。对于贾府以及大观园中的日常,元春一直渴望参与。然而从被送进深宫的那刻起,元春就成了局外人。不是权势、钱财的局外人,而是天伦之乐、儿女之情的局外人。《红楼梦》中爱情、青春的主题,在元春那里缺失了。再次提到她已是第八十三回《省宫闱贾元妃染恙 闹闺阃薛宝钗吞声》,以及第九十五回《因讹成实元妃薨逝 以假混真宝玉疯癫》。

首先是归省之夜,元春对贾母、王夫人道:"当日既送我到那不得见人的去处,好容易今日回家。娘儿们一会不说说笑笑,反倒哭起来。一会子我去了,又不知多早晚才来!"这是三人呜咽对泣后元春说的第一句话,在安慰长辈之外,多了一层抱怨与辛酸。即使晋封为凤藻宫尚书,加封贤德妃,寂寞深宫于元春而言依旧是"见不得人的去处"。《红楼梦图咏》中改绮所绘元春画像即反映了这一点。元春以背面示人,凝望着一株盛开的杏树。即使头饰华美、座椅雍容、雕栏玉砌,画中却透着凉意。周绮题诗曰:"椒房更比碧天深,春不常留恨不禁。修到红颜非薄命,此生又缺女儿心。"再看归省结束之时,"贾妃不由的满眼又滚下泪来,却又勉强笑着,拉了贾母王夫人的手不忍放",可知元春对天伦多有眷恋。然而虽有万般不舍,元春依旧在宽慰贾母与王夫人,可见其贤德。只是在这头衔的背后,沉重的道德桎梏时刻绑在她的身上,她所渴求的闲适、诗意的家庭生活永远无法实现。因此归省之夜短暂的欢乐于元春而言,恰如一场梦境,梦醒之后良辰美景终将消失。

再看元春对贾政道:"田舍之家,虽齑盐布帛,终能聚天伦之乐;今虽富贵已极,骨肉各方,然终无意趣!"此段为元春真情流露,在她心中,亲人团聚远比富贵权势重要。然而贾政的一段歌功颂德的官样说辞让元春冷了心,于是她收起情感,"亦嘱'只以国事为重,暇时保养,切勿记念'等语"。第八十三回亦是如此。元妃抱恙,贾政等因是爷们只能在门外请安不得入见。元妃含泪道:"父女弟兄,反不如小家子得以常常亲近。"甚至临死前,元春也未能见父亲一面①,这是元春身上悲剧性的另一面,"她饮恨而终了,可叹的是不准她的亲属送终,更不准亲视含殓,甚至连啼哭的权利也被剥夺"②。

元春的判词为"二十年来辨是非,榴花开处照宫闱。三春争及初春景,虎兕相逢大

---

① "贾母王夫人遵旨进宫,见元妃痰塞口涎,不能言语,见了贾母,只有悲泣之状,却少眼泪。贾母进前请安,奏些宽慰的话。少时贾政等职名递进,宫嫔传奏,元妃目不能顾,渐渐脸色改变。"
② 陶剑平:《元春论》,《红楼梦学刊》1986年第2辑。

梦归"①。"虎兕相逢"可能暗示元春因政治斗争而死,与续作结局不同,前八十回中其所制灯谜、在大观园所点四出戏或许都暗埋伏笔。②假设元春是政治斗争的牺牲品,那么《恨无常》中所言"天伦呵,须要退步抽身早"则显得颇为讽刺,元春不过是一枚棋子,已被她的家族与亲人丢弃了,只是"一荣俱荣,一损俱损",贾妃薨逝后,贾府亦日薄西山。

然而不管怎样,元春的生存状态即如此。妃子、长女、家族荣耀,这些是元春必须背负的沉重的外壳。在面具之下,大观园或许是她亲手建造的乌托邦,也是她为数不多的寄托。宝玉与众姊妹代替她在大观园中诗意地生活,亲眷、好景、诗词相伴,对元春来说也许是另一种补偿。或许在深宫中,元春背向读者的时刻,她的思绪总是不经意地飘向那里。事实的确如元春所愿,宝黛共读西厢、宝钗扑蝶、海棠社咏诗、芦雪亭争联、晴雯补雀裘、湘云醉卧芍药裀、黛玉葬花……这一个个动人的故事全都在大观园里发生,或许也穿越山水,去到元春的梦里,化作寂寞宫中美人腮边的相思泪。

只是元春终究无法亲身参与贾府事务,亦无法与姐妹一道作诗,于是她在宫中自编大观园题咏,制灯谜送至贾府。它们是元春的替代品,但贾府中却不会有人关心这背后的寂寞。如上文所说,元春只是一个园外人。

---

① "虎兔",己卯本、梦稿本作"虎兕";而甲戌本、庚辰本、蒙府本、戚序本、舒序本、甲辰本、程甲本皆作"虎兔"。

② 杨光汉:《论贾元春之死——〈雪芹胸中有共工〉第七章》,《社会科学辑刊》1980年第3期。

李嬷嬷的挫败感

唐小蔚（文学院）

一、李嬷嬷其人

李嬷嬷在《红楼梦》读者的印象中一直是一个气焰嚣张、惹人厌烦的形象。她在众丫鬟面前趾高气扬也并非不具资质。就地位而言，李嬷嬷地位在贾府中确实不低，她既是贾宝玉的乳母，贾宝玉从小一定是依赖李嬷嬷的。中国人的孝道注重历史功勋，像焦大的炫耀一般，李嬷嬷本人的居功自傲意识也很明确，尤其是李嬷嬷在小丫头们面前比主子还威风、还气焰嚣张。李嬷嬷能够成为宝玉的奶妈，自然是各方面条件都得到了贾母、王夫人等人的认可，年轻的时候，应该是个端庄稳重的女子。在袭人"得势"之前，宝玉身边除了李嬷嬷并没有别的可靠之人。所以小仆人们肯定还是需要巴结讨好李嬷嬷。

李嬷嬷的背景在书中并没有详细的描写，不过我们知道李嬷嬷有个儿子叫李贵，是贾宝玉的跟班。全书中并没有写到李嬷嬷和这个儿子的交流。她的出场永远是与宝玉联系在一起的，并且算是书中出场较早的人物。第三回黛玉进贾府中写道，袭人和宝玉的乳母李嬷嬷陪侍在碧纱橱。袭人和李嬷嬷这对"敌人"同时出场，也着实有些深意。

作为陪伴贾宝玉成长的奶娘，李嬷嬷对宝玉肯定有类似于母子之情的感情链。但是李嬷嬷却致力于对宝玉房里的人挑刺，得罪宝玉心里重要的人。不过这种得罪是爱宝玉的表现，甚至是出于嫉妒的表现，毕竟宝玉的亲生母亲王夫人对儿子身边的人其实也是这个态度。下文就将仔细分析这个问题。

首先罗列出书中与李嬷嬷相关的几个事件。

第八回中，贾宝玉去薛姨妈处，与薛姨妈、宝钗、黛玉等喝酒。李嬷嬷竭力阻止宝玉喝酒，她还偏偏提出"你可仔细老爷今儿在家，隄防问你的书"[1]，让贾宝玉当场就很

---

[1] 本文所引原文对话及段落皆出自曹雪芹、高鹗著，中国艺术研究院红楼梦研究所校注《红楼梦》，人民文学出版社1982年版。

难堪且不快活。当然,宝玉不会听她的,连薛姨妈都要求情,并以"有我呢"来阻挡李嬷嬷的干涉,再加上黛玉三言两语就更放开喝了。当时李嬷嬷回去换衣服了,还要再过来,而贾宝玉不肯等她,执意要和黛玉先走。待回到绛云轩,贾宝玉知道自己留给晴雯的豆腐皮包子被李嬷嬷拿走了,并且嬷嬷还喝了"早上便沏了的,要三四遍才出色"的枫露茶。

这一回是李嬷嬷在书中第一次让贾宝玉生气了,他摔了茶杯,骂小丫头茜雪:"他是你那一门子的奶奶,你们这么孝敬他?不过是仗着我小时候吃过他几日奶罢了。如今逞的他比祖宗还大了。如今我又吃不着奶了,白白的养着祖宗作什么!撵了出去,大家干净!"说着便立刻要撵走李嬷嬷。还亏得袭人出来息事宁人。而之后李嬷嬷听见醉了,不敢前来再加触犯,只悄悄地打听睡了,方放心散去。事情虽然最终被袭人平息了,但是从这件事可以看出,虽然这是书里首次写到贾宝玉对李嬷嬷生气,但是宝玉可能平时就已经积累了很多对李嬷嬷的不满,不过是这一次一口气发泄了出来。

在这一回也可以看出李嬷嬷对宝玉的关爱:李嬷嬷在酒席中要回去换衣服再来,她还是挂念着宝玉,叮嘱小丫头看紧了让薛姨妈劝他别喝酒。即使贾宝玉生气要撵自己出去,李嬷嬷还是听到他睡了才放心散去。这打探不是试探,不是怕真的要被撵出去,她知道上头的主子只会怪宝玉不懂道理,不会真的撵走自己,她是关心宝玉而已。

第十九回,李嬷嬷又闹起来了,看到宝玉给袭人留的奶酪,便问:"这盖碗里是酥酪,怎么不送给我吃?"完全是一种孩子气的特权与贪婪。说毕,拿起就吃。及听人说是留给袭人的以后,又气又愧,大骂一顿宝玉并联系到袭人。

接着第二十回,李嬷嬷骂袭人:"忘了本的小娼妇儿!我抬举起你来,这会子我来了,你大模斯样儿的躺在炕上,见了我也不理一理儿。一心只想妆狐媚子哄宝玉,哄的宝玉不理我,只听你的话。你不过是几两银子买了来的小丫头子罢咧,这屋里你就作起耗来了!好不好的,拉出去配一个小子,看你还妖精似的哄人不哄!"袭人先只道李嬷嬷不过因他躺着生气,少不得分辩说:"病了,才出汗,蒙着头,原没看见你老人家。"后来听见他说"哄宝玉",又说"配小子",由不得又羞又委屈,禁不住哭起来了。宝玉虽听了这些话,也不好怎样,少不得替他分辩,说"病了,吃药",又说:"你不信,问别的丫头。"李嬷嬷听了这话,越发气起来了,说道:"你只护着那起狐狸,那里还认得我了呢?叫我问谁去?谁不帮着你呢?谁不是袭人拿下马来的?我都知道那些事!我只和你到老太太、太太跟前去讲讲:把你奶了这么大,到如今吃不着奶了,把我扔在一边儿,逞着丫头们要我的强!"一面说,一面哭。以李嬷嬷的地位,无人敢申斥她。黛玉、宝钗过来也只能解劝,还要听嬷嬷诉委屈。凤姐见到此情,也只能笑道对付把李嬷嬷"脚不沾地"地牵走了。

当然，李嬷嬷能有这么高的地位，不可能整日只会惹事端。在"慧紫鹃情辞试莽玉"一回，就发挥了李嬷嬷的作用。宝玉不吃不喝，像个活死人，众人首先想到的就是去请李嬷嬷。"众人见他这般，一时忙起来，又不敢造次去回贾母，先便差人出去请李嬷嬷。李嬷嬷到了，袭人说：'你老人家瞧瞧，可怕不怕？且告诉我们去回老太太、太太去。'"由此可知，怡红院出了大事，袭人首先想到的还是李嬷嬷。

以她长年累月的经验判断贾宝玉竟是不行了，这下子她顿时绝望了，捶床捣枕说："这可不中用了！我白操了一世心了！"这个时候她竟表现得比所有人都要心痛慌张，也能看出她对宝玉是真切的爱护。

所以赶走李嬷嬷是不可能出现的情况。如果仅仅因为一些小事，袭人就顺着宝玉的意思把李嬷嬷打发了，贾母、王夫人她们一定会看成这是丫鬟太由着宝玉胡闹，甚至怀疑是袭人等人挑唆的。这样的后果，不是袭人想要的，她也承受不起。

二、嬷嬷的嫉妒

既然李嬷嬷在贾府中的地位着实不低，未来的幸福生活是必然会到来的。况且李嬷嬷一定对自己的认知有一个标杆。在她的心里，自己就是正道上的宝玉的引路人。这主要由她平时劝谏宝玉的言行得知。

她的言论总是以维护正统观念道德的面貌出现的。她劝宝玉不吃酒，提醒宝玉他父亲的督导，批判袭人等是"忘了本的小娼妇"、"装狐媚子哄宝玉"、"妖精似的哄人"，这都是警示宝玉警惕女色。

李嬷嬷的大方向定位准确，她知道就算宝玉在贾府如何受宠，也敌不过社会整体意识形态上的道德规范、经济仕途之道，并且这样的做法一定会被更高的主子比如王夫人等人认同。

如此一来，宝玉也无法与她对抗。但是她没想到，正是这样，让宝玉更加反感厌恶她。贾宝玉有了自己的喜好、审美、价值观。李嬷嬷变成了他心里老女人那一派的代表。宝玉就说未出嫁的女儿是无价的宝珠，出嫁的女儿是死珠，再老连珠子都不算，就是鱼眼睛了。李嬷嬷年岁渐长，贾宝玉就越来越不亲近她，再经历枫露茶、酥酪的事情，嬷嬷在宝玉心中一定早已成了鱼眼睛。

随着李嬷嬷的失宠，逐渐没有了管制怡红院的权力，所以当她来了责怪那些丫头时，大家都不把她放在眼里，就是因为她已经不是这里的管事领导。这是导致李嬷嬷挫败感的原因之一。

按照李嬷嬷的说法，袭人原来不过是她手下的丫头，因她的提拔和调教才有了今天的地位，如今袭人不把她放在眼里了；宝玉对袭人比自己上心得多，袭人能吃的东西，她竟然吃不得，袭人的话比她在宝玉那里还管用，所以她气不过。

李嬷嬷对袭人的不满真正的原因就是袭人替代了她的位置，成了宝玉身边最重要的那个人。李嬷嬷的嫉妒心和失落感难以排解而导致心理不平衡。

李嬷嬷从非常重要的地位一下子变得可有可无，一时难以适应那种失落和冷落，同时很多实际的利益也受到了损害，她却不能及时调整这种落差，还想保持过去的尊严、地位和既得的利益。她便把这一切的原因归到了袭人身上。

当然，李嬷嬷嫉妒心发作时的报复不局限于袭人一个人身上。抄检大观园之时，王夫人问："谁是和宝玉一日的生日？"众人不敢答应，李嬷嬷指道："这一个蕙香，又叫作四儿的，是同宝玉一日生日的。"王夫人即命也快把她家的人叫来，领出去配人。李嬷嬷得到了一个报复的机会，所以积极指认四儿。

仔细想来这也与袭人有关。因为四儿原来叫芸香，被袭人改名叫作蕙香，后来宝玉和袭人闹脾气，才最后改作了四儿。李嬷嬷一定是觉得四儿和袭人关系亲近，将对袭人的怨恨借四儿发泄了出来。

其实站在传统道德观念的立场上，李嬷嬷对袭人的指责也不是没有道理，毕竟确有其事，只是嬷嬷说得太偏激。

袭人是第一个与宝玉发生云雨情的丫鬟，之后也有故意逗引宝玉的行为。在第八回中，"原来袭人实未睡着，不过故意装睡，引宝玉来怄他玩耍"。袭人只是想引起宝玉的关注，她料想宝玉会过来关心她、陪她玩。他们之间的亲密举动，晴雯都能敏感地看出来，李嬷嬷熟悉宝玉的品性且眼光老辣，怎么可能看不出来。

李嬷嬷是最了解袭人的人，也是对袭人的为人看得最清楚的人。当然，袭人也不是什么坏人，只是袭人温柔和顺的外表下有一颗争强好胜的心罢了。但是从李嬷嬷的角度来看，她认为袭人忘恩负义，恩将仇报；李嬷嬷对袭人在宝玉房里的作为非常看不惯，对宝玉的不明是非更为气愤。她想提醒宝玉看清事理，但宝玉的态度则让她更为寒心。

三、与袭人、晴雯的相似性

从本分来说，无论是李嬷嬷还是袭人、晴雯都真诚地对待宝玉。

从言语劝谏宝玉走仕途经济的正道来说，袭人和李嬷嬷相似；从生活习惯爱好来说，李嬷嬷和晴雯都好赌；从性格上来说，李嬷嬷和晴雯都牙尖嘴利，得理不饶人。"你们看袭人不知怎样，那是我手里调理出来的毛丫头，什么阿物儿！"李嬷嬷贬低袭人都与晴雯和宝玉吵架的对话有几分相似。这也是因为晴雯和李嬷嬷都忍不住对眼中钉欲拔而快之,晴雯见不得坠儿偷玉,所以立马撵人;而李嬷嬷就更不必说了。

细细想来,这个处处与年轻小丫头们作对的老婆子,同宝玉最看重的两个丫鬟——袭人和晴雯,何尝没有相似之处呢?这不禁让人唏嘘而后怕,因为衰老是必然的,假使袭人、晴雯年纪大了,也成了宝玉眼中的"鱼眼睛",和李嬷嬷又有什么区别呢?那该是多么可悲又可笑啊。

四、总结——必然的失落

李嬷嬷的失落其实是一种必然的结果,即使没有袭人等人的存在也会发生。但李嬷嬷自己从来意识不到这个问题。

她被宝玉疏远后,不从自己身上找原因,只会对别人使性子。李嬷嬷失去话语权后,没有摆正心态,看不得旧日的手下高过自己。李嬷嬷以为宝玉会变成这样,一定是袭人等丫鬟暗中挑唆的,哄得宝玉不理自己。李嬷嬷只好冲着袭人出气,同时也是为了能重新得到宝玉的关注和重视。但她的关心、劝导、干涉在宝玉眼里全都是道德绑架,全都是愚昧的老女人说的蠢话。

对于李嬷嬷,我完全无法讨厌她。她对宝玉的用心一毫不假,只是可惜宝玉在精神境界与价值取舍上已经有了自己的判断,而以李嬷嬷的水平又怎么会理解呢?

嫉妒,出于爱护;挫败,源于对比;失落,乃是必然。李嬷嬷作为一个女人,她的经历也是一种悲剧,可悲可叹。

庶子的养束问题：贾环由谁负责管教？

田蕴仪（文学院）

《红楼梦》第二十回《王熙凤正言弹妒意　林黛玉俏语谑娇音》中有这样一段情节，贾环和莺儿掷骰子赌钱玩，贾环耍赖闹出不痛快，被宝玉赶去别处。贾环回家后被赵姨娘辱骂，可巧凤姐路过听见，她便斥责赵姨娘说"凭他怎么去，还有太太老爷管他呢"，"他现是主子，不好了，横竖有教导他的人，与你什么相干"。仔细品味凤姐的一番话，总令人有些不解：贾环是贾政之妾赵姨娘所生，但对贾环的管教却与其生母赵姨娘没有相干吗？贾环真的如凤姐所说是王夫人与贾政管教的吗？

首先，贾环和赵姨娘究竟有无"相干"呢？贾环虽形容猥琐、处处惹人生厌，但他的身份地位是"主子"，而赵姨娘却是"奴才"，这一点在《红楼梦》的伦理系统中是毋庸置疑的。嫡庶制度维系着中国封建宗法社会的伦理秩序，嫡庶子女之别是由妻妾之分衍生而来的。《红楼梦》里贾政的正妻是王夫人，妾为赵姨娘、周姨娘，妻是三聘六礼、明媒正娶来的，而妾的地位则截然不同，"虽有媵妾，非即为妻"[1]。赵姨娘的身份是"家生子"，即她的父母都是奴才，这决定了她即使有了"姨娘"的称号，政治和经济地位也都是极其低下的[2]。封建等级制下妾的身份虽比丫鬟高，但并不能得到话语权和尊重，实质上仍近乎伺候家主的奴才，所以《红楼梦》中虽然凤姐说赵姨娘是"半个主子"，但其实连芳官都可以骂赵姨娘"梅香拜把子——都是奴儿"。妾的身份虽等同于奴婢，但妾所生的子女却由于其父的身份而成为"主子"血脉的延续，因而妾的子女也被归入"主子"这一阶层且必须称正妻为母亲，在伦理秩序上远离了属于"奴才"阶级的生母。庶出子女一般也会被交予正妻教导，宝玉在小说中的内心独白也证实过这一点，他在第二十回中有过这样的想法："弟兄们一并都有父母教训"，这说明无论嫡子庶子都应由"父母"贾政和王夫人教育。我们先观贾环之姊探春，书中第二回交代"因史老夫人极爱孙女，都跟在祖母这边一处读书，听得个个不错"[3]，迎探惜三春是在贾母处读书的，

---

[1] 陈顾远：《中国婚姻史》，商务印书馆1998年版，第39页。
[2] 单长江：《封建末世媵妾制的畸形儿》，《红楼梦学刊》1992年第2辑。
[3] 曹雪芹：《红楼梦》，人民文学出版社2010年版，第32页。

自然也由贾母信任的人负责管教,探春显然就是由王夫人管教的。她赠予宝玉亲手制的鞋,与宝玉亲昵,却和胞弟贾环疏离冷漠。在第五十五回中她对生母赵姨娘说:"太太满心疼我,因姨娘每每生事,几次寒心。"①探春一口一个"太太"、"姨娘",对自己的生母鄙厌至极,将自己的"主子"地位和赵姨娘的"奴婢"身份界定得泾渭分明。

"名"在中国古代非常重要,"古代中国文明本质上是等级文明,其中的等级性依赖于礼乐之制度,而礼制的核心是名分"②,孔子云:"名不正,则言不顺",尊卑贵贱的等级秩序正是通过名分来维系的。所以探春才会称自己的生母为姨娘,才会说"我只管认得老爷、太太两个人"③。在第五十五回里,探春不认赵姨娘的兄弟赵国基为舅舅,只承认王子腾,对此,启功先生曾说:"探春把王夫人的兄弟称为舅舅,这是一种不成文的习惯叫法,无论什么家庭,一律要求庶出子女视父亲的正室为嫡母。只有嫡母的亲属,才能够成为父亲家庭的正式亲戚,拥有正式称谓。"④有了这样的家庭伦理背景,我们才能理解名分上,庶出子女和生母确实已基本脱离关系,而和嫡母在封建伦理的链条上紧密结合。与探春同理,贾环在本质上虽是赵姨娘的生子,但在嫡庶制度的封建环境下、在森严的血缘等级秩序下,他从名分上来说和赵姨娘确实无多大关系,贾环在封建礼法上的母亲是王夫人。

但是小说中贾环似乎不像探春那样鄙弃赵姨娘,或者急于和她撇清关系。综观前八十回,贾环并没有称呼赵姨娘为"姨娘"过,甚至他和赵姨娘的直接对话也并不多。大多数情况下都是赵姨娘辱骂他,贾环低头不语,或是把话锋指向他人,如第二十回中,赵姨娘问贾环"是那里垫了踹窝来了",一问不答,再问时,贾环便说:"同宝姐姐玩的,莺儿欺负我,赖我的钱;宝玉哥哥撵我来了。"⑤唯有在第六十回中贾环正面回应过赵姨娘:"你这么会说,你又不敢去,支使了我去闹。倘或往学里告去捱了打,你敢自不疼呢?遭遭儿调唆我闹去,闹出了事来,我捱了打骂,你一般也低了头。"⑥贾环对赵姨娘称呼的是"你",虽然粗鲁但却似乎关系更为亲密,而"遭遭儿调唆我闹去"是否从侧面证明了尽管赵姨娘的影响偏向负面的一极,但她在贾环的管教方面占有着重要位置呢?

即使贾环理应同探春一样,在贾母、王夫人处接受教导,但《红楼梦》中直接写到王

---

① 曹雪芹:《红楼梦》,人民文学出版社2010年版,第752页。
② 张同胜:《〈红楼梦〉中贾探春的伦理身份论略》,《红楼梦学刊》2015年第2辑。
③ 曹雪芹:《红楼梦》,人民文学出版社2010年版,第370页。
④ 启功:《启功给你讲红楼》,中华书局2006年版,第56页。
⑤ 曹雪芹:《红楼梦》,人民文学出版社2010年版,第274页。
⑥ 曹雪芹:《红楼梦》,人民文学出版社2010年版,第820页。

夫人管束贾环的只有第二十五回:"可巧王夫人见贾环下了学,便命他来抄个《金刚经咒》唪诵唪诵。那贾环正在王夫人炕上坐着,命人点灯,拿腔作势的抄写。"①有人认为这是王夫人在教育贾环放弃邪业、走上正轨,但我认为这并不是王夫人在教育贾环,按照王夫人的性格与身份,她本可以采取更直接有效的敲打贾环的方式,抄写《金刚经咒》来暗示贾环未免太隐忍含蓄了。我认为"可巧"二字表明,这只是笃信佛教的王夫人抓了刚放学的贾环的差,让他抄写祈福,并不能被过度解读为隐含教导成分。之后,贾环假装失手用灯油烫伤宝玉,王夫人"又急又气,一面命人来替宝玉擦洗,一面又骂贾环"。在凤姐"赵姨娘时常也该教导教导他"之语的提醒下,王夫人不骂贾环,便骂赵姨娘道:"养出这样黑心不知道理的下流种子来,也不管管!几番几次我都不理论,你们得了意了,越发上来了!"王熙凤和王夫人都将贾环犯错的矛头指向赵姨娘,责骂她不教导贾环,让贾环走上下流黑心的堕落之路。

凤姐这番话和第二十回贾环耍赖时说的"他现是主子,不好了,横竖有教导他的人,与你什么相干"是否矛盾?从凤姐的角度来说并不矛盾,她斥责贾环实际上是贬抑赵姨娘"歪心邪意、狐媚子霸道的。自己不尊重,要往下流走,安着坏心,只怨人家偏心"。她说贾环有老爷太太教导,是为了提醒赵姨娘贾环是主子身份,而赵姨娘只是卑贱的奴才,不要背地里生事。而当贾环真正伤了宝玉时,王熙凤当然会向着宝玉的生母王夫人说话,将"歪心邪意"的赵姨娘、贾环划进一个阵营里,提示是赵姨娘的奸邪和失职直接导致了贾环的自甘堕落和别有居心。这两个情形并不矛盾,贾环从名分上说应当是贾政正室王夫人管教的,但王夫人并没有实际承担教导贾环的责任,而是赵姨娘一直给贾环灌输她的言行举止和处世观念。

王夫人虽担有母亲之名分却并不履行实际管教贾环的职责,我认为有四点原因。其一是贾环容貌猥琐,整天在家中四处乱窜,令人生厌。第二十三回中有描写:"贾政一举目,见宝玉站在跟前,神彩飘逸,秀色夺人;看看贾环,人物委琐,举止荒疏。"②说明贾环外貌就不如人意,人都是视觉动物,王夫人自己的儿子宝玉"面若中秋之月,色如春晓之花",身边围绕的亲眷、丫鬟都粉面玉琢、华冠丽服,生活在花团锦簇之中的王夫人怎么可能愿意亲近这种猥琐下流的庶子呢?其二是贾环的生母赵姨娘愚昧鄙俗,使得王夫人连带着讨厌其儿子。试想若贾环的生母是一个谨言慎行、温和柔顺的侍妾,那么强势的王夫人或许并不会过分为难她,并且也会顾及正妻的名誉而管束庶子。而赵姨娘心肠歹毒、为人荒诞,还成日挑唆贾环,这对母子自然不能使王夫人产生好感。其三是贾环是要与贾宝玉、贾兰共分贾家财产的竞争者,从王夫人的内心世界来看,身

---

① 曹雪芹:《红楼梦》,人民文学出版社2010年版,第335页。
② 曹雪芹:《红楼梦》,人民文学出版社2010年版,第310页。

处贾府这种豪门望族之中,即使她笃信佛教,却绝不可能真正无欲无求,作为母亲她总会为宝玉作一份打算,希望宝玉的未来多一份保障。因而她并不会希望贾环被教导得得体出众,掩盖宝玉的光彩,故她自然不会主动担起教导贾环的责任。其四,虽然王夫人有凤姐协助管家,但贾府上下的内务十分繁杂,各色的大小事宜经常需要向王夫人请示,所以王夫人也没有多余的时间和精力去管教贾环。

既然王夫人并未担负起贾环的教养责任,那么如凤姐所言"还有太太老爷管他呢",贾政是否在贾环的养束过程中起到重要作用呢?《红楼梦》中写及贾政管教宝玉的笔墨颇多,如游览大观园时命宝玉题匾额对联、在北静王面前引荐宝玉、听闻贾环逸言之后痛打宝玉、让宝玉在一众学究面前作姽婳词,等等。贾政还时刻对宝玉不求仕进、厮混在女儿丛中的态度冷嘲热讽:"你如果再提上学两字,连我也羞死了",并怒斥他为"无知的孽障"、"作孽的畜生"。但书中写及贾政管束贾环之处却甚少,时常出现"老爷叫宝玉"的场景,引得贾母、王夫人、丫鬟们心惊肉跳,却很少有"老爷叫贾环"之语。唯有第七十五回中秋赏月时,贾政才似有注意到这个庶子的学业修养问题。击鼓传花轮到宝玉时,宝玉赋诗一首,贾政"点头不语"并行了赏赐;贾兰也作了一首,贾政"喜不自胜";传花到贾环手中,贾环"近日读书稍进",见宝玉受奖便也技痒,作诗呈给父亲贾政。作者对此处贾政的态度描摹得十分细腻,值得深思:贾政起初"亦觉罕异",这表明他于一贯的忽视之中突然发现贾环学业也颇有长进,甚是讶异;但由于贾环词句带着不乐读书之意,贾政便转为"不悦",认为贾环和宝玉"可见是弟兄了,发言吐气,总属邪派"、"将来都是不由规矩准绳,一起下流货",言语之间看似责备贾环,实则是贾政吐露对宝玉恨铁不成钢的复杂心境;当贾赦夸奖贾环作诗"甚是有气骨"、将来定跑不了"世袭的前程"时,贾政忙说"不过他胡诌如此,哪里就论到后事了",这句反驳甚是触目惊心,由此可见,贾政心中何尝为这个庶子的嗣位承爵留有一席之地? 一方面,贾政身担工部员外郎的要职、忙于应酬,又要兼顾荣国府宏观层面的大事,比起王夫人,他更是鲜有闲暇顾及子孙们,难得有空也都花在嫡子宝玉的身上,根本无暇顾及贾环的发展;另一方面,贾环在容貌、才华和品性方面都远逊于宝玉,又有着心术不正的生母赵姨娘,贾政实际上从未重视过这个庶子的存在,纵使对宝玉百般怒骂,他眼中的贾家接班人自始至终只有宝玉一人。

那么何以认为贾环是赵姨娘管教的呢?首先贾环的学识不高。从他作的灯谜就可以看出:"大哥有角只八个,二哥有角只两根。大哥只在床上坐,二哥爱在房上蹲。"贾环虽然也上学,但整日与文化层次低下的赵姨娘待在一起,听一些闲言碎语和卑鄙的想法,文化修养自然不会有所提升。相比之下,宝玉虽在姊妹丛中厮混,但他交往的都是胸藏锦绣、温雅高贵的女子们,他为大观园题的对额、他制的姽婳词都得到了贾政的默许,在王夫人处受教的宝玉文化素养明显高于贾环。其次,贾环的行为不正派,时时刻刻体现着赵姨娘的影子。他和莺儿掷骰子时耍赖,他想用滚烫的灯油烫伤宝玉,他在父亲贾政面前搬弄是非使得宝玉大受鞭笞,这些行为完全就是赵姨娘的翻版。只是赵姨娘更为歹毒,她企图请马道婆用巫术将王熙凤和贾宝玉斩草除根,"把他两个绝了,明日这家私不怕不是我环儿的",表明赵姨娘总幻想靠贾环继承家业来一吐多年的愤懑积怨。这种将亲人都看作敌手的思想,或许也通过赵姨娘的闲言碎语深深刻在了贾环心里。书中也表明,贾环的思想观念也处处体现出赵姨娘的思想灌输。他说丫鬟们"都欺负我不是太太养的",疑心彩云"如今你和宝玉好了,不理我",当凤姐、宝玉被魔魇弄得奄奄一息时,"赵姨娘、贾环等自是称愿"。基于宗法血统的长子继承权一直支配着身处其中的人的意识和行动,"这种宗法社会的特有意识和律则不仅制造了压抑贾环的环境,同时也是贾环心灵反馈的潜在的实质动因"①。正是赵姨娘妒忌宝玉、明争暗斗的思想灌输造成了贾环阴暗自卑、心怀叵测的畸形人格,贾环的言行举止正是赵姨娘的复刻版。有一篇论文把贾环归结为"悖德型人格"即反社会人格,并认为这种心理异常源于童年生活的经验②,贾环由于从小生活在指责谩骂多于亲情关爱的环境中,其真正的父亲贾政和名义上的母亲王夫人都没有担负起管教他的职责,这种放任自流的教养方式和赵姨娘阴毒思想的不断渗透造成了其心灵的扭曲,所以贾环的为人处世、思想品性其实都是赵姨娘一手塑造的。

综上所述,我认为贾环虽在名分上和赵姨娘有着主仆之分,但王夫人并未实际承担教导贾环的责任,他仍是由赵姨娘管教的,这在其文化修养、行为举止和思想观念等方面皆有所体现。贾环从出生的那一刻起就背负着庶子的伦理符号,形容卑琐又潜在威胁着宝玉的他得不到王夫人的重视和教导,其生母赵姨娘的扭曲心态与艰难处境又在他内心埋下了阴暗与自卑的种子。王熙凤曾骂贾环"自己又不尊重",实际上谁曾教过贾环如何去为自己赢得尊重呢;或者说在这个钟鸣鼎食的大家族里出生,人就被划分上了亲疏远近、贵贱尊卑,离赵姨娘最亲近的贾环自然是众人厌弃的对象。整个贾府上下都是"一颗富贵心,两只体面眼"的精明人,面对这样的贾环,谁又愿意分出一份心力来劝他走上谨言慎行、修身养性的正途呢?

---

① 许建中:《心灵的反馈和变迁——贾环论》,《红楼梦学刊》1987年第1辑。
② 邓桃莉:《试论贾环的悖德型人格》,《鄂州大学学报》2009年第4期。

忍剪一寸心
——从多姑娘的一绺青丝说起

王睿明(文学院)

《红楼梦》第二十一回《贤袭人娇嗔箴宝玉　俏平儿软语救贾琏》的后半段十分香艳,校勘时我几乎想批一句"此段可入《金瓶梅》"。多姑娘在众多女性角色中自然不算出挑,甚至不算正面。但是当我读到"次日早起,凤姐往上屋去后,平儿收拾贾琏在外的衣服铺盖,不承望枕套中抖出一绺青丝来"[1],却突然发现她似乎并非读者刻板印象中那么轻浮。

一

汉族的传统序列里,从来不乏重视头发的例证。

经部中,《孝经·开宗明义》有"身体发肤,受之父母,不敢毁伤,孝之始也"[2],影响深远。

子部里,《墨子·公孟》有"昔者越王勾践剪发文身以治其国,其国治"[3],《庄子·逍遥游》有"宋人资章甫而适诸越,越人断发文身,无所用之"[4]。剪发和"蛮夷"的概念紧密相连,中原诸夏对这种习俗十分不屑。

历史叙述里,《帝王纪》有"成汤大旱七年,斋戒,剪发断爪,以己为牺牲,祷于桑林之社,以六事自责"[5],我们耳熟能详的还有曹操割发受过的故事。显然,头发已经被摆在了和头发主人同等重要的位置。

汉族女性断发见于《世说新语·贤媛》。

---

[1] 曹雪芹:《红楼梦》,岳麓书社1987年版,第153页。
[2] 《孝经》,上海古籍出版社2014年版,第5页。
[3] 《墨子》,上海古籍出版社2014年版,第236页。
[4] 郭庆藩:《庄子集释》,中华书局1961年版,第35页。
[5] 司马光:《资治通鉴》,中华书局1956年版,第1439页。

> 陶公少有大志,家酷贫,与母湛氏同居。同郡范逵素知名,举孝廉,投侃宿。于时冰雪积日,侃室如悬磬,而逵马仆甚多。侃母湛氏语侃曰:"汝但出外留客,吾自为计。"湛头发委地,下为二髲,卖得数斛米。斫诸屋柱,悉割半为薪,剉诸荐以为马草。日夕,遂设精食,从者皆无所乏。逵既叹其才辩,又深愧其厚意。明旦去,侃追送不已,且百里许。逵曰:"路已远,君宜还。"侃犹不返。逵曰:"卿可去矣。至洛阳,当相为美谈。"侃乃返。逵及洛,遂称之于羊晫、顾荣诸人,大获美誉。①

湛氏剪发换米,得入"贤媛"篇,可见在当时人看来这是一种很大的牺牲。

时代推移到清朝,满族也十分重视头发,忌讳剪发。王先谦在《东华续录·乾隆朝》中记载:"乾隆十三年,孝贤皇后崩逝,时因那拉氏本系朕青宫时皇考所赐之侧室福晋,位次相当,遂奏闻圣母皇太后,册为皇贵妃,摄六宫事。又越三年,乃册立为后。其后自获过愆,朕仍优容如故,乃至自行剪发,则国俗所最忌者,而彼竟悍然不顾。然朕犹曲予包含,不行废斥,后因病薨逝,止令减其仪文,并未降明旨削其位号。"②

由此可见,曹公写作的年代,断发已是满汉两族的大忌。

二

头发除了与文化观念紧密相连,与审美关系也十分密切。

先秦时代,《诗经·鄘风·君子偕老》用"鬒发如云,不屑髢也"极写女子之美,并发出"胡然而天也,胡然而帝也"③的感慨。《左传·昭公二十八年》:"昔有仍氏生女,黰黑,而甚美,光可以鉴。"④

《汉武故事》中有这样一则佚事:"初上行幸平阳主家,子夫为讴者,善歌能造曲,每歌挑上,上意动,起更衣,子夫因侍衣得幸,头解,上见其美发,悦之,欢乐,主遂内子夫于宫。"⑤卫子夫以一头秀发博得汉武帝青睐,原为歌女,身份一变,进入宫中。

六朝的《世说新语·贤媛》记载:"桓宣武平蜀,以李势妹为妾,甚有宠,常著斋后。主始不知,既闻,与数十婢拔白刃袭之。正值李梳头,发委藉地,肤色玉曜,不为动容,

---

① 徐震堮:《世说新语校笺》,中华书局1984年版,第374页。
② 王先谦:《东华续录》,文澜书局光绪二十四年(1898)版。
③ 《毛诗正义》,中华书局2009年版,第661页。
④ 杨伯峻:《春秋左传注》,中华书局2016年版,第1661页。
⑤ 周邦彦:《清真集校注》,中华书局2007年版,第287页。

徐曰：'国破家亡，无心至此，今日若能见杀，乃是本怀。'主惭而退。"①这个故事在《妒记》中的版本，桓温妻更是发出"我见犹怜"的感慨。这中间除了李氏的身世感慨，自然也有容貌的加分。

谢朓的《咏镜台》以"照粉拂红妆，插花理云发"写"玉颜徒自见，常畏君情歇"②。细腻的描摹中突出了"云发"这一意象，是非常典型的南朝对女性美的书写。

这样的审美传统一直延续到《红楼梦》中。第二十四回，"宝玉一面吃茶，一面仔细打量那丫头：穿着几件半新不旧的衣裳，倒是一头黑鬒鬒的好头发，挽着个鬏，容长脸面，细挑身材，却十分俏丽干净"③。可见在曹公笔下，头发依然是审美的一项重要指标。

能够剪下一绺青丝送给贾琏，想必多姑娘也是雾鬓云鬟吧。

三

在两性关系中，头发也扮演着十分重要的角色。

《孔雀东南飞》里有"结发同枕席，黄泉共为友"④，旧题《苏武诗》中有"结发为夫妇，恩爱两不疑"⑤，陈琳《饮马长城窟行》中是"结发行事君，慊慊心意关"⑥。这一组诗中，"结发"和夫妻关系如影随形。

孟元老《东京梦华录·娶妇》中"男左女右，留少头发，二家出匹段钗子，木梳头须之类，谓之'合髻'"⑦的记载也印证了这一风俗。

南朝《子夜歌》"宿昔不梳头，丝发被两肩。婉伸郎膝上，何处不可怜"⑧则描绘了一幅非常娇媚的情人调笑图像。

乐史《杨太真外传》记载了杨玉环用一绺头发重获圣宠的故事。"初，令中使张韬光送妃至宅，妃泣谓韬光曰：'请奏妾罪合万死，衣服之外，皆圣恩所赐，唯发肤是父母所生。今当即死，无以谢上。'乃引刀剪其发一缭，附韬光以献。妃既出，上怅然。至是，

---

① 徐震堮：《世说新语校笺》，第375页。
② 曹融南：《谢宣城集校注》，上海古籍出版社1991年版，第403页。
③ 曹雪芹：《红楼梦》，岳麓书社1987年版，第176页。
④ 程千帆、沈祖棻：《古诗今选》，陕西师范大学出版社2019年版，第17页。
⑤ 程千帆、沈祖棻：《古诗今选》，陕西师范大学出版社2019年版，第45页。
⑥ 程千帆、沈祖棻：《古诗今选》，陕西师范大学出版社2019年版，第58页。
⑦ 孟元老：《东京梦华录注》，中华书局2007年版，第480页。
⑧ 潘重规：《乐府诗校笺》，学海出版社1989年版，第69页。

韬光以发搭于肩上以奏,上大惊惋,遽使力士就召以归,自后益嬖焉。"①

四

同为世情小说,《金瓶梅》中有两则潘金莲剪发的故事。

第十二回中李桂姐用激将法激西门庆说"你若有本事,到家里只剪下一柳子头发,拿来我瞧,我方信你是本司三院有名的好子弟"。"一柳子头发"和西门庆在家中的权威几乎画上了等号。西门庆回家,见了潘金莲,先是威逼,对庞春梅说"门背后有马鞭子,与我取了来",又是柔声相求"我且不打你,你上来,我问你要桩物儿,你与我不与我"。潘金莲自然怕他,一口应允,但听到"我心要你顶上一柳儿好头发"却反悔了,说"好心肝,淫妇的身上,随你怎的拣着烧遍了也依,这个剪头发却成不的,可不唬死了我罢了!奴出娘胞儿活了二十六岁,从没干这营生,打紧我顶上这头发,近来又脱了好些,只当可怜见我罢"。直到西门庆说"我要做网巾",潘金莲才松口。"当下妇人分开头发,西门庆拿剪刀,按妇人当顶上齐臻臻剪下一大柳来,用纸包放在顺袋内。妇人便倒在西门庆怀中,娇声哭道:'奴凡事依你,只愿你休忘了心肠,随你前边和人好,只休抛闪了奴家!'"②可见潘金莲十分珍重自己的头发,从未绞过,更不曾赠予他人。

第八十二回,"一日,四月天气,潘金莲将自己袖的一方银丝汗巾儿,裹着一个玉色纱挑线香袋儿,里面装安息香、排草、玫瑰花瓣儿,并一缕头发,又着些松柏儿,一面挑着'松柏长青',一面是'人面如花'八字,封的停当,要与敬济。不想敬济不在厢房内,遂打窗眼内投进去。后敬济开门,进入房中,看见弥封甚厚,打开却是汗巾香袋儿,纸上写一词,名《寄生草》:'将奴这银丝帕,并香囊寄与他。当中结下青丝发,松柏儿要你常牵挂。泪珠儿滴写相思话:夜深灯照的奴影儿孤,休负了夜深潜等荼蘼架。'"③此时西门庆已死,陈敬济几乎是潘金莲唯一能接触到的男人。如果不是别无他选,潘氏未必会心甘情愿自断青丝。

把目光移回《红楼梦》,前八十回除了多姑娘之外,只有鸳鸯一人剪过头发。第四十六回贾赦试图强娶鸳鸯,鸳鸯自是不肯,在贾母面前激愤陈情。"原来他一进来时,便袖了一把剪子,一面说着,一面左手打开头发,右手便铰。众婆娘丫鬟忙来拉住,已剪下半绺来了。众人看时,幸而他的头发极多,铰的不透,连忙替他挽上。"④可见剪发在

---

① 李剑国:《宋代传奇集》,中华书局2001年版,第23页。
② 兰陵笑笑生:《金瓶梅词话》,里仁书局2009年版,第164—166页。
③ 兰陵笑笑生:《金瓶梅词话》,第1423—1424页。
④ 曹雪芹:《红楼梦》,岳麓书社1987年版,第353页。

曹公眼中,也绝不是一件简单的事情。

曹寅曾参与编纂《全唐诗》。其中收录晁采所拟《子夜歌》:"侬既剪云鬟,郎亦分丝发。觅向无人处,绾作同心结。"[①]我不知道曹公在写多姑娘时是否想起了这首诗,也不知道多姑娘和贾琏"无人处"的露水姻缘是否曾绾过同心结。可当我考察"头发"这一意象的流衍时,却分明感受到了鬟发如云的她剪下的那一寸真心。

---

① 彭定求等:《全唐诗》,中华书局1960年版,第9000页。

比哲学更哲学的人生反思
——以《红楼梦》第二十二回参禅、灯谜为例

王玉婧（文学院）

《红楼梦》第二十二回《听曲文宝玉悟禅机　制灯谜贾政悲谶语》，有宝玉参禅的故事，也有猜谜的情节。猜谜的情节在书中并不少见，第五回的判词、曲子也是谜，第五十一回"薛小妹新编怀古诗"，猜的是诗谜。猜谜往往与人物的命运、结局、性格相关，可作小说中的谶语看待。而宝玉参禅则为宝玉出家埋下伏笔，其中禅机是小说思想的一部分。

谶语与伏笔，常被《红楼梦》探佚学的学者用来推理，作用局限在了结构方面。但这些谜题，更有思想内容上的作用。灯谜与参禅，与其作为谶语来读，不如看成中国式人生处境的反思。其中蕴含的虚无感、忧患意识、孤独感、荒谬感等，不仅反映了人物的性格与经历，也是曹公本人的意识。"曹公并非什么'主义'者，只是说曹公的天才、敏感、经验、深思，形成了比哲学更哲学的先期体验和自省。"[①]

"生命本体、宇宙本体，总是先于、大于、优于关于生命和宇宙的理论"，"在某种意义上先于、大于、优于哲学，尽管它缺少哲学的系统性和严整性。"[②]同样，文学本体，常常比文学理论丰富，正如《红楼梦》本身，比"红学"更值得品味。

宝钗的生日宴上，宝黛湘三人因"像戏子"的问题吵起了架。宝玉的博爱引起了"博妒"，女孩子们心中的不平衡点燃了这场骂战。湘云素来豪爽坦然，正如脂批畸笏叟所言："湘云、探春二卿，正'事无不可对人言'芳性。"[③]黛玉的恼火在于，一、当时看不起戏子，黛玉觉得自己被当成戏子取笑（凤姐之所以明目张胆拿黛玉作笑料，很有可能是因为看出了宝钗地位的上升，下意识地开始轻视黛玉）。二、黛玉不能容忍宝玉和湘云在她面前做小动作，黛玉心中自己和宝玉的关系不能被任何女性插足，这是黛玉对爱情的专一性要求。湘云的恼火则在于，她已经看出了宝黛关系的不寻常，不再是青

---

① 王蒙：《王蒙的红楼梦（评点本）》，中华书局2011年版，第171页。
② 王蒙：《王蒙的红楼梦（评点本）》，中华书局2011年版，第171页。
③ 曹雪芹、脂砚斋：《红楼梦（脂砚斋评点本）》，岳麓书社2015年版，第218页。

梅竹马的表兄妹。①

宝玉调停失败后,想起了《南华经》上的"巧者劳而智者忧,无能者无所求。饱食而遨游,泛若不系之舟"以及"山木自寇""源泉自盗"②,前文中宝玉在袭人恼时随意看《南华经》释闷,不想用于今日。宝玉用语言的消解来取代现实矛盾的消解,痛苦于现实人际的爱欲烦恼,否定了此岸的价值,想通过寻求彼岸的禅理来获得解脱,然而宝玉实未能大彻大悟,"自虽解悟,又恐人看此不解"③就是证明。宝玉从彼岸又回到了此岸,这也是为什么黛玉说"作的是个玩意儿,无甚关系"④,假如宝玉离开此岸一去不回,黛玉则不能把此文当成玩意了。

黛玉补"无立足境,是方干净"⑤,是用极端的干净透彻批判宝玉的初步虚无主义。"黛钗联合教育宝玉,把宝玉从参禅的走火入魔中拯救出来,这种格局在书中很少见到。"⑥宝钗博学宏览,胜诸才人;黛玉聪慧灵智,非学力所致。二人悟性都远高于宝玉,懂哲学却不沉入哲学的深渊。黛钗的哲学领悟比宝玉早很多年,应是生活经历所致。黛玉幼年丧母,抛父进京的悲惨遭遇促成了她的多思,黛玉以极度干净,相当于极左,否定了宝玉的左;宝钗幼年丧父,长兄荒唐也导致了她的早熟,宝钗极左后转为右,也否定了宝玉的左;反观宝玉,众人疼爱,掌中之宝,在遇上调停女孩子矛盾的问题时,便一头雾水,不能解决转而求之于参禅,又悟得不彻底,但正因其不彻底,才有可爱之处、真实之处、令读者同情之处。

在这一回的后半部分是猜谜,人物集中写诗文谜语最能反映性格特征的差异。贾环的"大哥二哥"似为制谜而制谜,孩童口吻,令人发笑。脂批"诸卿勿笑,难为了作者摹拟"⑦,可见曹公将贾环设定为扁形人物,其性格特征即不通诗文,缺乏逻辑,蠢笨顽童。

贾母之谜"猴子身轻站树梢"正应了"树倒猢狲散"之语,此谜恰巧让贾政这个儿子猜,联系后文,更有悲凉意味。脂批"的是贾母之谜"⑧,贾母原为史家千金,虽贵为世家小姐,但喜嬉笑,爱热闹,性格爽快似湘云,但比湘云持重,幽默如凤姐,但无凤姐小聪

---

① 王蒙:《王蒙的红楼梦(评点本)》,中华书局2011年版,第166页。
② 曹雪芹、脂砚斋:《红楼梦(脂砚斋评点本)》,岳麓书社2015年版,第220页。
③ 曹雪芹、脂砚斋:《红楼梦(脂砚斋评点本)》,岳麓书社2015年版,第221页。
④ 曹雪芹、脂砚斋:《红楼梦(脂砚斋评点本)》,岳麓书社2015年版,第221页。
⑤ 曹雪芹、脂砚斋:《红楼梦(脂砚斋评点本)》,岳麓书社2015年版,第222页。
⑥ 王蒙:《王蒙的红楼梦(评点本)》,中华书局2011年版,第168页。
⑦ 曹雪芹、脂砚斋:《红楼梦(脂砚斋评点本)》,岳麓书社2015年版,第224页。
⑧ 曹雪芹、脂砚斋:《红楼梦(脂砚斋评点本)》,岳麓书社2015年版,第224—225页。

明。贾母的谜语选择了"猴子"这样好笑的动物,后文写宝玉"如开了锁的猴子"[1],连起来大有意趣。按贾母的聪敏,早有"树倒猢狲散"的感觉,但不想加之于子孙,常常明知儿孙们是故作热闹,引她一笑,也从不戳破,她用乐观掩藏心中的悲凉,竭力撑起一个家族,是一个善良慈爱的家族之长。

贾政的谜语硬而方正,确实正经,但正经到了扼杀一切生机的地步,未免面目可憎,不能算仁者。贾政的谜语自有妙处,"有言必应"的"必"字隐"笔"字,脂批"包藏贾府祖宗自身","妙极!"[2]这是贾政生活中为数不多的一点乐趣,贾政的正妻王夫人是毫无幽默感的假菩萨,身边环绕的是只知道奉承的清客,只剩下赵姨娘的无理取闹,市井泼皮才能给他一点生机。贾政的谜语证明,这样一个世家,压力全部由非长房(荣国府)的非长子(贾政)承担了,数百口的家族中,贾政一人撑起,但仍然有屹立不倒的信念,也是贾政的可敬可悲之处。

元春的爆竹,气势磅礴但时间短暂,元春诗谜中的忧患意识暴露无遗,"妖魔"所暗示的处境也十分明显,人生与一切富贵荣华均是一瞬间的事,物极必反,由瞬间感产生了破灭感。元春的诗风一向大方周正,从大观园赐名时就可看出,不走偏锋,不爱刁钻,喜好圆融通俗,如"省亲别墅""芳园应锡大观名",都是大家诗风。这首谜也符合元春身份,元春之才近男子,有皇贵妃气象。

迎春的算盘,从诗的角度来看,选材独特,胜过爆竹和风筝,且写得妙,迎春并非无才,才不在诗文。这首诗谜,谜底也并非一定是算盘,更有可能是围棋,迎春的肯定回答可能是因为随顺,既然说是算盘就是算盘,无意争辩。谜语中的宿命论感符合人物随波逐流的性格,也与后文的"太上感应篇"呼应。

探春的风筝,正如贾政所言,飘飘浮荡,透露出的是虚无感,仰面所见的天空,只有一只风筝,缥缥缈缈看不真切,而线一断后,更加无所归依,随风散去,极具距离感,漂泊流浪的体味。

惜春的海灯,是惜春所有文字中最优秀的作品,正如前文所说,迎春并非无才,才在道,而惜春之才在佛,"莫道此身沉黑海,性中自有大光明"[3]句,黑海中一盏灯,坚定的语气中透露出来的是孤独感。

宝钗的更香,后人整理时故意改成黛玉的谜,又重为宝钗作了诗,可能是因为认为这种婉约诗风更像黛玉,此诗透露出来的焦虑感也是忧患意识[4],符合黛钗二人的心

---

[1] 曹雪芹、脂砚斋:《红楼梦(脂砚斋评点本)》,岳麓书社2015年版,第226页。
[2] 曹雪芹、脂砚斋:《红楼梦(脂砚斋评点本)》,岳麓书社2015年版,第225页。
[3] 曹雪芹、脂砚斋:《红楼梦(脂砚斋评点本)》,岳麓书社2015年版,第225页。
[4] 王蒙:《王蒙的红楼梦(评点本)》,中华书局2011年版,第170页。

理,但"朝罢"句有宝钗的端庄,"无缘"也暗示了"恨无缘"①,后人改动并不合理。

无论是参禅还是诗谜,都是人物当下的反思。曹公在参禅情节中透露出了人物的哲学理论,但无论是悟不彻的宝玉,还是懂哲学的黛钗,他们都无法通过哲学来寻求解脱,参禅不过是他们企图超脱的尝试,曹公将参禅和猜谜放在一起写,以中国式的经验解读来代替哲学,不得不说其天才形成了比哲学更哲学的先期体验和自省。人物对自己人生的体察结论已浮出水面,等待他们的是无法抵抗的悲剧命运。

---

① 曹雪芹、脂砚斋:《红楼梦(脂砚斋评点本)》,岳麓书社2015年版,第226页。

叁 课程作业

谶语:从《红楼梦》第二十三回《会真记》、《西厢记》、《牡丹亭》说开去

吴 霞(文学院)

《红楼梦》中,作者常常有伏笔,曾经在文章中多处暗示个人的结局,盛极转衰,喜极而悲,是《红楼梦》常有笔法。第二十三回《西厢记妙词通戏语 牡丹亭艳曲警芳心》在《红楼梦》中是非常重要的一章,是众芳齐聚大观园之始。在这一章内,元春下令让姐妹们搬进大观园,特地让宝玉也跟了进去,自此,大观园的生活才正式拉开了序章,这一章看似极其平淡闲散,但是却隐含着贾府破败的结局,宝钗黛三人的爱情悲剧和命运在此章内都时有闪现,而这一章内提到的《会真记》、《西厢记》、《牡丹亭》三本剧本,更是和宝黛钗三人的命运紧紧相连,如果说,《西厢记》是宝黛对爱情的幻想,那么《牡丹亭》就意味着现在的浓情蜜意,都只是空幻一场,最终他们三人都只是落得《会真记》的悲剧收场。

一、《会真记》还是《西厢记》?

在本回中有一段经典情节,即宝黛共读《西厢记》,二人在阅读的过程中加深了感情,宝黛互诉衷肠,心心相印,正是最感人的桥段:

> 那日正当三月中浣,早饭后,宝玉携了一套《会真记》,走到沁芳闸桥那边桃花底下一块石上坐着,展开《会真记》,从头细看……黛玉道:"你又在我跟前弄鬼。趁早儿给我瞧瞧,好多着呢。"宝玉道:"妹妹,若论你,我是不怕的。你看了好歹别告诉别人。真正这是好文章,你若看了,连饭也不想吃呢。"一面说,一面递了过去。黛玉把花具放下,接书来瞧,从头看去,越看越爱,将十六出俱已看完,但觉词句警人,余香满口。虽看完了,却只管出神,心内还默默记诵。①

---

① 曹雪芹、高鹗著,护花主人、大某山民、太平闲人评:《红楼梦》,上海古籍出版社1988年版,第357—358页。

但是这段细节中却出现了一个问题,即前文提到宝玉看的是《会真记》,但是后文如宝玉打趣自己和黛玉的"我就是个'多愁多病的身',你就是那'倾国倾城的貌'"①,以及本回末尾"又兼方才所见《西厢记》中'花落水流红、闲愁万种'之句……不觉心痛神驰,眼中落泪。"②又仿佛在指出,黛玉看的是《西厢记》而非《会真记》,那么宝黛看的究竟是《会真记》还是《西厢记》呢?

在弄清这个问题之前,我们首先需要了解《会真记》和《西厢记》的联系与区别。

《会真记》又称《莺莺传》,描写的是张生和崔莺莺相爱,但是后来又将崔莺莺抛弃的故事,这篇传奇自从完成之后,便在民间广为流传,王实甫的《西厢记》,正是从《会真记》改编而来,人物主角都基本沿袭了《会真记》的人物安排,但是从《会真记》到《西厢记》的演变过程中还经历了一段根本性的转变,即故事的主题由悲剧转为喜剧。《会真记》在成书之后影响广大,出现了许多原故事的续书和改写,其中影响最大的就是董解元的《西厢记诸宫调》,俗称《董西厢》,《董西厢》不仅在故事情节上更为丰富曲折,最重要的是,他大胆地将《会真记》的结局改为喜剧,从而改变了《会真记》的整个故事基调,而后王实甫的《西厢记》,正是在《董西厢》的故事蓝本上,对故事情节、人物性格作了更进一步的完善和发展,虽说《西厢记》是《会真记》发展而来,但是流传了这么多年,《会真记》早已失去其原貌和精神,《西厢记》中无论是人物唱词、故事情节还是结构安排,其实都已经和原书大不相同,另外据研究,《红楼梦》前八十回中,大致有八处引用了《西厢记》曲词,其中有五处用的是王本,还有两处用的是金本,可见曹雪芹对《西厢记》的本子是有选择地引用,③曹雪芹将这两本书弄混的可能性几乎是不存在的。

就故事的合理性来看,贾宝玉天生一段情痴,林黛玉更是为情而死,他们两人的爱情观,和这种完全出于男子情欲冲动而结合,甚至还将女子始乱终弃的故事是完全不同的,那为何《会真记》会得到他们的一致赞赏?但根据曹雪芹的描写来看,宝黛二人却看得如痴如醉,久久难以忘怀,再往后文看,又有"又兼方才所见《西厢记》中花落水流红闲愁万种之句"④等语,这都可以说明宝黛二人看的是《西厢记》而非《会真记》。

再让我们回到原文来探究,本回目的标题《西厢记妙词通戏语 牡丹亭艳曲警芳心》其实已经点明,宝黛二人看的书是《西厢记》,而在《红楼梦》其他章回中也可以找到依据,如第四十二回《蘅芜君兰言解疑语 潇湘子雅谑补余香》中提到黛玉在宴会上误念戏语,被宝钗发现:

---

① 曹雪芹、高鹗著,护花主人、大某山民、太平闲人评:《红楼梦》,上海古籍出版社1988年版,第358页。
② 曹雪芹、高鹗著,护花主人、大某山民、太平闲人评:《红楼梦》,上海古籍出版社1988年版,第360页。
③ 李梦生:《〈红楼梦〉与〈西厢记〉》,《红楼梦学刊》1983年第1辑。
④ 曹雪芹、高鹗著,护花主人、大某山民、太平闲人评:《红楼梦》,上海古籍出版社1988年版,第360页。

> 黛玉一想,方想起来,昨日失于检点,把《牡丹亭》《西厢记》说了两句,不觉红了脸,便上来搂着宝钗笑道:"好姐姐,原是我不知道,随口说的。你教给我,我再不说了。"①

从这一处来看,前文宝黛一起看的应当是《西厢记》。

第二十三回还提到,在读完这本书后,贾宝玉用"多愁多病身,倾国倾城貌"②来比喻自己和林黛玉,林黛玉用"苗而不秀,是个银样镴枪头"③来比喻贾宝玉,这两句戏语都是出自《西厢记》,前者出自《西厢记》第一本第四折,后者出自《西厢记》第四本第二折:

> 【雁儿落】我则道这玉天仙离了碧霄,元来是可意种来清醮。小子多愁多病身,怎当他倾国倾城貌。④
>
> 【小桃红】既然泄露怎干休?是我相投首。俺家里陪酒陪茶倒擱就,你休愁,何须约定通媒媾。我弃了部署不收,你元来苗而不秀。呸,你是个银样镴枪头。⑤

《红楼梦》和《西厢记》渊源颇深,《红楼梦》中,作者引用了大量《西厢记》中的戏文,除了第二十三回这一处之外,文中还有多处引用化用。

第二十六回《蜂腰桥设言传蜜意 潇湘馆春困发幽情》:二人正说话,只见紫鹃进来。宝玉笑道:"紫鹃,把你们的好茶倒碗我吃。"紫鹃道:"那里是好的呢?要好的,只是等袭人来。"黛玉道:"别理他,你先给我舀水去罢。"紫鹃笑道:"他是客,自然先倒了茶来再舀水去。"说着倒茶去了。宝玉笑道:"好丫头,'若共你多情小姐同鸳帐,怎舍得叠被铺床?'"⑥

第三十五回《白玉钏亲尝莲叶羹 黄金莺巧结梅花络》:一进院门,只见满地下竹影参差,苔痕浓淡,不觉又想起《西厢记》中所云"幽僻处可有人行,点苍苔白露泠泠"二句来,因暗暗的叹道:"双文,双文,诚为命薄人矣。然你虽命薄,尚有孀母弱弟;今日林

---

① 曹雪芹、高鹗著,护花主人、大某山民、太平闲人评:《红楼梦》,上海古籍出版社1988年版,第670页。
② 曹雪芹、高鹗著,护花主人、大某山民、太平闲人评:《红楼梦》,上海古籍出版社1988年版,第358页。
③ 曹雪芹、高鹗著,护花主人、大某山民、太平闲人评:《红楼梦》,上海古籍出版社1988年版,第359页。
④ 付晓航编辑校点:《西厢记集解》,甘肃人民出版社1989年版,第62页。
⑤ 付晓航编辑校点:《西厢记集解》,甘肃人民出版社1989年版,第238页。
⑥ 曹雪芹、高鹗著,护花主人、大某山民、太平闲人评:《红楼梦》,上海古籍出版社1988年版,第405—406页。

黛玉之命薄,一并连婚母弱弟俱无。古人云'佳人命薄',然我又非佳人,何命薄胜于双文哉!"①

第四十回《史太君两宴大观园　金鸳鸯三宣牙牌令》:说完饮毕。鸳鸯又道:"左边一个'天'。"黛玉道:"良辰美景奈何天。"宝钗听了,回头看着他。黛玉只顾怕罚,也不理论。鸳鸯道:"中间'锦屏'颜色俏。"黛玉道:"纱窗也没有红娘报。"

第四十九回《琉璃世界白雪红梅　脂粉香娃割腥啖膻》:宝玉便找了黛玉来,笑道:"我虽看了《西厢记》,也曾有明白的几句,说了取笑,你曾恼过。如今想来,竟有一句不解,我念出来你讲讲我听。"黛玉听了,便知有文章,因笑道:"你念出来我听听。"宝玉笑道:"那《闹简》上有一句说得最好,'是几时孟光接了梁鸿案?'这句最妙。'孟光接了梁鸿案'这七个字,不过是现成的典,难为他这'是几时'三个虚字问的有趣。是几时接了?你说说我听听。"②

第六十三回《寿怡红群芳开夜宴　死金丹独艳理亲丧》:岫烟笑道:"他这脾气竟不能改,竟是生成这等放诞诡僻了。从来没见拜帖上下别号的,这可是俗语说的'僧不僧,俗不俗,女不女,男不男',成个什么道理。"③

《西厢记》是《红楼梦》的一个重要组成部分,《西厢记》甚至已经渗透进贾府生活的方方面面,不仅姐姐妹妹们对《西厢记》中的曲词信手拈来,甚至连贾府常备的戏班都会不时上映《西厢记》的曲目,当时《西厢记》在民间十分流行,明代王世贞《曲藻》中评价《西厢记》"北曲故当以《西厢》压卷"④,明代思想家李卓吾说"《拜月》、《西厢》,化工也;《琵琶》,画工也"⑤,极力赞赏《西厢记》的艺术境界,太平闲人也曾经在这一段文字下面批注"《会真记》不是曲文"⑥。这说明在当时,还没有过《会真记》被改编成曲的情况。至此我们可以得出结论,宝黛二人读的是《西厢记》而不是《会真记》。

对于《红楼梦》,曹雪芹"于悼红轩中,披阅十载,增删五次"⑦,毕生精力都倾注于此,于考误上一定是万分当心,而且从全书中引用《西厢记》曲词的数量和质量来看,曹雪芹对于《西厢记》是十分熟悉的,自然不可能出现笔误的情况,并且这一回中,《会真记》和《西厢记》二书之名出现间隔并不远,也不可能存在曹雪芹是记错或写错的情况,除此之外,在《红楼梦》诸本中,这一段文字大同小异,均出现了前文是《会真记》而后文

---

① 曹雪芹、高鹗著,护花主人、大某山民、太平闲人评:《红楼梦》,上海古籍出版社1988年版,第547页。
② 曹雪芹、高鹗著,护花主人、大某山民、太平闲人评:《红楼梦》,上海古籍出版社1988年版,第785页。
③ 曹雪芹、高鹗著,护花主人、大某山民、太平闲人评:《红楼梦》,上海古籍出版社1988年版,第1042页。
④ 伏涤修、伏蒙蒙辑校:《西厢记资料汇编》,黄山书社2012年版,第386页。
⑤ 李贽:《焚书》卷三《杂说》,中华书局1957年版,第96—97页。
⑥ 曹雪芹、高鹗著,护花主人、大某山民、太平闲人评:《红楼梦》,上海古籍出版社1988年版,第357页。
⑦ 曹雪芹、高鹗著,护花主人、大某山民、太平闲人评:《红楼梦》,上海古籍出版社1988年版,第6页。

是《西厢记》两种情况,因此传抄版本错乱的因素也可以排除,这一切事实上都是作者有意为之,那么我们就要进一步思考,曹雪芹故意混淆《西厢记》和《会真记》的目的何在?

二、《西厢记》和《牡丹亭》中隐现的宝黛悲剧爱情

曹公前写《会真》后写《西厢》,前后颠倒故意混淆,其用意何在?太平闲人批注道:"出《西厢》不曰《西厢》而曰《会真》,自有真际,令人体会得之。"[①]首先,让我们回到原文来分析:

> 宝玉听了,喜不自禁,笑道:"待我放下书,帮你来收拾。"黛玉道:"什么书?"宝玉见问,慌的藏之不迭,便说道:"不过是《中庸》、《大学》。"黛玉道:"你又在我跟前弄鬼。趁早儿给我瞧瞧,好多着呢。"宝玉道:"妹妹,若论你,我是不怕的,你看了好歹别告诉别人。真正这是好文章,你若看了,连饭也不想吃呢。"一面说,一面递了过去。黛玉把花具放下,接书来瞧,从头看去,越看越爱,将十六出俱已看完,但觉词句警人,余香满口。虽看完了,却只管出神,心内还默默记诵。[②]

这一情节是宝黛真正心神相交的描写,二人都是天生一段痴情,一见《西厢记》便沉浸其中,难以自持,二人在共读《西厢记》的过程中,身心相契,同样的情感,同样的感触,使得他们之间的情感联系更为紧密,这一章是大观园姐妹齐聚之始,看似平淡日常,波澜不惊,但平静的外表下,作者却预示了从美好走向悲惨的宝黛悲剧命运。

《西厢记》明清两代刊本众多,清代和明代都各有七十多种,明代的刊本有十一折本的,如风月锦囊本《北西厢记四卷》;有二十折本的,如王骥德校注本;有二十一折本的,如弘治岳刻本,这是现存最早的《西厢记》全本。而完整的十六折本的《西厢记》,据蒋星煜先生考证说,是明末闵遇五《六幻西厢》中的《剧幻》本,十六折本的《西厢记》止于第四本第四折《惊梦》,而第五本大团圆是没有的,也就是说,《西厢记》第五本大团圆结局不是王实甫原作,第五本不能作为《西厢记》整体中的一部分。再结合元代《会真记》的结局是张生抛弃莺莺的悲剧,从这一点上想,我们可以猜测,也许从曹雪芹的角度来看,他心目中的宝黛结局,是沿着《会真记》而行,而非《西厢记》的大团圆,这也就

---

① 曹雪芹、高鹗著,护花主人、大某山民、太平闲人评:《红楼梦》,上海古籍出版社1988年版,第357页。
② 曹雪芹、高鹗著,护花主人、大某山民、太平闲人评:《红楼梦》,上海古籍出版社1988年版,第358页。

是他为什么在前面提到宝玉看的是《会真记》，而宝黛共看时成了《西厢记》。

我们再回到第二十三回核心的两部曲目《西厢记》和《牡丹亭》上来，《红楼梦》中写黛玉和宝钗，一般都是二人兼到，俞平伯说这两人是"双峰对峙，双水分流，各极其妙，莫能上下"①，宝钗有"金玉良缘"②，黛玉有"木石前盟"③；宝钗有冷香，黛玉有奇香；宝钗为宝玉绣肚兜，黛玉就为宝玉赠荷包，但是两人又是紧密联系、相互融合的，两人在《红楼梦曲》中以"山中高士晶莹雪"和"世外仙姝寂寞林"合咏④，甚至在《金陵十二钗》图册内合同一幅画和同一首诗，就连"宝玉"的名字也是"宝钗"和"黛玉"的结合，就是在《红楼梦》文本中，曹雪芹也是特意为二人留出同样的文本空间，太平闲人在第二十三回总评中写道："上大段是宝钗文字，以'情切切''情'字始。此大段是黛玉文字，以'发幽情''情'字终。两'情'绾两头，中间安放洒洒洋洋八回文字局阵何等完固。上半段以贾政作结，此大段以罪贾政发端，畅演'情'字中，不脱责失教本旨。"⑤从第十九回到第二十六回，宝钗为始黛玉为终，实可看出曹雪芹之用心良苦，也因此有学者据此提出了钗黛合一的说法，⑥但在俞平伯之前，古人已经先否定了这种说法"倘若三人一体，固是美事，但又非石头记之本意也"⑦。其实，与其说钗黛二人是"合一"，不如说她们是"相反相成"⑧。

这一回的文字着重于黛玉，然而从作者黛钗兼到的笔法来看，必然不可能把黛玉拔高而把宝钗放到一边，"上半《西厢记》，结穴在《酬简》一出，宝钗实事也，则是宝钗传。……看'春困发幽情'便解。下半《牡丹亭》，结穴在《离魂》一出，则专为黛玉传。"⑨这一回的《西厢记》，实际上是和宝钗对应，在第四十九回中，宝玉和黛玉所谈《西厢记》之事其实是从宝钗化出，写的是宝钗实事，而第二十三回中的《牡丹亭》则是专为黛玉而写的，描写黛玉的痴情，从人物身份对应的角度来看，"《西厢记》是宝钗，看其婢名莺儿可见，莺，崔莺也。《牡丹亭》是黛玉，看其婢名紫鹃可见，鹃，杜鹃也。《西厢》崔、张有

---

① 俞平伯：《俞平伯论红楼梦》，上海古籍出版社1988年版，第466页。
② 曹雪芹、高鹗著，护花主人、大某山民、太平闲人评：《红楼梦》，上海古籍出版社1988年版，第81页。
③ 曹雪芹、高鹗著，护花主人、大某山民、太平闲人评：《红楼梦》，上海古籍出版社1988年版，第81页。
④ 曹雪芹、高鹗著，护花主人、大某山民、太平闲人评：《红楼梦》，上海古籍出版社1988年版，第81页。
⑤ 曹雪芹、高鹗著，护花主人、大某山民、太平闲人评：《红楼梦》，上海古籍出版社1988年版，第360页。
⑥ 俞平伯：《红楼梦研究》，棠棣出版社1953年版，第13页。
⑦ 曹雪芹著，张之补著，脂砚斋评，唐孝方补评：《百十回全评石头记》，江苏大学出版社2018年版，第244页。
⑧ 周汝昌、杨先让编：《五洲红楼：曹雪芹逝世250周年海内外学者纪念文集》，东方出版社2013年版，第58页。
⑨ 曹雪芹、高鹗著，护花主人、大某山民、太平闲人评：《红楼梦》，上海古籍出版社1988年版，第361页。

实事,《牡丹》杜、柳是梦交,又各有专属"①。宝钗、黛玉的丫鬟分别是莺儿和紫鹃,恰好对应《西厢记》的主人公崔莺莺和《牡丹亭》的主人公杜丽娘,也就是说,作者在这里其实是将《西厢记》比拟宝钗,而把《牡丹亭》比拟黛玉,根据太平闲人所说,《西厢记》对应的宝钗是实事,也就意味着喜结良缘的结局将落在宝钗和宝玉身上,《牡丹亭》杜丽娘和柳梦梅相交为虚梦一场,也就说明黛玉和宝玉的爱情最终也将化为虚无。《西厢记》和《牡丹亭》,其实暗含着宝黛二人的爱情悲剧。

三、细水长流背后的命运谶语

护花主人点评道:"花冢埋花,虽是雅事,确是黛玉结果影子。黛玉听曲,至'如花美眷,似水流年'二句,想起多少古诗,伤心落泪,短命人往往如此。于聚集大观园之始独叙黛玉埋花伤心等事,此黛玉之所以终于园中矣。"②宝黛二人此时花前共读《西厢记》,大观园中相厮相守,何曾能预料得到将来两人落得个天人永隔,生死茫茫?黛玉惜花伤春,为花立冢,"宁使香魂随土化",竟不是她自己将来"白茫茫大地真干净"的下场?《牡丹亭》里"如花美眷,似水流年"到最后还不是化为"断壁残垣"? 此大观园齐聚之始,群芳荟萃,欢声笑语,贾府刚刚承办过贵妃省亲,风头无两,但这样的热闹繁华还能持续多久? 当所有人都沉浸在安逸享乐当中时,只有极通透极聪颖的黛玉,凭借着一颗慧心,能够感受到风雨欲来的巨大悲怆,也正是因为这一份通透,才使得黛玉终其一生都在用泪水还债。

大喜中蕴大悲,好说反话,如脂砚斋所说的"伏线千里",是《红楼梦》中常用笔法。除了刚刚提到的《西厢记》和《牡丹亭》之外,这一回中就有不少暗示将来贾府破败、宝黛悲剧的地方:

> 林黛玉听了,不觉带腮连耳通红,登时竖起两道似蹙非蹙的眉,瞪了两只似睁非睁的眼,桃腮带怒,薄面含嗔,指着宝玉道:"你这该死的,胡说! 好好的把这淫词艳曲弄了来,说这些混话来欺负我,我告诉舅舅、舅母去。"说到"欺负"二字,早就把眼睛圈儿红了,转身就走。宝玉着了忙,上前拦住道:"好妹妹,千万饶我这一遭,原是我说错了。若有心欺负你,明儿我掉在池子里,教个癞头鼋吃了去,变个大忘八,等你明儿做了一品夫人,病老归西的时

---

① 曹雪芹、高鹗著,护花主人、大某山民、太平闲人评:《红楼梦》,上海古籍出版社1988年版,第360—361页。
② 曹雪芹、高鹗著,护花主人、大某山民、太平闲人评:《红楼梦》,上海古籍出版社1988年版,第361页。

候,我往你坟上替你驮一辈子碑去。"①

虽然是情急之下随口乱说的话,但是宝玉在此的言语,已然可以看出"背负"黛玉之意,癞头龟驮碑,暗含"负重"二字,"言宝玉重负黛玉而《会真》为虚谈也"。②作者于此安排宝玉漫不经心胡来一笔,暗示读者上文《会真记》一书为假,从宝玉的角度点明宝玉将来必重负黛玉,同时也和下文黛玉听《牡丹亭》,情恸而有所感,仿佛冥冥之中先晓命运相照应。

在此回中,宝玉写有四篇即事诗,文中虽说这四诗"不算好"③,甚至"风骚妖艳"④,是宝玉大观园中贵公子式富贵闲人之语,但是却也给出了"真情真景"⑤的评价,其"真"不只在写出了宝玉在大观园中闲暇惬意的姿态,更在于富贵背后掩藏的"红楼一梦"的主旨,四首诗《春夜即事》、《夏夜即事》、《秋夜即事》和《冬夜即事》,都在句中点出了"梦"的主题,"眼前春色梦中人"、"倦绣佳人幽梦长"、"静夜不眠因酒渴"、"梅魂竹梦已三更",⑥春夏秋冬,人间四时,正是天道轮回,周而复始,从大观园开始,正是贾府盛极而衰的开端,诗中宝玉从沉浸在甜蜜的睡梦中到恍然梦醒,可不正印证了人生如梦,似幻似空的主旨么!《西厢记》止于《草桥惊梦》,《牡丹亭》结于《还魂》,人世之爱若不能于现实中实现,可以托之于梦境,梦中的交往才是真正的心会神交,然梦中的生死相许、相偎相依,梦中的泼天富贵、良辰美景,梦醒之后都只是一枕黄粱,满眼空幻而已,《红楼梦》抹去《西厢记》和《牡丹亭》二者荣归圆满的结局,抹去杜丽娘为爱还魂的复生传奇,将目光着眼于"梦"这一要点的同时,又极其现实地将宝黛爱情悲剧和贾府荣辱兴衰穿成一线,浓情蜜意中总有难测风险,琼楼玉宇转眼不过废墟一片,他们梦般的美丽爱情就这样在时代、在贾府中受到摧残,他们各自的命运也随着贾府而波澜起伏,梦醒成空,泪尽则亡,这种极尽美好又极尽现实极尽悲凉的沧桑感,正是《红楼梦》比《西厢记》和《牡丹亭》高明的地方。

有学者说,《红楼梦》是从贵族家庭的挽歌向尘世人生的挽歌再向生命之美的挽歌的不断超越,最后通过贯穿全书始终的天道之'命'与人道之'命'的两相悖裂(简言之

---

① 曹雪芹、高鹗著,护花主人、大某山民、太平闲人评:《红楼梦》,上海古籍出版社1988年版,第358—359页。
② 曹雪芹、高鹗著,护花主人、大某山民、太平闲人评:《红楼梦》,上海古籍出版社1988年版,第359页。
③ 曹雪芹、高鹗著,护花主人、大某山民、太平闲人评:《红楼梦》,上海古籍出版社1988年版,第355页。
④ 曹雪芹、高鹗著,护花主人、大某山民、太平闲人评:《红楼梦》,上海古籍出版社1988年版,第356页。
⑤ 曹雪芹、高鹗著,护花主人、大某山民、太平闲人评:《红楼梦》,上海古籍出版社1988年版,第355—356页。
⑥ 曹雪芹、高鹗著,护花主人、大某山民、太平闲人评:《红楼梦》,上海古籍出版社1988年版,第356页。

为情理悖裂)的矛盾运动及其对人类悲剧命运终极指归的深刻辨思而获得了永恒魅力。①也就是说,《红楼梦》具有很强的悲剧意识,全书就是一首挽歌。从《西厢记》到《牡丹亭》再到《红楼梦》,男女之间的结合经历了从两貌相取到两性相悦再到两心相知的转变,除了"末世"之感,渗透在《红楼梦》谶语中的悲剧意识,还有另一种感伤基调,即"虚无"之感。②不管是富贵风流的大家族还是青梅竹马,朝夕相对的男女爱情,甚至于那些或美丽聪明,或青春娇憨的女子,几乎都没有善终,他们最终都只是归于"水中月"、"镜中花"的宿命循环,这些虚无的感伤情绪,使大观园中的情与命、美与真都在谶语的操纵下,归于悲剧命运。③"原来姹紫嫣红开遍,似这般都付与断井颓垣",《牡丹亭》里的这一句戏词,已经提示了读者一切的结局。

---

① 梅新林:《红楼梦哲学精神——石头的生命循环与悲剧指归》,华东师范大学出版社2007年版,第316页。
② 熊瑶:《红楼梦谶语研究》,厦门大学硕士学位论文,2014年。
③ 熊瑶:《红楼梦谶语研究》,厦门大学硕士学位论文,2014年。

浅析贾芸、小红形象存在的意义
——《红楼梦》第二十四回解读

赵紫荆(文学院)

苗怀明教授解读《红楼梦》的四个关键词是"家族、爱情、青春、生命"。全书故事以宝黛的爱情悲剧为主线展开,场景设置主要集中于贾府,而贾府中的大观园则是一个青春的国度,曹雪芹为我们讲述了生活在贾府的老爷公子、太太小姐们的生活,其间还穿插描述了不同社会阶层形形色色的人物。例如在《红楼梦》第二十四回中,作者就花大量的笔墨讲述了贾芸去荣国府谋差事与小红相遇的故事。

贾芸是"后廊上住的五嫂子的儿子"[①],父亲早逝,孤儿寡母艰难度日,其身份定位为贾府"草字辈"的子孙,是贾氏宗族的底层人物。虽然与钟鸣鼎食的贾府有亲戚关系,但是贾芸却处于一种说主子不是主子、说奴才又不是奴才的尴尬地位,甚至对贾府那些有头有脸的高级奴才,像周瑞夫妇、林之孝夫妇等都要点头哈腰。

在第二十四回中,宝玉见到贾芸后随口说了一句:"你倒比先越发出挑了,倒像我的儿子。"[②]在辈分上贾芸虽是贾宝玉的子侄辈,年龄却比宝玉还要大上四五岁,但是贾芸紧紧抓住这个可以巴结宝二爷的机会,连忙笑道:"虽然岁数大,山高高不过太阳。只从我父亲没了,这几年也无人照管教导。如若宝叔不嫌侄儿蠢笨,认作儿子,就是我的造化了。"当即就认宝玉做了父亲。贾芸地位低微、世事洞明、人情练达,为了谋生甚至阿谀谄媚,他与贾宝玉等纨绔公子哥我行我素的性格、行事作风完全不同。可以说贾芸是一个与贾宝玉对照式的小人物,他的存在丰富了《红楼梦》对家族、爱情、青春、生命的书写。

首先从叙事学角度来看,第二十四回中的叙事聚焦于贾芸。读者跟随贾芸的视角去"经历"他的生活,我们可以看到贾芸作为贾府底层人物求生存的艰难,以及下层社会的人情冷暖:舅舅卜世仁一家的势利凉薄、市井混混倪二的仗义豪侠,血亲长辈在贾芸需要资助时袖手旁观,而平时给贾芸观感不佳的泼皮无赖却出手相助,这一组鲜明的对比令人唏嘘。而这些关于下层市井人物的描写在《红楼梦》的主线叙述中很难有

---

① 曹雪芹、高鹗:《红楼梦》,人民文学出版社2005年版,第320页。
② 曹雪芹、高鹗:《红楼梦》,人民文学出版社2005年版,第320页。

所表现,所以贾芸这一人物的设置,在一定程度上丰富了全书的故事内容,反映了更为深广的社会状况。

同时,贾芸与小说主要人物、场景的交集,也使读者从新的角度对小说人物加深了认识,使人物性格更加丰满生动:例如贾琏受贾芸之托却办事不力,推说凤姐百般求他才把差事给了别人,可见贾琏的软弱、王熙凤的强势;再如贾芸给王熙凤送香料的一段描写,凤姐细致周密的心理活动从正面表现了她好排场、爱虚荣、世故老练的性格特点。而贾芸入府拜见王熙凤的流程、经过等则从一个外人的角度再一次彰显了豪门大族的森严有序。

贾芸是一个与贾宝玉等贵公子哥对比设置的人物,他出身卑微、家境艰难、人情练达、阿谀奉承,处处显露出迥异于贾宝玉的精神态度。在这一回中,从贾芸认贾宝玉做父亲、暗讽舅舅卜世仁、与倪二结交、奉承王熙凤等,处处显露出贾芸的圆滑变通、精于世故,是一个积极入世者的形象,这与宝玉的价值取向截然不同。并且从字里行间可以看出曹雪芹对贾芸是持肯定态度的。

第二十四回中出场的小红也是一个令人眼前一亮的小人物。小红是宝玉怡红院里的三等丫鬟,本姓林,小名红玉,只因为"玉"字犯了林黛玉、贾宝玉,所以就隐去"玉"字,叫作"小红"。小红家是荣国府中世代的旧仆,是贾府管家奴才林之孝的女儿,也是贾府中的下层人物。从小红的本名可以做一个推测,小红是林黛玉的对照式人物。

在这一回中,小红出场了两次,第一次是在绮霰斋书房与贾芸答话,第二次是小红接近宝玉被秋纹啐骂。在这两个情节中,小红都是一个伶牙俐齿、泼辣爽利的丫头。小红初见贾芸不知他身份时回避躲闪,当知道贾芸是本家的爷们时,小红"下死眼把贾芸钉了两眼"[①];在宝玉面前侍奉被秋纹等唾骂,听见老嬷嬷说起贾芸来,不觉心中一动,"睡在床上暗暗盘算"。书中写道小红"原有三分容貌,内心着实妄想痴心向上攀高,每每的要在宝玉面前现弄现弄"[②],可见小红虽然身份低微,但心气却很高,并且工于心计、钻营设计,这与林黛玉随性而活的个性是极不一样的。

小红与贾芸有许多相似之处,同样出身卑微,但是却不甘贫贱,积极寻求出路;他们都活在世俗社会的现实中,看得出眉高眼低、人情冷暖、世故圆滑、办事周到。大观园是曹雪芹的一个"理想国",他追忆的是关于青春的生命体验,他默认所有步入大观园的人都是青春的、美好的。大观园中不仅有富贵公子、深闺小姐,更多的是像贾芸和小红这样身份低微的小人物。如果说贾宝玉和林黛玉是空灵玄幻的谪仙人,宝黛爱情是一场虚幻缥缈的纠缠,那么第二十四回中所讲述的贾芸与小红就是现实世界的凡夫

---

① 曹雪芹、高鹗:《红楼梦》,人民文学出版社2005年版,第328页。
② 曹雪芹、高鹗:《红楼梦》,人民文学出版社2005年版,第332页。

俗子,贾芸与小红的爱情也充满了世俗烟火的味道。

贾宝玉、林黛玉是生活在幻境中的仙人,他们遗世独立,与这个社会格格不入,由着自己的性子去随性地生活;他们的木石前盟更是生来注定,在世俗面前又无丝毫反抗之力,最终有情人难成眷属。而贾芸与小红则是两个现实中的人,他们虽然身份卑微却可以迎合社会,亦可以努力经营去追求自己的幸福。

综上所述,贾芸与小红这两个小人物的设置,一方面扩展了小说的叙事内容,展现了更为丰富的社会状况,同时丰富了叙事视角,使小说人物更为生动丰满;另一方面,他们作为宝黛二人对照式的人物,更加突显了宝黛爱情的悲剧性,使故事富有张力。

马道婆的纸鬼纸人

黄望舒(历史学院)

《红楼梦》第二十五回《魇魔法姊弟逢五鬼　红楼梦通灵遇双真》[1]提到,赵姨娘与马道婆联手使巫术,差点致宝玉、王熙凤二人于死地。这种巫术以纸鬼纸人为道具,若对比脂本与程本,会发现一个细微差别:脂本中,纸鬼纸人是马道婆随身携带,从裤腰里掏出来的;程本中,却是她问赵姨娘要了张纸现剪的。究竟哪一种叙述更为合理?在既有研究中,笔者并未发现前人对此问题做出过解释。故笔者姑且不揣谫陋,妄提拙见,从现实性、文学性,以及后四十回续作三个角度对此略加探讨。

一、版本互校

在《红楼梦》现存的十余个主要版本中,马道婆的纸鬼纸人在颜色、数量、来源上都存在一定差异(见表1)。

表1

版本	原文
甲戌本	又向裤腰里掏了半响,掏出十几个纸铰的青脸红发的鬼来,并两个纸人。(侧批:如此现成,更可怕。)
庚辰本	又向裤腰里掏了半响,掏出十个纸铰的青面白发的鬼来,并两个纸人。(侧批:如此现成,想贼婆所害之人岂止宝玉、阿凤二人哉?大家太君夫人诫之慎。)
戚序本	又向裤腰里掏了半响,掏出十个纸铰的青面白发的鬼来,并两个纸人。
王府本	又向裤腰里掏了半响,掏出十个纸铰的青面红发的鬼来,并两个纸人。
甲辰本	向裤腰里掏出两个纸人儿来……又掏出几个纸剪的青面鬼来。
俄藏本(列藏本)	又向裤里掏了半响,掏出十个纸铰的青脸红发的鬼祟,并两个纸人。
舒序本	又向裤腰里掏了半响,掏出十个钱[①]铰的青面白发的鬼来,并两个纸人。

[①] 此为脂本回目,程本作《魇魔法叔嫂逢五鬼　通灵玉蒙蔽遇双真》。

续表

版本	原文
梦稿本（杨藏本）	向赵姨娘要了张纸,拿剪子铰了两个纸人儿……又找了一张蓝纸,铰了五个青面鬼。②
有正本	又向裤腰里掏了半晌,掏出十个纸铰的青面白发的鬼来,并两个纸人。
程甲本	向赵姨娘要了张纸,拿剪子铰了两个纸人儿……又找了一张蓝纸,铰了五个青面鬼。
程乙本	向赵姨娘要了张纸,拿剪子铰了两个纸人儿……又找了一张蓝纸,铰了五个青面鬼。

纸人无一例外都是两个,对应宝玉、王熙凤二人。纸鬼数量多作"十个",也有作"十几个"、"几个"、"五个"。颜色上看,纸鬼脸面全为青色,头发或红或白。关注纸鬼、纸人的数量、颜色与下文探讨它们的来源有关。脂本系统里的纸鬼纸人都是马道婆从裤腰里掏出来的,也就是说她随身携带巫术道具。只有梦稿本、程甲、程乙本例外,是马道婆问赵姨娘要了几张纸,现场用剪刀剪出来的。

二、现实性的考量

马道婆的纸鬼纸人到底是现成的还是现剪的,我们也许首先会想:哪一种在实际情况下更可行,故而我们需要回到历史当中了解巫术的演变历程。

历史上因巫术诅咒致使家宅不宁,甚至天下大乱的事屡见不鲜,如西汉武帝时期的"巫蛊之祸"。据《汉书·戾太子传》,这场宫廷纷争中,使用的巫术道具是埋在地里的桐木偶人。类似巫术在近古文献中也时常出现,如《南村辍耕录》曰:"于王先生房内搜获木印二颗、黑罗绳二条、上钉铁针四个、魇镇女身小纸人八个、五色彩、五色绒,上俱有头发相缠。"③《阅微草堂笔记》载:"门旁墙圮出一木人,作张手叩门状,上有符篆,乃知工匠有嫌于主人,作是镇魇也。"④又云:"而术士需索无厌,时遣木人纸虎之类至其家扰人。"⑤可见木质、纸质的巫术道具同时存在,且作用大致相同。区别就在于木人需雕刻,比剪纸烦琐。而且木人还要埋到地下,不像纸人掖在床上即可。出于这种现实考虑,清代可能纸人比木人更普遍,曹雪芹因此让马道婆用纸人。

---

① 案:"钱",原文如此,当为"纸"字之误。
② 案:此为改动后之文字,涂改处原作"又向裤腰里掏了半晌,掏出一个纸铰的青脸红发鬼,及(此字漫漶)个纸人"。
③ 陶宗仪:《南村辍耕录》,上海古籍出版社2012年版,第144页。
④ 纪昀:《阅微草堂笔记》,中华书局2014年版,第846页。
⑤ 纪昀:《阅微草堂笔记》,中华书局2014年版,第1114页。

进一步考虑,纸鬼纸人也存在提前准备和现场制作两种选择。当时马道婆虽是在赵姨娘房内,也未必安全,万一被人瞧见,败露无疑。但马道婆既谙于此道,几张纸叠在一起快速剪个小人,应当也有这种本事。如果还要粘纸鬼的红白头发,则比较费时。但我们细看上文表格,程本只写到"青面鬼",没有头发!换言之,如果纸鬼是提前准备好的,有头发;现场剪的,则不必有头发。看来程伟元、高鹗虽然于此处做了改动,却也不是妄改,至少他们考虑到:当场剪出头发来粘到纸鬼头上不大可行。

如果从赵姨娘的角度来看,马道婆事前准备好的粘有红、白头发的精致纸鬼纸人,与她现场随手剪出来的,恐怕前者看起来法力更高。因此笔者认为,从现实角度来说,现剪纸鬼纸人完全可行,无可非议。但若从可信性的角度来说,或许提前准备的纸鬼纸人更能让赵姨娘放心。

三、文学性的考量

从文学角度考虑,现成的与现剪的纸鬼纸人,何者更使小说出彩?前八十回中,马道婆只在第二十五回出现了一次,相关篇幅却不短。先是趁宝玉被烫伤,哄骗贾母为孙子点了个避灾的大海灯,赚得每月五斤灯油钱。转头又怂恿赵姨娘使坏,诅咒宝玉、王熙凤,甚至要绝了他两个的性命。可见她名为"道婆",却根本不顾清规佛法,甚至比常人更加见钱眼开,又是两面三刀、居心叵测,一副丑恶嘴脸。

脂本写到马道婆从裤腰里掏出纸鬼纸人时,甲戌本脂批评价:"如此现成,更可怕。"可见贼婆并非一时起意,而是早有准备。甚至对她来说,这害人的把戏不过是正常的营生手段。如果改成现剪纸人,则失去了这种视谋财害命为儿戏的潜在意味。可是从另一方面说,如果能现剪纸人,也说明技艺相当娴熟,暗地里不知做了多少见不得人的勾当;又能说明贼婆颇胆大,居然在赫赫贾府当场制作巫术道具,可见其作恶之老辣。

从读者的阅读体验看,读到"从裤腰里掏出"纸鬼纸人来,似乎更令人意外,能带来一种思维上的冲击感。因此在塑造人物形象方面,笔者认为,"现成的"纸鬼纸人更佳。

这两种写法不仅关乎人物形象塑造,也与情节有关。庚辰本脂批曰:"如此现成,想贼婆所害之人岂止宝玉、阿凤二人哉?大家太君夫人诚之慎。"如果马道婆的纸鬼纸人是提前准备好的,说明她是蓄谋已久,只不过"谋"的对象未必是宝玉、王熙凤,也可能是其他人家的家眷。我们自然会联想到,她与其他"赵姨娘"合伙害"宝玉"们、"王熙凤"们的场景。于是这一句话营造出一种小说情节的空间感,给予读者遐想、回味的余地。相较之下,"现剪"纸人则缺乏这种作用。故从文学角度考虑,"从裤腰里掏出"纸鬼纸人更胜一筹。

四、续作中的线索

结合全书来看,程本第八十一回马道婆因潘三保案败露被抓,送入刑部监,要问死罪。起因是她无意中失落了一个绢包,内有许多纸人,被人拾到,于是牵出一系列隐情。由于后四十回是无名氏续作,我们可以推测,这位续作者所见前八十回原著中,马道婆害宝玉时,纸鬼纸人一定是事先准备好的。而脂本系统比程本更早,恰恰都是"现成的"纸人,两者相合。因此,"从裤腰里掏出来"而非"现剪"更符合曹雪芹原意。

至此,我们从现实性、文学性和续作三个角度探讨了纸鬼纸人的来源问题。三个角度都指向同一个答案,即事先准备好的巫术道具更合理。"现成的"纸鬼纸人从实际操作来看更具可行性;事先制作的又必然精致,会显得更具法力。"从裤腰里掏出"纸鬼纸人这一情节,也更能衬托出马道婆的邪恶、负面形象,同时拓展了读者的想象空间。此外,第八十一回马道婆的败露无疑表明,她的道具应当是随身携带的。

然而程伟元、高鹗为何做此改动,不禁令人好奇。或许他们觉得随身携带巫术道具过于荒唐,或许觉得马道婆只是与赵姨娘一拍即可,临时起意,当然我们无从考证。只是程、高二人在改动第二十五回时,忽视了第八十一回的相关情节,未注意到前后文契合。这一点也可旁证,后四十回并非高鹗所作,否则他一定对此情节印象颇深,不会贸然改成"现剪"纸鬼纸人。况且程甲本"因急欲公诸同好,故初印时不及细校,间有纰缪"[1],在第二年春,又重新排印,是为程乙本。但程乙本中,这一错误依旧延续,可见程、高二人是刻意为之,而非无心之失,则后四十回非高鹗所续无疑。

---

[1] 程伟元、高鹗:《红楼梦引言》,转引自朱一玄编《红楼梦资料汇编》,南开大学出版社2012年版,第46页。

浅探芸红恋

王冠茹(历史学院)

贾芸和红玉是《红楼梦》中一对难得的结局较好的有情人,那么关于芸红恋,有哪些值得探究的地方呢?笔者所关注的主要是以下三个方面。

一、芸红其人

从书中的描述可以看出来,贾芸和红玉无疑是很相像的两个人,这或许也是他们能够互相吸引的重要原因吧。这两人的特征主要有以下几个方面。

1.相貌不俗

在第二十四回中,作者借宝玉之口向我们展示了芸红二人的相貌:贾芸——"宝玉看时,只见这人容长脸,长挑身材,年纪只好十八九岁,生得着实斯文清秀"[1];红玉——"宝玉一面吃茶,一面仔细打量,那丫头……容常脸面,细巧身材,却十分俏丽干净"。这样一看,这两个人不仅长得都不错,还蛮有夫妻相的。

2.伶俐能干

贾芸去贾府中找差事做这件事足以体现出他的人情练达:在发现贾琏原来做不得主时及时转换目标,见凤姐时备恰当的礼说恰当的话,从而成功让凤姐从"连正眼也不看,仍往前走着"到"不由的便止了步"再到最终在心里许了贾芸的差事。再说红玉,第二十七回中她替凤姐做事,得了凤姐"这一个丫头就好,方才两遭说话虽不多,听那口声就简断"的夸,甚至起了认她做女儿的想法,由此可见红玉的能力。

3.不得志

贾芸作为贾府的旁系子弟,却家境清贫,去贾府里求事做也并不顺利,去舅舅家求助反而讨了一顿说,又被舅舅舅母你一言我一语地赶了出去。红玉则是因为给宝玉倒了茶就被秋纹碧痕左一句右一句地挤兑,宝玉病愈后贾母的赏赐也算不到上等里面,

---

[1] 本文中《红楼梦》原文及脂批均引自曹雪芹《脂砚斋重评石头记(庚辰本)》,人民文学出版社1975年版。

而且在第二十六回中,绮霰都可以分派红玉描花样子,派来的小丫头跟红玉说话也是十分的不客气,红玉虽然对此不高兴,却也不能说什么。

4.聪明通透

在宝玉还在想着"明儿怎么样收拾房子,怎么样做衣裳,到像有几百年熬煎"的时候,红玉已经意识到了:"'千里搭长棚,没有个不散的筵席',谁守谁一辈子呢?不过三年五载,各人干各人的去了,那时谁还管谁呢?"而贾芸虽然没有这方面的直接描写,但是从他的结局和平日里的为人处世之中也可窥得一二。

5.心存良善

贾芸和红玉初次见面,红玉就好心告知贾芸宝玉今天必然见不了他,让贾芸不必白等。而贾芸在舅舅家受了委屈,回家后怕母亲伤心也就掩下不提;同时,倪二肯不要利息主动借钱给贾芸,也可侧面体现贾芸平日里的为人。并且在贾府败落之后,芸、红二人积极救助宝玉凤姐等人,虽然这一点属于第八十回以后的内容,具体如何我们已经不得而知,但从脂批"(贾芸)孝子可敬。此人后来荣府事败,必有一番作为"和"凤姐用小红,可知晴雯等埋没其人久矣,无怪有私心私情,且红玉后有宝玉大得力处,此于千里外伏线也"中可以推测一二。

二、芸红情事

1.初见

一个干净俏丽声音好听的丫头,一个斯文清秀举止文雅的哥儿;一个下死眼把贾芸盯了两眼,一个边说话边不自觉地瞧那丫头;一个说完了话还站在那儿,一个想问名字却又觉得不妥。这次意外的相遇让两个人不意外地动了心,生出了这一段"风流情债"。有人说,互相看一眼就喜欢上太不现实了,但实际上,两个人最初的好感就是源于彼此看对了眼,尤其这还是在古代,男女大防之下,异性之间很难有什么交集,遇到一个不错的异性就产生好感是一件再正常不过的事。

2.相思

遇到贾芸的第二天,婆子提起芸哥儿明儿会带人进园子种树,红玉"不觉心中一动",当晚便做了与贾芸的绮梦,这等事虽是不合礼法,惹得红玉心烦不已,却也是红玉"情思缠绵"的体现。接着宝玉生病,贾芸和红玉都在旁守着,"彼此相见多日,渐渐混熟了"。红玉在贾芸手里见着了仿佛是自己的手帕,想去问却又不好去,就向好多人说要找帕子,甚至在贾芸面前直接问坠儿帕子的事;又听见李嬷嬷要去找贾芸进来,"便站着出神,且不去取笔",问清坠儿要带贾芸进来,便慢慢地走,"刚走至蜂腰桥门前",

便迎面碰上了贾芸。找帕子、站着出神、刚走至,红玉女儿家的小心思便跃然纸上。

而二人在蜂腰桥相见后,"那贾芸一面走,一面拿眼把红玉一溜;那红玉只装着和坠儿说话,也把眼去一溜贾芸。四目恰相对时,红玉不觉脸红了,一扭身往蘅芜院去了",这一对望,好似说了千言万语一般,彼此的心意顿明,接着两个人便借着坠儿互换帕子,一切水到渠成。

在相思与相处之中,芸红二人那原本淡淡的一点好感被慢慢放大,直至认准彼此。这段感情虽称不上荡气回肠,但两人相处中那种暗暗的欢喜,却是平凡之中自有动人之处。

3.相守

因为《红楼梦》第八十回之后内容的散佚,我们没有办法知道芸红二人的准确结局,但从脂批中可以看出,既然他们在贾府抄没以后还有能力救助宝玉凤姐等人,那么他们的结局应该相对来说是不错的了,可能算不上富贵人家,但起码做得了一对衣食无忧的平凡夫妻。

三、芸红与宝黛的互相照应

贾芸和红玉与宝玉和黛玉颇有渊源:"原来这小红本姓林,小名红玉,只因'玉'字犯了林黛玉、宝玉,便都把这个字隐起来,便都叫他'小红'。""宝玉笑道:'你(贾芸)到比先越发出挑了,倒像我的儿子。'"其中第一段处又有脂批:"又是个林""'红'字切'绛珠','玉'字则直通矣"。并且,芸红的情事与宝黛的情事其实是交叉着来写的,第二十六回的脂批有云:"此回乃颦儿正文,故借小红许多曲折琐琐之笔作引。"同时,这两对又都是利用手帕来传情达意的。

由此可见,在《红楼梦》中,芸红其实是宝黛的化身,尤其是在感情方面。然而这两对又是彼此对立的:一对富贵,一对贫贱;一对出世,一对入世;一对的结局是悲剧,一对的结局是喜剧。

我们知道,曹公对贾府的败落实际上是持有一种惋惜的态度的,他虽然意识到了当时社会的一些不合理之处,但是他并不是以一个革命者的姿态在批判和改革这个社会。正如他创作出了很美好的宝黛,但宝黛的故事只能是以悲剧来结尾一样,他知道像宝黛那样的人在当时是没有办法生存下去的,而这样的现状,他是想冲破但却无能为力的。因此,他或许只能妥协。所以与宝黛相比,很可能芸红才是曹公的一种理想状态——不需要多么富贵,只要是一对有情人,聪明能干又知道上进,还能够保有一颗纯善的心,那么他们应该就能够好好地生活下去了吧。

怡红院"人事变动"考
——以绮霰为例

王伊麟(历史学院)

现今《红楼梦》通行于世的两个版本系统,主要是脂本和程本。前者是指仅流传八十回的脂评抄本系统,其祖本是曹雪芹生前传抄而出;后者则是经程伟元、高鹗在乾隆年间整理补缀的百二十回印本系统。两系统间及各系统内文本都有或大或小的差异,一向是红学界关注的重点。对不同版本间异文的比较研究,可以为我们推断作者曹雪芹的创作方式等提供巨大帮助。与此同时,作为一本带有现实主义色彩的小说,研究《红楼梦》中贵族世家的人情生态,也有助于我们了解当时的社会百态,借古鉴今。

本文重点研究的对象是男主人公贾宝玉的一个丫鬟——绮霰(为表述方便,下文通称"绮姑娘")。其特殊之处在于:(1)她的名字在不同版本间有"绮霰"与"绮霞"之异文。(2)宝玉的外书房是贾芸与小红的初遇之处,在行文中起重要作用,竟在部分版本中与绮姑娘同名,为"绮霰斋",且存在另两种异文:"绮霞斋"与"绮散斋"。(3)作为宝玉身边一个地位较高的丫鬟,绮姑娘仅仅在文中出现三次便神秘消失。本文即希望通过考辨《红楼梦》诸版本绮霞、绮霰及绮霞斋、绮霰斋、绮散斋异文与修改缘由,管窥怡红院人事安排及作者创作意图。

重视与尊重女性,是作者透过宝玉表达出的重要思想倾向之一,这一倾向又很大程度地体现在对人物,尤其是女性人物的命名上。因此以往学界对《红楼梦》中人物的命名艺术已投入很多关注。早在乾隆年间,周春就在其《红楼梦随笔》中说:"看《红楼梦》有不可缺者二,就二者之中,通官话京腔尚易,谙文献典故尤难。倘十二钗册、十三灯谜、中秋即景联句,及一切从姓氏上着想处,全不理会,非但辜负作者之苦心,且何以异于市井之看小说者乎?"[1]

在对人物名字的校订及分析中,许多学者都注意到了绮姑娘之名在不同版本中的差异,如周汝昌、俞平伯、蔡义江等先生,都在其负责校注的《红楼梦》中注明了异文现象及个人观点。对书中丫鬟名字的列举与分析更是不胜枚举,典型例子如刘世德先生

---

[1] 金启孮:《漠南集》,内蒙古大学出版社1991年版,第231页。

的《彩霞与彩云齐飞》(上、下),通过研究王夫人手下两位大丫头身份的分合,推断曹雪芹的创作方式。①

但是,由于绮姑娘出场较少,且名字于同一部书中比较统一,故学界迄今较少对其单独撰文考辨,关注点更多集中在着墨较多的丫鬟身上;而宝玉的外书房更因仅在第二十四回出现两次,向来"门庭冷落",鲜有问津。本文的价值或即在于,关注到了一个新问题:为何作者安排一个丫鬟与其男性主人的书斋同名;以及从一个不受关注的次要人物出发,归纳一些理解红楼梦的思路。

一、莫衷一是:"绮霰","绮霞"还是"绮散"

宝玉的丫鬟绮姑娘首见于《红楼梦》第二十回:"彼时晴雯、绮霰、秋纹、碧痕都寻热闹,找鸳鸯、琥珀等耍戏去了。"②作为一个仅仅被一笔带过的名字,后文对她亦着墨不多。第二十六回小红与佳蕙的谈话中她又被一语带过,唯一一次正面描写是第二十七回附和晴雯与小红拌嘴处。此后便销声匿迹。

在冯其庸、李希凡主编的《红楼梦大辞典》中,"人物"门类下同时收录了绮霰与绮霞两个条目,且以前者为准:"绮霰,宝玉的丫头。出现时总与'晴雯'对举。"③从第二十六回佳蕙的话中,我们似乎还能读出,绮、晴身份相似:"可气晴雯、绮霰他们几个,都算在上等里去,仗着老子娘的脸面,众人倒捧着他去。你说可气不可气?"

这或可从地位上解释为何总是晴绮对举。但是,正如朱一玄在《红楼梦人物谱》中提出的异议:第七十七回写晴雯来历时,说"这晴雯进来时,也不记得家乡父母",与"仗着老子娘的脸面"前后矛盾。因此到了程乙本,这句话改为"仗着宝玉疼她们"。这种改动不无道理。④不过,无论绮姑娘是何来历,第二十六回都能侧面表现出她地位不低。虽然佳蕙这些小丫鬟对此心有不忿,但她仍可以支使她们做事,并被尊称一声"绮大姐姐"。

在诸家点校中,对绮姑娘名字的异文表述十分统一。概括起来就是:脂本系统除戚本外皆为"绮霰",程本系统皆为"绮霞"。故我们几乎可以确定,绮姑娘的名字为程

---

① 刘世德:《彩霞与彩云齐飞(上)——〈红楼梦〉版本探微之一》,《红楼梦学刊》1996年第2辑。刘世德:《彩霞与彩云齐飞(下)——〈红楼梦〉版本探微之一》,《红楼梦学刊》1996年第3辑。
② 曹雪芹:《脂砚斋重评石头记》,人民文学出版社1975年版,第441页。下文《红楼梦》正文之引文皆出自此书,不再出注。
③ 冯其庸、李希凡主编:《红楼梦大辞典》(增订本),文化艺术出版社2010年版,第318页。
④ 朱一玄:《红楼梦人物谱》,百花文艺出版社2006年版,第153页。

高修改。

至于书斋,"绮霰斋"这一建筑则见于第二十四回。贾芸来荣府找贾琏夫妇讨差事,首遇宝玉并与他认作"父子",又得进宝玉外书房——部分脂本作"绮霰斋",部分脂本作"绮霞斋",程本作"绮散斋"。由于脂本系统内部比较复杂,诸家校订该书斋名称的过程中很少能够兼顾。现并列几位学者成果,以供推断与参考:

郑庆山:"'绮霰斋',蒙府本、戚序本、杨藏本、舒序本作'绮霞斋',馀本同于底本。"①

张俊、沈治钧:"绮散斋,同甲本庚辰、列藏、甲辰本作'绮霰斋',梦稿、戚序本等作'绮霞斋',乃贾芸与小红首次相遇处。书中仅此一见。"②

俞平伯:"9行'绮霰斋'——从庚、晋、残;原'绮霞斋'。"③

脂本系统中,最为流行的有十个版本,各学者对其习惯称谓不尽相同。经笔者校对,现以刘世德先生《〈红楼梦〉版本探微》所录诸版本名称为准,得出结论如下:

写作"绮霰斋"的有:庚辰本、彼本、郑本、梦(序)本④。

写作"绮霞斋"的有:蒙本、戚本、杨本、舒本。

甲戌本与己卯本因二十四回散佚,不作讨论。

现在,我们根据诸本校勘结果,对异文总结如下(见表1)。

表1 诸版本异文总结

版本		人名	章回	建筑名	章回
脂本	甲戌本	绮霰	26,27	——	(散佚)
	己卯本	绮霰	20	——	(散佚)
	庚辰本	绮霰	20,26,27	绮霰斋	24
	蒙本	绮霰	20,26,27	绮霞斋	24
	戚本	绮霞	20,26,27	绮霞斋	24
	杨本	绮霰	20,26,27	绮霞斋	24
	舒本	绮霰	20,26,27	绮霞斋	24
	彼本	绮霰	20,26,27	绮霰斋	24

① 曹雪芹:《脂本汇校石头记》(上),作家出版社2003年版,第249页。
② 曹雪芹原著,程伟元、高鹗整理,张俊、沈治钧评批:《新批校注红楼梦》(第一册),商务印书馆2013年版,第454页。
③ 《俞平伯全集》(第7卷),花山文艺出版社1997年版,第159页。
④ 由于杨本又常作"梦稿本",故在此处加一字以示分别。

续表

版本		人名	章回	建筑名	章回
	梦(序)本	绮霰	20,26,27	绮霰斋	24
	郑本	——	(散佚)	绮霰斋	24
程本	程甲本	绮霞	20,26,27	绮散斋	24
	程乙本	绮霞	20,26,27	绮散斋	24

二、草蛇灰线:《红楼梦》的命名艺术

分析至此,我们应当有个定论。上文援引的校勘材料已可见端倪:学界无疑对"绮霰"与"绮霰斋"更为认可。除上文所述《红楼梦大辞典》在人名中以"绮霰"为准外,其建筑门类下亦专有"绮霰斋"条目,而无其余二异文。

那么,为什么要立定"绮霰"与"绮霰斋"呢?其一,毫无疑问,脂本系统比程本系统出现早;而脂本系统之间,又以甲戌、己卯、庚辰三个本子传抄于曹公生前,更可能接近其创作原意。甲戌、己卯缺少书斋一回暂且不论,出于某种"史实的"考虑,庚辰本自然在此问题上更有权威性。因此当定为"绮霰"与"绮霰斋"。

其二,"绮霞"不符合人物命名规律。刘世德先生在《彩霞与彩云齐飞(上)——〈红楼梦〉版本探微之一》一文中起首便开宗明义地点出:曹雪芹对《红楼梦》中丫鬟小厮的命名,有着精心的设计。其中最值得注意的两个特点是,他们往往四人构成一组;他们的名字往往是二人相互成双配对。①例如贾母的六个贴身丫鬟名琥珀、珍珠、鸳鸯、鹦鹉、翡翠、玻璃,象征着贾母的尊贵和长寿,脂批"此等名字,方是贾母之文章"②。元、迎、探、惜四姊妹的丫鬟抱琴、司棋、侍书、入画,既表现了富贵人家小姐们的高雅情趣和艺术修养,又和她们侍候四姊妹的职责结合可谓相得益彰,"洗尽春花腊梅俗套"③。皇商家庭女主人薛姨妈的丫鬟名同喜、同贵,是跟她的出身背景及想和贾家联姻的愿望相符合,同时"见其依炎附势,人喜亦喜,人贵亦贵而已"④。

据统计,庚辰本中,男主人公宝玉身边有名有姓的丫鬟前后总共有十七人:袭人

---

① 刘世德《彩霞与彩云齐飞(上)——〈红楼梦〉版本探微之一》,《红楼梦学刊》1996年2辑。
② 霍国玲、紫军校勘:《脂砚斋全评石头记上》,东方出版社2006年版,第47页。下文《红楼梦》脂批之引文皆出此书,不再作注。
③ 曹雪芹、高鹗著,护花主人、大某山民、太平闲人评:《红楼梦三家评本》(上),上海古籍出版社1988年版,第454页。
④ 孔令彬:《略论〈红楼梦〉中丫鬟人物的命名》,《韩山师范学院学报》2003年第2期。

(珍珠)、晴雯、麝月、媚人、茜雪、秋纹、碧痕、绮霰、四儿(蕙香或芸香)、檀云、佳蕙、坠儿、紫绡、良儿、篆儿、春燕、芳官(耶律雄奴、金星玻璃)。没算红玉(小红)是因她后来跳槽去了凤姐处。对比上述名录不难发现,她们的名字不少也有"对仗":袭人对媚人、晴雯对绮霰、麝月对檀云;茜雪也可以对上紫绡。这不仅是一种猜测,在作者行文中也有证明:宝玉入住大观园后写出四季即事诗,《夏夜即事》有"窗明麝月开宫镜,室霭檀云品御香"。后来撰《芙蓉女儿诔》,又有"镜分鸾别,愁开麝月之奁;梳化龙飞,哀折檀云之齿",显然是故意把麝月和檀云的名字嵌在里面一语双关。以宝玉的才情,给身边丫鬟起些工整对仗、新雅响亮的名字,并非难事。

从对仗角度出发,我们反观"绮霰"与"绮霞",就显然是前者更为贴切。《说文》释霰,"稷雪也。从雨散声。"《诗·小雅》有云:"如彼雨雪,先集维霰。"可见霰字的本义是类雪的小冰粒。而"雯"字本意为彩云,是"具有复杂花色纹样的云团";"霞"《说文》作"赤云气也",本意为日出日落时云团折射的阳光,亦可引申为"彩云"。这样一来,"绮霞"之名便不仅遥遥与王夫人身边的"彩霞"犯重,近在怡红院内,就与晴雯义同,断不可能是作者原意了。

其三,"绮霰"具有更加深刻的含义。金启孮先生在其《〈红楼梦〉人名研究》中认为:《红楼梦》中人名地名多来自诗词且具深意,而主人公的丫鬟之名又是为了从旁帮助说明他们本身归宿的。这其中,他将绮霰单列为一条,认为"霰"字见于"月照花林皆似霰",是为夜景。其深意在于,绮霰(及晴雯、麝月、春燕等)的命名,都表现出一派晚景,与其主之名"此乡多宝玉,慎莫厌清贫"合拍,预示了宝玉个人命运结局及贾府最终走向衰败。①

那么,为何诸本间有如此变动呢?

首先从程本说起。周汝昌先生的观点其实很好地诠释了程本系统改字的原因:"绮霞、绮霰二名不统一,今所以从绮霞者,理由有三:一,怡红院中如晴雯、檀云、茜雪等例,而独无霞字。二,上回方有贾母正院仪门外绮霞斋之名,此丫鬟不应与斋名犯同,故我疑丫鬟本名绮霞,其作霰字之诸本乃涉上回斋名而致讹。其三又'余霞散成绮'是六朝名句②,则绮霞应从此句而来。"③此外,赵冈与金启孮先生在其论著中均提

---

① 金启孮:《漠南集》,内蒙古大学出版社1991年版。
② 其实"绮霞"二字本身也是熟典。南朝梁何逊《七召》:"绮霞映水,蛾月生天。"唐唐彦谦《牡丹》诗:"开日绮霞应失色,落时青帝合伤神。"宋张元干《兰陵王》词:"绮霞散,空碧留晴向晚。"明何景明《十六夜月》诗:"美人越崇京,高楼结绮霞。"
③ 曹雪芹著,脂砚斋批:《周汝昌校订批点本石头记》(上),译林出版社2011年版,第339页。

出,程高妄改,恐也有霰字生僻之嫌,不利于书本的刊刻与传播。①

而笔者认为,这一改动背后,还有其他原因。这要从霰字本身说起。

霰字其实也是一个姓氏。据传明亡后,衡王朱由楘之妻洪英瑶携一子朱慈安与一女朱慈嫣逃脱至现山东省青州市弥河镇壮汉庙村,并从此改姓"霰"。因此,霰姓是明末最后一代衡王朱由楘的后人。时至今日,霰姓仍是中国的一个罕见姓氏,多分布在山东省,《烟台晚报》等报纸均有报道。虽然该姓氏来历未有确切史料记载,但这一故事在霰姓族人间一直口耳相传。这在清代何其敏感可想而知。因此,程本改掉"霰"字的意图便十分明显:正如脂本第五十三回的"大明角灯"在百二十回本中端端被改为"角灯"一样——纵使曹雪芹本无此意,程高二人也是在替大清"避讳"呢。

由此,已知程本将绮姑娘改名"绮霞",所以无论其底本是上述脂本中的哪一类,都会出现一个贵族少爷的书斋和手下丫鬟同名的现象。这样命名,于情于理都有暌违。因此,单纯为了避同,程本就足以将书斋改为"绮散斋"了。

古人给自己书斋起名,一般总要讲究来头。比如贾政的书斋叫"梦坡斋",毫无疑问典出苏东坡之名。而"绮霰斋"毫无来头,并与贾府一位下人同名,是令人匪夷所思的。可一旦将"霰"去掉"雨"头,改成"绮散",就有迹可循了:"绮散"(或"散绮"、"霞绮")典出南朝《昭明文选》卷二十七《诗戊·行旅下·晚登三山还望京邑》诗:"余霞散成绮,澄江静如练。"后"余霞散绮"(或"余霞成绮")便成为一个成语,用来评论文章结尾有不尽之意。这样一来,宝玉的书斋名便有了一个颇为风雅贴切的典故;而绮姑娘的名字便既不僭越尊卑,更如那"花气袭人知骤暖"一般,也成为宝玉起名史上的又一"神来之笔"。

其次是脂本系统内部的改动。脂本现存十个主要版本,所以在不同程度上保存了原著的本来面貌。其中以甲戌、己卯、庚辰本流传较广,但在各个脂本之间,谁比谁早、谁更接近作者原稿,又有谁可以归为同一系统,迄今没有定论。刘世德先生的研究成果如下:②

---

① 赵冈、陈钟毅:《红楼梦新探》,文化艺术出版社1991年版。金启孮:《漠南集》,内蒙古大学出版社1991年版。
② 刘世德:《〈红楼梦〉版本探微》,华东师范大学出版社2003年版,第23页。

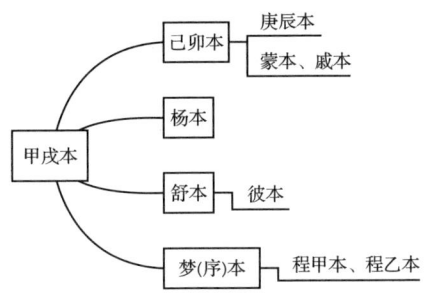

图1　刘世德先生《红楼梦》脂本版本研究①

但是,图1恰恰证明,脂本间书斋名称错综混杂,无法单纯用时间早晚解释。所以笔者推测,脂本内部改动原因有二:其一,同程本,乃是抄手有意识地用典与避同。其二,由于脂本皆为抄本,且"霞""霰"字形极为相近,抄手一时无心笔误,也不无可能。

至此,我们遇到了一个新问题:为何作者安排一个丫鬟与其男性主人的书斋同名?《红楼梦大辞典》对此有过试解:"作者以'绮霰'二字为宝玉书房命名,同时又给怡红院的一个大丫头也取名'绮霰',或因这里与贾芸、红玉的故事有关,或更在显示宝玉的'愚顽怕读文章'的本性。"②这一问题或许还具有深究的价值,笔者总感觉贾芸与小红仿佛世俗化的宝玉与黛玉。他们的地位和眼界或许不如二位主角高,但其结局很有可能与之形成对照,并在后文集中展现,强化故事的悲情意味。惜乎八十回后遗失无考,究竟为何要安排一位少女与一位公子哥的书房同名,个中因由恐怕只有曹公自己知晓了。

三、彩云易散:怡红院的"人事变动"

接下来,我们要关注绮霰的出场问题。如前所述,她在第二十回、二十六回被一笔带过,第二十七回有唯一一次正面描写;第二十四回出现了与她同名的宝玉的书斋。所以,绮霰在前八十回中,只在前半部集中出现了四次,此后便杳无音讯。她是死了、被赶出去了,还是像小红一样跳槽了?我们无法推断她的去向。但是,想要明白她突然消失的原因,还要从怡红院中的人事安排说起。

上文列举了服侍过宝玉的十七个丫鬟。其中,地位和出镜率最高的是袭人,其次是晴雯和麝月,再次是秋纹,她们一般也是读者心中的"四大丫鬟"。这在书中也不无例证。第六十三回贾宝玉过生日时,众丫鬟凑份子。袭人笑道:"你放心,我和晴雯、麝

---

① 由于郑本仅存第二十三、二十四回,故在此未被讨论。
② 冯其庸、李希凡主编:《红楼梦大辞典》(增订本),文化艺术出版社2010年版,第87页。

月、秋纹四个人,每人五钱银子,共是二两。芳官、碧痕、小燕、四儿四个人,每人三钱银子,他们有假的不算,共是三两二钱银子,早已交给了柳嫂子,预备四十碟果子。我和平儿说了,已经抬了一坛好绍兴酒藏在那边了。我们八个人单替你过生日。"袭人在宝玉房里的地位无可争议,所以认定与她出了相同份子钱的也是"大丫鬟",似乎也不无道理。

在上述十七人中,由于人员变动,走的走、来的来,导致在贾宝玉的生日聚会上,房里只剩下八个丫鬟,分别是:袭人、晴雯、麝月、秋纹;芳官、碧痕、春燕、四儿。又因王熙凤曾说宝玉房里如果再增加一个丫鬟的话,贾环也需增加一个方显公平,所以贾宝玉房里的丫鬟数理应是一个恒定的数目。但是袭人又说"他们有假的不算"——所以在第六十三回不知为何没有出场的紫绡,在第六十四回时突然又登场了。由此我们发现宝玉房里应当不止八个丫鬟,在宝玉过生日时,她们可能因种种原因没有出场。

回到上文"对仗"论。因为麝月和檀云、秋纹和碧痕常并列出现,她们理应是两两一对,属平级。如果其中一位入选,另一位理应也算。但在第五十二回,麝月"命"秋纹、檀云等进来,一同伏侍宝玉梳洗。不言而喻,秋纹、檀云两人和麝月不在一个档次,后者级别高一等。这是否是作者一时疏忽,不得而知。

如此一来,"四大丫鬟"的观点似乎并不能自圆其说。当我们重新阅读文本,会发现着重记叙贾府治理的七十二回中,荣府大管家林之孝曾说过这样一段话:"人口太众了。不如拣个空日回明老太太、老爷,把这些出过力的老人家用不着的,开恩放几家出去。……如今说不得先时的例了,少不得大家委屈些,该使八个的使六个,该使四个的使两个。"考虑宝玉在贾府的地位,他显然属于"该使八个"(甚至可能更多)的主子。

所以,当我们提升"大丫鬟"人数的上限,赵冈先生在《〈红楼梦〉里的人名》一文中就提供了一个崭新的观点:怡红院的八个大丫头是每两人一组:袭人、媚人;晴雯、绮霰;麝月、檀云;春燕、秋纹。又有四个中等丫头配成一套:紫绡、茜雪;红玉、碧痕。①

虽然秋纹和碧痕时常在文中捉对出场,但细细想来,若说对仗工整,还真莫过于春燕对秋纹、红玉对碧痕。但是,随着时间流逝、人事变动,像红玉这样顶着某一名字的丫鬟被调走,很可能就把那个名字也一并"带走",因此"人名对仗说"也不能全然生搬硬套。不过,诸如绮霰、媚人、紫绡、檀云等这样的丫鬟,显然是花了心思取名,却又在全书昙花一现便不知所踪者,究竟用意何在?

赵冈先生除了关注到怡红院有八个"大丫头"、名字两两配对外,也对一些丫鬟的"失踪"做出了讨论:"有趣的是,这些整齐排列的丫头,后来竟然有些人失踪了,留下些

---

① 赵冈、陈钟毅:《红楼梦新探》,文化艺术出版社1991年版,第362—363页。

空档,造成不配套,或由偶数变成单数的情形。依我们考据的观点来看,整齐配套是原始的形式。也就是说,当雪芹开始动意写此小说时,他一定是先排好了这些丫头的名字,一组一组,一套一套,相应对称,完整无缺。但是后来发展的结果,有人被丢掉了,变成了书中失踪的人物。因为丫环们是配角小人物,失踪了也无人追究,相沿迄今。但是有考据兴趣的人,就可以从这些地方看出一些线索,帮助吾人了解此书的创作及流传过程。"①他的分析,笔者将其概括为"外因",主要有三:一因曹雪芹本人在改写过程中删去或改引;二因作者原意是将她们放在后四十回出场——如脂批"狱神庙回有茜雪红玉一大回文字"云云;三因抄本时代的抄手误抄。②

在赵先生的研究之上,笔者又提出一条可资探讨的"内因":当时的社会现实。

从抄检大观园一回就可以看出,即使身为大户人家的丫鬟,在当时的等级观念面前也毫无尊严。被拐走的甄家小姐香菱早先通过金钱交易,像货物一样被买卖不说,作为贾府货真价实家生子的小红未得凤姐赏识前,也在绮霞等一干大丫鬟面前抬不起头来。晴雯死前若不是宝玉执意去见了一面,恐怕也会就此不声不响从世上消失。《红楼梦》归根结底是透过贵族青年宝玉的视角写就,即便反思贵族生活、批判社会现实,主角(作者)恐怕也没有那样的心力与笔力,去一一为消失的丫鬟们申辩叹惋。

说是作者有心无力也好、刻意为之也罢,《红楼梦》虽然是一部初步带有女性主义色彩、以极大热诚描绘出一个玲珑女儿世界的文学作品,但这其中还是存在不少女性的"失落"。例如除女主角之外似乎被刻意模糊了的女性情感世界、对于未婚少女和已婚妇女的极端差别对待,以及本文探讨的丫鬟"失踪"等现象,仍需要我们当代人的关注与反思。

四、结语

清楚"绮霞"二字的来龙去脉之后,熟悉《红楼梦》的人不禁要刨根问底:曹公惯爱在人名上埋伏笔、做文章,那么"绮霞"二字是否有什么针对性含义? 十分可惜的是,理解《红楼梦》的最好帮手——脂批,对这一集中出现在第二十回至第二十七回的名字没有任何评论。因此,笔者也倾向于这只是一个美丽的名字,不宜做太多延伸解读。

《红楼梦》是曹公描写青春、爱情与生命的小说,也是一部忏悔和追忆之作。除主旨之外,在文中表现非常明显的,一是对家族基业的开创者们如宁、荣二公充满敬意和景仰之情,透出一种自豪感;二是对家族破败没落的惋惜;三是对家族内部的种种弊端

---

① 赵冈、陈钟毅:《红楼梦新探》,文化艺术出版社1991年版,第364页。
② 赵冈、陈钟毅:《红楼梦新探》,文化艺术出版社1991年版,第364—366页。

进行批评。由此可见,曹雪芹对家族的描写是带有反思色彩的,他不是毫无原则地维护和赞美家族的一切,而是用挑剔的眼光审视着家族内部的种种弊端,思考家族由兴到衰的责任。这正是这部小说的深刻性与先进性所在。

笔者一再在行文中强调,《红楼梦》是一部小说、一部文学作品,就是想要凸显时代背景不可避免会对作者产生深刻影响。作为(至少是曾经的)地主阶级既得利益者,又身处康乾之治那样的封建盛世,若说曹公走上了"反抗"整个社会制度与国家体系的道路,着实不可靠。"文史互证"是不假,可如果我们带着"革命史观"的思维定式去解读这部文学巨著,则容易剑走偏锋。因此,我们没有必要将《红楼梦》作为反帝反封建的"圣书"——那是一个世纪后的知识分子所积极投身的事业;曹公在成书时的社会身份,不过是一个吃着"低保"、满腹才情的没落世家公子,是那个在光鲜外表下已渐趋腐败的古老制度的"反思者"而非"反抗者"——和宝玉一样,充其量算作"异端"罢了。

不过,正因脂批的缺失,一些读者对"绮霰"的解读才有了充足的想象空间。

譬如,对于"绮霰"考据竟使一些读者生出《红楼梦》作者是洪昇的结论,理由是"绮霰"的谜底就在《红楼梦》的解谜书《长生殿》里,因为洪昇也引用了同样的典故。《长生殿》第二出《定情》的唱词有"堪赏,圆月摇金,余霞散绮,五云多处易昏黄"以及"银烛回光散绮罗",说明"散绮"在洪昇笔下是个熟典,"绮霰"只不过是多加一个"雨"头,掩人耳目而已。[①]

且不说上文已经论述"余霞散绮"自昭明以来便是个熟典,这一段公案倒也有些说法。研究界有"土默热红学"一说,其基本观点就是《红楼梦》作者是洪昇而非曹雪芹。主要论据有:(1)金陵十二钗正好对应清初蕉园诗社的十二位女子;(2)《红楼梦》主题及人物脱胎于《长生殿》;(3)大观园对应杭州西溪洪园别业。[②]对于这一观点的批驳文章颇多,在此不作详述,唯有一点:庚辰本第七十四回末尚有脂批白纸黑字写着"缺中秋诗俟雪芹",读书能把原作者读丢,当真是狠狠拂了作书人与批书人的面子。至于其他解读中,认为绮霰与绮霰斋隐写了曹家与清廷秘史等,更是不可胜记。

笔者认为,时至今日,对于公共视域下《红楼梦》主旨的理解,实在应当进行一些"去神圣化"的调整。当我们从一个少女的名字说开去,那绮丽文字之下折射出的世俗人情,就足以展现一部文学作品的价值了。

[①] 新浪博客用户@jijk《也说〈红楼梦〉里的"霰"字》,网址:http://blog.sina.com.cn/s/blog_655e97130102w0w8.html,2016-1-8。

[②] 马瑜理:《"土默热红学"辨误》,山东大学硕士学位论文,2011年。

大红汗巾子：特殊的传情载体

朱　洁（商学院）

《红楼梦》第二十八回中讲到，冯紫英设宴邀请贾宝玉、薛蟠、蒋玉菡等人，席间宝玉出席解手，与蒋玉菡二人在廊下交谈，后二人互赠汗巾。

这一情节在文中作如此描述：

> 琪官接了，笑道："无功受禄，何以克当！也罢，我这里得了一件奇物，今日早起方系上，还是簇新的，聊可表我一点亲热之意。"说毕撩衣，将系小衣儿一条大红汗巾子解了下来，递与宝玉，道："这汗巾子是茜香国女国王所贡之物，夏天系着，肌肤生香，不生汗渍。昨日北静王给我的，今日才上身。若是别人，我断不肯相赠。二爷请把自己系的解下来，给我系着。"宝玉听说，喜不自禁，连忙接了，将自己一条松花汗巾解了下来，递与琪官。①

这里提及的"大红汗巾子"即回目"蒋玉菡情赠茜香罗"里的"茜香罗"。能够出现在回目名称之中，可见其重要性，结合书中其他回目和相关脂批，可知这条大红汗巾涉及宝玉、蒋玉菡、袭人三人及他们之间的关系，是一个十分重要的意象，这一回写茜香罗"非泛泛之文也"。②

周汝昌主编的《红楼梦辞典》对"汗巾"作这样解释：系腰用的长巾。也作"汗巾儿""汗巾子"。③除去第二十八回里的大红汗巾子，《红楼梦》其他地方也有关于汗巾的描述，如第二十一回里凤姐说贾琏"这半个月难保干净，或者有相厚的丢下的东西：戒指、汗巾、香袋儿，再至于头发、指甲，都是东西"。在中国古代其他小说里汗巾同样不少见，《儿女英雄传》第六回有"上身穿一件大红绉绸箭袖小袄；腰间系一条大红绉绸重穗

---

① 曹雪芹著，无名氏续，程伟元、高鹗整理，中国艺术研究院红楼梦研究所注：《红楼梦》，人民文学出版社2008年版，第386页。以下所引作品文字皆出自该书，不再一一出注。
② 曹雪芹：《脂砚斋重评石头记（庚辰本）》，人民文学出版社1975年版，第627页。
③ 周汝昌：《红楼梦辞典》，广东人民出版社1987年版，第217页。

子汗巾"①,《醒世恒言》第三卷有"袖中带得有白绫汗巾一条,约有五尺多长"②。由此可见,汗巾在古代是一个常见的物件,起码有一个作用是类似于今天的腰带,它出现在古代小说里是十分平常的。《红楼梦》里的这条大红汗巾与普通汗巾相比更显贵重,因它"是茜香国女国王所贡之物,夏天系着,肌肤生香,不生汗渍"。

这样一条贵重的大红汗巾在贾宝玉和蒋玉菡二人互赠礼物之时出现,首先体现出两人之间的关系。贾宝玉是个偏离古代男性标准的人物,从容貌上的"面若中秋之月,色如春晓之花,鬓若刀裁,眉如墨画,眼如桃瓣,目若秋波。虽怒时而若笑,即嗔视而有情"到穿衣打扮上的鲜艳精致,从心思上的细腻善感到价值观上的"女儿是水作的骨肉,男人是泥作的骨肉。我见了女儿,我便清爽;见了男子,便觉浊臭逼人",都与传统男性"阳刚""丈夫气"的定位相去甚远。因此他更多时候是和姐姐妹妹们玩在一起,书中只有四个男性"入了宝玉的眼",分别是秦钟、柳湘莲、蒋玉菡和北静王,不难看出这四人的共同点在于容貌俊美、性情脱俗。蒋玉菡是戏班里唱小旦的优伶,妩媚温柔,名驰天下。当得知名驰天下而自己独无缘一见的琪官就是面前妩媚温柔的蒋玉菡时,宝玉"不觉欣然跌足笑道",可谓十分惊喜,并以玉玦扇坠相赠。由此可见,宝玉对蒋玉菡的亲近是一种纯粹的对美的欣赏与追求,是一种"审美"层面的喜爱。而蒋玉菡也觉得宝玉是值得结交的朋友,将大红汗巾这样的"一件奇物"回赠给宝玉,这是"若是别人,我断不肯相赠"的。因此,大红汗巾在这里体现了两人互相欣赏、相见即相惜之情,互赠汗巾表明两人关系极为默契与密切,它可以视作他们友谊的象征。

有人认为此处互赠汗巾这样私密的东西是一种"性暗示"描写,与前面的描写"宝玉见他妩媚温柔,心中十分留恋,便紧紧的搭着他的手"一样,都隐晦地表明贾宝玉和蒋玉菡之间存在同性恋爱关系。个人认为这是对两人形象的矮化,是不正确的。贾宝玉是一个"意淫"的人,和贾琏、薛蟠这种"皮肤滥淫"之流有天壤之别,若说他与蒋玉菡之间存在这样的关系,那和秦钟之间大概也存在这样的关系,如此这般则与薛蟠之流又有何异?林妹妹对此会毫不知情吗?会喜欢这样的一个宝哥哥吗?蒋玉菡亦是一个不奉承不媚俗的人,与人交往以志趣相投为标准,和宝玉之间应当是一种平等的朋友关系而非把玩与被把玩的关系。互赠汗巾正是二人亲密关系的体现,但这种互赠私密之物的举动或许是不大符合封建正统礼教的,是一种脱俗不羁的表现。也正因为如此,后文宝玉挨打的一条原因便是"表赠私物"。"由于戏曲的繁荣,清代社会上盛行士大夫和贵族子弟交往优伶的风尚,他们欣赏伶人的色艺,宴会雅集时招伶侑酒。而伶

---

① 文康:《儿女英雄传》,北方文艺出版社2018年版,第54页。
② 冯梦龙:《醒世恒言》,北方文艺出版社2018年版,第37页。

人群体因在交往中受到追捧、资助亦乐于和士大夫和贵族子弟往来。"①宝玉和蒋玉菡的相交便体现了这种风尚,"最初宝玉和蒋玉菡的交往大抵亦是出于对其色艺的倾慕,随着对蒋玉菡痴情的个性、侠义的品格的了解,二人遂成为知己"②。至于诸如"宝玉见他妩媚温柔,心中十分留恋,便紧紧的搭着他的手"一类能够"引人遐想"的描写,书中是很多的,像第十五回中宝玉笑着对秦钟说"这会子也不用说,等一会睡下,再细细的算帐"。可以说,曹公的"险笔"是作品一大特色,在或许本没什么的地方故意写得"似乎有点儿什么",让人忍不住去想,在本可能引发人性联想的地方却又不写。于是乎,就像鲁迅先生所说"经学家看见《易》,道学家看见淫,才子看见缠绵,革命家看见排满,流言家看见宫闱秘事"③。曹公如此写法,又是否抱有戏谑之意呢?

除却互赠汗巾的双方,还有一个人和大红汗巾有着千丝万缕的关系——宝玉的大丫鬟袭人。因宝玉给蒋玉菡的松花汗巾原是袭人的,袭人知晓宝玉将它给人以后内心不喜,"也不该拿着我的东西给那起混帐人去"。宝玉夜间悄悄把大红汗巾系在了袭人腰里,虽宝玉委婉劝解但袭人过后仍解下来掷在个空箱子里。蒋玉菡是宝玉的知己好友,袭人是宝玉身边亲密的大丫鬟,二人虽都与宝玉有关联,但正常情况下他们之间是不大可能产生什么关系的,却因为这条大红汗巾,仿佛冥冥之中被安排好了命运。袭人可以说是宝玉身边最得力的,也是最受到贾母、王夫人等人认可的大丫鬟。她在第六回中便和宝玉"初试云雨情",将来被抬为贾宝玉的姨娘是贾母、王夫人等人的打算,如第三十六回中王夫人说"宝玉果然是有造化的,能够得他长长远远的服侍他一辈子,也就罢了"。这也是袭人本人和其他丫鬟们都知道的事情,大家对此可以说"心照不宣"。袭人也以此来要求自己,把它作为自己的最高追求。孔子曰:"听其言而观其行。"从袭人的言行、心理中我们可以看出这一点,比如第三十一回中袭人见了自己吐血"不觉将素日想着后来争荣夸耀之心尽皆灰了","争荣夸耀之心"是什么呢?大抵便是由丫鬟成为姨娘。还有前面袭人对于宝玉系在自己腰间的大红汗巾子,态度是"我不希罕这行子,趁早儿拿了去",称蒋玉菡是"那起混帐人",让人不由想起黛玉觉得北静王是"臭男人",他的东西是"腌臜东西",两人行为何其相似?黛玉之所以如此是因为她只爱宝玉,除了宝玉和他的东西其他男人的概不入眼,由此推测袭人大概也是这样的心理,她觉得自己将来一定是给宝玉做妾的,所以其他男人和他们的东西也是不在她考虑范围之内的。而蒋玉菡也并不知道袭人是谁,要不是宴席上行酒令时偶然说出"花气袭人知昼暖",几乎是不会知道宝玉有个丫鬟叫袭人的。

---

① 袁亚铮:《清代士优交往背景下的蒋玉菡研究》,《古籍整理研究学刊》2018年第1期。
② 袁亚铮:《清代士优交往背景下的蒋玉菡研究》,《古籍整理研究学刊》2018年第1期。
③ 鲁迅:《鲁迅文集·杂文卷》,华中科技大学出版社2014年版,第512页。

但蒋玉菡和袭人两人,从《红楼梦》第五回中袭人的判词"枉自温柔和顺,空云似桂如兰;堪羡优伶有福,谁知公子无缘"开始就可以知道他们二人最终会联系在一起。判词暗示袭人虽与宝玉有肌肤之亲终无缘嫁与宝玉,而是与蒋玉菡结为夫妻。"堪羡优伶有福"和互换汗巾子的情节相互佐证。第二十八回回前批语说"茜香罗、红麝串写于一回,盖琪官虽系优人,后回与袭人供奉玉兄宝卿得同终始者,非泛泛之文也"[1],结合第二十回批语"袭人出嫁后云'好歹留着麝月'"[2],可以推测贾府没落后袭人被迫离开贾府,嫁给了蒋玉菡。后来蒋玉菡和袭人夫妇还供养贫困的宝玉宝钗夫妻。

蒋玉菡的大红汗巾借宝玉之手系在了袭人腰上,而袭人的松花汗巾也因为宝玉被赠予蒋玉菡,最终二人结为夫妻。对此,甲戌本侧批有云"红绿牵巾是这样用法,一笑"[3]。这相当于宝玉帮助二人交换了定情信物,虽然这种交换是无意的,本义并不在此。可以说,宝玉在这样的阴差阳错里做了一回牵红线的月老。一人之物巧合转给了另一人,后二人结为夫妻是才子佳人由小物而遂订终身的典型。值得一提的是,在《红楼梦》里,还有其他此类小物发挥大作用的例子,比如一块小手帕成为贾芸和小红"两人暧昧私情穿针引线的'信物'"[4],宝玉给黛玉送去旧帕表明自己心意,等等。

《红楼梦》第二十八回中的"大红汗巾子",虽然只是小小一物,但被作者赋予了更多的含义,发挥了许多功能。它"化作友谊的象征,爱情的信物,成为一种特殊的传情载体"[5];它将宝玉、袭人、蒋玉菡三人联系在一起,串起与三人相关的故事情节,推动事件一步步向前发展,发挥了独特而不可替代的作用。

---

[1] 曹雪芹:《脂砚斋重评石头记(庚辰本)》,人民文学出版社1975年版,第627页。
[2] 曹雪芹:《脂砚斋重评石头记(庚辰本)》,人民文学出版社1975年版,第443页。
[3] 曹雪芹:《〈红楼梦〉七十八回汇校汇评本》,凤凰出版社2011年版,第215页。
[4] 陈家生:《小小"巾帕"见精神——〈红楼梦〉细节技巧谈》,《红楼梦学刊》1989年第4辑。
[5] 陈家生:《小小"巾帕"见精神——〈红楼梦〉细节技巧谈》,《红楼梦学刊》1989年第4辑。

探讨王夫人动怒之原因
——以金钏儿之死为例

陈家扬（文学院）

《红楼梦》第三十回中，有一个场景是对宝玉进入王夫人府中与金钏儿的一段对话描述，所有引发争议的点都出在打完那一巴掌之后，而正是这一导火索导致金钏儿的投井自杀，本文将浅析王夫人动怒之原因。

作品里是这么描述的：

> 宝玉轻轻的走到跟前，把他耳上带的坠子一摘，金钏儿睁开眼，见是宝玉。宝玉悄悄的笑道："就困的这么着？"金钏抿嘴一笑，摆手令他出去，仍合上眼，宝玉见了他，就有些恋恋不舍的，悄悄的探头瞧瞧王夫人合着眼，便自己向身边荷包里带的香雪润津丹掏了出来，便向金钏儿口里一送。金钏儿并不睁眼，只管嚼了。宝玉上来便拉着手，悄悄的笑道："我明日和太太讨你，咱们在一处罢。"金钏儿不答。宝玉又道："不然，等太太醒了我就讨。"金钏儿睁开眼，将宝玉一推，笑道："你忙什么！'金簪子掉在井里头，有你的只是有你的'，连这句话语难道也不明白？我倒告诉你个巧宗儿，你往东小院子里拿环哥儿同彩云去。"宝玉笑道："凭他怎么去罢，我只守着你。"只见王夫人翻身起来，照金钏儿脸上就打了个嘴巴子，指着骂道："下作小娼妇，好好的爷们，都叫你教坏了。"宝玉见王夫人起来，早一溜烟去了。[①]

根据《红楼梦》全文，除了打向金钏的巴掌外，王夫人几乎未曾打过身边丫鬟一次，为什么就这一次会大怒？其因笔者认为有二。

---

① 曹雪芹、高鹗：《红楼梦》，人民文学出版社2005年版，第412页。以下所引作品文字皆出自该书，不再一一注释。

一、对宝玉的保护

　　王夫人一向把宝玉当宝,不准任何人教坏他,这也许是出于保护宝玉的立场。就这点来分析笔者对这问题的想法。毋庸置疑王夫人是非常不喜欢宝玉被教坏的,不过王夫人又不太管宝玉,其实任宝玉怎么调戏丫鬟也无所谓,因为在那个时代无论怎么做都是上下级关系,就算上级对下级做什么都是正常的。所以王夫人其实也不怎么对宝玉的这行为有任何管教,对丫鬟的态度也是,只要不教坏宝玉什么都行。在第二十三回中,宝玉被贾政叫去训话,碰到了金钏儿等人,金钏一把拉住宝玉,悄悄地笑道:"我这嘴上是才擦的香浸胭脂,你这会子可吃不吃了?"

　　不难看出,宝玉少时其实没有少吃丫鬟们嘴上的胭脂,尤其是自己母亲身边的丫鬟,这自然包括金钏儿,但那是小时候,王夫人应该也不会太在意,毕竟自己儿子有爱红的毛病,总不能怪丫鬟。但宝玉长大后,如果他再吃丫鬟嘴上的胭脂,或者被王夫人看到,性质就变得不一样了,王夫人会认为是这些女孩子勾引自己的宝玉,这是王夫人的一种下意识心理。对比一下一段宝玉依旧是与丫鬟调情的段落,可以与金钏儿做个比较,为什么王夫人仅这一次会那么大反应?而且,认为王夫人见不得宝玉与丫鬟调情,显然是不正确的。

　　在第二十五回中,就有这么段描述:

> 宝玉因就在王夫人身后倒下,又叫彩霞来替他拍着。……宝玉便拉着他的手,说道:"好姐姐,你也理我理儿。"一面说,一面拉他的手。彩霞夺手不肯,便说:"再闹就嚷了!"

　　而这么个动作,王夫人却没有任何表示,一样的行为,一样的场景,为什么结果差那么大?再者,这也证明若非王夫人不爱管,宝玉就不会旁若无人般与丫鬟调情。但恰好的是,王夫人的这一巴掌起到了规章制度的警示作用,一是为了惩罚犯错之人,二则是杀鸡儆猴,警惕诸人莫要再犯,尔后的抄检大观园亦是如此。贾府后期混乱不堪,奴才们欺主、偷盗、赌钱等屡禁不止,因而贾府也毫无颜面。金钏儿的这巴掌也是相同道理,一是王夫人正在气头上,二来也能够给身边丫鬟一个警醒,再有这等事件,下场如她。有趣的情形体现在自金钏儿死后,王夫人身边的丫鬟再无与宝玉调情之事发生。因此,笔者认为是王夫人觉得金钏说的内容"教坏"了宝玉。

二、王夫人是否认为金钏儿话中有话？

问题也许是出在"金簪子掉在井里头，有你的只是有你的"，这话有些前言不搭后语，为什么忽然说出这句？这一句话是具有暗示性的，能不能有一种解释，用现在的话来说：金簪子掉在井里头，该是你的丢不了，不是你的就别空想了。金钏这里或许是委婉地拒绝宝玉要讨她的想法，只是一种猜想，不对金钏所说的话做单独的前后拆解。

再说，即便有想法，金钏儿也不敢在王夫人面前说这番话，在不理解为什么金钏脱口而出这段话之下，她或许有些太过无所顾忌，随即宝玉说了"我只守着你"，更是火上浇油。也许是觉得丫鬟在勾引宝玉吧。因此这事件颇有说者无心、听者有意的韵味在里头。

但从《红楼梦》的谶语结构来说，金钏说的这句话和自己跳井的悲剧结局是吻合的。因为宝钗的判词是："可叹停机德，堪怜咏絮才。玉带林中挂，金簪雪里埋。"与其最后结局不符。但此处还有一个疑问，金钏的钏来源于手镯，是一种传统首饰，多用金、银、玉等制圆环，束于臂腕间。而金簪子是头饰，虽然都是古代女子的首饰，但如果把金簪子和金钏画等号，仍然有些牵强。

另外，用金簪子暗喻宝钗也不是没有先例的，在宝玉见十二钗图谶时，比喻宝钗就是金簪。或许较为符合王夫人动怒的原因。忌讳，是古时候人们的传统。因此，把这传统放在王夫人身上不难得知，她认为金钏在诅咒宝钗，因而动怒不肯留金钏。第三十二章的回目对金钏儿之死的评价是"含耻辱情烈死金钏"，可见曹公对金钏儿之死的同情，她是因冤枉而死、因耻辱而死、因刚烈而死，而这所有的一切，都跟王夫人贾宝玉母子有直接关系，金钏之死，实在令人惋惜。

晴雯：封建时代的反抗者还是任性妄为的小丫头？

葛雨欣（外国语学院）

说起《红楼梦》，就不得不谈到大观园中的一个个鲜活生动的女性角色：黛玉，宝钗，湘云，"三春"……而在她们之中，有一位女性，她虽不为贾府的小姐主子，却难掩一身傲气与灵性，她就是晴雯，位列金陵十二钗又副册之首。她是贾宝玉房中的四个大丫鬟之一，却长久以来被红学界认为有林黛玉之风，更被很多读者认为是那个黑暗的封建时代的反抗者。然而，笔者在网络上却看到越来越多的读者对晴雯产生了许多负面的评价，认为她不过只是任性妄为、脾气暴躁但依旧奴性十足的小丫鬟。接下来，笔者将就晴雯这个角色的人物形象进行分析，探寻晴雯究竟是产生了反抗封建的意识萌芽，还是仅仅高傲刻薄，任性妄为。

晴雯这个角色令人印象最深刻的情节莫过于"撕扇"了。"撕扇"这一情节是晴雯与宝玉之间的故事，通过这一段描写，曹雪芹将晴雯的性格展现得十分透彻。在《红楼梦》第三十一回《撕扇子作千金一笑　因麒麟伏白首双星》中，贾宝玉因为前日误踢了袭人而心怀愧疚，再加上宴席上因为金钏儿投井之事众人的兴致普遍不高，所以他心里憋了一肚子的烦闷和火气。晴雯在整理物品时将扇子跌在地上折了股子，宝玉一下便被激怒，骂了两句"蠢材"。晴雯不服于宝玉的训斥，与之回嘴争执，并将前来劝架的袭人也扯进两人的争执中，闹得最后不欢而散。之后，宝玉吃酒回来，看到榻上乘凉的晴雯，两人的火气都散了。为了博得晴雯的谅解，宝玉将自己的扇子递与晴雯撕，路过的麝月的扇子也未能幸免于难。

晴雯撕扇一直是人们称赞晴雯的重要情节。晴雯的性格是刚烈尖锐、心直口快的，即便是在和主子宝玉的相处中，也没有摆出"奴颜婢膝"之态，而是敢于顶嘴、敢于反唇相讥。晴雯的原话是：

> 二爷近来气大的很，行动就给脸子瞧。前儿连袭人都打了，今儿又来寻我的不是。要踢要打凭爷去。就是跌了扇子，也算不得什么大事。先时候儿什么玻璃缸，玛瑙碗，不知弄坏了多少，也没见个大气儿，这会子一把扇子

就这么着。何苦来呢！嫌我们就打发了我们，再挑好的使。好离好散的，倒不好？①

且来看晴雯的说辞。"行动就给脸子瞧"、"连袭人都打了"、"寻我们的不是"——这些措辞虽谈不上狂妄无礼，却也算不得恭敬谦卑。在封建社会中，主奴关系是一种绝对的统治关系，打骂奴才是常有的事情，作为奴才丫鬟，主子打了你骂了你，那是需要跪下谢恩的事，更别说和主子回嘴。然而，晴雯却将宝玉的"无名火"视作真实意义上的无理取闹，并且大胆地指了出来。"嫌我们就打发了我们"，这样的话算是丫鬟对主子的挑衅了，但是晴雯并不害怕说出来。由此可见，晴雯对宝玉其实不再是封建意义上的"主仆关系"，晴雯与封建礼教相悖的言辞是她发自内心的表达，她通过这样一种方式，将她与宝玉之间所谓的尊卑贵贱关系淡化。

然而，有读者认为，晴雯之所以敢这么做，就是因为贾宝玉脾气好，晴雯撕扇"最多不过是性格任性的晴雯与从没有主子派头的宝玉朋友间过家家似的口角相争罢了"②。并且，他们对此还进行了横向比较。在第七十四回《惑奸谗抄检大观园　矢孤介杜绝宁国府》中，王夫人因不满晴雯的做派而喊她来问话，骂道："好个美人儿！真象个病西施了，你天天作这轻狂样儿给谁看？你干的事，打量我不知道呢。我且放着你，自然明儿揭你的皮！宝玉今日可好些？"此时，面对王夫人的诘难，晴雯当时敢和宝玉顶嘴的胆子全然没有了，只剩下唯唯诺诺的不敢作声，也不敢明着为自己辩解什么。

乍看之下，这些读者的看法确实不无道理。然而，对于晴雯这个角色，她虽是性格火暴，像个"爆炭"，但她不是无脑的莽夫，只知道横冲直撞。王夫人是整个贾府的高级领导层成员，她的意思完完全全可以决定一个小丫鬟的生死去留。晴雯深谙这一点，并且在王夫人找到她说出那番话的时候，她就意识到自己是被人暗算了，在王夫人心里落了一个不好的名声。她是非常聪慧的一个人，如果这个时候她像当初顶撞宝玉那样顶撞王夫人，那么她的下场肯定异常凄惨。所以这个时候，表面不作声的顺从是最好的选择，这既避免了王夫人进一步发难，也能留下足够的余地让自己去寻找下一步的应对措施。

理解到了晴雯面对王夫人做出的反应的合理性，我们再来看所谓的"奴性"和"看碟下菜"。

鲁迅先生曾经说过："奴才所谓奴才，就是纵为奴隶也处之泰然，并竭力从奴隶生

---

① 曹雪芹：《红楼梦》（程乙校注本），广西师范大学出版社2017年版。
② 高昂、高万年：《袭人和晴雯形象新解》，《天中学刊》2007年第1期。

活中挖掘出美来。一旦从奴隶生活中挖掘出了美,奴隶也就成了奴才。"① 由此可见,所谓奴性,就是身为奴隶而承认自己是奴隶,处之泰然甚至乐在其中。晴雯符合这一点吗? 很显然不。她对王夫人的卑躬屈膝是暂时的隐忍求全。大难当头保命要紧,那些为了所谓面子尊严不顾一切就真的是无畏的英雄和勇士吗? 难道唯有晴雯在王夫人面前无脑的横冲直撞才能赢得大家拍手叫好吗? 正是因为晴雯虽然表面向王夫人屈服,但实际上内心是并不认同的:她并没有在被王夫人训斥之后对自己以前的性格和做法表示怀疑,她的落泪是因为被人冤枉和受到强权压迫。

此外,她敢于和宝玉顶撞并不是将宝玉看成好欺负的软柿子,而是在她心里,宝玉和她已经完全超越了主子和奴才的那种尊卑关系,她是一个照顾宝玉生活的朋友,而作为她的朋友因为一些鸡毛蒜皮的小事向她生气发火,这是她所不能接受的。有的读者举例道:

"我多早晚闹着要出去了? 饶生了气,还拿话压派我。只管去回,我一头碰死了也不出这门儿。"从这个情节看,作者所描写的晴雯,是表现了她的"反奴性",还是表现了她的"奴性",就不言而喻了。如果晴雯姑娘是真正"反奴性"者,她就应当借此机会毅然决然地离开藩篱般的贾府,离开怡红院,离开贾宝玉,昂首阔步走出去,享受自由人的生活。②

该读者从晴雯的言行不一致性出发,认为晴雯只是空谈反抗,逞一时口舌之快,而实际上并无什么行动。但是,晴雯不愿意离去就真的是不愿意摆脱"奴隶"的身份吗? 笔者认为依旧不是的。晴雯说这段话有两层原因。

首先,前文提到,晴雯和宝玉之间已经逐渐形成一种平等的朋友关系了,她对贾宝玉已经产生了一种依赖的情感,两人之间的关系其实非常亲密。这点从晴雯撕扇就可以看出。贾宝玉吃酒回来,看到榻上睡着的晴雯,白天的怒意已经差不多全然消散了。然而,作为主子,他完全可以将此事揭过。但他并没有,而是想着去博得晴雯的原谅,"博千金一笑"。历史上有"妹喜好闻裂缯之声而笑,桀为发缯裂之,以顺其意"这一典故。不过贾宝玉不是暴君,晴雯也不是红颜祸水。宝玉让晴雯撕扇其实是内心对晴雯最真挚的感情和尊重的一种抒发,晴雯顺其意,"既这么说,你就拿了扇子来我撕。我最喜欢撕的"。这个时候其实是两个人内心的情意相互交通交融达到顶峰的一个体现。一个丫鬟,即被压迫者,能够如此自然且自由地向她的主子表达内心的想法,且丝

---

① 鲁迅:《鲁迅全集》(第四卷),人民文学出版社1981年版。
② 高昂、高万年:《袭人和晴雯形象新解》,《天中学刊》2007年第1期。

毫不认为宝玉会拿主子派头来压她罚她,这在另一个方面也体现了她和宝玉之间的平等和情谊并非单方面的,晴雯已经意识到了宝玉也将她当作了朋友。这里的情意无关男欢女爱,而是一种基于平等层面的真挚友情。这种情谊,两人心知肚明,而外来的麝月却体会不到,还觉得这是胡闹糟蹋。由此可见,宝玉和晴雯两人之间的感情是尤为特殊的,是其他丫鬟们所无法理解的。

回到晴雯身上,试想一下,因为一次吵架,贾宝玉大动肝火说出了真的要赶她出去的话,晴雯又怎么会真的愿意要离开怡红院,离开这个真心相待了多少年的朋友?晴雯的不愿离去就真的是被奴性驱使,不愿摆脱奴隶的身份?很显然依旧不是。

其次,这是一种基于现实的回答。怡红院是一个其乐融融的地方,在这里晴雯过得非常舒心,因为宝玉并没有什么高贵主子的做派。但是除了怡红院,其他地方就并非如此了。封建等级制度依旧是当时绝大多数地方都存在的,离开了怡红院这个美妙仙境,晴雯面对的就将是来自主子的压迫,她就真真正正不得不成为一个奴才了。有人会追问为什么晴雯不干脆离开贾府寻找自由,笔者认为这是现代人站在现代的角度对晴雯提出的非常苛刻的要求。在现代社会,女性寻求独立自谋生路并非什么难事,但是,在对古代文学进行批判时,以现代的准则去要求彼时的人物并不恰当。那个年代没有脱离奴籍的人生死去留全掌握在主子手里,不是说走就能走的,又或者是私自逃走,那一方面会对自己的亲人带来巨大的麻烦牵连,另一方面她一个女子也难以在社会上存活。一些人想象的逃走去追寻自由未免太过浪漫主义化,也未免要求过高了。晴雯的回应才是真实且符合人物性格的。

诚然,晴雯不全然是一个"出淤泥而不染"的人。譬如,晴雯的性格喜迁怒,且有时也会表现出封建等级的观念来。第二十七回中,林红玉为王熙凤送荷包,晴雯瞧见了便出口讽刺道:"怪道呢!原来爬上高枝儿去了,把我们不放在眼里,不知说了一句话半句话,名儿姓儿知道了不曾呢,就把他兴的这样!这一遭半遭儿的算不得什么,过了后儿还得听呵!有本事从今儿出了这园子,长长远远的在高枝儿上才算得。"又如第五十八回中,芳官的干娘要进来向芳官示好,晴雯一面将那干娘骂了出去,另一面又对着小丫鬟们大发脾气:"瞎了心的,他不知道,你们也不说给他!"晴雯在一众丫鬟婆子之中是完全无所畏惧的,只要自己的脾气到了无论是谁定然是要发泄一通的。她看到林红玉替王熙凤送荷包,觉得她是要去攀高枝,对这等做派看不惯要骂几句;她不满芳官干娘的所作所为,却又牵连到一众小丫鬟也挨了一顿骂。她本是对一些奴才丫鬟们或奴颜婢膝或目中无人的行为感到不齿,但因为脾气火爆难免让人觉得过于任性刁蛮。她敢骂那些婆子们,也敢骂小丫鬟们,在有的人看来动辄训斥小丫鬟是晴雯欺压她们的表现,是晴雯内心封建观念的表现。笔者无法完全否定这一可能性存在。晴雯作为一个从小就在封建家庭长大的人来说,或多或少会被封建礼教潜移默化地影响到。但是,我们不能因此否定掉晴雯身上那种"心比天高"的自尊自爱。受制于时代,她身上的这种反抗意识也只是处在一个萌芽阶段,不过这种萌芽状态的意识比起同时期其他人也是超前许多的了,她仍然是走在了当时很多被压迫的女性的前列,比如比她贤惠的袭人,比她聪明的平儿。同时,这也是晴雯这个角色人物形象丰满不扁平化的一个重要表现。

综上所述,晴雯这个角色绝对不是一个简单的被宝玉宠坏的任性妄为的丫鬟。在她的身上,或许仍旧有那么一丝丝封建礼教的影响,但是我们绝对不能否认她是这个红楼世界里少有的摆脱了奴性的人。笔者认为,她配得上封建礼教的反抗者这一英雄式的称呼。

试论金钏之死

李梦欧(法学院)

无论是浓墨重彩的描写抑或是轻描淡写的叙述,大观园中性情各异的女子是那样鲜活灿烂地展现在读者的眼前。可是,在这么多美好的女子中,金钏儿这个丫鬟出场时的娇俏和离世时的凄凉猝然的对比,令读者怅然若失的同时,也不免去思考曹公此举的意义所在。

《红楼梦》第三十二回题为《诉肺腑心迷活宝玉 含耻辱情烈死金钏》,这一章回名表明了,这一回的主要情节显然是宝黛之间的互诉衷肠和金钏之死。那么,曹公又为何要将金钏之死放在此处?金钏的死亡对于情节的推动和人物的刻画又有何作用呢?

其一,在分析前,不妨先回顾一下金钏之死的全过程。在前面的第三十回中,宝玉和金钏间的互动充满了少男少女间的嬉笑和灵动,但却意外地被王夫人发现,并引起王夫人大怒,王夫人打了金钏一巴掌并将其逐出贾府。可是金钏儿往日来又何曾受过这等责备,少年心性一起,不堪羞辱,最后竟选择了投井自尽这条不归路。

在暗暗惋惜之余,也可以发现,金钏之死的情节在全文中的位置很耐人寻味,虽然在第三十二回中金钏之死的描写不过寥寥数段,但却出现在宝黛互诉衷肠和宝玉挨打之间。其用意何在?在前面的情节中,宝玉和黛玉互诉衷肠、坦诚以待进而惺惺相惜,明了了彼此是彼此的知己,若顺着此等流畅的情节继续发展,可想而知宝黛的感情便会一发而不可收直至情深似海,很多后续情节便缺少发展的动力和关键,后续情节的难以展开将直接影响作者表露其思想,因此需要借由金钏之死这一重要的情节,引出后文中宝玉挨打行动受限的客观限制因素,从而给宝黛之情"降温",起到暂时阻抑二人情感的作用。

其二,通过金钏之死以及对于这件事众人所表现的态度,也暗示了人物的性格以及故事发展的一些脉络。首先思考一个问题,难道对宝玉如此看重,对丫鬟带坏宝玉的行为恨之入骨的王夫人,真的会是第一次发现金钏和宝玉相处时行为"不检点"吗?不如看第二十三回中"金钏儿一把拉着宝玉,悄悄的说道:'我这嘴上是才擦的香香甜甜的胭脂,你这会子可吃不吃了?'"①的描写,显而易见,宝玉和丫鬟之间的调戏以及金钏的举止轻佻早已不是偶然性事件,倘若王夫人是第一次发现,可见王夫人治理不严,身为主母却对下人们的言行掌握不够,这也为在后来抄检大观园时为何王夫人容易被婆子们的言语影响埋下了伏笔。可是倘若王夫人早已知晓,又为何直到这时才发作?结合上下情节,此时正是金玉良缘受挫之时,王夫人作为金玉良缘的推动者,此时难免心烦,又兼对宝玉的爱护之情,面对意图教坏宝玉的金钏,即使是自己的大丫鬟也决不轻饶。通过这件事,我们可以看出王夫人潜藏于慈悲表象下的深层性格。她看似慈悲实则残酷,在那个年代,她当真不知被赶出府的丫鬟会受到怎样的非议和羞辱吗?可是她还是这么做了,无视了作为其大丫鬟的金钏和她多年来积攒下的深厚情谊。其次,王夫人空有残忍之心却无与之相匹配的周密的思维,遇到金玉良缘受阻的刺激便难以坦然处之,在气急之时便将金钏赶走,可是知道金钏投井之后便后悔、内疚以及不知所措。但毋庸置疑的是她十分重视宝玉,不允许任何带坏宝玉影响宝玉的因素存在,面对金钏这种引诱宝玉的行为她是绝对不能容忍的,这又与后文的抄检大观园以及撵走晴雯有着呼应的作用。可是,深思之后,身为统治阶级的王夫人又何须在乎下人的生死,即使知晓其死讯之后有过惋惜,可也仅限于感叹几句,散发着封建社会中对底层阶级的绝对压制和视人命如草芥的冷酷。

接着,宝钗面对这件事的做法也值得细细思索。在知道金钏之死的第一时间,她就想到王夫人此时内心会有的惋惜和慌乱,主动前往王夫人处。在王夫人不知所措之时,又主动宽慰王夫人,并提出将自己的衣服给金钏这一解决王夫人心中烦恼的举措,这一系列举动和言辞,无不体现出宝钗的心思缜密和大度。这一事件也无疑加重了她在王夫人心中的分量,与这些丫鬟们的不知轻重相比,宝钗显得尤为稳重端庄,更坚定其对金玉良缘的信心。同时,面对还算熟悉的丫鬟投井而亡的悲剧,年纪轻轻的宝钗仍能保持如此冷静的头脑,也可见宝钗内心对人对事的"冷"和淡漠。

在这件事上,两人的对话也很有意思。王夫人对宝钗说:"原是前儿他把我一件东西弄坏了,我一时生气,打了他一下,撵了他下去。我只说气他两天,还叫他上来,谁知他这么气性大,就投井死了。岂不是我的罪过!"明明是因为金钏的行为不端才被撵走,可面对外人,王夫人却还是以"弄坏东西"为由,可见王夫人并不希望真实原因被他人知道,更不想因此引起他人对宝玉的非议,也可以隐隐看出王夫人内心存在的后悔之意。而宝钗的回复更是体现了其细密的心思,"姨娘是慈善人,固然是这么想。据我看来,他并不是赌气投井。多半是他下去住着,或是在井跟前憨玩,失了脚掉下去的。

---

① 曹雪芹:《红楼梦》,人民文学出版社2018年版。

他在上头拘束惯了,这一出去,自然要到各处去玩玩逛逛,岂有这样大气性的理!纵然有这样大气,也不过是个糊涂人,也不为可惜。"宝钗心思如此玲珑,怎会不知金钏作为大丫鬟,其被赶内幕怎会如此简单,但她在如此短的时间之内就想好了说辞,不仅轻描淡写地带过了这件事,也宽慰了王夫人,更可见其心思细腻。

最后,从金钏之死的本身,我们也可以看出,在封建社会之中,层次分明的上下等级和人言的可畏之处。即使地位较高如王夫人的大丫鬟,与主人感情深厚,也不过是主人一句话的事便被驱逐出府。章回题中的"含耻辱情烈死金钏"也可看出,被驱逐出府的丫鬟,所会面临的难以忍受的环境的差异和可畏的人言,并最终选择了投井自尽。封建社会的等级森严和"吃人"的本质可见一斑。

所以,金钏之死在情节上,起到的是冷却宝黛之情的作用,从而避免故事情节发展过快;在人物塑造上,又将王夫人的残忍和冲动刻画了出来,为后文的抄检大观园进行了铺垫,同时加深了宝钗心思细腻、考虑周全的形象;最后,也推动了主题的深化,使故事的悲剧感更为明显。

莫说戏子无义,却是戏假情真[1]

杨亦渺(物理学院)

引 言

中国小说家似对戏班、戏子的故事有瘾。其中最甚者或应属李碧华,她口口声声说着"戏子无义",但写起书来却字字句句都在反驳这话。《红楼梦》中贾府文、宝、玉、龄、菂、藕、蕊、茄、芳、葵、豆、艾十二官,以及蒋玉菡、柳湘莲等,也纷纷留下诸如"画'蔷'"、"假凤泣虚凰"、"一冷入空门"等缱绻故事。如此看来,戏子们却当是最重情义的人。那么"戏子无义"究竟是空穴来风,还是言之有据?本文试从《红楼梦》文本入手,结合史料与部分其他文学作品,对此加以阐释。

一、《红楼梦》所表现的戏子地位之卑微及其文化渊源

《红楼梦》第四十回,黛玉在行酒令时,将《西厢记》和《牡丹亭》曲词化作酒令脱口而出,受到宝钗的"审问","方想起来昨儿失于检点……不觉红了脸",知道这都是千金小姐们不该看的东西。黛玉最应是浪漫风流之人,却也"素习不大喜看戏文",与宝玉"妙词通戏语"也只悄悄儿地顽了一回,打心里觉得"词句警人,余香满口",表面上却也指成"淫词艳曲"。

并不是黛玉对戏曲有什么偏见,而是在当时的大环境下,被统治阶级奉为正统的儒家文化对古典戏曲多持排斥态度。"封建统治阶级及其正统文人大多以诗文为'正宗',以戏曲为'邪宗'。诗歌、散文都曾被封建文人用作跻身官场的敲门砖,唯独戏曲一直被目为有伤风化、君子不为的'末技'。"[2]

在当代人看来,戏曲是中华传统艺术的精粹,为之几十年如一日辛苦训练,力图达到艺术至境的戏曲演员应是受人敬重的群体。但在中国古代,戏曲尚未获得其应有的

---

[1] 本文所引《红楼梦》原文皆出自李全华标点《红楼梦》,岳麓书社1987年版,后面不再一一出注。
[2] 郑传寅:《儒家文化的历史地位及其对古典戏曲的影响》,《中国戏曲学院学报》2003年第4期。

文化地位之前,戏子只是富贵人家的宠仆、国君身边的狎臣,他们人微言轻,兼有家奴性质,同时也是供主人消遣娱乐的工具。第五十八回,老太妃薨逝,贾府依旨将所养优伶龄官遣发,那十二个女孩子"倒有一多半不愿意回家的,也有说父母虽有,他只以卖我们为事,这一去还被他卖了……"。可见伶人大多出生于贫苦家庭,由父母亲戚做主,卖到富贵人家供其娱戏。第三十六回,龄官对贾蔷说:"你们家把好好的人弄了来,关在这牢坑里学这个劳什子还不算……"她们自幼被买进园子,受戏曲行业的专业训练,无从谈及享受;被禁锢在主人家的宫府深院之中,少与外界接触,如笼中之鸟,失去了自由;生活在封建文化的迫害之下,精神更是十分痛苦。当时的法律条文对伶人的限制和迫害也十分严重,如规定优伶在外必须亦穿本行服饰、不许参加科举考试、不许与"良人"通婚,等等。

在侍奉位高权重,却往往也喜怒无常的主子们时,戏子学会了处处察言观色、曲意逢迎。即使成了艳压群芳的名伶,也无非看主子的脸色行事,难有恃宠而骄的资本,得宠便暂能一时风光,不得宠也便被一脚踢开。蒋玉菡生得妩媚温柔,为北静王、忠顺王等多户权势人家所追捧,早已深谙承奉之道,以至于忠顺王说他"随机应答,谨慎老诚,甚合我老人家的心,竟断断少不得此人";与宝玉相处之时,也是先因说错酒令"忙起身赔罪",后两人站在廊下"又赔不是"——哪怕面对与自己年龄相仿的追捧者,一举一动也都是如此谨小慎微。

二、《红楼梦》所表现的不同人群对戏子态度的差异及其所反映的社会风俗

康乾时期,由于社会稳定,经济和文化的相对繁荣,百姓生活水平和文化素质的提高,戏曲不仅在皇宫、王府中频繁演出,在民间同样广为流传。除神庙戏台、茶栏酒肆等公众场合常有职业演员演出外,江南地区许多豪门贵族也纷纷置办家班,供家族成员消遣娱乐。

《红楼梦》中以龄官为代表的诸位伶人,因自己的高超技艺与风流姿态,获得了诸如宝玉、贾蔷,乃至薛蟠等痴情之人的怜爱、欣赏,以及元春、贾母等爱戏知戏之人某种程度的袒护,也曾被短暂地给予僭越阶级的特权。第十八回,元妃归省之时,说"龄官极好,再作两出戏,不拘那两出就是了",贾蔷命其作《游园》《惊梦》,龄官"自为此二出原非本角之戏,执意不作,定要作《相约》《相骂》二出",贾蔷"扭他不过,只得依他作了",贾妃"甚喜,命'不可难为了这女孩子,好生教习',额外上了两匹宫缎、两个荷包并金银锞子、食物之类"。第三十六回,宝玉央龄官唱一套《袅晴丝》,龄官正色说道:"嗓子哑了。前儿娘娘传我们去,我还没有唱呢。"贾蔷则更不必说,拿一两八钱银子买了

雀儿,因为龄官气怨,先是"赌身立誓",随即又"将雀儿放了,一顿把将笼子拆了"。

在古代,"妓"字与"伎"通,"娼"字与"倡"字通。妓者歌舞之女也,娼者倡优也,早期戏子与妓女不分家,皆由"女乐"演化而来。对伶人和妓女有着某种特殊的迷恋的这些位,几乎尽数是文人士大夫。李贺的"无物结同心,烟花不堪剪",温庭筠的"酒里春容抱离恨,水中莲子怀芳心",白居易的"苏家小女旧知名,杨柳风前别有情",皆献给了"更值一年秋"的钱塘苏小小;苏东坡留别苏州阊门,"旧交新贵音书绝,唯有佳人,犹作殷勤别",其友王巩遭贬谪,歌妓柔奴相随,"试问岭南应不好,却道:此心安处是吾乡";柳永"奉旨填词",豪情柔情皆寄于烟巷,"才子词人,自是白衣卿相","自古及今,佳人才子,少得当年双美",最能道出其理想志趣。在元朝,演杂剧的女伶多数亦兼营妓业,她们在文人的眼中,多是供其"作乐以宣其抑郁"、获取视觉快感的对象。同女伶"美人才子,合是相知"式的交往,不外乎是等级分明的封建社会里文人为自己或仕途失意或平淡乏味的生活增添情趣的行为。明清时期,这种风气稍有缓和,却仍难有观念上的实质性转变。戏曲家李渔著《闲情偶寄》,全面地论述了戏曲创作和表演中的诸多问题。在"习技第四"文末,李渔叹道:"无论场上生姿,曲中耀目,即于花前月下偶作此形,与之坐谈对弈,啜茗焚香,虽歌舞之余文,实温柔乡之异趣也。"①字里行间"仍带有封建社会风流文人的审美趣味"②。

正统君子对伶人的态度与士大夫则大相径庭。《红楼梦》第三十三回,贾政听说忠顺府里做小旦的蒋玉菡与自己的儿子贾宝玉"相与甚厚",气得是"目瞪口歪",后面"也不暇问他在外流荡优伶,表赠私物……只喝令:'堵起嘴来!着实打死!'……"。可见,明清时期,大户人家的公子在外与伶人交好,在贾政这样的"正经人"看来,是有伤风化、败坏道德的一件事。贾府上下,除前文提及的个案外,从主子到仆人,无不对戏子露出鄙弃的嘴脸。第二十二回,黛玉因湘云打趣她像戏子而恼怒,"我原是给你们取笑的,——拿我比戏子取笑";第五十八回,芳官干娘说,"怪不得人人都说戏子没一个好缠的。凭你甚么好人,入了这一行,都弄坏了";第六十回,赵姨娘骂芳官,"小淫妇!你是我银子钱买来学戏的,不过娼妇粉头之流!我家里下三等奴才也比你尊贵些";第七十七回,王夫人遣散家伶时说,"唱戏的女孩子,自然是狐狸精了!……调唆着宝玉无所不为"。他们这样贬低、损辱戏子,不是因为与这些人有多少仇怨,而是因为受当时封建思想的影响,对伶人的歧视心理早已先入为主。

谭帆在《优伶史》一书中写道:"把世人的观念转化成优伶自身的意识,这是封建文化对优伶长期摧残的结果。"如此一内一外相互作用,为伶人的命运蒙上了一层悲剧色彩。

---

① 李渔:《闲情偶寄》,万卷出版公司2008年版,第193页。
② 闫辉:《"戏子"一词的文化考释》,《四川戏剧》2013年第6期。

三、《红楼梦》中伶人立体的人格形象及其背后的成因

《红楼梦》中着墨塑造的多位伶人形象,大多具有鲜明的个性与诸多美好的品质。

龄官不仅对封建制度对己类的压迫有强烈的反抗意识,也对爱情有着执着的追求。"龄官画蔷痴及局外","画来画去,还是个'蔷'字。里面的原是早已痴了,画完一个又画一个,已经画了有几千个'蔷'"。第三十六回,"宝玉见了这般景况,不觉痴了,这才领会了划'蔷'深意"。他头一回知道,原来天下女孩子的眼泪不都是为他而流。

芳官个性豪爽率直,颇有几分男孩子的气概。第五十八回,芳官见她干娘让亲女儿洗过头之后才给自己洗,"便说他偏心,'把你女儿剩水给我洗,我一个月的月钱都是你拿着,沾我的光不算,反倒给我剩东剩西的'","娘儿两个吵起来"。第六十回,赵姨娘骂她"娼妇粉头之流!我家里下三等奴才也比你尊贵些",她即刻回击:"我一个女孩儿家,知道什么是粉头面头的!姨奶奶犯不着来骂我,我又不是姨奶奶家买的。'梅香拜把子——都是奴几'呢!"挨了赵姨娘的打,更是"那里肯依,便抬头打滚,泼哭泼闹起来。口内便说:'你打得起我么?你照照那模样再动手!我叫你打了去,我还活着!'",好一副凛然的姿态。

藕官清明节时"满面泪痕,蹲在那里,手里还拿着火,守着些纸钱灰作悲",芳官告诉宝玉:"那里是友谊?他竟是疯傻的想头,说他自己是小生,药官是小旦,常做夫妻,虽说是假的,每日那些文曲排场,皆是真正温存体贴之事,故此二人就疯了,虽不做戏,寻常饮食起坐,两个人竟是你恩我爱。药官一死,他哭的死去活来,至今不忘,所以每节烧纸。"后来补了蕊官,也是一般温柔体贴。"你说可是又疯又呆?说来可是可笑?"藕、药、蕊三人因戏生情,假戏真做,因从小缺少父母的疼爱,在大观园中也是尽受领班、教习、主子们的欺压和驱使,怎怪得她们入戏为痴,与日夜相伴的同伴产生互相依靠的恋情?

蒋玉菡与宝玉初次相见,便互相换赠汗巾,日后迎娶袭人之后,二人看见当时互换的汗巾,始信"姻缘前定"。从此便对袭人越发温柔体贴。

柳湘莲是个素性爽侠的串客,对宝玉尚且是"这也不用找我。这个事不过各尽其道。眼前我还要出门去走走,外头逛个三年五载再回来"。对薛蟠之流更是:"'我把你瞎了眼的,你认认柳大爷是谁!你不说哀求,你还伤我!我打死你也无益,只给你个厉害罢。'说着,便取了马鞭过来,从背至胫,打了三四十下。"后来因误会引得尤三姐寻了短见,贾琏命他"快去",他"反不动身,泣道:'我并不知是这等刚烈贤妻,可敬,可敬'","反扶尸大哭一场。等买了棺木,眼见入殓,又俯棺大哭一场,方告辞而去"。最后更追随那跏腿道士遁入了空门。

伶人们自幼接受梨园唱念做打的基本功训练，只为日后在台上倾尽风流，讨主子们的欢心，为自己谋一份生计。他们在幕后的练习，一板一眼、一招一式都必须遵循严格的规矩，生活艰苦而乏味。如此一来，便难免要将情感寄寓在台前的表演之中。而台上演唱的那些故事，多是痴男怨女、几世缠绵，又或是千古英雄、义薄云天。"假作真时真亦假"，他们在反复千遍的演绎里，既被自己饰演的角色所感动和同化，又反过来以自己的真情入戏，将角色塑造得更丰满动人。最后便是真真假假，人戏不分。再有者，怀着一份"佳人才子"的痴念，把为爱情献身认作自己人生的完满和升华，把生命中最美好的部分全部献给自己的心上人。

　　民间道是"戏子无义"，而我要说，戏子最是重情重义，只不过他们这情义绝不施于观时一笑，平日则把他们尽数认作"娼妇粉头"之流的看客，而全给了自己患难与共的同伴和彼此爱慕的恋人。那些表面上对他们极尽献媚追求之势的登徒子，不过是自己心怀不轨，加之封建社会对伶人的成见，处处以"主人"自居，求而不得之时，便一口咬定"戏子无义"，岂非"做贼心虚"，白白玷污了人家的名声？

空云似桂如兰
——从第三十四回说袭人

许 萌（物理学院）

第三十四回，被很多人当作袭人隐藏人设的揭露。在这一回中，宝玉挨打而卧倒在床，引来宝钗、黛玉、凤姐等诸多人探望，而王夫人对亲儿子表示慰问的方式是唤一个丫鬟过来询问宝玉的伤病情况和挨打的原因。袭人"自发前往"，并与王夫人"促膝长谈"，谈及了宝玉应该教训、不能再在姊妹堆里瞎混的问题，这两点都触及了王夫人的内心，让王夫人对这个宝玉身边第一丫鬟刮目相看、推心置腹。

袭人句句为宝玉好，这一趟却获利无穷。首先，她把自己在王夫人心中的形象提升得稳稳当当，王夫人直呼"我把宝玉交给你了，保全他就是保全我"[1]。这样一来，奠定了袭人在宝玉房中那群丫鬟里至高无上的地位，袭人自知并几近公认与宝玉除主仆外暗藏一层妾的关系。其次，劝宝玉搬出大观园，岂不是正当地避免了宝玉与过多姊妹以亲近为由卿卿我我，袭人在背后得力无穷。

我们不由得猜疑：从王夫人使来婆子的那一时起，是否袭人就在心里打好了算盘，既清楚王夫人要对自己说什么，又想好了怎么把话说到王夫人心坎上去？袭人对待宝玉的一切忠心耿耿，是她确实尽职尽责，还是早已描摹好自己和宝玉的未来蓝图？我认为这个问题出发于袭人与其他人的关系，出发于她的个人品性，出发于她给自己的定位和目的。

一、袭人的个人品行

《红楼梦》很少写袭人的外貌，唯独第二十六回以贾芸的视角写了两句：细挑身材，容长脸面，穿着银红袄儿，青缎背心，白绫细折裙[2]。相比晴雯的直接描写和大量衬托，这样的容貌算不上出色，但这一人物在宝玉、在贾府都占有极高的地位。而她的直观性格，在刚出场时已经交代了：心地纯良，肯尽职任，又有些痴处，善于规谏，因宝玉不

---

[1] 曹雪芹：《红楼梦》，中华书局2017年版，第255页。
[2] 曹雪芹：《红楼梦》，中华书局2017年版，第193页。

听而往往忧郁。

先不论袭人是否有心机,她一定是宝玉众多丫鬟中最负责、最靠谱的那一个。原文的叙述里,宝玉有什么事,哪一次袭人不是首先出现?雪芹的笔法本来就在刻意营造,宝玉的众多丫鬟,袭人占主导地位,那些屋外的小丫鬟好比都是吃素的,有的几乎没名儿,给宝玉干过的露脸的事儿屈指可数。就连宝钗见了袭人,也暗忖:"倒别看错了这个丫头,听他说话,倒有些见识。""言语志量深可敬爱。"[①]

袭人心思细致,工作踏实,知道宝玉戴玉冰凉,用手帕包通灵宝玉塞在褥下,次日戴时便冰不着脖子。她也偶尔顽劣,和宝玉开玩笑,但遇正经事,她一定经得起考验。

二、袭人的人际关系

1.袭人与晴雯

作为怡红院里"一把手"的两个丫头,袭人呈现出的,更多是温柔、仔细、体贴服侍宝玉的一面,而晴雯更多是与宝玉拌嘴、争吵、相爱相杀,宛若怡红院内的"小林黛玉"。晴雯后来被赶出大观园,很多人认为是袭人在背后告密,她俩的关系也确实不好,小时为丫鬟,长大或许是宝玉的妾,袭人和晴雯作为最突出、概率最大的两个丫鬟,我们几乎可以把她们放在"争宠"的关系中。

但是,反观她俩的相处呢?原文未曾提到这两人的明显互动,但在第三十一回里,晴雯给宝玉换衣服时不小心失手跌坏了个扇子,宝玉叹息了两句,说明天你自己当家立事了,难道也这么不顾前不顾后的。晴雯当即冷笑道,你最近气大得很,要嫌弃我们就打发我们,再挑好的使。想一想,丫鬟犯了错,宝玉说了两句,她立马拉下脸说我不干了,这恰恰就是晴雯的恣意妄为、不惧惹是生非。很多人喜欢晴雯,她自我意识强烈,非常肆意,但她肯定不是一个好的丫鬟,宝玉说了三句,她说了八句,况且宝玉还是那种性格虽古怪、脾气却好的人。

这时袭人来了,劝宝玉"怎么一时我不到,就有事故儿"。这是事实,本来宝玉已经被晴雯气得浑身乱战了。但晴雯冷笑说,你这么会说,怎么不早点来?接着还讽刺,自古以来就是你一个人服侍宝玉,我们都不会服侍。袭人听这话本来很气了,还劝晴雯出去,自己来劝宝玉,说"原是我们的不是"。站在袭人立场,这话也并无多大越矩,你晴雯上句刚说了我给宝玉挨窝心脚,我借机自嘲背个锅不行吗?晴雯听这句话"更添了酸意"——她还吃醋了,说袭人"连个姑娘还没挣上去呢,也不过和我似的,那里就称

[①] 曹雪芹:《红楼梦》,中华书局2017年版,第153页。

上'我们'了"。此话有更过分的，暂且不放上了，细读至此一反我对晴雯独特个性的欣赏，就论个性独特，也得说话有分寸、有场合、不致伤害他人——或许这就是雪芹笔法真实和狠辣之处。

袭人与晴雯之间的不和，一部分或许源于上述"争宠"的景况，一部分源于性格的差异，一者温顺贤良，一者独到自恃，个人认为袭人未在处处针对晴雯，而晴雯有争风吃醋过度解读的嫌疑，她直爽的性子固招读者喜爱，但公正视之，对待袭人却实在是不屑、嫉恨、冷嘲的歪曲态度。

2.袭人与宝玉

我认为袭人与宝玉的关系有非常值得探讨的深层价值，因为他们实则超越了简单的主仆关系，那样的亲昵、理解有些许胜似爱情。对宝玉，袭人是陪他自小长大的姐姐一般的服侍者；对袭人，宝玉是她倾注了十几二十岁青春年华去服侍甚至去"培养"的少年。她自知贾母默许将来从宝玉[1]，于是将身体给了宝玉，此后也更加尽职尽责，宝玉也视袭人更与别个不同。她心里对宝玉怀揣的，是宠爱、关怀，是希望宝玉能有所造就，不至于成为一个"废人"。且看她与宝玉的玩斗，与尽职时周到细致大不相同，是因为她早已不把宝玉当作谨慎严苛的上任，而是一个可亲可近的同龄人了。而宝玉对袭人的亲昵接触，虽不如反过来那么多，也可从字句中看出。袭人回家吃年茶，"忽又有贾妃赐出糖蒸酥酪来，宝玉想上次袭人喜吃此物，便命留与袭人了"[2]。他了解袭人的口味偏好。宝玉与姊妹顽劣，袭人动气，冷笑"我那里敢动气！只是从今以后别进这屋子了。横竖有人服侍你，再别来支使我。我仍旧还服侍老太太去"[3]。宝玉竟跌断了自己玉簪，以向袭人表明自己的心。第三十一回还写到，袭人夜里吐血，"不觉将素日想着后来争荣夸耀之心尽皆灰了，眼中不觉滴下泪来"，宝玉见了即刻便要叫人烫黄酒，要山羊血、黎洞丸，再向案上斟了茶来，给袭人漱口，袭人也"只在榻上由宝玉去服侍"。天刚亮，宝玉就顾不得梳洗，忙穿衣出来，将王济仁叫来，亲自确认。[4]

区分主仆间寻常亲昵与爱情一重大因素即排他性，虽然这样的爱情注定不是贾府传承的主流——宝玉的正妻，只能从宝钗黛玉那些姊妹中去选；但这个年龄段袭人的私心却略有展露。一是第十九回，袭人喝年茶回了个家，宝玉没事儿做就随茗烟去花大姐姐家转转。原文如是描写：

---

[1] 曹雪芹：《红楼梦》，中华书局2017年版，第45页，其中提到"袭人素知贾母已将自己与了宝玉的"。
[2] 曹雪芹：《红楼梦》，中华书局2017年版，第137页。
[3] 曹雪芹：《红楼梦》，中华书局2017年版，第154页。
[4] 此处皆出自曹雪芹《红楼梦》，中华书局2017年版，第232页。

叁 课程作业

　　袭人听了,也不知为何,忙跑出来迎着宝玉,一把拉着问:"你怎么来了?"宝玉笑道:"我怪闷的,来瞧瞧你作什么呢。"袭人听了,才把心放下来,说道:"你也胡闹了,可作什么来呢!"……"这还了得!倘或撞见了人,或是遇见了老爷,街上人挤车碰,若有个闪失,也是玩得的!你们的胆子比斗还大。"

　　……花自芳母子两个恐怕宝玉冷,又让他上炕,又忙另摆果桌,又忙倒好茶。袭人笑道:"你们不用白忙,我自然知道。果子也不用摆了,也不敢乱给东西吃。"一面说,一面将自己的坐褥拿了铺在一个杌子上,宝玉坐了;用自己的脚炉垫了脚;向荷包内取出两个梅花香饼儿来,又将自己的手炉掀开焚上,仍盖好,放与宝玉怀内;然后将自己的茶杯斟了茶,送与宝玉。彼时他母兄已是忙着齐齐整整的摆上一桌子果品来。袭人见总无可吃之物,因笑道:"既来了,没有空去的理,好歹尝一点儿,也是来我家一趟。"说着,便拈了几个松子瓤,吹去细皮,用手帕托着送与宝玉。

　　……一面又伸手从宝玉项上将通灵玉摘下来,向他姊妹们笑道:"你们见识见识。时常说起来都当稀罕,恨不能一见,今儿可尽力瞧了。再瞧什么稀罕物儿,也不过是这么个东西。"说毕,递与他们传看了一遍,仍与宝玉挂好。又命他哥哥去或雇一乘小轿,或雇一辆小车,送宝玉回去。花自芳道:"有我送去,骑马也不妨了。"袭人道:"不为不妨,为的是碰见人。"①

宝玉来了,袭人迎出,字句间甚至能读出又是欣喜激动又怕宝玉嫌弃自家的心情。她怕宝玉吃自家果子吃坏了肚子,把自己荷包里梅花香饼拿出来先放手炉里;把自己的坐褥、脚炉、手炉统统摆给宝玉,用自己的茶杯斟茶;最后拈几个松子瓤,吹了外面的皮,用手帕托着送与宝玉。这是她对待宝玉的细致和虔诚;把宝玉的通灵玉拿给姊妹看,何不是将自己心上人给他人炫耀;最后送走宝玉,因怕他待在这儿,还会有什么节外生枝,不如将他送走,留自己沉浸在这难得的喜悦和激动中,这心情,恐怕只有恋爱过的少女才有体会吧!

由这一段,我们见到的,和今日里面对心上人腼腆羞怯的女孩有何区别?细读这段,乃至我更加万分喜爱袭人,万分感念雪芹的文笔,清代一个书生文人,何以琢磨透少女隐藏的心思!

刚提到第二点,袭人给了宝玉条汗巾子系在腰上,宝玉一激动竟和琪官交换了汗

---

① 曹雪芹:《红楼梦》,中华书局2017年版,第138—139页。

巾子,晚上袭人看到,顿生酸意。结果夜里,宝玉偷偷将这条汗巾子系在了袭人腰上。①

这段很耐人寻味,一个寻常丫鬟,和主人关系再好,也不可能因主人处置自己的东西而生气的。袭人生气,因宝玉亏待了自己的真心,她早把宝玉默认为自己亲近的人,她亦知自己在宝玉算得上非常亲近的人。实际上,宝玉也没太辜负她的心,虽一不留神换了袭人的汗巾子,夜里马上把琪官的汗巾子系在袭人腰上,像是在说,你看,除了你我才不会在意别的了呢,他给我的,我也给你,我不在乎。

汗巾子应该是极其私密之物,想象袭人沉睡时宝玉在她腰上系一条汗巾,那该是何等亲昵的场景,耐人寻味。

我们常说黛玉与宝玉的至贞爱情是封建礼教的悲剧,令人动容;晴雯与宝玉的爱情是不对等关系的悲剧,暗恋一生最终扯下葱葱指甲给心上人再死于青春年华。袭人和宝玉的爱情却少有人谈及。他们之间唯一的缺陷,是虽然有暗中涌动的情愫,袭人却始终是个没读过书的下人,她知礼教、情商高,能与宝玉有情感共鸣,但始终不能和宝玉谈及诗书,始终不能有真正的灵魂沟通。如果她知书达理,那是否会是另一对张生和崔莺莺?

3. 袭人和王夫人

此关系涉及袭人是否告密这一颇具争议的问题。我的个人观点在上述袭人和晴雯的关系背景下展开。

袭人是贾母的丫头,后来给了宝玉,名义上转至王夫人手下。所以我们看到她与王夫人之间的交流,可谓是她与真正的主子之间的正常沟通。

转看本回中提到袭人与王夫人的对话描写,先是宝玉的生活问题,宝玉挨打后吃什么喝什么。这个不会引起任何非议。但下面的建议,是袭人主动添上去的,主动告诉王夫人:宝玉得教训教训;还有就是,别让宝玉和那些姊妹走太近,惹人闲话。这段本身没有太大过分之处,可是日后晴雯被赶是否是袭人告状呢?

袭人与其他丫鬟不同,其他丫鬟认认真真服侍主人,大家图个开心,也就够了,袭人却一心想要宝玉好,要说宝玉不爱听的话,怡红院里除了她,有谁正儿八经劝谏过宝玉?有谁在读书做人上多说过一句话?不提这茬,任他宝玉怎样,往后怎样出息,反正过几年大家都是各自走人,还不会在宝玉那儿留下好管闲事的印象,多好?但袭人偏不,她认为尽职尽责,就是除了生活中体贴照料,宝玉读什么书想什么也在职责范围内。抛开其他不谈,对王夫人这几句话,何不是贴心贴肺地为了宝玉好呢?

---

① 曹雪芹:《红楼梦》,中华书局第2017年版,第214页。

叁 课程作业

袭人与晴雯不和,所以我猜测,当王夫人问起宝玉屋里的各个丫鬟,她会讲实话,讲到晴雯的刁钻蛮横,这一点虽然可以解读为与宝玉的私下亲近,但在正经的袭人看来,就是不可理喻的逾矩。她会把她素日所见告诉王夫人,但我认为她不会说谎,不会故意制造晴雯的糟点——倘若如此,她的心机不会被王夫人一眼识破?书中王夫人对袭人的印象还会如此积极?袭人还能留在宝玉身边多久呢?

王夫人也不是善茬,她向来的作风就是留下有用的,赶走没用的,再一向他人打听,晴雯的性格在别人嘴里也不会留下好的口碑,两者联系构成了晴雯被赶的悲剧。可是谁做错了呢?袭人只是尽了她的本分,我们若要求她隐瞒晴雯的"劣习"尽说好话,那得给她安上宽厚、包容、普度万物的名声,而她只是个小丫鬟,若如此廉正无私,还是寻常入骨的人物刻画?那岂不是成了曹公的问题。王夫人也没做错,爱子心切,但不在宝玉身边,苛察宝玉身边人就是她爱宝玉的方式,她要陪伴、照顾宝玉的,都是没有私心的人物。

悲剧往往是无中生有,每一个环节,我们找不出纰漏,合在一起却构成了事实的本身。但再看这个悲剧,它也就不是悲剧了,是历史的一部分——或者小说的情节需要,它被寻常化。而这也是悲剧意义的一部分。

4. 袭人与其他人

袭人的温顺贤良是公认的品格,对待怡红院的其他丫鬟也比较亲和自然。例如,第八回中,宝玉生气要撵走茜雪,袭人站出来说"你要撵他,不如趁势连我们一齐撵了"[①]。和其他丫鬟的亲昵动作,也有不少描写,如鸳鸯看其做针线,至少能说明其温和善言的品质,并不因谈吐对象的变更而变化,对待身份同等或者更加低微的人也不会无理取闹、恃位妄为。对湘云、宝钗等姑娘,她能让其对自己尊敬相待,甚至玩在一起,有共同语言。对李嬷嬷,那奶娘作为"人民的公敌",刁难袭人,骂她"忘了本的小娼妇"[②],我认为却并不能说明太多,毕竟这是一位连宝玉都敢刁难、不怕被赶出贾府的"高贵"嬷嬷。

三、袭人的自我定位

她身份不同寻常,也自知身份的不同寻常。袭人将来多半是要做宝玉的一个小妾,才有了以上那些尽心尽意的告慰。

令大多数人讶异的是袭人的劝谏癖好,别的丫鬟喜欢宝玉想做婢妾,想的是怎么

[①] 曹雪芹:《红楼梦》,中华书局2017年版,第68页。
[②] 曹雪芹:《红楼梦》,中华书局2017年版,第147页。

让宝玉注意自己、喜欢自己、重用自己,袭人的思维方式却是:怎么让宝玉重视自己,从而听进自己的劝谏。

且看初次提到袭人劝谏,是第九回的时候,宝玉要去上学,袭人趁机说:"读书是极好的事,不然就潦倒一辈子了,终久怎么样呢。但只一件,只是念书的时节想着书,不念的时节想着家些。别和他们一处顽闹,碰见老爷不是顽的。"①

袭人吃年茶回来后,骗宝玉说自己还有一年就要被母兄接回去嫁人了。宝玉急哭,袭人趁机说:"我另说出两三件事来,你果然依了我,就是你真心留了我。"宝玉道:"那几件?我都依你。好姐姐,好亲姐姐,别说两三件,就是两三百件,我也依。"看这三事儿:第一件不说狠话;第二件"在老爷跟前或在别人跟前,别只管批驳诮谤,只作出个喜读书的样子来,也叫老爷少生些气,在人前也好说嘴";第三件,不可毁僧谤道,调脂弄粉,不许吃人嘴上擦的胭脂了,与那爱红的毛病儿。原来"袭人自幼见宝玉性格异常,其淘气憨顽自是出于众小儿之外,更有几件千奇百怪口不能言的毛病儿,近来仗着祖母溺爱,父母亦不能十分严紧拘管,放荡驰纵,更觉任性恣情,最不喜务正,每欲劝时,谅不能听。今日可巧有赎身之论,故先用骗词,以探其情,以压其气,然后好下箴规"②。

如此好劝谏,被红学家讥为"立志不是做姨太太,而是做魏徵"。可正经看来,劝谏有何毛病?宝玉身边需要一个劝诫者,把他从父亲的暴政前及时拯救回来,说他不爱听的话,扮读者不喜爱的角色。宝玉没有成熟到知道自己该做什么不该做什么,也没有成熟到将自己的未来替贾府做打算,贾政因此恨铁不成钢,但袭人清楚。虽然,袭人一遍遍的劝谏没有多大结果,宝玉哪怕当面答应得好好的,背地里马上忘得一干二净了,但且问,没有这样的劝谏者,宝玉会成什么样?任他顽劣,结果会是袭人一个人挨骂背锅吗?

不可否认的是,贾宝玉他有再大的诗情才赋、再多的同理心和同情心,在承担责任和个人规划上,他就是个孽障,是个不肖子,他从没想过自己的游手好闲拈花惹草会给贾府带来些什么,自己不务正业的写诗作文又能给贾府带来些什么。他是个孽子——纵使这是小说人物刻画所需,他就是个孽子,他需要这样的劝谏,尽管是不成功的。

四、曹雪芹的出发点

回到这个点上,一切都很明了了。我们万万不可忘记,薄命司写给袭人的判词是

---

① 曹雪芹:《红楼梦》,中华书局2017年版,第69页。
② 曹雪芹:《红楼梦》,中华书局2017年版,第142页。

叁 课程作业

"枉自温柔和顺,空云似桂如兰。堪羡优伶有福,谁知公子无缘"①,此中没有提及袭人"心机"的任何一个字。万万不可忘记,曹公历经兴衰后写《红楼梦》,怀有的初心是去祭奠、怀念那些花儿一般美好的女孩们,她们恣意生长、姿态不一,却盛放出各自的美好。

《红楼梦》的主题,是怀念。怀念一个人的时候,能记着他的种种过分之举吗?或者说一个怀有心机天性恶毒的人,值得去怀念吗?作者怀着善心,去歌咏青春和生命,所以在他眼里,一切的人性都是可敬的,一切的后果都是可以追溯到原因的,善恶的区别,可以理解为环境的区别、阶级的差异。

袭人不是至善至美之人。她尽了她的地位下的最大努力,成就了一个卑微而高贵的独一无二的袭人。

袭人可谓是下人阶层中笔墨最浓的人物之一,曹公用了大量的篇幅写她与宝玉的斗气或亲昵,也向来遭到不少人的猜忌。我尊崇对人物或篇章结构的解读都应是适当的、有直接根据可寻的,望诸公有理有据总结出自己心目中独一无二的人物形象。可惜的是,我们再无法走近几百年前最生动活现的花珍珠本人,与她进行直接沟通或亲眼观察了。就此,袭人在我眼中,她是知礼数尊卑、尽职责之事、怀感遇之恩、求命中之爱的生动活现的丫头,虽乏深度和高度,却有温度——她不是凉薄之人。

---

① 曹雪芹:《红楼梦》,中华书局2017年版,第38页。

金线络子的无心或有意

黄鑢慜（文学院）

前　言

在《红楼梦》第三十五回的后半部分"黄金莺巧结梅花络"中有两个主要内容，其一是莺儿口中叙述的色彩搭配美学；其二是本文主要叙述的主题——金线络子。

曹公笔下把宝钗对宝玉是否有情的部分隐去了，只在文中有几段似是而非的闲笔。宝钗是否对宝玉有情成了红学中争议不断的一宗案子，也成为广大《红楼梦》读者心中的疑惑，各人有各自的理解和解读，导致众说纷纭。要想探讨这个话题，先得回到文本，从作者留下的蛛丝马迹中寻找答案。其中"黄金莺巧结梅花络"一段内容也是部分研究者解读宝钗有情否的依据。

本文旨在分析"黄金莺巧结梅花络"中薛宝钗行为上的意图是有意还是无心，并以此为依据判断其对宝玉的感情。

一、络子

络子又称條子。"络"在《说文解字》中作"絮也。一曰麻未沤也"，也有缠绕之意[①]。络子一物很符合其字义，是一种以彩绳缠绕系成各种造型的民间工艺，与现今的中国结极其相似，但非同一物。中国结是以粗棉绳编成，只具备装饰性作用；络子是以细线编成，具有装饰以及装载作用，是一种集装饰美感和实用性于一体的手艺品。

然而络子工艺于现今已十分罕见，留存的文献资料亦少，唯有在诗词、小说中可管见其一二，甚至现今的许多资料都将络子与中国结混为一物。在这种缺乏文献记载的情况下，《红楼梦》第三十五回中莺儿口中提及的络子就成了了解络子工艺的重要史料。

---

① 王力主编：《古汉语常用字字典》，商务印书馆2011年版，第229页。

> 莺儿道:"装什么的络子?"宝玉见问,便笑道:"不管装什么的,你都每样打几个罢。"莺儿拍手笑道:"这还了得!要这样,十年也打不完了。"宝玉笑道:"好姐姐,你闲著也没事,都替我打了罢。"
>
> 袭人笑道:"那里一时都打得完,如今先拣要紧的打两个罢。"莺儿道:"什么要紧,不过是扇子、香坠儿、汗巾子。"宝玉道:"汗巾子就好。"莺儿道:"汗巾子是什么颜色的?"宝玉道:"大红的。"莺儿道:"大红的须是黑络子才好看的,或是石青的才压的住颜色。"宝玉道:"松花色配什么?"莺儿道:"松花配桃红。"宝玉笑道:"这才娇艳。再要雅淡之中带些娇艳。"莺儿道:"葱绿柳黄是我最爱的。"宝玉道:"也罢了,也打一条桃红,再打一条葱绿。"莺儿道:"什么花样呢?"宝玉道:"共有几样花样?"莺儿道:"一炷香、朝天凳、象眼块、方胜、连环、梅花、柳叶。"宝玉道:"前儿你替三姑娘打的那花样是什么?"莺儿道:"那是攒心梅花。"宝玉道:"就是那样儿好。"
>
> 一面说,一面叫袭人,刚拿了线来……

从莺儿、袭人与宝玉三人的对话中,对于络子的作用、配色以及样式都有详细的描述。络子在古代社会是一种极普遍的手工编织,在佩戴应用上也很普及。从莺儿口中可得知络子应用最广的是在扇子、香坠儿和汗巾子这些随身小物上。不同于中国结的装饰用途,莺儿问及是"装什么的络子",因此可知络子是有纳物功用的,类似于现今把毛线编织成手提袋、纸巾盒套、水瓶袋子。应用在扇子、香坠儿、汗巾子的络子其实是一种用于收纳对应物品的网兜状袋子。

此外,还有一种网格状的络子。《红楼梦》第十四回中王熙凤代理宁国府时有一段对牌取物要"打车轿上网络"的情节,此处的络子指的是装饰在马车、轿子顶盖下端的网格状络子。这种络子只具备装饰作用,一般应用于车轿、宫灯、帘子以及服饰。

接着莺儿还提到了配色。许多人都认为这段配色论是莺儿这一人物最鲜明的情节,不同于袭人、晴雯等几个丫头的着重"戏份",莺儿在文中出现的次数较少,亦不被聚焦,唯有第三十五回这一段巧结梅花络中她才有了鲜明的形象,自信地谈论着络子的配色。莺儿所说的配色主要诉求是"压的住",大红配黑色或是石青色、松花配桃红、葱绿配柳黄。这些配色是中国古代的配色讲究,是当时的审美品位,也是中华传统色彩的搭配学。从莺儿口中可了解到这种应用在络子与搭配物品的配色追求不是相互融合,而是一种相互凸显的视觉美感。如同贾母游大观园(第四十回)时对于窗纱也有一番色彩搭配的言论,因外头有绿竹所以绿纱不显色,最后选了银红色,用的也是不同色调相互凸显的搭配。

莺儿还提及了几个络子的样式,有一炷香、朝天凳、象眼块、方胜、连环、梅花、柳叶。以名称推测,应当是以形象命名的。可推想为络子是以单一的样式重复并列编织而成。

络子在明清时期是随处可见的民间工艺,女红中的一种。然而如今丢失在过往时光中,几乎绝迹,留存的也只是简易的络子样式,莺儿神采飞扬地叙述的精致样式和色彩搭配更是难寻。《红楼梦》中对络子的描写原是随手一笔,是为了顺应情节的一段描述。然而这随手一笔为后世保留了可贵的资料,成为无意识的史料。

二、无心与有意之笔

在《红楼梦》中所有登场的人物、物件都不是随意加入的,它们全部的出现都只有一个目的——为文本服务,或是烘托描绘,或是情节需求,它们的存在都是应运故事内容。络子也是,它出现在文本中并非作者炫技,而是为了铺垫接下来的情节:宝钗主张以金线络子装通灵宝玉。

第三十五回后半部分看似是普通的烦请莺儿为宝玉打络子,宝玉和莺儿聊着天,说着说着说到了宝钗身上,莺儿说"我们家姑娘有几样世人都没有的好处呢",是闲聊还是有意?然而不待她说出来,有人来了,打断了这个话题,来的人不是别人正是话题里的正主。

宝钗来到,寒暄几句后出了个主意:"倒不如打个络子把玉络上",宝玉拍手答应,因问配什么色才好,宝钗先说了几个不行的配色,最后出主意"把那金线拿来配着黑珠儿线一根一根的拈上打成络子"。这主意一听就很费心思、时间,需得一根根地拈上,很是精致巧思。

而让这段情节被议论纷纷的就是她这个费心费神的主意。宝钗偏偏选了金线,且是要为通灵宝玉络上的,是刻意还是无心呢?

若说是无心,以宝钗的蕙质兰心有些牵强。再者,这段情节的时间点十分耐人寻味,在前一天宝钗才因为哥哥薛蟠口不择言说破了在贾府已是暗流汹涌的金玉论而气哭,直到早上两人才和好,下午她便提出了金线络玉的主意。以当时的形势,宝钗若无意于宝玉应当要避嫌才是,不该是主动提及那块玉,且还拿金去配玉。

或许这也可看作宝钗心思的明示。在前几回贾妃赠红麝串一事中,作者叙述宝钗因薛姨妈与王夫人说了金玉良姻的事"所以总远着宝玉",然而远在皇宫里只有一面之缘的贾妃唯独赐了宝玉、宝钗一样的红麝串,对二人的独特寄望昭然若揭,这时候的宝钗是"心里越发没意思起来"。许多研究者都认为这"越发没意思起来"的心思表达的是宝钗对宝玉不抱情感所以对贾妃的暗示感到烦躁，笔者反倒认为这"越发没意思"是宝钗小女儿姿态的表现，与回目中"薛宝钗羞笼红麝串"串联，表达的是她领会了贾妃的深意后，一种深闺女子对自己婚事遮掩羞涩的姿态。从此处未必可认定宝钗对宝玉有情，但可以肯定她对二人成婚的可能性至少是不抱否定态度的，甚至可能有所期待。

那承接红麝串的情节，主动提议以金线络玉更加明示了宝钗对金玉之说的期待，亦是金玉相配的具体表现。宝玉戴着的通灵宝玉可以说是众人瞩目的焦点，当它络着金线出现在众人视野，想必各人必然有一番心思，而向来敏感多心的黛玉见了想必又会有讽刺、争执。然而作者点到为止，只提及袭人拿来金线，就连宝玉是否穿戴上络了金线的玉都没有下文。

另有件有趣的事，此前在第二十九回中可知那通灵宝玉原本是系着黛玉做的穗子，而宝玉与黛玉争吵时黛玉正在气头上给剪了，于是那通灵宝玉就孤零零地挂在项圈上，至第三十五回换成了宝钗主张的带金线的络子。这前后替换怎么看也不是随手一笔无心写就的，想来内有文章是作者有意的安排。

笔者的观点是宝钗对宝玉是抱有情感的。在金玉之说和贾妃赐红麝串中宝钗都体会到她与宝玉的可能性，或许因此宝钗对宝玉上心了。如此才说得通接下来第三十六回里"绣鸳鸯梦兆绛芸轩"中宝钗坐于床边绣鸳鸯这一情节中听及宝玉梦话后那"一怔"。由此，曹公设置这些情节的目的也才说得通。

三、结语

曹公把古时宅院里针线女红这些琐碎的日常活动运用自如，既体现了故事的现实化，也巧妙结合了剧情。

《红楼梦》中运用小物件为情节服务是古代小说中创新的描写运用。许是因作者曹雪芹的身世，其对服饰有比普通人更深入的了解。笔者认为正是这份深入了解，才使作者能在文本中将服饰物件运用自如。如上文中提及的络子、红麝串、穗子和绣鸳鸯肚兜这些物件都是古时人们佩戴的饰品与贴身衣物，而在文本中它们不仅是物件，更是为情节服务，为故事的关键。曹公运用这些物件或展开情节，或承托情节，使其在文本叙事中具有重要的运用性，而不单单是装饰性的附属品。

比较三十六回和十九回宝玉爱情与生死观的成长

黄静瑜(文学院)

《红楼梦》的第三十六回是关键的一回。这一回确立了袭人的身份;宝玉发表了一段对死亡的看法,以及宝玉由龄官和贾蔷的恋情中领悟到对爱情的另一层次。第三十六回之前的好几回的叙述主线主要围绕在宝玉和不同人的相处,其中有与黛玉发生口角、宝玉说错话惹恼宝钗、调戏了金钏儿、踢了袭人、跟晴雯吵架,后自己也被老爷痛打。第三十六回好似是对这一系列事件的一个小总结,第三十七回开篇是结海棠诗社,仿佛是另一个段落。也恰好在这一回里面宝玉因见到龄官的"痴"和贾蔷的"恋",而对爱情乃至生死观有了另一层次的认识。

第三十六回,宝玉先是批评了"武死战、文死谏"的世俗观念,后说道:"……比如我此时若果有造化,该死于此时的,趁你们在,我就死了,再能够你们哭我的眼泪流成大河,把我的尸首漂起来,送到那鸦雀不到的幽僻之处,随风化了,自此再不要托生为人,就是我死的得时了。"

宝玉在第三十六回发表的生死观,与第十九回发表的略有差异:"……只求你们同看着我,守着我,等我有一日化成了飞灰——飞灰还不好,灰还有行迹,还有知识。——等我化成一股轻烟,风一吹便散了的时候,你们也管不得我,我也顾不得你们了。那时凭我去,我也凭你们爱那里去就去了。"第十九回和第三十六回生死观的差异在于女儿们对宝玉死亡的回应。从第十九回宝玉的论调来看,似乎是不在乎女儿们对自己死亡的反应,而第三十六回却看似希望所有女儿们都能因为自己的死亡而痛苦,宝玉能够得到女儿们的眼泪就满足了。前后看来似乎有矛盾,其实不然。

第十九回中这段论述的背景是宝玉想要用尽一切办法留住袭人,宝玉不仅是爱惜袭人,从全本小说来看,更是疼爱和珍惜女儿们。这句话恰好说明了宝玉珍爱袭人,珍爱他认为最美好的时光——和女儿们在一起。上文宝玉信誓旦旦要袭人说出留下她的条件,并且痴心地想要全部实现。事实是不可能的,但是如此却可以看出宝玉的"痴"性格,也看出他的坚定。他想要留住袭人在身边直到死去,他其实明白这样的祈愿是自私的,也是无理的。

从上文就可看出:"宝玉想一想,果然有理。""宝玉听了这些话,竟是有去的理,无留的理,心内越发急了,"那句看似不在乎女儿们如何看待自己的死亡,实则是退了一步说的。宝玉心里清楚这是不能实现的,但是即使这样他仍旧想要在自己还有感知、还活着的时候能抓住自己想要留住的。宝玉真正希望的,正是第三十六回里说的,活着的时候希望和女儿们同在一起,死了希望得所有女儿们的眼泪,甚至眼泪要流成大河。

从俗世之人看来,这个祈愿是极贪心又自私的。其实即使是退一步(第十九回的说法),也仍旧是自私和贪心的。这份贪心和自私就是宝玉的"痴",也是宝玉说明自己对女儿们的疼惜的最高表现。就生死观来看,曹公在第十九回要表达的更多是宝玉自己对死亡的期待——不再托生为人,而在对女儿们对自己死亡的回应上是退而求其次,其中也有袭人当时面对的现实因素;第三十六回提及的生死观更详尽完整,因为这里着重补充了宝玉如何希望女儿们看待自己的死亡,相比之下是更加自私和贪心的。有趣的是,不管是第十九回还是第三十六回,两次论及宝玉的死亡,都从袭人去留这件事开始。袭人仿佛就是代表着宝玉眼中那些众女儿们。众丫鬟中,正是袭人每每劝宝玉改邪归正,其中的张力不言而喻,如此可见曹公的匠心。

这种根深蒂固的祈愿,如何才能转变,或者更准确地说如何才能幻灭?那必定得是宝玉自己亲身经历过一种事实,并且这个事实是不可扭转的。如何安排这个经历?事实令人悲伤,成长也并非只有残忍撕扯表象的这一途径。曹公高招在于此,他安排了龄官和贾蔷之间的恋情,而后让宝玉顿悟:"我昨晚上的话竟说错了,怪道老爷说我是'管窥蠡测'。昨夜说你们的眼泪单葬我,这就错了。我竟不能全得了。从此只是各人各得眼泪罢了。""……宝玉默默不对,自此深悟人生情缘,各有分定,只是每每暗伤不知将来葬我洒泪者为谁?"

如此便完成了整个觉悟成长的过程。宝玉看待女儿们不再是自己世界中的女儿们,而是原来各人有各人的世界中心;宝玉看待死亡不再是以为所有人都会为自己哭泣难过,而是忽然意识到可能也没有人会为自己洒泪。这两种认知都是"现实的"认知,现实敲碎了宝玉的祈愿,宝玉由此就从过去过于不真实的祈愿中成长。但是同时,宝玉的伤感却又表明了他仍旧没有颓然放弃心中的祈愿,他只是体认到了其中的荒谬和不可能。曹公如此安排实在是妙,没有铺天盖地的夸张情节,只是描写了龄官和贾蔷,就完成了对宝玉的一次"教育"。

宝玉对自己想要"化为轻烟"的祈愿也许并无更改,因为不管是何种祈愿都是宝玉自己的。宝玉从中体认到的是"现实",这也是整部小说中不断揭露、不断随着情节往前推进的。随着情节的推进,宝玉一步步地被逼面对现实,现实也越来越显露出它的獠牙,越来越狰狞。宝玉一直抵抗着,前八十回也不断在描写宝玉乃至整个大观园如何抵抗着,后来一切抵抗都趋于妥协,都无力、苍白、颓靡,最终崩塌瓦解。这也如宝玉所说,从一个个活生生的、行步稳健的人,最后竟然化作一缕青烟消散了,什么也没有留下。当真是悲哀至极。

总的来说,第三十六回是重要的,因为这一回重申了宝玉的生死观,从这段可更为全面地看见宝玉的生死观。另外,也看见曹公如何安排情节,在平铺直叙中;在合理的现实中,使宝玉的生死观发生改变,这样的转变和顿悟使得小说人物对现实之思考更为深刻,也因此丰满了人物的形象。

倘若宝玉没有从他自己的生死观中走出,那么呈现给大家的宝玉就显得比较平面了。正因为有了这样的认知和转变,宝玉的形象更加丰满,我们也就看见宝玉他并不是无知,而是知道了却仍旧怀抱这样的期盼,这就是他的"痴"。现实的浓雾渐渐模糊了宝玉的灵光,若不愿就此污浊,也就只能让所有的祈愿全然破碎。宁愿全然破碎,也不愿意妥协于现实,反正永远都不能肯定有人会为自己的死亡哭泣,那就干脆将所有的生死情欲都抛开,那或许就不会再破灭了。这也是曹公最后安排宝玉出家的合理之处。

海棠诗社与"女儿"的关系

余嘉仪(文学院)

前 言

在《红楼梦》中,贾府不仅是钟鸣鼎食之家,且还是诗礼簪缨之族,贾府的少男少女们在文学上都有很高的造诣。《红楼梦》第三十七回,贾政被点学差,奉旨公出后,没了管束的宝玉得到了"解放","每日在大观园内任意纵性的逛荡,真把光阴虚度,岁月空添"[1],宝钗、黛玉等众姐妹都闲着。衣食无忧又无所事事,就需要一件高雅又有意义的、大家感兴趣的事来排遣无聊时光。"这为海棠社的成立提供了生活基础"[2]。恰巧贾芸送了两盆白海棠,李纨就提议咏海棠诗,后来也将诗社定名为海棠。

"《红楼梦》中所涉猎植物达237种"[3]。而海棠是其中寓意最为深厚复杂的植物之一,在文中出现频率很高,"《红楼梦》前80回一共有16回出现了海棠"[4]。《红楼梦》中提及的海棠有三种[5],本文只提及前八十回的其中两种:一是怡红院的西府海棠,二是贾芸送给贾宝玉的两盆白海棠。

《红楼梦》被认为是咏花的集大成者,有学者认为它"写花最多,用花最巧,摹花最工,拟花最切"[6]。"香草美人"或是以花喻人就是中国文学的传统,到了《红楼梦》中可谓达到艺术顶峰,花草被高度人格化,极富象征隐喻意味。

曹雪芹在《红楼梦》第十七回,通过贾政和宝玉之口给海棠下了定义——女儿棠。海棠与女儿的联系有什么象征隐喻的意味?这与海棠社成立存在什么关联,这两个问题是本文旨在探讨的。

---

[1] 曹雪芹著,无名氏续:《红楼梦》,人民文学出版社2017年版,第485页。
[2] 陈霞:《论〈红楼梦〉中的海棠诗社》,内蒙古民族大学硕士学位论文,2009年。
[3] 潘富俊:《红楼梦植物图鉴》,猫头鹰出版社2004年版,第4页。
[4] 姜楠南、汤庚国、沈永宝:《〈红楼梦〉海棠花文化考》,《南京林业大学学报》2008年第1期。
[5] 姜楠南、汤庚国、沈永宝:《〈红楼梦〉海棠花文化考》,《南京林业大学学报》2008年第1期。
[6] 潘宝明:《巧撷百花装扮红楼——〈红楼梦〉中花的描写在情节艺术中的作用》,《名作欣赏》1990年第3期。

一、海棠与女儿

在《红楼梦》第十七回"大观园试才题对额"中,西府海棠首次出现。根据《红楼梦大辞典》的解释:"西府海棠是海棠中之名贵品种,在明清笔记中多有道及。"[①]贾政向门客介绍说:"这叫做'女儿棠'。乃是外国之种,俗传系出'女儿国'中,云彼国此种最盛。亦荒唐不经之说罢了。"[②]宝玉自幼称自己"绛洞花主",听见父亲介绍海棠,自己也忍不住说"大约骚人咏士,以此花之色红晕若施脂,轻弱似扶病大近乎闺阁风度"[③]。"不管是出自贾政口中的'女儿国',还是宝玉口中的气质风采'大近乎闺阁风度',其实都是在为海棠的'女儿'特质作注解。而宝玉'花之色红晕若施脂,轻弱似扶病'的比喻,更是道出了西府海棠柔美、妩媚、艳丽的女性特质。"[④]于是乎,在《红楼梦》中,海棠与女儿有着很深的联系,是其他花草无法替代的。

自从宝玉、黛玉、宝钗等人住进大观园之后,大观园就成了"青春的后花园"。怡红院的西府海棠既象征着大观园的女儿们,其中也寄寓着宝玉对女儿们的关爱和欣赏,就像有学者说:"大观园,'园中那些人多半是女孩儿',就明白这西府海棠真个种在'女儿国'了。"[⑤]女儿棠的存在也道出《红楼梦》的主题之一"使闺阁昭传",即作者纪念与其相遇的女儿们,这也就是海棠频繁出现的原因之一。

第三十七回,白海棠出现了,贾芸送了宝玉两盆白海棠,由贾芸写给宝玉的信中可知,白海棠也是名贵品种,"不可多得",贾芸"变尽方法,只弄得两盆"[⑥]。大观园因之建起了海棠诗社,众人创作了一组《咏白海棠》诗。第五十一回晴雯病重,宝玉对麝月说:"我和你们一比,我就如那野坟圈子里长的几十年的一棵老杨树,你们就如秋天芸儿进我的那才开的白海棠。"[⑦]宝玉将晴雯麝月等一众女儿比作初开的白海棠,宝玉对所有女孩温柔体贴,在他心中这些女孩都很珍贵美好,因为少女时代是人生中最美好的阶段。

[①] 冯其庸、李希凡主编:《红楼梦大辞典》,文化艺术出版社2010年版,第16页。
[②] 曹雪芹著,无名氏续:《红楼梦》,人民文学出版社2017年版,第230页。
[③] 曹雪芹著,无名氏续:《红楼梦》,人民文学出版社2017年版,第230页。
[④] 蔡培青:《〈红楼梦〉中雅集及其文学创作研究》,闽南师范大学硕士学位论文,2015年。
[⑤] 黄崇浩:《海棠魂梦绕红楼——对〈石头记〉中海棠象征系统的考察》,《黄冈师范学院学报》2001年第1期。
[⑥] 曹雪芹著,无名氏续:《红楼梦》,人民文学出版社2017年版,第487页。
[⑦] 曹雪芹著,无名氏续:《红楼梦》,人民文学出版社2017年版,第699页。

二、海棠的命运

海棠除了泛指所有大观园的女儿之外,还特指史湘云、林黛玉和晴雯。如果说史湘云与海棠的关系是《红楼梦》中家族的富贵与大观园美好热闹的隐喻,那么林黛玉、晴雯与海棠的关系就是《红楼梦》青春逝去、生命凋零的隐喻。

1. 海棠的盛开

史湘云经常在《红楼梦》中展现出"青春无敌"的姿态,相当有活力,就如刚刚盛开的花朵一样芬芳迷人。第三十七回海棠诗社,湘云后来居上,一口气作了两首《咏白海棠诗》,且是压卷之作,"众人看一句,惊讶一句,看到了,赞到了,都说:'这个不枉作了海棠诗,真该要起海棠社了'"①。史湘云是压轴,也因为她最后的加入,真正确定了海棠社的建立。如果说探春是凝聚力的开端,湘云可以说是让凝聚力火力全开,炒热了海棠社的气氛,让大家更加确定海棠社的创建。

接着,海棠社通过史湘云在大观园中见证贾府的富贵以及美好热闹的生活。在第六十三回群芳夜宴中,史湘云抽中"海棠"花签,题着"香梦沉酣"四字,写着苏东坡《海棠》诗中的"只恐夜深花睡去"一句②。海棠与史湘云是有直接联系的,"但并不表现在实体的'怡红快绿'的'红',即怡红院中的那株西府海棠上,而是表现在海棠的富贵意象,以及海棠春睡之典上"③。

海棠本来就有"玉堂富贵"的传统意象。太虚幻境湘云判词有曰:"富贵又何为?襁褓之间父母违"④(第五回)。史湘云自幼父母双亡,家庭的富贵并不能给她温暖,就如蔡培青说:"'富贵'二字是最符合湘云的反讽标签。"⑤苗老师经常在课上说:"中国人富不过三代。"这就像是一种不可避免的历史循环,一种历史悲剧,亦是曹雪芹在《红楼梦》中要反思的,"当此,则自欲将已往所赖天恩祖德,锦衣纨绔之时,饫甘餍肥之日,背父兄教育之恩,负师友规训之德,以至今日一技无成、半生潦倒之罪,编述一集,以告天下"⑥(第一回)。

第六十二回,史湘云喝了几杯酒醉倒在石凳上,"业经香梦沉酣,四面芍药花飞了一身,满头都是衣襟上皆是红香散乱"⑦。蔡培青认为:"湘云'醉眠芍药茵'与《海棠春

---

① 曹雪芹著,无名氏续:《红楼梦》,人民文学出版社2017年版,第499页。
② 曹雪芹著,无名氏续:《红楼梦》,人民文学出版社2017年版,第871页。
③ 蔡培青:《〈红楼梦〉中雅集及其文学创作研究》,闽南师范大学硕士学位论文,2015年。
④ 曹雪芹著,无名氏续:《红楼梦》,人民文学出版社2017年版,第77页。
⑤ 蔡培青:《〈红楼梦〉中雅集及其文学创作研究》,闽南师范大学硕士学位论文,2015年。
⑥ 曹雪芹著,无名氏续:《红楼梦》,人民文学出版社2017年版,第1页。
⑦ 曹雪芹著,无名氏续:《红楼梦》,人民文学出版社2017年版,第855页。

睡图》贵妃醉酒的构件要素有诸多相同之处,如快乐热闹的宴集气氛、醉酒、春睡等"①。只要有史湘云出现的地方,那个地方就会很热闹,所以史湘云自带富贵与热闹的象征。而作者在这里将大观园的氛围营造得越是富贵热闹,就越能够衬托出贾府败落后的凄凉、惨淡之感。

2.海棠的凋零

唐贾耽《百花谱》以海棠为"花中神仙"②。有学者提出,"草木之中似无绛珠草即海棠的说法,而别有绛草、绛树之称,均与海棠无涉……我们应关注的是海棠花形与花色。王象晋《群芳谱》谓:'(花)色之美者,唯海棠,视之如浅绛'……花苞形如珍珠,此是海棠花的另一特点"③。参照这位学者的考证,"绛"是指海棠的红色,海棠的花苞形状犹如珍珠,这两者都是绛珠草的显著特征,因此我们可以大胆假设:《红楼梦》中的海棠除了泛指大观园的女儿外,还特指大观园里特别的女儿——黛玉。"宝玉对'红'、'绛'情有独钟,是作者对宝玉、黛玉前生身份有意识的提醒和追忆,也是宝黛相互牵挂爱恋、'木石之盟'的爱情印证。"④

另外,宝玉所描述的西府海棠风姿——"花之色红晕若施脂,轻弱似扶病",这个描述属黛玉的气质最符合海棠了。如果说海棠泛指大观园的女儿们,那么黛玉在宝玉心中绝对是海棠之榜首,因为前世为神瑛侍者以及现世为绛洞花主的宝玉有着与生俱来的爱护"花中神仙"的能力。

在大观园中,就属晴雯的长相、性格、命运与林黛玉高度相似,甲戌双行夹批曰:"晴有林风,袭乃钗副"⑤,晴雯是林黛玉的身影和陪衬。孤傲清高是林黛玉同晴雯相似之处,周瑞家的送宫花,本没有高低贵贱之分,只不过是恰巧最后走到了黛玉处,这便引起了黛玉的强烈不满。宫花的价值她不在意,关键是在这件事中别人对她的态度,送来的花即使是"假花",她也无所谓,不嫌弃,但是把她放在最后,将挑剩的送给她,这是她最不愿意看到的。晴雯在讨论王夫人送给秋纹的衣裳时说:"要是我,我就不要。若是给别人剩下的给我,也罢了。一样这屋里的人,难道谁又比谁高贵些?把好的给他,剩下的才给我,我宁可不要,冲撞了太太,我也不受这口软气。"⑥

---

① 蔡培青:《〈红楼梦〉中雅集及其文学创作研究》,闽南师范大学硕士学位论文,2015年。
② 贾耽,唐德宗朝宰相,所撰《百花谱》已佚,宋陈思《海棠谱》卷上,引自卜键《海棠的兆应》,《红楼梦学刊》2004年第3辑。
③ 黄崇浩:《海棠魂梦绕红楼——对〈石头记〉中海棠象征系统的考察》,《黄冈师范学院学报》2001年第1期。
④ 蔡培青:《〈红楼梦〉中雅集及其文学创作研究》,闽南师范大学硕士学位论文,2015年。
⑤ 曹雪芹:《红楼梦脂汇本》,岳麓书社2010年版,第96页。
⑥ 曹雪芹著,无名氏续:《红楼梦》,人民文学出版社2017年版,第495页。

从两人的性格可见，作者是要让她们演绎两重的悲剧，就如蔡培青说："怡红院中的海棠也喻指晴雯，以海棠喻指晴雯是为了突出和映衬黛玉的人物形象和悲剧命运。"①因为蔡培青还说："宝玉说，怡红院中的海棠因为晴雯欲亡，'故先就死了半边'（第七十七回）。当怡红院中的西府海棠整株全死，黛玉泪尽而亡的日子也就越来越近了吧。"②黛玉为"花中神仙"，她的消逝象征着大观园的女儿们青春的逝去，以及生命的凋零。

海棠是美好的，但海棠最终会凋零，就像女儿们的美好青春最终也会逝去，所以《红楼梦》真真是一部悲剧小说，写出人不可避免的悲剧。因此，海棠的生命凋零，隐喻着《红楼梦》最后真的是"落了片白茫茫大地真干净"，林黛玉和晴雯只是女儿中的代表，预先演绎了悲剧。

这两种不同的命运都用海棠作隐喻，虽然姿态不同，但最后的命运是相同的，史湘云所象征着富贵和热闹的海棠花，其盛开是一时的，终究会凋零，她只是比林黛玉和晴雯晚一点死去而已。

三、结语

曹雪芹喜欢诗歌，《红楼梦》里的诗歌占有很高的地位。而诗社的创建，是大观园美好生活创建的标志，笔者认为这很可能与贾政被点学差有关系，因为大家长不在家，这段时间对大观园少男少女们来说是自由、美好的，这为海棠花开提供了绝佳时机。

盛开之后就是走向凋零的末路，曹雪芹可能也与贾宝玉一样喜聚，不喜散，但有聚就会有散，花开花落，海棠诗社后来也不知不觉地散了；曹雪芹也可能怀念过去青春的美好，不想长大，因为长大意味着人生会变成泥沼，不再拥有海棠般的美好。大观园里的少男少女在不知不觉中长大，海棠的凋零意味着长大是无可避免的悲剧。诗社就像是《红楼梦》的一个小缩影，是大观园少男少女们的一个美梦。海棠与女儿对作者来说，既美好又感伤，美好的事物的后面总是会伴随悲伤，因此作者以海棠为社名，纪念他生命中的女性，是再适合不过了。

---

① 蔡培青:《〈红楼梦〉中雅集及其文学创作研究》，闽南师范大学硕士学位论文,2015年。
② 蔡培青:《〈红楼梦〉中雅集及其文学创作研究》，闽南师范大学硕士学位论文,2015年。

肆 其他文章

女士的秘密——黛玉年龄之谜（漫画版）

许丽川

说明：

这是许丽川同学所绘《女士的秘密——黛玉年龄之谜》一文的漫画版，将这个版本与图文版对照来看会更有趣。

用漫画的形式来阐释学术问题，这是许丽川同学进行的一个尝试，由此也可以带给我们一些启发，那就是学术表达能否采用更为直观生动的形式。

让同学们探讨林黛玉进贾府的年龄问题，其实是让他们由此了解《红楼梦》的时间设定。从作品的交代来看，林黛玉进贾府不过才六七岁，但她的言行则是一个少女才能做到的。看起来似乎存在矛盾，但在作品中却显得很自然，因为作者引入了心理时间。林黛玉进贾府，实际上也进入了一个全新的艺术空间，那就是不管这些人年龄有何差异，他们要一起进入青春时代，一起书写青春的挽歌。

闲言少叙，请列位看官慢慢品赏。

曹雪芹竟然写了戊戌变法还有辛亥革命？
——说《红楼梦》中的"时间密码"

刘玥彤

有关《红楼梦》中是否蕴含"反清复明"的思想早有争议。最具有代表性的是"索隐派"针对《红楼梦》中一些"可疑"之处进行的解读。

蔡元培提出："《石头记》者，清康熙政治小说也，作者持民族主义甚挚，书中本事，在吊明之亡，揭清之失，而尤于汉族名仕清者，寓痛惜之意。"①

而"索隐式研究法"就是把《红楼梦》当作一部历史著作、政治小说甚至是民族血泪史来读。

"时间密码"是蔡元培在《石头记索隐》中提出的重要命题：

> 《石头记》叙事，自明亡始。第一回所云"这一日三月十五日，葫芦庙起火，烧了一夜，甄氏烧成瓦砾场"，即指甲申三月间明愍帝殉国、北京失守之事也。士隐注解《好了歌》，备述沧海桑田之变态，亡国之痛，昭然若揭。而士隐所随之道人，跛足麻履鹑衣，或即影愍帝自缢时之状。甄士隐本隐"政事"，甄士隐随跛足道人而去，言明之政事随愍帝之死而消灭也。②

延续蔡元培《石头记索隐》中提及《红楼梦》中"用意颇深"的时间信息，后世众多所谓文学爱好者（以"民科"为典型代表），纷纷以"时间"为证据，论证《红楼梦》中具有"反清复明"的政治思想和强烈的民族主义情怀。

这并非个例。在网络上，《关于〈红楼梦〉的悼明反清》、《〈红楼梦〉书中日期的反清用意》中都曾出现过类似的论证方式。

因张贻柱在《〈红楼梦〉书中日期的反清用意》一文中提出的诸多观点具有代表性且多被转载，以下多以这篇文章为参照，对应"索隐派"提出的时间问题，关注《红楼梦》中的"时间密码"。

---

① 王国维、蔡元培：《石头记索隐》，上海古籍出版社2011年版，第6页。
② 王国维、蔡元培：《石头记索隐》，上海古籍出版社2011年版，第8页。

依张贻柱所言,在《红楼梦》书中,许多故事情节都是以时间顺序铺开的,在书中大量的时间记载里,有相当多的具体时间是与明末清初的重大历史事件密切相关的。比如书中最先提到的"十九日乃黄道之期","三月十五日葫芦庙炸供",点明的意思就是中国历史上的甲申之变,即李自成于崇祯十七年(1664年)三月十五日兵临北京城下,十七日包围北京,崇祯帝自缢于煤山;十九日李自成进驻紫禁城。甄士隐说的"十九日乃黄道之期",实是反其意而用之"。①在这部书中,像这样以具体时间来安排故事情节的地方有数十处之多,但并非每个日期都实有所指,有相当一部分日期是假语村言,是为"作者故将真事隐去"中的真事作掩护的。即使书中有些日期对明末清初重大的历史事件有所提示或点拨,也往往隐在全书的曲笔深文中,读者们一般难以发现。一些直接关系到清朝入主北京,明朝政权彻底垮台的真事和具体日期,则被作者别具苦心地隐藏在足以"令世人换新眼目"的秦氏丧礼、凤姐生日、黛玉悲吟《葬花诗》、贾母祷福等故事里。②

在"民科"的论述中,"时间密码"似乎暗示了《红楼梦》中的日期真与历史事件存在某种微妙的联系,且能给予充分的解释。

但对于这种比附的论证方法,笔者存在以下几个疑问:

其一,曹雪芹本人是否有可能对众多大小历史事件的发生时间了如指掌?

其二,以"时间"为力证,论证小说与历史的一一对应关系,究竟是对《红楼梦》的正确分析,还是对这部小说已有"反清复明"的先设而后进行的过度解读?

其三,若从"时间重合"的角度出发,持此观点者为何只关注到《红楼梦》中的时间与明清朝代的对应关系,而忽视了概率的科学性,对历史上也同样在这些日期中发生重大的事件避而不谈?

"借林老姑爷死于九月初三日讽刺乾隆于九月初三日登基","借黛玉《葬花诗》悼念于四月二十五日遇难的史可法和明朝最后一个皇帝永历帝","借秦可卿出殡诅咒顺治皇帝十月初一北京登基",等等,都是挑选《红楼梦》中的时间,对应与"反清复明"相关的时间。

但其中最大的矛盾点,其一,在于"主题先行",先有预设,而后用书中时间对应明清历史现实。

其二,在于无视概率本身的科学性,如此论述的人只关注到与明清朝代更迭相关的日期,而对历史上在这些时间内同样发生重大事件的情况予以忽视的态度,避而不谈,所以,运用这种论证方法,无法解释用时间重合度的概率高低来解释《红楼梦》中的

---

① 张贻柱:《〈红楼梦〉书中日期的反清用意》,http://bbs.tianya.cn/post-106-554177-1.shtml。
② 张贻柱:《〈红楼梦〉书中日期的反清用意》,http://bbs.tianya.cn/post-106-554177-1.shtml。

"时间密码",是否真的具有科学性、可靠性和说服力。

相反,按照此类分析思路,我们同样可以将《红楼梦》解释为一部反映唐、宋、元等朝代更替的小说,甚至可以解读为一部反映农民起义、工人运动的小说,可见"民科"用这种手法进行比附,缺乏真正的学术参考价值。

以下以戊戌变法为例,运用同样的论证思路,考察《红楼梦》是否也是一部在深层含义上反映戊戌变法的小说。

戊戌变法从1898年6月11日开始实施,直至1898年9月21日慈禧太后发动戊戌政变,光绪帝被囚,康有为、梁启超分别逃往法国和日本,谭嗣同等戊戌六君子被杀,标志着戊戌变法的失败。

要特别注意的是日期的阴阳历换算。6月11日与9月21日均为公历,而《红楼梦》书中的日期均为农历,在此,特将后续提及的戊戌变法日期统一转换为农历,以严谨论证的方式,更能说明戊戌变法与《红楼梦》之间存在密不可分的关系。

我们承续民科主要提出的两个重要日期:四月二十五日、五月初二进行比较。

戊戌变法开始于四月(农历),四月对于这场变法运动具有开创性的价值。在四月集中发生的一连串大事,标志着这场轰轰烈烈的运动的开端,但也同样在开端之处便暗示着这场运动的悲剧收场与陨落。

黛玉葬花于四月二十五日,"大多数读者,甚至包括一些研究《红楼梦》的权威学者,把黛玉《葬花诗》简单的理解成黛玉对花木一春,红颜易老的自作多情的伤感。就连冯其庸先生也认为'林黛玉的《葬花辞》借花自喻,将落花与自己的身世融为一体',而唱出的'令人心碎肠断的悲歌'"①。

按照这种逻辑,黛玉葬花与《葬花吟》的确是不普通的,但其背后蕴含的深意则不仅仅是对"反清复明"的影射。

如此太过局限,我们查阅历史年表可以发觉,这同样可以是对戊戌变法的暗示。

四月二十三日,"光绪帝颁布'明定国是诏',宣布变法。光绪帝与翁同龢论国是,翁力言西法不可不讲,圣贤义理之学尤不可忘。光绪帝命各省督抚保举使才"②。

光绪帝正式宣布维新变法的开始,而维新变法的悲剧性也暗含在这样充满激情和希望的历史开端中。

四月二十五日,也就是黛玉葬花之日,"光绪帝命各省设立商务局,认真讲求工商业。翰林院侍读学士徐致靖奏荐康有为、张元济、黄遵宪、谭嗣同、梁启超。光绪帝命工部主事康有为、刑部主事张元济预备召见,湖南盐法道黄遵宪、江苏补用知府谭嗣同

---

① 张贻柱:《〈红楼梦〉书中日期的反清用意》,http://bbs.tianya.cn/post-106-554177-1.shtml。
② 唐培吉:《中国历史大事年表(近代)》,上海辞书出版社1997年版,第555页。

送部引见、广东举人梁启超著总理衙门查看具奏"①。

四月二十八日,"光绪帝召见康有为,命在总理衙门章京上行走。御史宋伯鲁奏呈康有为主稿的《请废八股折》,光绪帝即令降旨,刚毅力阻"②。

而变法背后隐含的威胁其实早有所显露,张元济曾在书札中记录道:"弟四月廿八召见,约半钟之久。今上有心变法,但力似未足,询词约数十语,旧党之阻挠、八股试帖之无用、部议之因循扞格、大臣之不明新学,上皆言之,可见其胸有成竹矣。近来举动,毫无步骤,绝非善象。"③

四月二十日前后的几日是戊戌变法的开端,开端应当是光明的;但曹雪芹正是因为惋惜,而用《葬花吟》含蓄地表达自己心中的遗憾与这场运动结局的悲哀。

黛玉因对宝玉、宝钗二人产生误会,内心认定自己"到底是客边""无依无靠"。第二十七回写道:

> 至次日乃是四月二十六日,原来这日未时交芒种节。尚古风俗,凡交芒种节的这日,都要摆设各色礼物,祭钱花神。言芒种一过,便是夏日了,众花皆卸,花神退位,须要饯行。然闺中更兴这件风俗,所以大观园中之人都早起来了。

"在第二十八回的开头,作者则进一步说明,黛玉之所以口吟这《葬花诗》,是因为把'昨夜晴雯不开门一事,错疑在宝玉身上。至次日又可巧遇见饯花之期,正在一腔无明未曾发泄,又勾起伤春愁思,因把这些残花落瓣去掩埋,由不得感花伤己,哭了几声',便随口念出这首诗来。"④

按照上述时间上的分析,而此处的"一腔无明",则不该是悼念明朝,反倒是哀叹戊戌变法的未来走向令人担忧,其中浓厚的情感是曹公内心哀凄的凝结与体现。

五月初二是《红楼梦》中林如海送黛玉进京的日子。第三回书:"如海乃说'已择了出月初二日小女入都,尊兄即同路而往,岂不两便?'"曹雪芹也同样通过宝玉黛玉吵架以及薛蟠生日对这一日期进行强化,可见这个日期具有非同一般的含义。

而这实际上是影射了戊戌变法中的一个标志性时间:五月二日,"光绪帝为废八股

---

① 唐培吉:《中国历史大事年表(近代)》,上海辞书出版社1997年版,第555页。
② 唐培吉:《中国历史大事年表(近代)》,上海辞书出版社1997年版,第555页。
③ 张树年、张人凤:《张元济书札(增订本)中册》,商务印书馆1997年版,第652页。
④ 张贻柱:《〈红楼梦〉书中日期的反清用意》,http://bbs.tianya.cn/post-106-554177-1.shtml。

事向慈禧太后请旨"①。

维新派的教育改革是有一定成就的,这主要体现在创立维新运动教育学说,变科举兴学校,提出新学校的教育制度、内容和方法等方面。康有为在其名著《大同书》中写道:"太平世以开人智"最重学校。"废八股"无疑是其中的重要一环。

五月初二的反复强化其实是对"废八股"的影射。"废八股,兴西学"具有空前绝后的历史意义,曹雪芹反复烘托而不明确点出其中意涵,用小说中蕴含的"时间美学密码"进行深层次加工,在影射之时,造就真真假假、假假真真的多元色彩。

以上是以戊戌变法为例,可以发现《红楼梦》中的时间与戊戌变法的关键时间同样具有微妙的互动关联。

由此可见,这种先有预设,而后进行一一对应的"主题先行"的方法,在本质上是荒谬的,并不具备参考价值和说服力。

此外,这种论证方法还忽视了事件出现概率的大小问题。"民科"将《红楼梦》的时间与明清的特定日期进行对应,发现命中的概率极大。

但面对这种概率,我们理应思考:历史发展中有无数重要事件,我们用上述方法求证,将《红楼梦》中某一日期放置在整个历史长河之中,那么我们不仅可以推断出《红楼梦》是一部伟大的描写戊戌变法的小说,也可以同样推断出它是一部反映辛亥革命的小说。

若对历史年表进行更加具体的分析比较,则《红楼梦》中那些看似富有深意的时间反映重大历史事件的概率也会大大提升。

因而,按照这种逻辑来分析,我们不仅能论证《红楼梦》中有"反清复明"思想,还能把它同时解释为一部反映变法、革命、起义等其他历史事件的小说。

那是否《红楼梦》真的可以被看作一部反映中国各个历史阶段的百科全书呢?显而易见,答案是否定的。根本原因在于这种论证方法本身的不科学与不理性。

上文进行的分析是为了从反面破除"民科"这种分析方法的不科学、不理性之处。"索隐派"的弊病也正在于先验地将《红楼梦》视作一部政治小说、历史小说、民族血泪史,而后建立起文本与历史政治之间的关联。

进行比附并非难事,难处在于能否将其放置到整个历史发展进程中,综合来看这种追求比附、概率的手法是否真的具有全面性和说服力。

《红楼梦》本身在时间叙事上具有多层次、虚构性和丰富性的特征,这是这部伟大的小说在中国古典文学作品中脱颖而出的一大亮点。

---

① 唐培吉:《中国历史大事年表(近代)》,上海辞书出版社1997年版,第556页。

且不谈曹雪芹本人是否真的能对各种朝代更迭中的大小事件了如指掌,强行解释这些时间点中蕴含的"时间美学密码",反倒是对小说的破坏和损伤。

因而更有价值的,是抛开所谓的"政治小说""民族血泪史"的观点,回到小说本身,去关注文本,悉心体会这部伟大而可爱的小说究竟何以经久不衰,去关注小说描写的"家族、爱情、青春、生命"的主题,立足文本,探究文本,如此才是予以《红楼梦》真正的理解与认同。

《红楼梦》饰品叙述功用(节选)

黄鏸愨

第二章 明清小说中饰品描写

第二节 《红楼梦》与其他明清小说之饰品描写比较

服饰描写在明清小说中的基础功用是作为人物的外在形象,用以衬托人物及其品行。《三国演义》和《水浒传》的服饰描写都只停留在这个阶段,《金瓶梅》才有了对服饰描写的文学性运用,也是进一步的运用才使饰品可以脱离服装,有单独的功用。《红楼梦》更进一步开拓了《金瓶梅》对服饰描写的发展。

《三国演义》只着重史事叙事,其余皆不做多余叙述,对服饰的描写只是点出人物特征或者与情节有关系的特征性的描写;《水浒传》深受说书艺术影响,在人物出场时会先介绍人物的装扮,这两部作品对饰品描写的运用只是用作衬托人物的外在形象和品行。

《红楼梦》的服饰描写无疑是受到了《金瓶梅》的影响。《金瓶梅》与《红楼梦》在服饰描写中更加自然,不受格局固定。《金瓶梅》涉及各个阶层、各种身份的人物,展现更广泛的社会面貌;《红楼梦》的故事只是在贾府,围绕钟鸣鼎食的世家名门,所涉及的阶层也局限在文人阶层中,二者各有侧重,展现的社会风貌也不同。

从现实性而言,《金瓶梅》的成就更高。《金瓶梅》作者因采用现实社会为参照所以为后世留下了可贵的社会史材料,而《红楼梦》因顾及政治敏感而刻意模糊了服饰文化的现实性,虽然用笔写实,但与现实社会的服饰文化是截然不同的,所以不具备史料价值。

《金瓶梅》与《红楼梦》开拓了服饰描写在小说题材方面的运用,也使饰品描写得以和服装分离,被单独运用。《金瓶梅》中的饰品描写多数运用在西门庆与众女之间的香艳情事上,饰品担任着争奇斗艳和传递情意的作用。宋惠莲羞辱潘金莲的事件中,高底鞋还是作为女人为争宠而钩心斗角的工具,却初步展开了饰品描写的运用,使饰品描写不再只是作为人物的装饰品,有了更加重要的情节功用。

《红楼梦》作者曹雪芹的家世使他在服饰文化里较他人有优势,对服饰文化的熟知也使他在文学创作中能更加运用自如,将服饰文化内涵于故事中。饰品在社会中担任人情往来的礼物,具有礼节性、情感性的深层含义,作者把饰品的社会功用也添加到文本中,使故事更加写实、贴近生活。此外,也让饰品作为情节的关键,对故事情节起承转合有重要作用。比如"金玉良姻"就包含了情感内涵,还兼具引起宝、黛、钗情感纠纷的作用,导致三人最终的爱情悲剧和婚姻悲剧。

《红楼梦》的饰品描写具有独特的文学成就,是明清小说中的一个高峰。这样的成就有赖于前人的发展成果,是在继承了前人的发展基础上增加自己的开创性,为饰品描写的文学功用开拓新方向。

第三章 《红楼梦》中饰品的运用之以饰衬人

第一节 《红楼梦》的饰品描写

《红楼梦》中有许多饰品的描写,有的只是一般提及,也有的是具有功用性的。在服装和饰品的描写中,曹雪芹在饰品描写中更多地赋予了一定的文学功用,其中有二十五处的饰品描写是有功用性的。本文将饰品描写运用依据其叙事功用分为三类:以饰衬人、以饰寄情以及以饰勾事。

在曹公笔下,饰品不仅仅是作为人物的衬托品,《红楼梦》写实地运用了饰品的社会功用,熟练地运用饰品的社会文化内涵。此外,也使饰品描写在小说题材中有更加重大的发展,开拓了饰品描写为事件服务的功用性,让饰品担任故事情节中的关键角色。

第二节 饰品描写运用之以饰衬人

以饰衬人为小说题材中最为普遍的运用方法,用饰品作为人物的附属品衬托出人物的形象。在《红楼梦》中,这一类运用更是直观地衬托出贾府簪缨世家的富贵景象。其中最具代表性的是第三回《贾雨村夤缘复旧职 林黛玉抛父入京都》中黛玉初见贾府众人时王熙凤与贾宝玉出场的服饰描写。

写凤姐:"这个人打扮与众姑娘不同:彩绣辉煌,恍若神仙妃子。头上戴着金丝八宝攒珠髻,绾着朝阳五凤挂珠钗;项上带着赤金盘螭璎珞圈;裙边系着豆绿宫绦,双衡比目玫瑰珮；身上穿着缕金百蝶穿花大红洋缎窄褃袄，外罩五彩刻丝石青银鼠褂；下着翡翠撒花洋绉裙。"

曹雪芹以黛玉的眼去"看"贾府众人，而众人中唯独对凤姐与宝玉的装扮作了细致描写。写凤姐主要是以她一人为代表，凸显贾府的浮华。若是把贾母等人穿着一一描绘，不仅繁复落了下乘，也失了余韵。作者选凤姐亦是点出其张扬的性格，且古时穿着有一套严谨的礼仪制度，凤姐作为第三代的媳妇便有如此奢华耀目的装扮，更何况是作为公侯夫人的王夫人、邢夫人乃至老祖宗贾母。

写宝玉："头上戴着束发嵌宝紫金冠，齐眉勒着二龙抢珠金抹额；穿一件二色金百蝶穿花大红箭袖，束着五彩丝攒花结长穗宫绦，外罩石青起花八团倭缎排穗褂；登着青缎粉底小朝靴。面若中秋之月，色如春晓之花，鬓若刀裁，眉如墨画，面如桃瓣，目若秋波。虽怒时而若笑，即瞋视而有情。项上金螭璎珞，又有一根五色丝绦，系着一块美玉。"

宝玉初亮相时穿的是外出的装扮，转身离去再回来时亦换了一套家常服饰："头上周围一转的短发，都结成小辫，红丝结束，共攒至顶中胎发，总编一根大辫，黑亮如漆，从顶至梢，一串四颗大珠，用金八宝坠角；身上穿着银红撒花半旧大袄，仍旧带着项圈、宝玉、寄名锁、护身符等物；下面半露松花撒花绫裤腿，锦边弹墨袜，厚底大红鞋。"

在宝玉出场之前，作者就透过冷子兴的口带出了宝玉在贾府众星拱月的地位，未出场就已为他渲染造势，这一出场的装扮更是显现了其在贾府备受宠爱的富贵形象，由头至脚全面地形容了其装扮，接着转笔写其神貌，也自然地形容了那块造就他不同于他人的通灵宝玉。那通灵宝玉本是荒山的一块石头，到了鼎盛繁华的贾府也受到了极好的待遇，系在了金螭璎珞上还饰以五色的丝绦，对比原身在大荒山上的孤寂，可谓是热闹光彩。

第六回"刘姥姥一进荣国府"中写刘姥姥初见凤姐时，刘姥姥先见到"遍身绫罗，插金带银"的平儿便以为她是凤姐，后来"方知不过是个有些体面的丫头"。曹雪芹描写这段也是通过来自穷苦人家的刘姥姥带出贾府的富贵，平儿虽然是开过脸的心腹丫头，不同于其他丫头，但是其身份还是仆从，能让丫头穿戴绫罗金银也不是一般"小富贵"的人家可以做到的。

之后刘姥姥见到凤姐时，就见到比平儿穿着而言更加奢华、"粉光脂艳"的凤姐"家常带着秋板貂鼠昭君套，围着攒珠勒子，穿着桃红撒花袄，石青刻丝灰鼠披风，大红洋绉银鼠皮裙"。这套装扮比起初出场那套确实简单了些，"家常带着"却是一笔带出富贵人家的深厚底蕴，只是家常便也是贵气逼人。

上述的例子中都是以服饰衬托出身份，是外在的衬托，另还有一类是衬托内在的，以饰品显示人物性情。

在第七回中，薛姨妈使周瑞家的把宫制堆纱宫花送给贾家三姐妹并黛玉，正好最后一个才送到了林黛玉处，结果黛玉开口就问："还是单送我一个的，还是别的姑娘们都有呢？"得知自己是最后一个得到的，她又"冷笑"说了一句："我就知道，别人不挑剩下的也不给我。"单此处情节便简单刻画了林黛玉的敏感多心且言辞尖酸，让顺应了这跑腿吩咐的周瑞家的只能"一声儿不言语"。

第二十七回"滴翠亭杨妃戏彩蝶"，薛宝钗见一双玉色蝴蝶儿起玩心，取了扇子扑玩。这一刻画使向来沉静稳重的宝钗显出几分少女的活泼。又因为扑蝶，宝钗被引至滴翠亭听了红玉、坠儿的私密话，将被发觉前其心思稍转，想了出"金蝉脱壳"的法子，显示其机智。宝钗装作恰好经过，还说是"我才在河那边看着林姑娘在这里蹲着弄水儿的"。她故意说是看见了林黛玉在亭外，以其心思要脱身大可作别的说法，却偏偏要拉了黛玉下水，这番心计背后的缘故就耐人寻味了。

第三十一回中宝玉因心情不佳对跌折了扇子的晴雯叹了一句却惹恼了晴雯，脾气火爆直率的晴雯几次"冷笑"冷言讽语地与宝玉、袭人说了几个来回，不欢而散。晚间宝玉哄她高兴，由着她撕扇子逗乐。一场由扇子而起的事，又以扇子做了了结。因一语而怒，一撕也消气，晴雯的直爽性子由此事显出。另外，宝玉对女孩儿的放纵怜惜也透过这事件得以看到一二，原本宝玉作为主人家便是训斥了奴婢也是在当时社会理所当然的事，晴雯因一句叹言顶撞了主人也该是不合规矩的行为，可是宝玉虽然当时也恼怒了，后来却是去哄晴雯消气，以礼法而言这是乱了尊卑的，但以宝玉"女儿是水做的"的女儿论，这番行为也符合了他爱与众女亲近玩乐的性子。

在第四十九回中，平儿在烤肉会后失了一镯子。后来查证为宝玉房里的丫头坠儿偷的，然而平儿一番思量，考虑到宝玉"偏在你们（众丫头）身上用心"、"老太太、太太也生气"，再者也顾虑到袭人等大丫头们的脸面，心思几转便把这事情掩了下来。平儿虽则是个下人身份，但是在贾府的地位却是处于主人之下、下人之上的，但凡奴仆对其都敬上几分，而太太、小姐们也是对其态度不同，借由这件事可得知平儿为什么能在贾府上下中有这么不一般的地位，其处事妥帖细致、多为人着想，何不可亲。

同为镯子丢失一事，平儿顾及众人后决定不明言，然而她口中"爆炭"性子的晴雯辗转得知此事后也如她所料的沉不住气，也不等职分最大的袭人回来处理此事就拿着一丈青（细长簪子）狠戳坠儿的手，并私自寻了个由头把她打发出去。撕扇与处理坠儿这两件事几笔刻画了晴雯直爽火爆、爱憎分明的性子。

第五十七回，宝钗借邢岫烟裙上探春赠的碧玉珮与其说了一番见地，宝钗说道："他见人人皆有，独你一个没有，怕人笑话，故此送你一个。这是他聪明细致之处。但还有一句话你也要知道,这些妆饰原出于大官富贵之家的小姐,你看我从头至脚可有这些富丽闲妆?然七八年之先,我也是这样来的,如今一时比不得一时了,所以我都自己该省的就省了。将来你这一到了我们家,这些没有用的东西,只怕还有一箱子。咱们如今比不得他们了,总要一色从实守分为主,不比他们才是。"这里头又牵涉到妆饰上的心思,薛宝钗在待人处事上心里通透,她心里清楚自己在贾府的身份,应当如何行事,很有审视时度的才智。

第六十八回,一向"粉光脂艳"的凤姐穿了一身的"素白银器"去见尤二姐。凤姐的这身打扮显出了其心机,贾琏在国孝、家孝期间娶尤二姐本就是犯法背德,所以凤姐一身戴孝行头彰显了自己在礼法道德中的上风[①],也是这一身的素白淡雅和温柔谦和的姿态迷惑了二姐,才使她毫不怀疑地踏入吃人的陷阱,落得惨死下场。凤姐的这一身是心机,亦是杀机。

第七十三回"懦小姐不问累金凤"写迎春的懦弱。迎春的乳母不仅开赌局,还将小姐的饰品典当周转,事发后其媳妇上门求情不果,恼羞成怒反言小姐用度超支使她贴了钱补贴用度,以此威逼。面对这样的情况,迎春只管妥协,还是看不过去的侍女与其争执,她自己却置身事外地在一旁看书。迎春身为小姐不但管不住下人还被拿捏着,全然没有作为主人家应有的姿态。

饰品描写在小说题材中一般只是作为人物装扮的描述,最普遍的功用就是衬托人物。到了曹雪芹笔下,就不只是以附属品的形式衬托人物,还以饰品为媒介,透过情节展现人物的性情。同是衬托人物,曹雪芹有自己的突破,用笔更显高明。

第四章 《红楼梦》中饰品的运用之以饰寄情

《红楼梦》中有许多赠送配饰的情节,有的是作为礼节性的赠礼;有的是亲近之人相互赠送,众星拱月的宝玉就受到贾母、姐妹、婢女等的各种馈赠物品;也有的是作为定情之物,表达男女间的情意。

其中最重要的姻缘信物自然是引起宝、黛、钗一曲《终生误》的"金玉良姻",是整部故事里的主线,牵扯着三个人的情怨纠葛。在第八回"比通灵金莺微露意"中通灵宝玉和金锁项圈上相对的吉谶出了场,一同出场的还有莺儿未尽的话,为金玉良姻埋下了伏笔。第十九回,黛玉点出了金玉论:"你(宝玉)有玉,人家就有金来配你",心思敏感的黛玉最早看出了金玉良姻的伏笔。至第二十八回方掀开了金玉良姻的面纱,说是薛

[①] 颜湘君:《中国古代小说服饰描写研究》,上海书店出版社2007年版,第159页。

姨妈往日对王夫人等提过"金锁是个和尚给的,等日后有玉的方可结为婚姻",这有玉之人是谁大家都心照不宣了。同一回贾贵妃赐下宝玉和宝钗一样的物品,众人对金玉相对说的态度不言而喻。而心思通透的宝钗"心里越发没意思",然而回目里写着"薛宝钗羞笼红麝串",可见宝钗对金玉良姻的态度并非排斥。

再有因"金玉"生出的许多事端:第二十九回里宝玉、黛玉掩真情以假意探之,"情重愈斟情",一番争执皆因金玉之说而起,使得这两情相悦之人反生枝节,接着上演了宝玉为黛玉再摔通灵玉。可笑众人珍视不已的通灵宝玉于贾宝玉而言只是"劳什骨子",从不爱惜。第三十四回,薛蟠一番气话:"从先妈和我说,你这金要拣有玉的才可正配,你留了心,拣宝玉有那劳什骨子,你自然如今行动护着他。"虽是口不择言的气话,然说得出口那自然薛蟠心里对宝玉和宝钗的玉对金之说也是有想法的,只是平时众人心照不宣,惟此时气昏了头冲出口来,把金玉之说的暗流汹涌搬到了明面上。

第三十五回"黄金莺巧结梅花络",看似是普通的烦请莺儿为宝玉打络子,宝玉和莺儿聊着天,说着说着说到了宝钗身上,莺儿说"我们家姑娘有几样世人都没有的好处呢",是闲聊还是有意?话未说尽正主就来了,寒暄几句就说到"倒不如打个络子把玉络上",宝玉拍手答应,又问配什么色才好,宝钗出主意把金线配着黑珠儿线。宝钗偏偏选了金线,且是要为通灵宝玉络上的,是刻意还是无心呢?并且此前在第二十九回中可知那通灵宝玉原本是系着黛玉做的穗子,只是一时气头剪了,后来换成了宝钗主张的带金线的络子,这前后替换怎么看也不是随手一笔,想来内有文章,是作者有意安排。

第三十六回,宝钗绣着鸳鸯戏莲时听闻宝玉梦中叫喊:"和尚道士的话哪里信得,什么是金玉良缘,我偏说是木石姻缘。"鸳鸯在文人意象中本来是美满佳缘的恩爱形象,然而鸳鸯要是一对方可成,有心共鸳鸯的唯有宝钗一人,另一个想要的是"木石"而非"金玉",这对鸳鸯也就绣不成了。作者刻画这一场景,寥寥几笔就把宝黛钗三人的情感走向交代清楚。

第九十五回,黛玉因失通灵宝玉暗自窃喜,思着:"果真金玉有缘,宝玉如何能把这玉丢了呢。或因我之事,拆散他们的金玉,也未可知。"可见黛玉也对金玉之说深以为然。玉丢了却也拦不住这金玉良姻的命定,又因算命先生说要娶金命的人帮扶、冲喜,贾母等人寻思着"金玉"相对之事,还是定下了这姻缘(第九十六回)。有玉时以金玉相对为由头,没了玉又以金招玉为由头,可怜孤苦体弱的黛玉只能做心里头的"世外仙姝寂寞林"。第九十七回,宝玉、宝钗礼成,婚缘终定,圆了这场金玉良姻。

金玉良姻定的是婚姻,却锁不住情。宝玉的婚姻给了宝钗,心却是给了黛玉。虽比不上"金玉"的势不可挡,宝、黛间也有定情之物。黛玉赠予宝玉的配饰不在少数,第十七回并十八回中黛玉赌气铰香囊与第二十九回中剪穗子两处情节可得知两人间多有物品往来,然而只是作为兄弟姐妹间馈赠的小物件,不带有男女之情。两人间真正具有定情之意的信物是两条旧帕(第三十四回)。宝玉借由晴雯为黛玉送去这两条帕子,黛玉一番思索便悟出了真情,因着这帕这两位好事多磨的有情人方定了情。当夜黛玉心中思绪翻腾,于帕上走笔题诗三首,抒发一腔真情得托付的感慨。隔日,得了情的黛玉与被哥哥说穿了金玉之说、"好没意思"的宝钗相逢,"人逢喜事精神爽"的黛玉言语刻薄神情落寞的宝钗,正是木石对金玉、情帕对金缘的一场狭路相逢,想来也是作者一番精心巧思。至第九十七回宝玉、宝钗大婚,黛玉焚稿时把定情之帕也烧了。这两条旧帕子作为宝黛之间的定情之物,在情断之际也遭焚毁。

其余有关情缘的饰品有第十五回北静王初见宝玉所赠的见面礼,一串念珠;第二十四回,小红遗失帕子让贾芸拾去,惹出一番情,只可惜续写之后四十回未圆这对男女的情缘;第二十八回"蒋玉菡情赠茜香罗",宝玉和蒋玉菡交换了汗巾子,转手又转赠给了袭人,哪知是姻缘前定,最后袭人嫁与了那条大红汗巾子的原主人,成就了一段姻缘。还有贾贵妃下赐的、独宝玉、宝钗二人有的红麝串(第二十八回)以及贾琏勾搭尤二姐赠的汉玉九龙珮(第六十四回)。

饰品在曹雪芹笔下是带出男女情意的重要工具,文中但凡有爱意的男女都有私相授受之物。作者大量运用了饰品的风俗内涵于文中,巧妙穿插,交织起贾府众人的故事。"金玉良姻"就是作者运用饰品的一个重要例子,它是撑起故事主线的一个关键。作者敏感地察觉到世人对饰品内涵寓意的迷信,所以用金玉论作为牵扯贾宝玉情感的主线,同时也是对现实社会重人情往来的写实叙述。

第五章 《红楼梦》中饰品的运用之以饰勾事

此类运用是以饰品为媒介带出或者勾出一个事件,带动故事发展。如先前展现了宝钗活泼一面的扑蝶(第二十七回),就被彩蝶引至滴翠亭听到由另一个饰品而起的私密话,这一情节既带出了宝钗沉稳性子里活泼的一面,也借由扑蝶生出了滴翠亭一出,所以曹雪芹笔下饰品运用并非单一的,是兼用、连贯的。

金麒麟一物也是生出许多事端。第二十九回中宝玉因闻史湘云有一个金麒麟配饰,便也揣了一个赤金点翠的金麒麟,要待史湘云到贾府做客时拿出来与她的凑对(第三十一回),另外有黛玉因恐宝玉、湘云生情悄悄凑近,意外听见宝玉诉肺腑"又喜又惊,又悲又叹"。后来还因为宝玉丢失了金麒麟之事,被添油加醋地传成了"园里还有金麒麟,叫人偷了去,如今只剩一个"(第八十三回)的谣言。

第三十二回,黛玉听闻宝玉肺腑后与宝玉巧遇,两人又是一番肺腑欲语还休,黛玉走后碰巧袭人为宝玉送扇而来,反是她听到了真切肺腑之言得知宝玉心系黛玉,才有了后来劝王夫人将宝玉移出大观园众女住处之举,更因为这一劝使王夫人对其另眼相看,私底下把她升做了宝玉的"房里人"。

大观园抄检一事亦是由饰物而起——春宫香囊。第七十三回,傻大姐拾得的一个绣有春宫图的香囊引发了一串事件,撕开了大观园儿女的平静日子。因春宫香囊,王夫人以为那香囊为凤姐夫妇闺房之物,前去质问,后来更有抄检大观园一出(第七十四回),抄出入画、司琪两个丫头的错处,这两人的错处也是因为搜出了外男的物品(其中有饰品),后来被发落赶出了贾府。一个春宫香囊招致大观园的抄检,也是抄检一事开启了贾府衰败萎落的先声。

第七十四回,凤姐因支用见短把金项圈拿去典当,贾府外强中干的短处越发显见。

同一回中王夫人召见晴雯,见晴雯"钗軃鬓松,衫垂带褪,有春睡捧心之遗风"而心中怒火,认定晴雯是勾引宝玉学坏的货色,仅凭这次见面的形象就打定了撵她出府的主意,也因为被赶出贾府,晴雯落得病逝的结果。

在第九十六回中,黛玉因忘了手绢使紫鹃回屋里取来,在花园里闲步遇见了傻大姐,并从其口中得知宝玉、宝钗将要成婚之事。黛玉偶然机缘得知了真相,才有了在怡红院中宝玉、黛玉最后一次见面的悲凉场景,亦是得知了情缘难了才使得黛玉断了生机。

曹雪芹打破了饰品在小说题材中专为人物服务的唯一功用,使饰品也为事件服务,在故事情节中起到重要的作用。故事是由无数的事件组合而成,需要有起承转合的流程来形成事件。小说家的工作就是把事件巧妙安排,编织成一个更大的事件——故事。饰品原本在小说家笔下只是润色的功用,专为人物形象服务的装饰品,对故事叙事并没有任何的功用。曹雪芹赋予了饰品描写不一样的功用,使它成为事件发展的一个重要成分,在故事架构中担任重要的角色。运用饰品描写为事件服务是《红楼梦》中独特的叙述艺术。

另外,笔者在分类撰写饰品描写的功用性时意外发现后四十回中只有运用一处功用性饰品描写,即第九十八回黛玉因忘了带手绢一事意外从傻大姐口中得知宝玉和宝钗的婚事。后四十回甚至只有寥寥几处的服饰描写。后四十回中主要是圆了前八十回的功用性饰品描写,安排"金玉良姻"的结果以及(第九十七回)黛玉离世前焚诗稿、情帕,断情缘。此外,以失帕牵情的小红、贾芸在后四十回中未有结局,二人的情缘不了了之,实是遗憾。

结　语

　　明清小说是古代文学的一个高峰,其叙事描写更是显现作者文采的功力。服饰描写作为其中一个分支,未能引起学界关注,实属遗憾。服饰描写具有现实社会性,同时是作者需用心安排之处,该如何运用,如何侧重全都有考量的需求,是研究小说叙述技巧的一个新方向。

　　曹雪芹于《红楼梦》叙事中就巧妙运用了各样饰品。饰品于其笔下不仅作为衬托人物华丽形象的工具,还兼有显示人物性情的表述作用。此外,作者融汇了配饰于现实社会中承担的文化意涵,把饰品作为情感的寄托,作传情达意之用。更甚者,以饰品作为引发故事情节的重要道具。服饰描写既是行文工具,亦是艺术表达。

红楼一场梦,说起选课都是痛;
痛也顶得住,一顿操作猛如虎!

郜愉菲

说明:

这是"《红楼梦》研究"课程新春贺岁花式总结版之邪版。

你确定这真的是九乡河文理学院(俗称南京大学)的"《红楼梦》研究"课程班,不是人人自称曹雪芹转世灵童的神经病病友辅导站?不是请大观园人物吃大餐的金陵小厨训练班?不是帮贾宝玉、林黛玉发朋友圈的时空穿梭训练营?不是给金陵十二钗乱点鸳鸯谱的婚姻介绍所?不是让贾宝玉、林黛玉搬砖做苦力的职业黑中介?不是《红楼梦》山寨版的写作兴趣班?

反正我就知道,进去的是个个是满脸稚气的学生,出来的则个个是神通广大的妖精,不是小巫婆,就是小神汉,要不就是学术狗仔。

看看班里都是些什么妖魔鬼怪吧:杀死文人不偿命、天生为搞笑而来的圣手推文书生郜愉菲(也是这篇邪恶推文的作者兼小编),御前一品带刀、先斩后奏、免死符护身的金牌课代表刘玥彤,为学分舍弃灵魂的香港超级富婆许丽川,千娇百媚、眉目清秀的大脸美女王玉婧,贫困交加却坐拥后宫佳丽三千的蒋陟,一边说誓死都不退课一边悠然翘课、一边提着脑袋一边做苦力的老铁唐小蔚,看尽天下书、让别人无书可看的金陵十二(请自行脑补"学"字)霸之首顾阅微,二十四小时不插电、埋怨老师把自己电脑吓死机的超级脱口秀巨星丁思露,上天骑笤帚、下地开卡车、萌遍天下无敌手、我看世间谁敢萌的小巫婆王伊麟……

每一个绰号的后面都是一段惊险、悬疑、刺激、温馨、浪漫的传奇故事,都是一段不堪回首的青春记忆。

此时此刻我想起了《水浒传》的第一回:洪太尉误走妖魔。我怎么有一种洪太尉转世灵童的感觉?让这样一群精灵古怪、神通广大的小妖们走上社会,他们走进职场,文体两开花,称王称霸,吃香喝辣,打晕马云,脚踏王健林,吓傻王思聪,读者诸君,您就只能乖乖失业,自己走着回家了,不送。

坐看《红楼》云起时
——南京大学"《红楼梦》研究"课程总结

刘玥彤

古往今来,研究《红楼梦》的人络绎不绝。那在今天,在这个新媒体时代,讲授《红楼梦》的大学课程该如何开展呢。是细细研读文本,还是学习名家点评?是讲授研究方法,还是重点分析人物?如何才能做到寓教于乐,独具一格?

在刚刚过去的一学期中,我们在苗老师的带领下,接触到了这一门别开生面的"《红楼梦》研究"课程,也在精彩刺激的学习过程中过足了"红楼瘾"。

"《红楼梦》研究"的课程内容可谓异彩纷呈:有对作品本身的学习,有对文献资料的搜集,更为特别的,是对《红楼梦》中极为有趣的基本问题的讨论、出人意料的"花式小作业"和充分"折磨学生"的期末大作业。这些大胆的尝试都让《红楼梦》这部古典小说在当今这个媒体时代重新风起云涌、绽放光彩,也让大家真正在趣味学习中用新视角笑看"红楼"。

这门备受同学们喜爱的课程自然有其独特之处。本学期的学习内容主要分为:课堂学习、课后小作业和期末大作业。

每节课分为两部分,前半部分由同学们针对《红楼梦》中一个重要但有趣味的问题展开讨论和评议,并由老师作总结和延伸;后半部分由苗老师对《红楼梦》的一个专题展开生动而细致的讲述。

更有精彩纷呈的"花式小作业"吊足了大家的胃口,也有进行专业训练的"期末大作业"磨炼大家的意志。如此课程,让大家读得多、学得乐、爱得深,也在变幻莫测的作业题目中共解《红楼》其中味。

一、课堂教学

1.讨论与评议

在本课程的前半部分,苗老师以"报告+评议"的方式,设置了《红楼梦》当中一些新鲜、特别、有趣而十分重要的基本问题让大家探讨。像"贾宝玉、神瑛侍者、补天顽石和通灵宝玉之间的关系是'两两相对'还是'四位一体'？""林黛玉的家产都到哪里去了？林黛玉为什么看起来这么穷？""《红楼梦》中的人物年龄都是多大？""贾宝玉的性取向如何？""袭人是不是告密者？晴雯之死是否与她有关？""《红楼梦》里的女孩子是大脚还是小脚？""《红楼梦》中总共写了多少人物？如何进行统计？"等等，引起了同学们强烈的研究热情和讨论兴趣。

不同于一般有关《红楼梦》学术研究问题的讨论，这些课堂讨论主题新颖独特，苗老师打趣地称其为《红楼梦》中的"八卦问题"。但事实上，想要解决好"八卦问题"却要一本正经地采用"不八卦"的方式。

通过一轮讨论与评议，大家都十分认同，在自己进行调查研究的过程中，首先要立足文本，从《红楼梦》文本中寻找答案；同时，需要参考前人的研究成果，了解相关问题的讨论进程；更为重要的是，要从各家对这些"八卦问题"的说法中，进行有意识的挑选、吸收和学习，形成自己关于问题的系统的见解和看法。

在同学们看来，这样的课堂讨论是十分独特的。而其中的独特之处，其一在题目设计打破了常规命题的设定。苗老师从"八卦"起步，以"学术"为终点，挑选《红楼梦》中值得关注的趣味问题为讨论核心。

这些问题化严肃与活泼为一体，将新奇和学术紧密结合，引导大家在讨论过程中，挖掘出更深入的学术方法，也培养起对问题的多元化思考角度。

其二在研究方法充分调动起了同学们的学习兴趣。不论是前期准备和后期总结，还是课堂报告和评议，都讲求同学之间的"互动"与"交流"，在表达个人观点与观点的相互碰撞之中，提炼出更深邃的思想精华。同学们也在自主探究与合作沟通的过程中，吸收他人的观点和思路，开阔视野。

其三在老师对讨论中的思想包容与学术上的有益引导。在课堂报告和评议过程中，针对同一问题，不同同学的视角和观点难免存在差异。对此，苗老师表现出充分的包容和鼓励，支持大家勇于表达自己对问题的观点，并鼓励进行更深入的思考，又在讨论中渗透学术研究方法的教授，让大家在轻松活泼的课堂氛围中培养起学术素养。

2. 老师讲授

面对这样一部内容繁杂、前人研究众多的文学巨著，苗老师创新教学方式，划分出九个重要专题对《红楼梦》进行讲解，包括：曹雪芹的家世及家族情结，曹雪芹的生平与创作，《红楼梦》的版本与传播，《红楼梦》的批评与接受，《红楼梦》的思想，《红楼梦》的叙事艺术，《红楼梦》的人物塑造，《红楼梦》的续书与仿作，《红楼梦》的研究历程。

苗老师特别指出，对《红楼梦》的讲解不求面面俱到。这九个专题涉及《红楼梦》的各个方面，既包含基本问题，也包括一些有争议的难题，所以在具体讲解时，既要从整体上对红学进行系统、全面的介绍,又要对一些具体问题进行分析,通过对《红楼梦》作者、版本、评点、思想及艺术等各个方面的讲解,使同学们掌握《红楼梦》研究的基本知识,从而提高鉴赏和研究水平。

二、花式小作业

最受大家关注和欢迎的亮点,是苗老师开展的"花式小作业"。不论是在作业形式,还是在题目设置上,这些"花式小作业"都是格外吸引人的:

"请结合本人姓名,论证《红楼梦》是自己所写。"

"如果由你来主持一个饭局,《红楼梦》里的人物你都想请谁吃饭?请简要说明理由。请到这些人后,你准备点什么菜?请简要说明理由。(要求:菜数最好控制在吃饭人数的两倍以内,避免浪费。菜必须是《红楼梦》里写过的。)给你的饭局造个预算,写出每道菜的价格,并简要说明理由。"

"黛玉葬花和宝玉挨打是《红楼梦》里有名的段落,这两件事当事人本人怎么看、别人怎么看,涉及对全书思想及人物的理解。请你帮林黛玉和贾宝玉各发一个朋友圈,并分别代他们朋友圈里的十个人回复。"

"为《红楼梦》中金陵十二钗各找一个合适的伴侣并简要说明理由。不必拘于她们原来的婚恋情况,优先从《红楼梦》中找,没有合适的可以在四大名著的另三部中找。如果还没有合适的,可以从整个古代小说作品中找。找的时候要综合考虑她们的性格、爱好、气质等,匹配度要高。"

在每次课程小作业完成之后,都会由一位具有"狗仔潜质"的同学进行系统总结,撰文排版,再由古代小说网微信公众号推送,如此就算顺利完成了一次课后作业。

这些"花式小作业"在题目设置上轻松活泼、丰富有趣,充分引起了同学们的好奇、共鸣和研究兴趣,备受同学们的喜爱,已经引起了不小的轰动。在经受过"花式小作业折磨"后,同学们为苗老师总结出"趣怪"、"老顽童"、"苗一刀"、"最有江湖豪气的老师"等称号。

事实上,不仅是在文学院内部,外院系同学,甚至各大媒体,包括《现代快报》、《扬子晚报》、《新华日报》、《新京报》、南京大学新闻网、人民网、新华网等,都对《红楼梦》研究"的花式作业进行采访,古代小说网、文学院公众号等也对课程进行了同步跟进。

"花式小作业"是苗老师对课程做出的创新与改革。"逼着学生满世界查资料,细细研读作品。读仔细了,读多了,自然会有想法。研究红学云云,认真反复阅读作品是最最关键的,这是童子功,研究其他小说乃至诗文词曲,也是如此。"

以第一次作业"论证《红楼梦》是自己所写"为例,苗老师谈到,布置这个作业是为了增强同学们对学术问题的辨别判断能力。现在红学炙手可热,尤其是作者问题,不断加码提出候选人,目前已有一百多,没有接触过红学的人很容易晕头转向。而纸上谈兵终比不上亲自下手,让同学们大开脑洞,用比附、谐音、拆字、联系等方式进行演练。也正是如此,"花式小作业"才如此受到同学们的夸奖与喜爱。

一本正经搞笑,认认真真读书。苗老师正是利用新媒体形式,让大家在处理问题的过程中大开脑洞,加深了对作品的理解、对人物的理解,因此,每次布置课后作业后,同学们提交的答案,也都"精彩可期"。

尽管"花式小作业"的出现收获众多粉丝,但值得关注的是,如此的作业形式并不适合作为正式考试的题目,"花式小作业"的完成情况也不算入同学们的期末成绩之中。苗老师指出:"我们的花式作业,都是针对《红楼梦》设计的。每一次,我都会对学术背景、预期目的以及要求作出具体的说明。而且这些题目不适合作为考试题,因为没有客观的评价标准,即使有也很难操作。"

此外,这样新奇的作业形式也不能机械地套用其他名著进行模仿。苗老师表示,如果将"花式小作业"变成期末考题,只是将《红楼梦》换成《西游记》是不够严肃的,如果不加任何说明、与学期课堂教授内容没多少关联,会让人一头雾水、莫名其妙,考察不出学生对作品的理解和研究能力。我们不反对对花式作业的借鉴,但希望能达到督促学生读书、活跃气氛、快乐学习的目的,而不是搞怪、刁难学生。

三、期末大作业

与"花式小作业"的搞怪气氛不同,"期末大作业"是"《红楼梦》研究"这门课程期末考察的重头戏。

"期末大作业"主要分为三部分:校勘、校勘小结以及论文撰写。

校勘部分要求同学们以脂本或程本为底本,以程本或脂本为校本,对《红楼梦》中一回作品进行校勘。同时,需要标明底本和校本,以页下注的方式写出校记。

而校勘小结是根据校勘的结果,对本回脂本、程本两个版本在语言、风格等方面的异同、优劣进行归纳和比较。

最后一部分的论文撰写,则是要求同学们选取本回中一个或多个疑难问题进行探讨,写成一篇小论文。

中文系学生要想学好古代文学,"童子功"是必备的。尽管"花式小作业"让同学们大开脑洞、各显神通,充分发挥自己的主观创造性,但基本的校勘功底仍要夯实。

苗老师自己笑称，这是一份"折磨学生"的"期末大作业"，校勘任务比较繁重，而小论文撰写也并不轻松，在欢乐的"小作业"过后，还有一本正经的"大作业"等待同学们去完成；"以学术为终点"的"期末大作业"，和同学们完成课堂报告＋评议的情况，这才是最后成绩的依据。

《红楼梦》是一部开放的小说，它虽产生于清代，但也同样连接当下。不仅仅是对于这部优秀的中国古典小说进行的研究，对于其他课程，也都是如此。从我们学生群体的角度来看，当代大学的课程往往以课堂教授为主，虽然有讨论和交流的空间，但并没有让自主学习、探究学习的能力得到充分的锻炼和施展。

真正能吸引学生的是趣味的讨论话题、创新的学习方法和轻松的学习氛围。"《红楼梦》研究"这门课正是充分响应了文学院的教学改革浪潮，在一学期的学习中，苗老师以丰富多彩的课堂教学和课后探究为核心，了解大家需要什么、想要什么、适合什么，贴合了当代大学生的学习心理。

不论是课堂报告＋评议的话题，还是"花式小作业"的命题，都以新颖、有趣、创新的方式给人以强烈的代入感，让大家愿意学、主动学、认真学。从趣味出发，以学术训练为核心，真正把教学作为重点，调动起同学们的学习兴趣。

大学课堂应当是老师和学生共同参与、共同经营的，有严肃，有活泼，有参与，有讨论，如此才能让学生为课堂注入生机和活力，才能让老师真正成为知识的引路人，指导、鼓励学生走入更宽广的知识殿堂。

经过一学期的探索与创新，"《红楼梦》研究"这门课悄然走在了大学课程创新的前列，那别的课程呢？是否也能同样"精彩可期"？

苗老师及他的"苗家军"们，很是期待。

说明：

时间过得真快，转眼到了寒假，"《红楼梦》研究"课程闹腾了一个学期，也该总结一下了。

这次的总结仍然由同学们自己操刀，我只写编者按。与以往不同的是，我们的总结有两个版本：一个是表情严肃的正版，另一个是玩无厘头的邪版，也许只有这样一正一邪，才能真正体现我们这门课程的全貌，自然也正契合《红楼梦》正邪交赋的内在精神。

只是苦了一些爱较真的读者了，这可能会造成一定程度的精神错乱，建议心理承受能力不强的读者只读正版，或者只读邪版。

您现在看到的这个是"《红楼梦》研究"课程新春贺岁花式总结版之正版。

要说的话很多,这里长话短说。一个学期的折腾看起来很欢乐,实际上还是蛮辛苦的,同学们不停地被老师催债、烧脑不说,设计这些题目也是要累死不少脑细胞的,既要让同学们借助题目换个角度阅读作品,又要锻炼他们的思考能力,还得有趣好玩,不让人昏昏欲睡,人世间哪有这等好事,一个题目的设计有时候可以用苦思冥想、绞尽脑汁来形容。

当然有付出就会有收获,这种收获是多方面的,或被同学们的奇思妙想惊得目瞪口呆,或为他们的幽默风趣笑得满地打滚,或从他们的作业中悟得人生真谛……总之,大家一起互爱互伤,相爱相杀,走过一个不平静的学期,苦并快乐着。

在最后一次上课时,我向同学们表示了自己的谢意,我陪伴他们走过了一段美好的青春时光,他们也陪伴我走过了一段难忘的中年岁月,给了我得天下英才而教之的莫大快乐。

在逐渐老去之前,我要做几件自己喜欢的事情,包括上几门自己喜欢讲的课程,比如带同学们一起寻找散落在南京街巷间的中国文学碎片,一起品读世界侦探小说精品,要写几本自己想写的书还有文章。事情不要多,但一定得是自己喜欢的。

要感谢的人很多,除了我称作小妖的三十八位打死不退课的敢死队同学,还有众多媒体,特别是《扬子晚报》的杨甜子、《现代快报》的刘静妍、梨视频的潇潇,她们对我的课程进行了一个学期的跟踪报道,我也将她们视为这门课程的重要成员。还有《新华日报》、《新京报》等众多媒体,没有它们的报道和宣传,这门课程不会产生这么大的影响。

当然要感谢的还有我的强大后盾南京大学文学院,我的顶头上司徐兴无院长虽然不时进行嘲讽打击,但还是任由我一直胡闹下去;徐雁平兄慷慨解囊,资助我将这门课程的相关作业结集成书,书名暂定为《南京大学的红学课》,准备年内出版。

其间也看到一些质疑乃至批评,对于中肯理性的意见我都会虚心接受。我要强调的是,花式作业只是我"《红楼梦》研究"课三类课程作业中的一类,而且不计分,不计分,不计分(重要的话说三遍)。此外还有相当繁重的课程报告和作品校勘研究作业,这才是评定课程成绩的依据。不少人只看到花式作业的热闹,没看到我们背后严格、系统的学术训练。不客气地说,如此大的作业量国内没有几个学校可以做到。

请不要将我们的课程作业与那些哗众取宠、昙花一现的所谓神仙考题、花式考题混淆起来。我们整整用了一个学期的时间在进行各种大强度的学术训练,"《红楼梦》研究"课程根据作业计分,我们期末不考试,不考试,不考试(重要的事情黑板敲三次)。

最后要说明的是,我的"《红楼梦》研究"课程改革是整个南京大学文学院课程改革的一个组成部分,目前全院正在全面推进小班化教学,讲授与讨论并重,细读原典,培养能力,不断用各种大工作量的作业折腾学生,不允许校园二流子的存在。

下个学期,我承担的本科生课程是中国文学史的最后一个部分明清文学。目前正摩拳擦掌准备各种折磨学生的套路,剧情将会更火爆,这些学生竟然也充满了被折磨的期待,渴望成妖。欲知后事如何,且待下个学期分解。

伍 媒体报道

"请结合本人姓名,论证《红楼梦》是自己所写",于是,南大一下冒出了50多个"曹雪芹"……

杨甜子

如何才能结合自己的名字,论证《红楼梦》是自己所写?这道看似不可思议的"证明题",当真被南京大学的50多位同学给做出来了!而且论证的过程笑点满满,不信你看——

走近科学之人人都是曹雪芹

姓名篇

留侯玉客:

玉是宝黛两位主角名字中共有的字,也指通灵宝玉。此外,贾府中宝玉一代皆为玉字辈,除了宝黛外,妙玉、红玉、玉钏名字中都有玉字。可见,"玉"字在全书中的地位。(如果有个人叫王玉珏,你就比不过她了。)

Tipo唐:

曹公祖上显赫的便是曹寅,为了曲折暗示别人,选取一个祖上"某"寅是名人的姓,想来只有"唐寅"符合条件,便取唐姓作姓了。(唐伯虎:合着我是为了给你俩凑名字的?)

糟糕敬言:

敬言合为警,即警幻仙姑,司掌太虚幻境与人间情情爱爱,处处引导宝玉警醒识破情欲声色,寻得大解脱,实则是作者本人在作品中的化身。(警察叔叔表示瞒不住自己的真实身份了。)

鸣谦:

"鸣谦"二字谐音"明清",揭示了《红楼梦》基于明清时代的写作背景。(那我猜你一定是清明节开始动笔的!)

芮-Kalaxian:

"芹"与"芮"都是草字头,笔画都是7画。"芹"是寻常菜蔬,又有微薄之意;"芮"形容草初生的样子,又有柔弱之意。(芹菜这么好吃,你考虑过它的感受吗?)

地理篇

晴天、雨桥：

本人家在西安，"长安"是古代文学意象中最正宗的国都正统形象，"反清复明"正是无数代人的"长安情结"之一。

steins：

曹雪芹祖父曹寅担任过江宁织造一职，又数次掌管两淮盐课，我出生于淮安，求学于南京，与曹寅的仕宦生涯有相符之处。

比格.诺.斯伯特：

我是江西人，贾政在江西用人不当，受到牵连，贾赦也因公务统统革职，加速了贾家的衰落。

冯否：

曹姓氏族曾在清朝大量迁入四川，而我为重庆人，重庆在1997年直辖前隶属于四川省。

（56个民族56枝花，56个兄弟姐妹是一家；56种语言汇成一句话，《红楼梦》是我们一起写的啊！）

生辰篇

茶花：

我出生于农历的腊月十二，即双十二，《红楼梦》与十二联系紧密，有十二女伶，十二金钗。有说云，金陵十二钗后，有副册、又副册，统共十一副册，共十二乘十二个女孩子，与鄙人出生日月高度吻合。

绮萱：

曹雪芹去世的日期与我生日相同，祖籍也相同。

别有根芽：

生于戊寅年己卯年之交，庚辰本有"虎兔相逢大梦归"之意。

拂袖：

生于农历二月十二，与林黛玉生辰相同。

乱七八糟篇

Ann：

高中三年读红楼数遍，做红楼相关习题甚多，毕业后以求学为名到金陵探寻十二钗遗迹。(那不知道我经常做梦可不可以？)

小衬衣：

曹雪芹画像很瘦，主人公林黛玉也很瘦，我也很瘦，更加能说明我是曹雪芹的转世灵童。

(这里有个人说她很瘦，是直接揍还是走程序？)

李龟年：

我是贾宝玉转世，读书不加钻研，只读流荡、游戏、悲感，能动性动情，供一时之兴趣。不服孔孟，偏爱老庄。等到写论文、考试前一夜之工紧急温习(预习)，平时一头扎在姐妹堆里(变为女身吃胭脂也更方便了)，总之，莫效此儿形状啊。

为啥要做这道题？他们的老师有话说
让学生增强对学术问题的辨别判断能力

为啥要让学生论证《红楼梦》的作者是自己？记者联系上了南京大学文学院副院长苗怀明教授。苗老师告诉记者，这是自己所教"《红楼梦》研究"课程的第一个小作业，选课的50多位同学多半是文学院的学生，也不乏新传等其他院系的文学爱好者。布置这个作业是为了增强同学们对学术问题的辨别判断能力。"现在红学热得发紫发烧，特别是作者问题，不断加码提出候选人，目前已有一百多，没有接触过红学的人很容易晕头转向。与其纸上谈兵去批驳，不如让同学们亲自下水，也按照那些人常用的简单比附外加谐音、拆字、胡乱联系的路数演练一遍，论证《红楼梦》是自己所写。"

于是同学们脑洞大开，怪招百出，奇思妙想，让人眼花缭乱。苗怀明老师批阅了学生交上来的作业后，觉得十分有趣，便通过微信公众号"古代小说网"(微信号：gudaixiaoshuo123)做了专题推送，网络爆红。在微信推送中，苗老师还风趣地介绍了小作业给学生们带来的改变，"把那些红学民科甩出八条大街去。完成作业之后，让他们再去看市面上那些《红楼梦》作者不是曹雪芹只能是某某某的玩意儿，会觉得都是自己玩剩下来的小儿科，对究竟该如何做学问心里就有了数"。

这样别具一格的作业方式，南大的学生们完全乐在其中。据悉"《红楼梦》研究"还入选了南大百门优质课程。接受记者采访时，苗老师透露，"《红楼梦》研究"课程的小作业可远不止论证《红楼梦》的作者这一项,"学生们还有更加精彩的表现,可以期待一下"。

——2018年9月28日扬子晚报网

来！跟着《红楼梦》里的人物吃顿大餐

杨甜子

还记得"如何证明自己是曹雪芹"的"证明题"吗？南大文学院副院长、博导苗怀明教授在"《红楼梦》研究"这门课上，给学生们布置的"神作业"，引来了将近四百万的网络话题讨论量。近日，苗老师又通过微信公众号"古代小说网"，推出了"《红楼梦》研究"课程的新一批作业：如果由你来主持一个饭局，《红楼梦》里的人物你都想请谁吃饭？这桌子菜你打算怎么点？才华横溢的学生，再度贡献了令人拍案叫绝的答案。

组个饭局请"红楼梦中人"吃饭
你会怎样来点菜？

围观学生们的作业之前，先来理解一下苗怀明老师给出的作业题：如果由你来主持一个饭局，《红楼梦》里的人物你都想请谁吃饭？请简要说明理由。请到这些人后，你准备点什么菜？请简要说明理由。要求：菜数最好控制在吃饭人数的两倍以内，避免浪费。菜必须是《红楼梦》里写过的。给你的饭局造个预算，写出每道菜的价格，并简要说明理由。

学生"小衬衣"的作业，完全凸显了"吃货"本质。她列出的菜单包罗了大江南北的不同美食，如牛乳蒸羊羔、鹅掌鸭信、烤鹿肉、酒酿清蒸鸭子、油盐炒枸杞芽儿、瓜仁油松瓤月饼，等等。"小衬衣"列出了选择这些菜的理由。"牛乳蒸羊羔"的选择理由来自贾母，"贾母说这是有了年纪的人的药，没见天日的东西，你们小孩子吃不得。说明是极其滋补之物。怡红院里身子虚的丫环不少，比如晴雯袭人身体都不太好。想来她们虽然都是大丫鬟，但是这样的菜平常也吃不到，所以先给她们上最滋补的菜"。"鹅掌鸭信"是贾宝玉最喜欢的菜之一，"所以也来跟小厮丫环们分享一下"。"油盐炒枸杞芽儿"是贾府的小姐们或者是林黛玉爱吃的，"应该是比较清淡，可以解解肉菜的荤腥"。

学生"菩提"挑选的菜肴，也深受贾母的影响。如"红稻米粥配炸野鸡崽子"，"老祖宗说了，把野鸡肉炸了，配粥喝，咸浸浸的，才对味儿。前菜已经吃了些荤腥，所以主食就清清淡淡喝点粥，正好亲测一下老祖宗这个搭配可美味"。"椒油莼虀酱"也是老祖宗的吃食，"椒油性辣味重，莼菜则出自清水，性温平，清口宜人，两相搭配，中和互补，既不伤胃，舌尖也有味。配粥，就是有荤有素才好"。

谁是"座上宾"?
最受欢迎的是史湘云

在微信公众号里,苗怀明老师细心地统计了学生们列出的菜肴,发现出镜率最高的菜品包括了螃蟹、茄鲞、烤鹿肉、鸡髓笋、莲叶羹等。而收到学生们发出的请帖最多的《红楼梦》人物,竟然是活泼可爱的史湘云。学生"柴郡猫"上交的请客理由中,关于史湘云的部分是这样表述的:"邀请湘云是因为湘云一向和宝钗亲近,而且湘云脾气直爽,和岫烟的温和刚柔相济,气场互补。她还喜欢打扮成男孩模样,豁达可爱,会使宝钗和岫烟家长里短的谈话变得风趣活泼起来,调节饭局的气氛。""菩提"也表示,选择邀请史湘云,是因为"心疼":"我想邀请香菱,湘云,晴雯和红玉。这四个姑娘是我在《红楼梦》中相当心疼的,晴雯和红玉身为下贱,可是心中都有抑郁不甘之情。香菱和湘云,原本出身皆不错,可都因意外而与父母生离死别,一个生性乐天,爽朗健谈,一个性格温和可爱又好学勤勉。想与她们聊天,谈风花雪月,更想劝慰她们因境遇带来的苦痛心酸。"

给这桌菜造预算的过程,更是让听课的南大学生有了"当家方知柴米油盐贵"的实感。在书中能够查到菜价并不算费心,查不到的原材料,比如说"烤鹿肉",就让学生们没少费脑筋。学生"茶花"原本以为鹿肉很贵,结果去某购物网站搜了搜,意外发现90元人民币就能买到两斤。"柴郡猫"还给枣泥山药糕算上了人工费,"枣泥馅山药糕的原料不贵,但是制作、刻出精美的花纹应该费人工"。

一份份精致的菜单,看得网友们眼馋不已。从大部头的《红楼梦》里选出这么一张精致的菜单,得花上多少工夫?南大文学院大三学生邰愉菲告诉记者,"我在初中的时间读过青少年版的《红楼梦》,上了大学后认真通读了人民文学出版社版本的《红楼梦》。熟悉了文本,列出菜单并没有花费太多的时间。我基本都是挑我喜欢的选,肉、甜点之类的。"

为啥要让学生"开菜单"?
逼着学生满世界查资料,细细研读作品

为什么要给学生布置"请《红楼梦》中的人物吃饭,并且开菜单,造预算"这样别出心裁的作业?南京大学文学院副院长、博士生导师苗怀明教授有自己的想法。他告诉记者,如果要给这道作业题划重点的话,反复出现的那句"简要说明理由"是作业的关键。"这样布置作业,目的只有一个,那就是逼着学生满世界查资料,细细研读作品。读

仔细了、读多了,自然会有想法。研究红学云云,认真反复阅读作品是最最关键的,这是童子功,研究其他小说乃至诗文词曲,也是如此。"

苗老师告诉记者,"《红楼梦》研究"这门课"花样"可远不止花式做作业这么简单,除了全体同学必做的课程小作业之外,还有每次四人参与的课堂讨论,然后才是每人必做的课程大作业。"总之,要不断变着花样'折磨'学生,逼着他们看书、思考问题,一个不会'折磨'学生的老师不是一个好老师,我坚信这一点。"

虽然苗老师用了"折磨"这个词来形容自己的作业难度,但听课的学生们却表示,完全乐在其中。学生郜愉菲说,早有耳闻苗怀明老师是个很特别的老师,因为不按套路出牌。"苗老师另辟蹊径,以独特的视角让学生把握作品。比如'《红楼梦》研究'这门课,他通过小作业和课堂报告让你注意到别人很少关注的问题。这些问题需要对整部作品有一个清晰的认识,最终目的在于真正消化知识。虽然这课很'折磨人',但是我们听得都很开心。"

——2018年10月8日《扬子晚报》

伍 媒体报道

活宝玉挂彩回微信,痴黛玉葬花发票圈,南大文学院"神作业"第三弹……

杨甜子

假如《红楼梦》里的人物都有了手机,那会是什么场景？估计呀,宫里头元妃娘娘不担心想家了,没事儿就给王夫人、贾母发条语音;宝玉不愁晚上睡不着觉了,睡前和鼙儿先视频聊天半个时辰;就连婆子们也不担心聚众饮博被抓了,点击微信小程序欢乐斗地主,远程也能打牌。

通过"《红楼梦》研究"课程,南京大学文学院副院长、博导苗怀明教授又带着学生们"开脑洞"了。作为学期的第三次作业,苗老师要求学生们就"黛玉葬花"和"宝玉挨打"两个经典段落,帮林黛玉和贾宝玉各发一个朋友圈,并分别代他们朋友圈里的十个人回复。这十个人必须是"红楼梦中人"。

于是,活宝玉挂彩回微信,痴黛玉葬花发票圈,南大学生再度写出了"一出好戏"。

同学们还统计了全班作业中的各种"最",诞生了一组"彩蛋版"朋友圈。

老师有话说
找到一种从当下境况解读《红楼梦》的方式

把"《红楼梦》研究"课程开出了与众不同的效果,南大文学院副院长、博导苗怀明教授非常有想法。记者了解到,给"红楼梦中人"写朋友圈,已经是本学期苗老师给学生们布置的第三次课程作业。"我任教的'《红楼梦》研究'课程的一贯风格是'认认真真读书,一本正经搞笑'。"苗老师告诉记者,前两次的课程作业也的确收获了不错的效果,因此"《红露梦》研究"课程的作业"画风"会继续保持下去。

通过微信公众号"古代小说网"(公号:gudaixiaoshuo123),苗怀明教授发布了学生们的第三次作业成果,并将作业要求详细写出:

黛玉葬花和宝玉挨打是《红楼梦》里有名的段落,这两件事当事人本人怎么看、别人怎么看,涉及对全书思想及人物的理解。请你帮林黛玉和贾宝玉各发一个朋友圈,并分别代他们朋友圈里的十个人回复。也就是说每位同学设计两个朋友圈,一个是黛玉葬花,一个是宝玉挨打。注意:《红楼梦》里的人物都在他们朋友圈的范围之内。要求所有选课的同学都做。

苗怀明表示，《红楼梦》是开放的，它产生于清代，同样面向当下。通过这个作业，也许可以找到一种从当下境况解读《红楼梦》的方式，连接古今，也可以使阅读增加几分现实感，对《红楼梦》有更感性的体会。

听课的学生们对于作业的反馈也是相当优秀，南大文学院大三学生王玉婧认为，苗老师布置的这个小作业看似恶搞，实际上对学生的要求比较高，"你需要知道人物之间的关系，他们如何称呼对方。比如非常有意思的是，苗老师问贾芸除了叫宝玉'叔叔'还能叫什么，有同学回答叫'爸爸'，看到时忍不住笑翻了。除此之外，肯定还需要模仿人物的说话风格，只有符合人物的身份、气质，这样的朋友圈才会让人觉得，这些人物亲切可感，好像就是我们身边的人。"

——2018年10月22日《扬子晚报》

给金陵十二钗"乱点鸳鸯谱"

杨甜子

"我可以单身,我的cp一定要结婚!"90后、95后最爱的网络热词"cp",如今热气腾腾地出现在了南大文学院《红楼梦》研究"的课堂上!走在潮流尖端的老师,依然是南大文学院副院长、博导苗怀明教授。

带着"如何证明自己是曹雪芹"、"跟着红楼梦中人吃大餐"等花式作业,"《红楼梦》研究"这门课通过《扬子晚报》的连续报道,已经笃笃实实成了网红课程,还赢得了"作业界的清流"的美誉。如今,"清流作业"第四弹正式来袭。苗怀明教授要求学生们,给《红楼梦》中的金陵十二钗"觅夫婿"组"cp"。夫婿的选项有限制,必须是中国古代小说中的人物。

智绝无双夫妇——探春*孔明

理由:最强大脑cp,突破人类智慧极限的夫妻组合。

可谓由内及外的管理界精英夫妇。拥有这对夫妇,从国家大事到家务内政,所有事物打理得井井有条,真正实现治国齐家平天下。从此,刘备、阿斗了无烦忧,王夫人、王熙凤游手好闲。隐居时,夫妻二人志趣高雅,且开诗社,可聊甚多;出山后,恨不为男儿身的探春才智能力应该不输黄月英,与诸葛亮强强联手,共谋大业。且探春待人接物不卑不亢,绝不失礼。

奸霸夫妻——熙凤*曹操

理由:戏精夫妇投片奥斯卡绝对捧回影帝后两座小金人。也不知道是阿瞒更会演还是凤姐更会装,总之宣传语已经想好了:宁教我负天下人,休教天下人负我!

凤姐的权术仅用在家务事上毕竟太屈才了,应该放到国家层面耍一耍。二人的结合究竟是强强联手开创新局面,还是凤姐沉迷于家庭内部争斗排挤掉曹操后宅满足一己之私,甚至凤姐伸出贪婪的魔爪鲸吞大半国库……我们不得而知,但是看这对套路满满的夫妻耍手段一定很有趣,相爱相杀,没准互相残杀。

不过这两人都不怎么爱读书(倒是都还会写诗,怪哉),小孩的教育……

双云夫妇——湘云*赵云

理由:双云合璧,鲜衣怒马少年时,活泼可爱的话痨小姐和勇猛善战的木讷将军,这设定太带感了~白衣白马赵子龙,芍药丛中与睡眼惺忪天真烂漫一袭红衣的湘云邂逅……二人皆是一副侠义心肠,情义薄天。

老师有话说
书得读熟,才能"乱点鸳鸯谱"

万代不朽的"拉郎配"事业为啥要让学生们来做?苗怀明老师有话说。他告诉记者,这是"《红楼梦》研究"课的第四次课程小作业。要求是:"《红楼梦》一书对女性的情感及描写与其他小说不同,其中最值得关注的是金陵十二钗,虽然她们个个写得光彩照人,但结局都不好,令人惋惜,我们就帮他们找个意中人,算是抚慰她们吧。"

苗老师对作业的补充要求是,为金陵十二钗各找一个合适的伴侣,并简要说明理由。不必拘于她们原来的婚恋情况,优先从《红楼梦》中找,没有合适的,可以在四大名著的另三部中找。如果还没有合适的,可以从整个古代小说作品中找。找的时候要综合考虑他们的性格、爱好、气质等,匹配度要高。

"如果划重点的话,有两个关键词:一是匹配对象,二是理由。看起来是让同学们乱点鸳鸯谱,但目的也很明确,只有对金陵十二钗以及与她们匹配的人物较为熟悉,才能做好这个作业。再说,利用这个作业,让他们温习一下以往读过的小说,翻检作品,这也是要达到的目的。"

苗怀明老师通过微信公众号"古代小说网"(微信号:gudaixiaoshuo123)发布了学生们的作业情况。有了前三次脑洞大开的作业做铺垫,学生们应对苗老师的"套路"也越发熟练。"从交上来的作业来看,大家的答案脑洞大开,五花八门,在为小说虚构人物乱点鸳鸯谱的同时,同学们会不会也想到自己的终身大事呢?"苗老师表示,这种代入感或者当代意识也是需要的,让红楼人物活在当下,这也是阅读作品、连通古今的一种有效方式。

——2018年11月15日《扬子晚报》

南大学生给红楼梦中人找工作,林黛玉竟然成了"最美环卫工"

杨甜子

假如《红楼梦》里的人物生活在当下,像原著小说里那样"坐吃山空"显然不可以。宝哥哥林妹妹率领红楼众人外出谋生会是怎样的场景?近日,南京大学文学院的学生们,又在任课老师,南大文学院副院长苗怀明教授的带领下开脑洞了。结合红楼人物的特长、性格和兴趣,学生们纷纷开起了"职业介绍所":贾宝玉创设化妆品牌"怡红",探春成了五百强上市公司总裁……就业/创业还真是高质量对口。

南大版"红楼职介所"开张

贾宝玉——美妆品牌创始人

个人美妆品牌"怡红"创始人贾宝玉,专注高端护肤与彩妆,从天然原料中萃取精华,呵护每一位女孩子的肌肤。特别推出中老年护肤线,让每个女孩子芳龄永驻,不变鱼眼睛。

【纨绔子弟的春天?要效此儿形状!】

林黛玉——环卫工

最美环卫工人林黛玉,灵感来自黛玉葬花。黛玉边扫落叶边唱《葬花吟》。有时还亲手把落叶给埋进土里。

【黛玉:???】

贾兰——程序员

程序员贾兰,自始至终勤勤恳恳用功读书的兰儿正适合码农一职。寒窗苦读22年,贾兰终于博士毕业,成为某高科技软件公司的一名程序员。

【我,我头发呢?】

贾政——程序开发

程序开发贾政,政老爷是做实事的人,气质沉稳持重,办事严谨,码码程序再好不过。

【一家人就要秃得整整齐齐……】

刘姥姥——本土品牌创始人

刘姥姥的豇豆、扁豆、茄子、葫芦条儿等各色干菜贾府上上下下都爱吃！她或许能像老干妈那样，做出干菜全球知名品牌！陪伴无数中国人！

【女神刘姥姥，走出中国，走向世界！】

赵姨娘——营销号操盘手

赵姨娘的性子就是见谁撕谁，营销号完全符合她的泼妇形象，只要一台电脑，足不出户，就可以闷声发大财，凭借对八卦的敏锐嗅觉，她一定可以得到"八组"的青睐！

【八组赵娘娘得罪整个娱乐圈，原因竟然是……】

茗烟——游戏陪玩

话说那日茗烟大神的陪主宝某玉被挂在游戏论坛上，有人实名举报他开挂。茗烟杀进游戏大厅满身顶配装备揪住那个举报宝某玉的玩家，只说："你是什么东西！我们开挂不开挂，与你什么相干！横竖没黑你的号罢了！你是好小子，出来动一动你茗大爷！"唬得整个服务器的玩家都怔怔地痴望。那玩家还没来得及逃跑，只见剑光石火，茗烟一记大招，五杀落定。

【史上最强陪玩，carry全场！】

蒋玉菡——偶像明星

在这个颜值即是正义的时代，又有颜值又有才华的蒋玉菡转型出道做演员，又能唱又会演，想不红都难呐！唯一让人头疼的就是这个明星的腰带总是不见，不知又被谁换去了……

【败家男星日日交换腰带为求真爱！】

探春——五百强上市公司总裁

才自精明志自高，我们探春是要成就一番事业的女子。大观园中的协理不过是小试牛刀，可惜不能更多地展现。那么放在今天，探春这样的天资和家世，一定是世界顶尖商学院的优秀毕业生，并且在世界五百强任职，真正的金领丽人。谈判桌上的机敏睿智，会议室里的杀伐决断，全公司的楷模和传说，是她是她都是她。

【霸道总裁贾探春成万千迷妹心中老公!】

凤姐——律师

　　王熙凤固有理事之能,但更使人印象深刻的,还是她的辩才。一张嘴,能讨老祖宗欢心,也能教众人服气,一句话,变着调儿一说,能成事,也能伤人。她做律师,没有立不住脚的辩护!

【律师传奇为何百战百胜?】

职介"大数据"
互联网行业出镜率最高

　　收齐了学生们的作业后,苗怀明老师带领学生们一起做了个统计,并通过微信公众号"古代小说网"(微信号:gudaixiaoshuo123)进行了发布。师生们发现,新兴互联网行业与红楼人物的契合度较高,如"游戏陪玩""营销号操盘手"等。学生们安排工作时,也充分考虑到了人物的性格和特长,甚至连《红楼梦》里的边缘人物,都能找到很好的"就业出路"。如"兴儿","@二仪"同学给他分配的工作就非常适合,是娱乐专栏记者。"兴儿虽然文化层次不高,但是很懂得博眼球,并且起的绰号也非常生动,比如叫迎春'二木头',叫探春'玫瑰花',王熙凤是'醋瓮',林黛玉是'多病西施'。"能够给人物写出这样的分析,不熟读《红楼梦》显然是做不到的。

老师有话说
用当代意识让红楼人物鲜活起来

　　《扬子晚报》的忠实读者估计对苗怀明老师不会陌生。这个学期,我们以连续报道的形式,对苗老师开设的"《红楼梦》研究"课程做了跟踪。一次次才华尽显的作业,足以显示课程教学的高质量。"证明自己是曹雪芹""红楼人物朋友圈"等作业形式,还在全国甚至是海外得到广泛传播,并被不少高校效仿。"我们是绝对的首发和原创!"苗怀明老师绝对自信。

　　苗老师告诉记者,开设"职业介绍所",给《红楼梦》中人找工作,是"《红楼梦》研究"课程的第五次作业,"布置作业的目的很明确,从八卦开始,以学术结束。让同学从职业的角度重新审视《红楼梦》,既要熟悉作品里的人物,又要融入当代意识,让作品鲜活起来"。

学生们的作业妙趣横生,爆笑之余,也引起不少严肃的思考,尤其是其中的励志元素。贾宝玉看似一个废物,但他做化妆品行业绝对是本色当行;林黛玉似乎无法就业,但让她到大学里承担古代文学或旧体诗词创作课程,真是再合适不过,这有香菱学诗为证。苗怀明老师表示,每个人来到这个世界,都有自己的理由,"上帝是公平的,众生平等,只要善于观察和发掘,都可以找到自己的长处和优势。一次《红楼梦》课程作业能获得一份这样的启示,也就够了"。

——2018年12月24日扬子晚报网

来呀！跟着南大"曹雪芹"一起续写《红楼梦》

杨甜子

2018秋季学期开学时，南京大学文学院"《红楼梦》研究"课程的学生们，在任课老师苗怀明教授的带领下，曾经做过一件轰动全网的"大事"：论证自己是"曹雪芹"。学期结束，南大"曹雪芹"真的动笔了！他们为读者奉上了年末巨献：根据阅读《红楼梦》的体会，为这段悲金悼玉的故事续写一个结尾。"梦断"八十回的《红楼梦》在南大学生笔下会如何"收官"？通过微信公众号"古代小说网"（微信号：gudaixiaoshuo123），苗怀明老师晒出了部分学生的作品——

结尾一：

作者：@编剧冠茹

且说那贾宝玉自悬崖撒手、弃而为僧后，并未曾寻得个庙宇栖身，而是做了个游方僧人，四处游历，见了些兴衰，经了些离合，心里倒也渐渐明白了些许。

这一日，正值数九寒冬，宝玉独自一个蹒跚而行，忽见一僧一道远远而来，生得气骨不凡、丰神迥异，宝玉心神一动，迎向那僧道："二位仙师！弟子有礼了。"那僧道亦答礼相问。

宝玉因说道："弟子经了这半生富贵、一遭流落，已有超脱己身之意。然心头始终有一股意气盘桓，却是割舍不下这身子。今日得见仙师，忽觉可以了结，还望仙师指教。"那道人因笑道："你这佛门子弟尘缘未断也。"

那僧笑道："左不过是一干风流冤债罢了。"

因对宝玉道："痴儿，你又何曾料想不到，家中潦倒，你那姊妹们自然不过或身赴黄泉、或孤苦一世、或青灯古佛罢了，又有何意气盘桓之处？说起来，你家中不日倒是又有一件烈火烹油之事，似有家业复兴之见，然终究不过一场笑谈……痴儿，你竟还未悟耶？"

说着，却也不再理会呆立的宝玉，伸手将其颈上之玉摘下，笑道："你这蠢物，也该回去了罢。"

说罢，只见那玉飘然而去，直至那大荒山无稽崖青埂峰下，化作一块大石，石上字迹分明，编述历历，静待有缘之人经过耳。此间诸事暂且按下不表。

且说宝玉自颈间之玉去后，忽似惊醒，却又似迷蒙，也不顾僧道二人，竟自回身而走,步伐既稳且疾,转眼便只余残影。又见天上搓棉扯絮一般落起雪来。

那僧道见之大笑,继续摇摇前行,又一边唱道:

"为官的家业凋零;富贵的金银散尽;有恩的死里逃生;无情的分明报应;欠命的命已还;欠泪的泪已尽。冤冤相报实非轻,分离聚合皆前定。欲知命短问前生,老来富贵也真侥幸。看破的遁入空门;痴迷的枉送了性命。好一似食尽鸟投林,落了片白茫茫大地真干净!"

结尾二:
@编剧冠男

神瑛侍者归位。这日,漫步到西方灵河岸,对水照影,却觉空无一物,心中无苦闷、无哀乐、无怨恨,一片冰凉。手里举瓶,仍洒甘露在三生石上,但不知何因。

侍者无聊叹气,踌躇半晌,颓然倒在河滩,道:"这种心绪不知从何而来……罢了,我不如睡一觉呢。"

侍者枕臂睡去,半响醒来,似有梦,却一缕也捉不住,两行清泪顿时下来了,风吹得剩两道干痕结在脸上。

侍者蹬靴摘冠,赤脚伸进河里,一步步走下去,一声不响。

结尾三:
@编剧伊麟

却说那通灵玉自宝玉撒手尘寰、一去无踪,竟也飘飘然不知自己身在何方,但见天云山水,上下一白。

恍惚间又被人从雪中托起,便听那癞僧笑道:"石兄!红尘一别,廿余年矣!如今可还念那人世间荣耀繁华?"

那石一怔,叹口气道:"顽石自悔不听仙师当初'美中不足、好事多磨'之解劝,无话可说。只是还有一不情之请:经年相伴竟不告而别,可否再让弟子见那小主人最后一面?"

那僧道闻言异道:"倒也是个有情义的蠢物。"便袖了那石,一径往太虚幻境上来。

太虚幻境本是天仙福地,那僧道不便进入,便向那石施一术法,叮嘱道:"此术可使你在此见过故人,但万不可开口透露红尘中事;随后便须回来处化回原身,切记切记。"

那石点了头,便如生双翼,径自飞入牌楼去了。

却说那石穿花度柳,飘飘摇摇,一路上见得不少神妃仙子红颜如旧,样貌都是故人。他一一仔细端详了去,不觉到了灵河岸边,见有白石花栏围着一棵青草,叶头上略有红色;栏边立一仙子花冠绣服,道不尽情态风流袅娜,正肖黛玉。

那仙子目视前方似有所待,那石便随她目光一道看去——只见雾霭缭绕中影影绰绰走来一位公子,面如中秋月,色似春晓花,发冠一簇红缨微颤,一如初见模样。"宝玉!"

那石正待开口,忽然天地倒悬,只听那仙子也说了一句什么,再睁眼便已是苍松翠柏,青埂峰下。

那石自觉身形不似先前轻便,便知已恢复原身,再定睛看时,那凡尘中所历之事,竟都逐句錾在了身上。

那石仰天长笑三声,便敛了元神,自此不再说话动念,静待来者。正是:天外书传天外事,两番人作一番人。

结尾四:

@编剧清韵

却说那日贾政将书信寄回,提及遇到宝玉种种,宝钗哭得肝肠寸断,又因思及贾府如今之衰败,除了贾兰考取了功名,家中老幼妇孺均无所依,只得将治家之事担了下来。

与王夫人、李纨一起将贾府卖了,遣散了众丫鬟仆役,在京城之郊买下几栋茅草屋,开了个学堂,宝钗负责教书,又有李纨料理琐事,精打细算,倒也把日子过了下来。

京城的百姓闻得原先的贾府出了个女先生,容貌不俗,文采更是斐然,学费也不高,几个家中稍微富裕些的,进不了私塾,便把自家的孩子送到宝钗学堂去,久而久之,学堂的名气也大了起来。

唯有京城的各位贵族将此事当作笑谈,茶余饭后,均叹薛家姑娘之命苦,此事暂且不表。

又过了几年光景,贾兰有幸在户部得一官职,在京城又开一府,仍作"贾府",将宝钗母子并王夫人一并接了过去。

宝钗虽感如今事事安定,心中却仍放不下宝玉,时常在夜深无人时默默流泪。

这日宝钗刚睡下,冥冥之中似乎听见一阵乐声,又见黛玉坐于一屏风之后,周围丫鬟环绕,似有昔日旧友之影,又似乎听人称其为"潇湘妃子",朦朦胧胧听不清楚,亦望不真切。

随后又见宝玉来找黛玉,周围人均称"神瑛侍者"。

宝钗忙上前呼唤,却听宝玉转身,向她摇头道:"冤冤相报实非轻,分离聚合皆前定。勿要痴迷执念,重蹈覆辙。既已让你窥得天机,还不速速离去!"

宝钗忽觉身下一空,猛然惊醒。那宝钗原本就是个通透的性子,思及梦中种种,心下了然,自此愈发沉稳,兢兢业业。

而之前受她点拨的孩童后竟真有一两个考取了进士,一时之间京城哗然,各府太太纷纷向宝钗取经,倒也不失为一段佳话。

结尾五:

@编剧宇娇

历尽人世悲欢的宝玉登上山巅,眼底是金陵的风烟,脚下是大江的浊流。他眼含热泪,凝望远方,又变回了那无材可去补苍天的顽石。

在他身旁的罅隙里,生长着一株绛珠仙草。岁岁年年,顽石岿然屹立,绛珠草几度枯荣,大江依然奔流。

警幻仙姑邀曹子于太虚幻境小坐,共话红楼。

余叹曰:《红楼梦》,梦金陵。小说家之言,非为一人一家之成败,而为一城一朝之兴亡。金陵之地,康乾之时,便是那《石头记》演绎发挥之舞台也。宝、黛之劫,非一己一生之劫也,亦金陵繁华之劫也。呼啦啦似大厦倾者,非贾家也,亦潜藏危机之康乾盛世、大厦将倾之封建末世也。有劫难,亦有新生。纵有挣扎,有罹难,然独立精神之萌芽,女性意识之觉醒,已如滔滔江水一往无前矣。是故以一世一人之穷达,映一城一时之故事;以轮回往生之遭际,思家国兴亡之命运,则小说家之功,可至万世而不朽也。

警幻点头而笑,曰:曹公所言极是。余亦尝闻,文章合为时而著,歌诗合为事而作。

曹公何妨一看,后世之大观园、金陵、神州,景致何如?

于是随警幻踏祥云,闻仙乐,下望尘寰。但见:

> 虎门烟起,天朝唯余怅恨
> 松江埠开,西风一旦溢洋
> 王朝残梦,争言宗法权重
> 江山烽火,何论诗酒情长
> 东洋屠戮,氓氓黔首殒命
> 金陵历劫,浩浩中华罹殇
> 黄浦风云,发乎雷霆激荡
> 紫金王气,黯于雾霭苍茫
> 魔都亦都,萍梗蜗居经岁
> 南京非京,王谢燕语绕梁

> 纸醉金迷,沪上尽展气象
>
> 诗残书远,白下空留文章

警幻问曹子曰:曹公,若于三百年后之"新时代",再使那神瑛侍者、绛珠仙子,下凡人间,度尽劫波,这故事又当如何说呀?

曹子喜而笑,换以字正腔圆之标准普通话笑答曰:

如果《红楼梦》晚发生三百年——

那癞头和尚已经成了龙泉寺的掌门住持。他提出了"佛系青年"这个名词。靠着"第一批90后已经出家了"这篇爆文,早已盆满钵满宝马香车了。

那跛足道人却成了一位积极入世的但依然爱教化人类的长者。他戴着黑框眼镜,常说道:"人呐,不光要靠自我奋斗,也要考虑历史的行程"。

唔,林妹妹恐怕要嫌弃贾家是"刚波宁"了。借住几年混个文凭,赶紧回姑苏老家工业园去,投身制造业、开网店,再去东邻松江府重认个表哥,海派甜心最登样~

于是,家财万贯的癞头和尚,声誉卓著的跛足道人,海派甜心的林妹妹,三人名利双收,吃穿不愁,携手走上人生巅峰。曹公,这波皮得好,不过我就想问问身在金陵的他们仨,可还记得大明湖畔的太虚幻境?

"烟消云散,归彼大荒"VS"修成正果得善报"
《红楼梦》的结尾,学生们为啥会这样选择?

班里的学生共交上来三十八份作业,南大文学院副院长、博导苗怀明教授做了个统计,发现几乎每一位编剧的大结局里,贾宝玉都是主要人物,无论命运沉浮、光阴流转,贾宝玉都在那里不来不去。将近90%的编剧,他们的结尾就是贾宝玉的专场。此外,石头/美玉,一僧一道也是收官的重要标志。

学生们创作的《红楼梦》大结局,结局可以分为"烟消云散,归彼大荒"和"修成正果得善报"两种。为什么会有这样的选择,几位"编剧"也给出了自己的答案。@编剧林芮认为:"我真心觉得红楼的珍贵之处,在于他有能打动所有人的永恒的美和悲剧,而这种悲剧肯定有不可解的成分。"@编剧菩提表示,个人觉得主要还是依靠判词来揣摩《红楼梦》最后的走向和发展的可能,"一曲怀金悼玉的《红楼梦》,它的尾音如何安排还是要契合总体的基调和旋律。悲歌唱彻,震透人心,我觉得是《红楼梦》的魅力所在"。@编剧婧婧比较认同高鹗的续版:"我个人认为续书结尾的处理很合理,让贾雨村和甄士隐归结《红楼梦》,回到补天顽石、太虚幻境、悼红轩,我比较赞同这种处理方式。"

老师有话说

苗怀明老师告诉记者,这是"《红楼梦》研究"课程的最后一次花式作业,具体要求如下:

虽然曹雪芹写完了《红楼梦》,但八十回后的内容我们看不到了,现在看到的一百二十回本的后四十回不是曹雪芹写的。但我们知道,《红楼梦》是肯定有结尾的,根据你阅读《红楼梦》的体会,请替这部作品写个结尾,要求字数在一二百字,风格尽量模仿曹雪芹。

"这个作业也呼应了我们的第一次花式作业:我们都是曹雪芹。既然自己是曹雪芹,那就得真枪实弹地去写《红楼梦》。"

相比前四次,这个作业还是有一定难度的,既考察同学们对《红楼梦》这部作品的理解,也考察他们的写作水平,包括构思、语言等,以创作的形式写出他们的思考。苗怀明表示,"从提交的三十八份作业来看,整体上还算满意,但有的同学写成了故事梗概,和我的要求还有距离"。

他特地补充:这五次花式作业是"《红楼梦》研究"课程的小作业,目的在督促同学们读书,锻炼能力,活跃气氛,是不计入课程成绩的。"我们另外还有课程报告与较为繁重的大作业,这才是最后成绩的依据。"

——2019年1月18日《扬子晚报》

南大"《红楼梦》神作业"完美收官

杨甜子

一个学期6次"花式小作业",每一次都稳居网络头条,南京大学文学院"《红楼梦》研究"这门课是妥妥地红了。开课老师,南大文学院副院长、博导苗怀明教授带着班里的学生们一道,在趣味学习中用全新的视角笑看"红楼",也让全国读者见识到了中文系特有的文学魅力。记者了解到,"《红楼梦》研究"课程在期末时选择以"学术大作业"的方式收官,学生们依然意犹未尽:这样的作业再来一打也不嫌多。

"神作业"火了
八卦与学术并重,微博流量超过400万

"《红楼梦》研究"课程的一炮而红,要从2018年秋季学期的第一次"花式作业"——"证明自己是《红楼梦》的作者"开始说起。学生们使出了"十八般武艺",想尽一切办法和"曹雪芹"挂上钩。如,名字中的任何一个字只要是"王字旁",自然是"通灵宝玉"的今生今世。这样的说法乍一看颇为荒诞,但学生们却通过幽默的"自我证明",熟悉了红学民科的"江湖套路",增强了学术辨别能力,今后"行走江湖"自然便有了"盔甲"。

此后,请"《红楼梦》中人"吃饭,给"金陵十二钗"乱点鸳鸯谱等作业,都自带"头条属性",每一篇都有着十足的话题,给网友留下了极大的讨论空间。《扬子晚报》专程给苗怀明老师开设的微博话题,获得了400多万的网络阅读量。课程甚至还火到了海外,马来西亚的媒体还对南大《红楼梦》神作业"做了大篇幅报道。

网红课程会在学期末憋出怎样的"大招"?苗老师通过微信公众号"古代小说网"(微信号:gudaixiaoshuo123)为我们揭晓了答案:课程的"期末大作业"主要分为三部分,包括:校勘、校勘小结以及论文写作,每个同学负责其中的一回。校勘部分要求同学们以脂本或程本为底本,以程本或脂本为校本,对《红楼梦》中一回作品进行校勘。同时,需要标明底本和校本,以页下注的方式写出校记。而校勘小结是根据校勘的结果,对本回脂本、程本两个版本在语言、风格等方面的异同、优劣进行归纳和比较。最后一部分的论文撰写,则是要求同学们选取本回中一个或多个疑难问题进行探讨,写成一篇小论文。

"神作业"是如何诞生的?
"一本正经搞笑","逼着"学生认认真真读书

"花式小作业"是配合课程改革而诞生的产物。"逼着学生满世界查资料,细细研读作品。读仔细了、读多了,自然会有想法。研究红学云云,认真反复阅读作品是最最关键的,这是童子功,研究其他小说乃至诗文词曲,也是如此。"苗怀明老师接受了记者采访,回顾了"花式小作业"诞生的经过。他以第一次作业"证明自己是《红楼梦》作者"为例,"布置这个作业是为了增强同学们对学术问题的辨别判断能力。现在红学炙手可热,尤其是作者问题,不断加码提出候选人,目前已有一百多,没有接触过红学的人很容易晕头转向。而纸上谈兵终比不上亲自下手,让同学们大开脑洞,用比附、谐音、拆字、联系等方式进行演练。也正是如此,'花式小作业'才如此受到同学们的夸奖与喜爱。"

但最后一次的期末大作业,苗怀明选择了让学生回归学术,校勘《红楼梦》中的章回。"中文系学生要想学好古代文学,基本的校勘功底必须夯实。花式小作业是让学生发挥主观创造性,期末大作业则回归中文系的基本功训练,课程必须以学术为重点。"

记者了解到,在一学期的授课中,苗怀明划分出九个重要专题对《红楼梦》进行讲解,包括曹雪芹的家世及家族情结;曹雪芹的生平与创作等。"对《红楼梦》的讲解不求面面俱到。这九个专题涉及《红楼梦》的各个方面,既包含基本问题,也包括一些有争议的难题,所以在具体讲解时,既要从整体上对红学进行系统、全面的介绍,又要对一些具体问题进行分析,通过对《红楼梦》作者、版本、评点、思想及艺术等各个方面的讲解,使同学们掌握《红楼梦》研究的基本知识,从而提高鉴赏和研究水平。"

"其实,我们的课堂'画风'和'花式小作业'是很一致的。"文学院女生刘玥彤是这门课的课代表,她告诉记者,"《红楼梦》研究"课程的每节课分为两部分,前半部分由同学们针对《红楼梦》中一个重要但趣味的问题展开讨论和评议,并由老师作总结和延伸;后半部分由苗老师对《红楼梦》的一个专题展开生动而细致的讲述。"苗老师会设置《红楼梦》中的一些新鲜、特别、有趣而且十分重要的基本问题让大家探讨。"

刘玥彤回忆,这些问题包括:贾宝玉、神瑛侍者、补天顽石和通灵宝玉之间的关系是"两两相对"还是"四位一体"?林黛玉的家产都到哪里去了?林黛玉为什么看起来这么穷?《红楼梦》中的人物年龄都是多大?《红楼梦》中总共写了多少人物?如何进行统计?等等,引起了同学们强烈的研究热情和讨论兴趣。

学生的思想火花让课堂烂漫成烟花,任课老师苗怀明表现出了充分的包容和鼓励,支持学生勇于表达自己对问题的观点,并鼓励进行更深入的思考,又在讨论中渗透

学术研究方法的教授，让大家在轻松活泼的课堂氛围中，培养起学术素养。

"神作业"不止是火爆
南大文学院课改，学术训练将更加系统和严格

"从我们学生群体的角度来看，当代大学的课程往往以课堂教授为主，虽然有讨论和交流的空间，但并没有让自主学习、探究学习的能力得到充分的锻炼和施展。"刘玥彤表示，"苗老师真的很了解我们的学习心理，知道需要什么、想要什么、适合什么。不论是课堂报告—评议的话题，还是'花式小作业'的命题，都以新颖、有趣、创新的方式给人以强烈的代入感，让大家愿意学、主动学、认真学。从趣味出发，以学术训练为核心，真正把教学作为重点，调动起同学们的学习兴趣。"

"大学课堂应当是老师和学生共同参与、共同经营的，有严肃，有活泼，有参与，有讨论，如此才能让学生为课堂注入生机和活力，才能让老师真正成为知识的引路人，指导、鼓励学生走入更宽广的知识殿堂。"接受记者采访时，苗怀明老师强调，花式作业只是"《红楼梦》研究"课程三类课程作业中的一类，而且不计分。此外还有相当繁重的课程报告和作品校勘研究作业，这才是评定课程成绩的依据。"不少人只看到花式作业的热闹，没看到我们背后严格、系统的学术训练。不客气地说，如此大的作业量国内没有几个学校可以做到。"

这份独具匠心的作业在火爆全网后，遭遇了其他高校的拷贝，苗老师有些愤愤，"我们的课程作业和哗众取宠、昙花一现的所谓'神仙考题'不一样，不可以混淆起来。我们整整用了一个学期的时间在进行各种大强度的学术训练，'《红楼梦》研究'课程根据作业计分，我们期末不考试！"

记者了解到，苗怀明教授对"《红楼梦》研究"课程进行的改革，是整个南京大学文学院课程改革的一个组成部分，"学院正在全面推行小班化教学，讲授与讨论并重，细读原典，培养能力，不断用各种大工作量的作业'折腾'学生，不允许校园二流子的存在。"作为文学院副院长，苗怀明无疑为课改开了个好头。

——2019年2月1日《扬子晚报》

南大文学院"花式作业"又来了这次要给金陵十二钗找对象!

刘静妍

"双11"刚过,就有大学师生在班级作业群里讨论,要给"金陵十二钗"找对象!这是南京大学文学院网红"花式"作业又出新招了!布置作业的是南大文学院副院长苗怀明教授。

在接受《现代快报》记者采访时,自称"大嘴巴不靠谱老师"的苗老师表示:"中国古代小说中,修行的过程都需要经受考验。而我布置这些作业,就是为了防止班里'小妖'们不好好学习。"那么,同学们是如何"接招"的呢?

为金陵十二钗组CP,有人把黛玉嫁给曹植?

给"金陵十二钗"介绍对象,你最想把林妹妹、宝姐姐嫁给谁?这份作业来自大三的"《红楼梦》研究"课,布置作业的苗老师要求,给《红楼梦》里的金陵十二钗选择一个合适的夫婿。如果《红楼梦》里找不到合适人选,也可以从其他古典小说中选择。

记者随机采访了班里四位学生,发现她们的作业是这样的——

唐小蔚:我个人最喜欢的是曹植和林黛玉。曹植才高八斗,每日可以和林黛玉吟诗作画,可谓一对神仙眷侣。我还特别喜欢曹操和王熙凤这一对,他们可以说是一对奸霸夫妇。

许丽川:惜春配《儒林外史》里的王冕,是我比较满意的一对。惜春和王冕都喜欢画画,而且两人都有点佛系的感觉。惜春不喜欢出去应酬,比较内向,王冕也是一个后来隐居的人。所以,他们俩在一起会生活得比较开心,性格、爱好比较一致。

刘玥彤:凤姐,我给她配了一个反差比较大的人。我把她配给了鲁智深。凤姐本身是一个胆大心细、事事都能做得比较周全的人,而鲁智深是一个鲁莽直率的人。他们俩在一块儿,我还挺期待会擦出什么样的火花。

王玉婧:我把妙玉嫁给了荀彧。他俩都有洁癖。把贾迎春嫁给了司马懿。贾迎春比较懦弱,而司马懿的正妻张春华是一个比较火爆的形象,贾迎春可以当小妾,三个人会比较和谐。

组饭局、发朋友圈……各种脑洞大开

有同学说,林黛玉配孙悟空是"木石前盟",孙悟空是从石头里蹦出来的,而林黛玉是绛珠仙草;宝钗和周瑜是"金玉良缘"……

这可不是这个班的同学第一次脑洞大开。此前,他们已经完成了三次像这样的小作业了。第一次,结合本人姓名,论证《红楼梦》是自己所写;第二次,主持一个饭局,请《红楼梦》中人吃饭;第三次,黛玉葬花和宝玉挨打,帮林黛玉和贾宝玉发"朋友圈"。

老师变着法子出题,同学们也是见招拆招。"我名字里'玥'字指一颗神珠,与书中绛珠仙草、警幻仙子等等一样,都具备一些神仙道化色彩。'彤'就是红的意思,那《红楼梦》肯定就是我写的了。"刘玥彤这样解释,逗得同学们哈哈大笑。

在唐小蔚的设想中,林黛玉发了一条朋友圈:"花谢花飞花满天,红消香断有谁怜",配了一张葬花的图片。宝玉肯定是第一时间点赞和评论的。他会说:林妹妹你怎么还不回我私信,林妹妹你叫我好找,林妹妹你怎么不理我……

小作业大学问,暗藏老师的良苦用心

刘玥彤告诉《现代快报》记者,这样的课程小作业,同学们其实很喜欢。而要完成作业,则是一个很费心思的过程。首先要把书熟读,了解情节、人物关系,揣摩人物性格。然后才能融会贯通,模仿他们点菜、说话,帮他们找到合适的配偶。

唐小蔚认为,苗老师布置的这些小作业,其实非常用心。四次作业,是一个由浅入深的过程。第一次,主要从名字和籍贯等方面看,是比较浅层的。第二次,深入到了请书中人吃饭,要求对内容、情节有所掌握,对菜名和人物的饮食起居有所了解。第三次,要模仿书中人物的语气,还必须知道人物关系。比如,宝玉发的朋友圈,贾环和赵姨娘就不会很高兴地去点赞、评论。第四次,要求更深入,给十二钗人物配对,就必须同时对他们的性格、爱好、命运都有所了解,还要了解其他古代小说中的人物,找到他们性格的共同点,让两人有共同语言。

对话苗怀明
用新媒体的方式"折磨"学生

"趣怪""老顽童""苗一刀""最有江湖豪气的老师"……几次"饱受花式作业折磨"之后,同学们总结出这些词,向《现代快报》记者介绍他们的老师。原来,他是这样的苗

老师？对此，他作何解释呢？

现代快报：您布置的这一系列小作业，有什么特点？

苗怀明：一本正经搞笑，认认真真读书。这既是这一系列小作业的特点，也是我一直提倡的。每次作业，对于学生而言，既是意外的折磨，也是意外的惊喜吧。

现在时代变了，再一本正经地读作品、理解小说，可能学生就坐不住了。所以，从我布置作业的整体思路而言，就是要利用新媒体的形式，不断地"折磨"他们，不断地"折腾"，让他们的脑子不断开脑洞，一直处在"运动"之中。

现代快报：为什么要给学生布置这种形式新奇的作业？

苗怀明：这些作业，我把它们命名为"花式作业"。为什么布置这些作业呢？这是为了防止这帮"小妖"（指学生）不好好学习。中国古代小说中，"小妖修仙成道"的过程，必须经受考验。那就让这些"花式作业"，成为帮助他们成长的考验吧。

现代快报：收到学生们提交的答案，有什么感受？

苗怀明：就像有人形容的，我和学生之间的"互坑"。作业收到之后，我常常有这样的感受。比如，"请《红楼梦》中人吃饭"，有学生的作业令我印象非常深刻。来自香港的许丽川同学请吃饭吃得特别简单，我跟她说，你干脆请《红楼梦》里的人吃泡面算了。

作业整体的效果还不错吧。同学们通过完成这些花式作业，加深了对作品的理解、对人物的理解。我给他们提供了很多视角，而他们每次提交的答案，也都是"精彩可期"。

——2018年11月15日《现代快报》

南大花式作业上新了！这次是帮《红楼梦》人物找工作

刘静妍

给金陵十二钗找对象、请《红楼梦》人物吃饭、帮宝玉黛玉发朋友圈、证明自己是《红楼梦》作者……这一系列脑洞大开的花式作业，都是南京大学文学院副院长苗怀明教授的"原创"。最近，花式作业上新了！苗老师要求同学们帮《红楼梦》中人找工作！

于是，就有了一串令人捧腹的花式答案。12月24日，微信公众号"古代小说网"对本届"职业介绍所"工作成果做了"官宣"：林妹妹成了最美环卫工，晴雯当了脱口秀主持人，贾宝玉是美妆品牌创始人……

@弟子家扬：

最美环卫工人林黛玉，灵感来自黛玉葬花。黛玉边扫落叶边唱《葬花吟》。有时还亲手把落叶给埋进土里。

@弟子敬言：

贾宝玉——美妆品牌创始人

个人美妆品牌"怡红"创始人贾宝玉，专注高端护肤与彩妆，从天然原料中萃取精华，呵护每一位女孩子的肌肤。特别推出中老年护肤线，让每个女孩子芳龄永驻，不变鱼眼睛。

@弟子衬衣：

晴雯——脱口秀主持人

网络娱乐脱口秀主持人晴雯妹妹涂着大红唇，踩着高跟鞋："我们今天和各位网友来聊一聊某女星啊，最近又传出了……绯闻，真是伺候某富豪伺候得太好了，才挨得窝心脚。"

@弟子雨欣：

蒋玉菡——偶像明星

在这个颜值即是正义的时代，又有颜值又有才华的蒋玉菡转型出道做演员，又能唱又会演，想不红都难呐！唯一让人头疼的就是这个明星的腰带总是不见，不知又被谁换去了……

@弟子米可：

秦可卿——名模

可卿的容貌身段都极好,自有一股风流韵味。这般尤物应当在聚光灯下吸引众人目光,自顾妩媚撩人。

@弟子林芮：

探春——五百强上市公司总裁

才自精明志自高,我们探春是要成就一番事业的女子。大观园中的协理不过是小试牛刀,可惜不能更多地展现。那么放在今天,探春这样的天资和家世,一定是世界顶尖商学院的优秀毕业生,并且在世界五百强任职,真正的金领丽人。谈判桌上的机敏睿智,会议室里的杀伐决断,全公司的楷模和传说,是她是她都是她。

@弟子婧婧：

薛蟠——职业代购

一般代购都不以此为主业,但是薛蟠是个败家子儿,做做代购,再顺便走南闯北。薛蟠对宝钗这个妹妹这么细心,再加上见过世面,做化妆品代购也会很有天赋的。

@弟子Chicken：

王熙凤——跨国企业主管

文盲凤姐化身跨国企业人事主管,对外谈生意一口外语令合作伙伴赞不绝口,对内雷厉风行,死在手里才知道她的厉害!

"把《红楼梦》的阅读与人生感悟结合"

这次是"《红楼梦》研究"课程的第五次小作业。从今年9月起,苗怀明就开始给学生们布置这样的作业,并将每次收上来的作业在微信公众号"古代小说网"上发布,作业在微博、微信上被大量转发,一下成为网红。11月15日,《现代快报》曾就前四次作业采访了苗怀明老师和他的几位学生。苗老师表示:"布置这些作业,是为了防止班里'小妖'们不好好学习。"

这次布置"帮《红楼梦》中人找工作"的作业,苗怀明有比较现实的考量。"《红楼梦》

中,除了贾政要上班,几乎全部都是花钱的主儿,没有挣钱的人。他们如果活在当下,显然也是要出来找工作的。这是从作品的考虑。另外一个考虑,就是让《红楼梦》获得一种'当下感'——虽然作品已经诞生200多年了,但其中描写的人物和感情,和当下其实没有多少区别。读者不必觉得《红楼梦》离我们很遥远。"

同学们根据小说中人物的性格、特长,给他们找到了合适的工作,还有很多很新潮的工作,比如游戏陪玩、程序员等等。从中可以看出,同学们对作品中人物的理解,以及对职业的认知。"希望同学们在给《红楼梦》中人物找工作的同时,也能考虑一下自己将来找个什么工作。"苗怀明说,把《红楼梦》的阅读与人生感悟结合起来,是这次作业中的收获。

——2018年12月24日现代快报网

南大花式作业"被模仿",苗怀明教授:不适合当考题!

刘静妍

证明自己是曹雪芹转世、请红楼人物吃饭、帮介绍对象、介绍工作……南京大学文学院"《红楼梦》研究"课的小作业,让汉语言文学专业学生的整个学期都好嗨哦!

《现代快报》曾多次报道,南大这波"花式作业"从大学课堂火到了网上。不久,网上曝出,有高校老师模仿苗怀明教授,给学生布置关于古典名著的作业,甚至搬到了期末考题中,掀起了另一波网络热议。

1月18日,南京大学文学院副院长苗怀明教授在"古代小说网"微信公众号上晒出了同学们交的最后一次作业;同时,就"花式作业"被模仿,甚至被搬上期末考题做出了回应。

谈"被模仿":花式作业不适合当考题

南大花式作业成为网红之后,被其他老师模仿,成为考试题目,还上了热搜。在媒体采访中,这位老师回应称,自己借鉴了南大苗老师布置的花式作业。这件事,苗怀明教授也关注到了。

对此,作为"原创作者",苗怀明认为,这是机械的模仿。将"花式作业"变成期末考试题,只是将《红楼梦》换成《西游记》等其他名著,这是不够严肃的。"因为,我们的花式作业,都是针对《红楼梦》设计的。每一次,我都会对学术背景、预期目的以及要求做出具体的说明。而且,这些题目不适合作为考试题,因为没有客观的评价标准,即使有也很难操作。"苗怀明教授表示。

他举例说,如果不加任何说明,与学期课堂讲授内容没多少关联,一上来就让学生论证"自己是《西游记》的作者",会让人感到一头雾水,莫名其妙,考察不出学生对作品的理解和研究能力。这实际上变成了仅具有娱乐性质的脑筋急转弯,是不可取的。

苗怀明表示,他不反对对花式作业的借鉴,但希望能达到督促学生读书、活跃气氛、快乐学习的目的,而不是搞怪、刁难学生。

花式大结局:宝玉成公认最悲惨人物

学期接近尾声,南京大学"花式作业"也迎来了收官之作——为《红楼梦》撰写花式结局。于是,在期末复习迎考的间隙,同学们脑洞大开,给出"花式大结局"。其中,贾宝玉既是"出镜率"最高的人物,又是最悲惨的人物:冻死雪地无人收尸、了无生趣投河自尽、出家、和黛玉分离、家道败落、在大雪地里孤独远去……

完成了这次作业之后,同学们对《红楼梦》也有了更多的理解:"《红楼梦》的珍贵之处,在于它有能打动所有人的永恒的美和悲剧。""我认为,续书结尾的处理很合理。让贾雨村和甄士隐归结《红楼梦》,回到补天顽石、太虚幻境、悼红轩。""主要还是依靠判词来揣摩《红楼梦》最后的走向和发展的可能,一曲怀金悼玉的《红楼梦》,它的尾音如何安排,还是要契合总体的基调和旋律。悲歌唱彻,震透人心,是《红楼梦》的魅力所在。"

"以创作代替评论,考察阅读体会"

苗怀明教授介绍,虽然曹雪芹写完了《红楼梦》,但80回后的内容我们看不到了,现在看到的120回本的后40回不是曹雪芹写的。因此,他想到,让同学们根据各自的阅读体会,给这部作品写个结尾。目的在于,以创作代替评论的形式,考察同学们对《红楼梦》的思考。这也与第一次小作业——"证明自己是《红楼梦》作者"遥相呼应。

"相比前四次,这次作业还是有一定难度的,既考察同学们对《红楼梦》这部作品的理解,也考察他们的写作水平,包括构思、语言等,以创作的形式写出他们的思考。"苗怀明说,花式作业是"《红楼梦》研究"课程的小作业,目的在于督促同学们读书,培养能力,活跃气氛,是不计入课程成绩的。另外还有课程报告与较为繁重的大作业,这才是最后成绩的依据。

——2019年1月19日《现代快报》

社群时代，古典文学可这样学
——《红楼梦》研究"花式"作业背后的严肃思考

徐 宁

IMAX电影广告里有一句特别有名的广告词——"观赏一部电影，还是置身其中。"这句话用在南京大学中文系教授、博导苗怀明给高年级本科生上的"《红楼梦》研究"课再恰当不过。在一个学期内，他要求全班学生必须完成三次特别的作业，才能拿到两个学分。所不同者，苗老师也使用"观看《红楼梦》，还是置身其中"的方式让每个同学进入"红楼情境"去研究《红楼梦》，或是论证自己就是作者，或是化身《红楼梦》中人，用《红楼梦》里出现的食物请一次客；或者以贾宝玉、林黛玉的身份发一次朋友圈。如此出位的"神作业"甫一上网便引来了近400万的网络话题讨论量，并引发网络大V马伯庸的转发与好评。

社群时代，尽管朋友圈已是人们的另一种存在方式，但以如此的方式深度介入古典文学名著，苗老师的"红楼课"可谓第一次。那么这么做的道理是什么？在苗怀明看来，社群时代，古典文学又该如何学，才更具现实意义？

"'《红楼梦》研究'是开给大三的高年级学术研讨课。"苗老师说，"它的特色就在于学生除了完成课堂讨论、小论文等传统作业外，还必须完成三次新媒体作业，这跟传统大学里照本宣科的方式有着很大的不同。"

苗老师介绍，这种作业虽然表面形式很搞笑，但搞笑背后是学生必须认真去读原著。苗老师说，"我们认认真真读书，一本正经开玩笑"。

第一个作业题目是：请结合本人姓名，论证《红楼梦》是自己所写。

苗老师解读：布置这个作业是为了增强同学们对学术问题的辨别判断能力，现在红学热得发紫发烧，特别是作者问题，不断加码提出候选人，目前已有一百多，没有接触过红学的人很容易晕头转向。与其纸上谈兵去批驳，不如让同学们亲自"下水"，也按照那些人常用的简单比附外加谐音、拆字、胡乱联系的路数演练一遍，论证《红楼梦》是自己所写。

于是同学们脑洞大开，怪招百出，奇思妙想，让人眼花缭乱，把那些红学民科甩出八条大街去。完成作业之后，让他们再去看市面上那些"《红楼梦》作者不是曹雪芹"的"考据"文章，自然会看出纰漏。对究竟该如何做学问心里就有了数。

第二个作业就是由你来主持一个饭局，请《红楼梦》里面的人吃饭。条件有三：

伍 媒体报道

1.想请谁吃饭,需要简要说明理由。2.准备点什么菜?简要说明理由,且菜必须是《红楼梦》里写过的。3.给饭局造个预算,写出每道菜的价格,简要说明理由。

苗老师解读:出这个题目目的只有一个,那就是逼着学生满世界查资料,细细研读作品。读仔细了、读多了,自然会有想法。研究红学,认真反复阅读作品是最最关键的,这是童子功,研究其他小说乃至诗文词曲,也是如此。很多同学过去都读过各种古典小说,但是只关注情节,不注重细节问题,所以这是一次很好的弥补。

另外,对不同喜好的人物、菜品进行列表量化分析,也是利用计量方式研究红学的思路,会得出有趣的结论。比如同学们的请客对象里,史湘云、薛宝钗取得前两名,说明当下年轻人对文学人物的评价有自己的标准。此外,大家对价格的敏感也锻炼学生实际生活能力,因为你要请一个人吃饭,你肯定凉菜、热菜、汤各种搭配,而要标上价,学生就要对当下社会有进一步感性的认知。

第三个作业是就黛玉葬花和宝玉挨打,帮林黛玉和贾宝玉各发一次朋友圈,并分别代他们朋友圈里的十个人回复。

苗老师解读:黛玉葬花和宝玉挨打这两个段落是《红楼梦》里有名的段落,这两件事当事人本人怎么看,别人怎么看,涉及对全书思想及人物的理解。也就是说每位同学设计的两篇朋友圈文章和回复,代表着他们对红楼梦里人物关系、性格特征的深入理解。

"我觉得《红楼梦》是开放的,它产生于清代,同样面向当下。通过这几次作业也许可以找到一种从当下境况解读《红楼梦》的方式,连接古今,也可以使阅读增加几分现实感,对《红楼梦》有更感性的体会。"

苗老师认为,进入社群时代,碎片化阅读是我们必须面对的现实。不能故步自封,或者老是批评、埋怨,解决不了问题,而且制造了这种对立。

"我觉得更多的应该是顺应和引导。顺应,就是要找到一种适合现代人阅读的方式。引导,作为大学教授本来就有做学术普及、引导社会的责任。所以我觉得应该利用新媒体,利用多种形式引导大家来阅读作品阅读经典。像我这门课,其实也是一个探索,利用这种'花式作业'的方式,从八卦开始,但以学术结束。"

——2018年11月2日《新华日报》

苗怀明和他的大观园

卢雪儿

喧　嚣

苗怀明的"《红楼梦》研究"课程又火了,这次是因为被模仿。

这门课名气实在太响。"为《红楼梦》里的人找对象"、"给书中的人物找工作",这些"花式作业"和接连突破次元壁的题目在吸睛的同时,也招来了外校的模仿。河南某民办高校的一门《西游记》课程在期末考察时,几乎是照搬了他的题目。

学生们自然是在朋友圈里争相打抱不平,可他没有因此愤怒,只是觉得这样欠妥。于是借着一次采访机会,他面对媒体,罕见出镜,开诚布公。"本来就是面对社会开放,希望给大家提供借鉴,但从我看到的来看,模仿得有些机械。"他面对镜头,坐在一方书桌前,语调平稳,不温不火地解释着。

一学期以来,这样的喧嚣从未停止过。每当苗怀明为学生布置了新的作业,媒体报道便纷至沓来,课程也被贴上"网红"的标签,最多的时候,报道的点击量跃至400万。

早在最初开课时,苗怀明在自己早先创办的"古代小说网"微信订阅号中,邀请学生一起,撰写关于课程逸闻趣事的推送。渐渐地,这个特殊的班级走出了象牙塔,进入了公众的视野。

而苗怀明也慢慢变成了外人眼中划破学术沉闷气息的那把刀。

他很赏识那些在学术中下苦功夫、练真本领的人,但他也喜欢热闹,尤其是在课堂讨论时,他和学生总是能通过思维的激烈碰撞,一起捡拾到意外宝藏。在最近的一次课上,他和同学们讨论到了《红楼梦》中的水果。他提前向学生们坦白,这个话题自己从来没有研究过,也是学术界的空白。对未知事物的新鲜感和探索欲刺激着年轻的大脑,最后竟发现《红楼梦》中大部分是南方水果,与曹雪芹家族从南到北、家境一路衰败,有着千丝万缕的联系。

花式作业和热闹的课堂仿佛是糖果,引来了不少文院甚至是外院系同学选课。但是作为文学院本科三年级的一门学术方法课,在剥去这层糖衣之后,剩下的全是一项项苦差,不少同学坚持不下来,选择了中途退课。

"表面上要学生装疯卖傻,但其实打了牙往肚里吞,不然光做那些的话,你不觉得有点哗众取宠吗?"苗老师说到这里时,掩饰不住自己的激动,手舞足蹈地一个劲儿地夸起了学生们。

他回忆起上学期教授古代文学明清部分时学生们的期末作业,同学们少则一百多页,多则三百多页。收齐高高一摞,沉甸甸的,只能让两个年轻力盛的博士生帮他一起扛回办公室。

学生们打趣地说"老师,注意保护眼睛哦",而他则是批改了整整一个暑假。

南　下

苗怀明每学期在南大开设的五门课程中,有两门都与《红楼梦》有关。加之媒体报道中他的名字也总是与《红楼梦》一同出现,很多人其实都忘记了、甚至根本不了解关于他的两个事实:他来自中国北方,研究中国古代小说。

和很多人一样,他对于文学的爱都起源于父辈。小时候最美好的回忆大部分都来自父亲讲的睡前故事,其中印象最深的是《西游记》。尽管有时父亲会对故事情节添油加醋,但这一点不影响年幼的他对这些小说故事的好奇。

这份兴趣一直支撑着他,直到本科阶段进入北师大攻读文学,拿到了学士学位。可命运的骰子有时就会不凑巧地掷到政策禁区。那段时光停滞的日子里,全国暂停了研究生招生,他无奈回到故乡河南,在郑州一中成为一名高中语文教师。

但高中教书匠的生活于他如梦魇一般,学术界在悄然中不断创造新的成果,而他却在高考工厂中将死板的竞技规则刻录进学生的记忆硬盘。他感到僵化的思想在一步步吞噬着他,他渴望去做学术,渴望挣脱基础教育中那些"反动"的程式。于是在入职三年后他抓住时代的契机,重回北师大,从硕士一口气读到了博士毕业。

苗怀明曾经以为自己的人生都将会在北方度过,但命运却总是在机缘巧合中发生改变。作为一个北京的学生,起初他对南大所知甚少,甚至到读博士那段日子里,他还会混淆南大和南师大。但由于没有更好的工作分配,被生活所迫的他只好南下攻读博士后。

于是他拖着装满一大卡车130多件箱子的书,来到了金陵城。

阔别老友,离开北方,他发现一切都不一样了。不仅仅是南京深入骨髓的湿气和肆意飘飞的梧桐絮,更有着学术的碰撞。秦淮的静谧,昆曲的精致,这些江南气息也就慢慢氤氲着住进了心里。"北师大重小说,南大重诗词",别样的学术氛围也使他对新的领域产生了兴趣,在研究小说之余,他开始探索中国戏曲的世界。

南下的二十年一晃过去,回北方的想法早就散开了去,而他在这里的根越扎越深。

他对文院有种炙热的情愫,就像他热爱自己的学生和学术事业一样。作为南大文院的教授和副院长,除了一学期五门课的重任外,他还需要打理院里的财务。每周二和周四的上午,苗怀明的办公室里人来人往,老师和学生们带着一沓沓装订好的发票来到文院楼215办公室,他一边耐心签字,一边和来访者聊上几句,或是近来学业,或是差旅情况。

在文院的日子就这样普普通通地过着,虽有学校邀请他去更南更东边的城市工作,但都被他回绝了。

"我对文院有一种认同感,就是觉得风气比较正,没有钩心斗角。"说着说着,他便谈到日久生情,谈到留恋这里的学生和朋友,声音也随即变得温柔起来。

"苗一刀"

身兼数职的苗怀明,在文院学生们看来,却是那个"苗一刀"。做事治学如刀一样,快而狠,又像北方的风打在脸上,生疼又过瘾。

在文院的诸多老师中,苗怀明的课排得最多,但繁重的工作量一点也没有影响到他对学生的高要求。他时常把南大这所喊口号办"中国最好的本科教育"的学校与哈佛、牛津做对比,感叹现在的孩子没有吃苦精神。"玩游戏的时间你不拿去讨论,把书看看?"他质问起来。甚至在一次《红楼梦》的课上,他曾对一位学生大发雷霆,因为他连贾宝玉挨打的原因都说不出一二。

谈到治学,他回忆起自己大学时的导师张俊先生,一位北师大研究明清小说的专家。直至今日,他仍记得老师能背诵出《红楼梦》的每一节内容,一字一句,清清楚楚。老一辈学者严谨的治学态度冲击着他,到现在为止苗怀明都自愧不如,心存敬畏,也暗暗决定,自己在学术之路上决不妥协。

因此他始终鼓励学生们背书,向自己的老师看齐,向一起共事的学者看齐。"比如像莫砺锋老师,他有5000首诗词的记忆量,真的很厉害。"为了激励学生,他特意开辟了一条期末考试绿色通道,只要背熟了《红楼梦》八十回书目就可以申请免考。有学生试图尝试,但基本都败下阵来。"百度上搜到的印象不深刻,反而自己变成数据库最重要。"他这么说着。

在南方生活了二十年,"苗一刀"还是有着北方人直率的性格。对于学术,他拒绝任何形式的妥协。有电视节目邀请他去当嘉宾讲师,编导要他为了"有趣"去编故事,他不乐意了,说节目组都是只求收视率的"蠢货",严词拒绝。很多人眼巴巴想要成名的机会,就这么被他抛之不顾,"不是为了出名,就图个开心,人活着开心最重要,他们让我不开心,我就不会去"。

可有时也会有他甩不掉的东西。

自从当上江苏省红学会会长之后,他时常犯嘀咕。"因为南大躺枪成一个红学家",他流露出无奈。作为南大唯一一位研究古代小说的学者,他并不认为《红楼梦》能够单独成为一门学问。因为大三的本科生需要利用一本专书来学习学术研究方法,所以选择《红楼梦》开设课程仅仅只是一个偶然。他始终相信《红楼梦》应该回归小说大类,不然就会落得僵化和狭隘的结局。

有偏激的红学民科者,将小说当信仰,不相信学术文献和研究,在网上对苗怀明施以人身攻击。天涯论坛有一篇《苗怀明,你应该去检查身体》的文章紧挨着苗的百度百科,甚至将他称作是"红学鹰派"。但一次次网上申诉不成功之后,"苗一刀"也就慢慢放弃了。

重新出发

苗怀明今年五十岁了,但他认为自己仍站在起点处。在采访的最后,他零散地说了说自己的愿景。

他想学习西方高校的做法,小班教学,配助教。他觉得这样才能关注到每一个学生,引导他们思考,"五十个人啊最起码分成两个班",他觉得大学教授就应如此,最重要的不是科研,而是教书育人,对学生无愧于心。

苗怀明羡慕词曲学大师吴梅的那个年代,有时吴梅会带着学生到秦淮的画舫上讲课,给学生一个词牌填写,作为作业,他在船上吹起洞箫,让学生们在箫声中慢慢体验,身临其境。

他想新开设一门课,关于南京视野的中国文学史。带上十五个学生,去南京城的各个景点上课,和学生一起吃饭,逛景点,讲文学。

"一定要在老去之前做一点疯狂的事。"他说。

——2018年12月30日南大青年微信公众号

请"红楼"人物吃饭，教授"花式作业"获赞

张静姝

结合本人姓名，论证《红楼梦》是自己所写、给金陵十二钗找对象、请《红楼梦》中人物吃饭……这一系列脑洞大开的问题，都是南京大学文学院教授苗怀明的"《红楼梦》研究"课上的作业。

苗教授的学生们介绍，除了上述作业外，还有些想不到的问题出现在课堂上。想回答这些不合常规的问题，需对作品深入了解，学生坦言难度很大。

19日上午，南京大学文学院教授苗怀明接受了《新京报》记者采访。苗怀明介绍，"《红楼梦》研究"课自己已经讲了十几年，讲授方式一直随着时代变化，要让"95后"接受，就变着花样想出这些作业。布置这些"花式作业"，他也很"烧脑"。

教授留"花式作业"学生们脑洞大开

2018年9月，新学期刚开学，南京大学文学院"《红楼梦》研究"课的课堂上，教授苗怀明布置了一个出人意料的作业，"请结合本人姓名，论证《红楼梦》是自己所写"。

汉语言文学三年级的刘玥彤当时蒙了，虽然不是第一次上苗老师的课，知道他平时就不按套路出牌，但这作业"是什么鬼"？

随后班上50多名学生的回答更脱俗，为了证明他们就是曹雪芹，《红楼梦》是出自他们笔下，这群"95后"的学生们脑洞大开。

"玉是宝黛两位主角名字中共有的字，也指通灵宝玉。此外，贾府中宝玉一代皆为玉字辈，除了宝黛外，妙玉、红玉、玉钏名字中都有玉字。可见，'玉'字在全书中的地位。"一位名叫"留侯玉客"的同学这么说。

Steins则表示，"曹雪芹祖父曹寅担任过江宁织造一职，又数次掌管两淮盐课，我出生于淮安，求学于南京，与曹寅的仕宦生涯有相符之处"。

冯否同学提出异议，"曹姓氏族曾在清朝大量迁入四川，而我为重庆人，重庆在1997年直辖前隶属于四川省"。

接下来的一个学期，刘玥彤更是开了眼。她告诉《新京报》记者，除了"花式作业"外，课堂上大家还讨论了《红楼梦》中女性的大小脚、人物的年龄等问题。刘玥彤说，以前从没想过会在课堂上讨论这些问题。

"花式作业"难度大 学生需深入阅读

苗怀明布置的作业：黛玉葬花是《红楼梦》中的经典段落，如果她有朋友圈，会发点啥？

刘玥彤告诉记者，实际操作中她发现，"花式作业"难度很大。"我过去读过《红楼梦》而且非常喜欢，但为了参与这些讨论，我需要再去看书好几遍，抠细节，然后再思考出我自己的结论和观点。"

唐小蔚也是汉语言文学专业大三的学生，她也早就听闻苗怀明老师饱读诗书，诙谐幽默，讲起课来信马由缰，因此被学生们喊作"苗大嘴"。但没想到，老师在课上这么"不正经"。

唐小蔚说，经过一学期的课程，她能感觉得到这些看上去"不着调"的问题，是老师用心设计的。"比如第一个作业，证明自己是'曹雪芹'，难度并不大。但后面给主人公找对象、请吃饭，就得揣摩人物性格才做得了。我觉得老师是在引导我们对作品一步一步深读，细腻地揣摩。"在"林黛玉入贾府时到底几岁"的课堂讨论中，来自香港的许丽川同学用22幅漫画阐释问题，最后得出了一个结论，"贾府是一个青春乌托邦"。

对于老师布置的"花式作业"，许丽川同学的理解是，"老师是在教学生如何正确地去做学术"。

苗怀明：要对学生负责，就要"折磨"他们

19日，苗怀明教授接受《新京报》记者采访时表示，学生完成"花式作业"，需要把书多看几次。"我一直坚信，要对学生负责，就要'折磨'他们。"

新京报：最初是如何想到要布置这样一些作业的？

苗怀明：他们都是大三的学生，上这门课最重要的是掌握学术研究方法。比如第一个作业让大家证明"我是曹雪芹"，是因为现在学术界很多人称《红楼梦》不是曹雪芹写的，流传出来的作者已经有100多人。给学生们一个个去解释否定，不如让他们自己尝试下怎么把自己和《红楼梦》联系起来，等搞明白了，也就能辨别出学术研究和胡说八道了。相当于以八卦开头，以学术结尾。

再比如请《红楼梦》中人物吃饭，要求这个菜必须是书里面出现的，得符合这个人的口味、年龄，你还要冷热搭配，有汤有肉有甜点。你不把红楼梦里面精彩的细节描写看几遍，你都凑不齐一桌菜。而且我要求大家标出菜价，你得知道，像贾府这样的人家，如果在当下，吃一顿饭的成本是多少，你不能和社会脱轨。

每一个作业我都想达到一个目的,所以我在布置作业的时候也很"烧脑"。

新京报:同学们对作业的反应如何?

苗怀明:刚开始都摸不着头脑,不知道从哪儿入手。这些作业你看上去不着边,但对学生们的要求挺高的,比如给金陵十二钗人物找对象,要求气质、文化都配得上,那都是需要一定文化积累的,不然连人物也把握不好,怎么去给人"配对"呢?

学期初有50多个同学选了课,最后固定下来的是38个。除了"花式作业",这个课还需要每个同学有主题课程报告,另外就是每人分担《红楼梦》一回的校勘工作,出一份报告,再针对这一回写一篇论文。说实话这相当难写。

新京报:作业难度这么大,担不担心学生们抱怨或者缺课?

苗怀明:我一直坚信,要对学生负责,就要"折磨"他们。现在国内大学有个不好的现象,重视学术研究,忽略教学质量。但大学的主要任务是教学生,我宁愿多花心思在怎么"折磨"他们上,不然他们什么都学不到,以后怎么走上社会。不过这一个学期下来,同学们没记恨我,期末评分给了我五星(最高分)。

新京报:布置了这些作业,有什么意想不到的收获吗?

苗怀明:有的同学还是让我很惊喜的,比如给《红楼梦》人物找工作那个作业,他们给贾宝玉安排做了个美妆品牌创始人,在我眼里贾宝玉什么都不会,啥工作都干不了,但他们发现贾宝玉对化妆品熟啊,自己形象好还可以当代言人。在同学们心里,每个人都有长处,都能在社会上找到价值。

新京报:"花式作业"成了"网红",对你来说有什么启发?

苗怀明:我们要顺应时代,不要抗拒时代。很多老师挺排斥网络的,觉得不上档次。我觉得不对,我就经常让学生在微信群交作业,这样他们自己可以互相看到,互相学习。我自己做了一个叫"古代小说网"的微信公众号,里面有学术专家的专题文章,也有学生们的作业。有留言,不管好坏,同学能看到读者真实的反应,对于他们来说是学习的机会。

新京报:你平时和学生们的关系怎么样?

苗怀明:我比他们大30多岁,但我非常愿意跟上他们的步伐。我们经常在微信群里"互黑",大家都有外号。同学们的作业发在微信公众号上以后收到不少读者打赏,最多的一篇有600块钱。昨天(19日)发的那篇我刚看了一下又有170多块钱了,我得赶紧在微信群招呼大家发红包"分赃"。

——2019年1月20日《新京报》

花式作业让教学更有质量

李方向

结合本人姓名,论证《红楼梦》是自己所写、给金陵十二钗找对象、请《红楼梦》中人物吃饭……这一系列脑洞大开的问题,都是南京大学文学院教授苗怀明的"《红楼梦》研究"课上的作业。苗教授的学生们介绍,除了上述花式作业外,还有些想不到的问题出现在课堂上。(1月20日《新京报》)

花式作业是区别于传统题目而言的,具有一定的开放性和创新性,没有固定答案,不单纯考查知识的记忆,还包含了对学生的独立思考能力、逻辑思维能力和专业知识的综合考查,尤其是更能激发学生学习钻研的动力。可以说布置花式作业、用花式试题考试这是一种进步,更能促进教学质量的提高。

花式作业不仅对学生提出了更高要求,对老师也提出了更高要求,尤其是与布置传统作业相比需要老师花费更多的时间认真思考什么样的花式作业才能够有深度、有梯度,才能多方面、多角度考查和提升学生知识和能力,实现与所学内容的教学相长。否则,那就不叫花式作业而是乱弹琴,是对学生和自己高度不负责。

——2019年1月21日《商丘日报》

"花式"作业

李法明

结合本人姓名,论证《红楼梦》是自己所写、给金陵十二钗找对象、请《红楼梦》中人物吃饭……据《新京报》报道,这一系列脑洞大开的问题,都是南京大学文学院教授苗怀明的"《红楼梦》研究"课上的作业。想回答这些不合常规的问题,需对作品深入了解,学生坦言难度很大。

作业本身的趣味性既切合时代特点,又贴近学生生活,为的是让学生真正学有所获。如果不一遍遍深读作品、研究和揣摩,显然很难做好这样的"花式作业"。今天有大学教师能如此重视教学过程,注重教学方法的探索与创新,很是难得,虽是个案,但对所有教育工作者来说,未尝不是一份有益启示:教学突破传统、告别照本宣科,不仅要加强对教学内容研究,还需要读懂学生、把握时代,让课堂更接地气、更与时俱进。

——2019年1月22日《工人日报》

图书在版编目(CIP)数据

南京大学的红学课 / 苗怀明主编. -- 南京 : 南京大学出版社, 2020.5
ISBN 978-7-305-09613-6

Ⅰ.①南… Ⅱ.①苗… Ⅲ.①红学-高等学校-教学参考资料 Ⅳ.①I207.411

中国版本图书馆CIP数据核字(2019)第246194号

出版发行	南京大学出版社
社　　址	南京市汉口路22号　　邮编　210093
出 版 人	金鑫荣

书　　名	南京大学的红学课
主　　编	苗怀明
责任编辑	荣卫红　　编辑热线　025-83685720
照　　排	南京紫藤制版印务中心
印　　刷	徐州绪权印刷有限公司
开　　本	718×1000　1/16　印张 20.75　字数 394千
版　　次	2020年5月第1版　2020年5月第1次印刷
ISBN	978-7-305-09613-6
定　　价	68.00元

网　　址	http://www.njupco.com
新浪微博	http://e.weibo.com/njuyzxz
官方微信号	njupress
销售咨询热线	025-83594756

* 版权所有,侵权必究
* 凡购买南大版图书,如有印装质量问题,请与所购图书销售部门联系调换